Lorenzo Marone
Glück ist, was wir daraus machen

PIPER

Zu diesem Buch

Das Leben meint es gerade nicht gut mit Luce. Kürzlich hat ihr Freund sie verlassen, und ihr Chef macht der jungen Anwältin auf nicht gerade charmante Art den Hof. Einziger Trost ist ihr Alleria, die kleine Hundwelpe, die sie eines Abends aus einer Mülltonne fischt. Kein Wunder, wohnt sie doch in den Quartieri spagnoli, dem volkstümlichsten, aber auch heruntergekommensten zentralen Stadtviertel Neapels. Und dann bekommt sie von ihrem Boss einen Auftrag, den sie von Anfang an nur schwer mit ihrem Gewissen vereinbaren kann. Sie soll eine Frau in ihrer Nachbarschaft ausspionieren, die dort mit ihrem siebenjährigen Sohn alleine lebt und ihrer Rolle als Mutter angeblich nicht gewachsen ist. Das jedenfalls behauptet deren Mann, der Mandant ihres Chefs. Luce verschafft sich getarnt als Babysitterin Zutritt zum Leben der beiden und verliert ihr Herz wider Willen an den kleinen Kevin, der mit seiner Klugheit und Liebenswürdigkeit eher seine Mutter zu erziehen scheint als umgekehrt. Als sie erfährt, dass sich hinter dem klagenden Mann ein berüchtigter Camorrista verbirgt, ist Luces Kampfgeist geweckt. Jemand, der wie sie schon einige Ohrfeigen vom Leben einstecken musste, weiß sich zu wehren. Erst recht, weil sie zum ersten Mal in ihrem Leben erfährt, wie wunderbar es sich anfühlen kann, eine Familie zu haben …

Lorenzo Marone, 1974 in Neapel geboren, arbeitete fast zehn Jahre lang als Anwalt, bis er sich ein Herz fasste, den ungeliebten Beruf an den Nagel hängte und sich seiner wahren Leidenschaft widmete: dem Schreiben. »Glück ist, was wir daraus machen« ist sein zweiter Roman. Lorenzo Marone lebt mit seiner Familie in Neapel.

Lorenzo Marone

GLÜCK IST WAS WIR DARAUS MACHEN

Roman

Übersetzung aus dem Italienischen
von Esther Hansen

PIPER

Mehr über unsere Autoren und Bücher:
www.piper.de

Von Lorenzo Marone liegen im Piper Verlag vor:
Der erste Tag vom Rest meines Lebens
Glück ist, was wir daraus machen

Das Zitat auf Seite 7 stammt aus:
Philipp Roth, Amerikanisches Idyll
Aus dem Amerikanischen von Werner Schmitz

FSC
www.fsc.org
MIX
Papier aus verantwortungsvollen Quellen
FSC® C083411

Ungekürzte Taschenbuchausgabe
ISBN 978-3-492-31298-1
April 2018

Titel der italienischen Originalausgabe:
»Magari domai resto«, Feltrinelli, Mailand 2017

erschienen im Verlagsprogramm Pendo
Umschlaggestaltung: Mediabureau Di Stefano, Berlin
Umschlagabbildung: Robin Macmillan/Trevillion Images
und sorendls/iStockphoto
Satz: Uhl + Massopust, Aalen
Gesetzt aus Kepler Std Light
Druck und Bindung: CPI books GmbH, Leck
Printed in the EU

Für all jene, die standhalten.
Und weitermachen.

Man muß ja seine Familie nicht vergöttern,
man muß ja sein Land nicht vergöttern,
man muß ja seinen Wohnort nicht vergöttern,
aber man muß doch wissen, daß man das alles hat,
man muß doch wissen, daß man dazugehört.

Philip Roth, Amerikanisches Idyll

HIER LEBE ICH

Ich weiß nicht, ob es stimmt, aber ich habe gelesen, dass verheiratete Frauen in Vermont sich für ein Zahnimplantat die Erlaubnis ihres Mannes einholen müssen und dass ledige Frauen in Swaziland Männern nicht die Hand geben dürfen. In Montana wiederum ist es ihnen untersagt, sonntags (?) alleine angeln zu gehen. Und in Florida droht ihnen eine Gefängnisstrafe, wenn sie sonntags (?) Fallschirm springen möchten. In Utah dürfen sie nicht unter Eid aussagen. In Indonesien ist es ihnen verboten, sich rittlings auf ein Motorrad zu setzen, in Saudi-Arabien dürfen sie nicht Auto fahren, und in Arkansas können Männer legal ihre Frauen schlagen, aber nur einmal im Monat. Auch in South Carolina ist es erlaubt, die eigene Frau zu verprügeln, aber wiederum nur sonntags und ausschließlich auf den Stufen des Gerichtsgebäudes vor acht Uhr morgens (also nur etwas für Frühaufsteher).

In unserem Land sind die Frauen zum Glück in der Lage, tun zu dürfen, was sie wollen (meistens jedenfalls), wenigstens gibt es hier keine derart zurückgebliebenen, hirnrissigen Chauvigesetze. Und selbst wenn es sie gäbe, würde sich wohl keine Frau aus meinem Viertel daran halten: Verbote werden hier nicht gerne gesehen, man betrachtet sie eher als eine Art Vorschlag.

Wir sind in Neapel.

Im Spanischen Viertel.

Hier lebe ich.
Ich heiße Luce.
Und ich bin eine Frau.

AM LIEBSTEN SCHREIEN

Alleria, der struppige Mischling, der seit einiger Zeit über mein Leben wacht, stellt die Ohren auf und beginnt zu bellen, während Pino Danieles gleichnamiges Lied durch die kleine Wohnung hallt, in der ich mein Leben friste (fünfunddreißig Quadratmeter inklusive Bad und Minibalkon auf eine dunkle, übel riechende Gasse hinaus). Ich lege mein Schminkzeug weg und gehe zur Sprechanlage.

»Luce, kommst du runter? Ich warte.«

»Ja, bin sofort da.«

Avvocato Arminio Geronimo ist siebzig Jahre alt, ein untersetzter Mann mit zwei seitlich abstehenden Haarbüscheln, die der Schwerkraft trotzen, einem borstigen Gebüsch aus Augenbrauen, einem fast ungepflegt zu nennenden Bart, gelben, schief sitzenden Zähnen und einem Hemd, dessen obere Knöpfe wie immer offen stehen und unter dem (neben ein paar weißen Haaren und einem iPhone-großen, aufwendig verzierten Goldkreuz) das beliebte »Funktionsshirt« hervorlugt. Kurz gesagt, kein schöner Anblick. Das Problem ist nur, dass dieser Mann, der seit über einem Jahr um mich herumtanzt, mein Chef ist, also derjenige, der mir Monat für Monat mein kümmerliches Gehalt zahlt.

Jahrzehntelang hatte er sich als Scheidungsanwalt einen Namen gemacht, kaum ein Ehepaar in Neapel, das sich in den letzten vierzig Jahren nicht vor oder mithilfe von Avvocato Geronimo Gemeinheiten an den Kopf geworfen hätte. Mitte der Neunziger setzte dann die große Zeit des Versicherungsbetrugs ein, und der gute Arminio, der schon immer ein Näschen für außereheliche Techtelmechtel hatte, roch den Braten und stürzte sich ins Geschäft, während er die Scheidungsfälle seinem engsten Mitarbeiter Manuel Pozzi überließ.

In wenigen Jahren baute sich Geronimo mithilfe von Freundschaften und unter Verzicht auf jegliche Skrupel ein wahres Imperium auf, konstruierte ein perfekt geschmiertes Räderwerk, in dem alles ineinanderläuft und das ihm und seinen Mitstreitern bemerkenswerte Versicherungssummen in die Kassen spült. Arminio sitzt im Zentrum eines dicht gewebten Netzes, das Tag für Tag Verkehrsunfälle vortäuscht und den machtlosen Assekuranzen Entschädigungen im vierstelligen Bereich abtrotzt, die ihre Kosten wiederum regelmäßig auf die Schwächsten umlegen, indem sie hanebüchene Summen für die Versicherung eines einfachen Mofas verlangen. Was auch der Grund ist, warum ich auf einer zerbeulten orangefarbenen Vespa von 1982 herumfahre, was aber hier nicht weiter interessiert, ich wollte ja von Geronimo erzählen. Zu seinem Team gehören eine Menge dunkler Gestalten aus dem Spanischen Viertel, aus Borgo dei Vergini und Forcella. Darunter junge Kerle, billige Handlanger, die sich über ein paar Scheine am Monatsende freuen, aber auch andere wie »Händchen« (der wegen seiner zarten Finger so genannt wird, die sich im Bus flink in die Handtaschen der Damen schlängeln) oder »Hühner-Peppe« (wegen seiner staksigen, stark behaarten Beine), wahre Profis auf ihrem Gebiet, die immer wieder in Unfälle verwickelt sind, mal als Geschädigte, mal als Verantwortliche oder auch nur als Augenzeugen. »Händchen« hat zu allem Übel nicht einmal einen

Führerschein, trotzdem taucht er in über achtzig Verkehrsdelikten auf. Geronimo jedenfalls koordiniert und dirigiert von übergeordneter Stelle aus sämtliche Mitspieler des kriminellen Systems.

Nun stellt sich natürlich die Frage, wie und an welchem Punkt sich der Weg einer ehrlichen, ordnungsliebenden Frau wie mir, die pünktlich ihre Strafzettel zahlt, mit dem Arminio Geronimos kreuzen konnte. Das ist schnell erzählt. Nach dem Studium verdingte ich mich als weiblicher Laufbursche für verschiedene Anwaltskanzleien in und um Neapel. »Bevor du Anwältin wirst, musst du dir deine Sporen verdienen«, hieß es immer.

Monatelang war ich also auf der Vespa zwischen Gerichten, Kanzleien und Notariaten unterwegs, in dichtem Regen und sengender Sonne, bis ich eines Tages die Nase gestrichen voll hatte. Ich war die Königin der Sporen, ich kannte sämtliche Gerichtsgebäude Kampaniens, bewegte mich versiert auf allen Fluren des Rechtsapparats und verstand es, mir die Gunst der Gerichtsschreiber zu sichern. Dafür hatte ich noch nie eine Abmahnung verfasst, von allem anderen ganz zu schweigen. Als mir meine Mutter eines Tages von der Kanzlei Geronimo berichtete, wo man schnell etwas lernen konnte und vom ersten Tag an Geld verdiente, zögerte ich nicht.

Mit meinem Summa-cum-laude-Examen (was ja die Kandiskirsche auf der Buttercremetorte sein soll, nur dass ich bis heute noch keine Buttercremetorte zu Gesicht bekommen habe) bewegte ich mich von da an ausschließlich in der trüben Welt von Betrügern und Kleinganoven. Mit dem erschwerenden Umstand, dass ich, anders als Arminio Geronimo, nicht einmal reich dabei wurde.

In den Straßen der Stadt ist der Avvocato eine Respektsperson, wenngleich seine Mitarbeiter und Kollegen ihn weit weniger wertschätzen, sondern ihn zum Teil für das halten, was er ist: ein Aasgeier! Doch bisher hat sich anscheinend niemand getraut, ihm das ins Gesicht zu sagen und ihn sich zur Brust zu nehmen, auch nicht die Frauen, bei denen er sich Vertraulichkeiten erlaubt, die ihm nicht zustehen. Alle halten brav ihren Mund, alle außer mir.

Eines Nachmittags vor ein paar Monaten war ich wegen meines damaligen Freundes ziemlich geladen, der mich gerade per SMS hatte wissen lassen, er sei sich nicht mehr sicher, ob er etwas Ernsthaftes mit mir wolle. Er brauche Zeit zum Nachdenken. Ich schloss mich also auf der Toilette der Kanzlei ein und rief ihn an, um ihm lautstark mitzuteilen, dass ich ihn nie um Ernsthaftigkeit gebeten hätte und er sie sich sonst wohin stecken könne, da ich von Kindesbeinen an ein Übermaß an Ernsthaftigkeit genossen hätte und nun bestens mit diesem schäbigen, ironischen Leben klarkäme, das mir wenigstens hin und wieder ein Lächeln entlocke. Fakt ist, dass der Hundsfott sein wenig ernsthaftes Leben lieber allein verbringen wollte. Er packte seine Koffer und sagte, er werde sich bei mir melden. Zwei Tage später erfuhr ich, dass er mit Freunden nach Thailand gefahren war, woraufhin ich eine hoffentlich grenzüberschreitende Nachricht absetzte, die in etwa so lautete: »Ich wünsche mir, dass du mal wieder so richtig Scheiße baust und die thailändische Polizei dich für immer einlocht!« Darunter setzte ich ein kräftiges »Leck mich!«, was in solchen Fällen nie verkehrt ist.

Letztlich war es kein großer Verlust, denn obwohl ich mir anfangs hartnäckig das Gegenteil einredete, fehlte mir der Mistkerl keine Sekunde. Richtig schwierig war nur der erste Abend, den ich mit einem Joghurt vor dem Computer verbrachte. Halt, stopp, der Joghurt ist eine Lüge, den hatte ich mir nur am Nachmittag vorgenommen, um mir zu beweisen, dass nichts mein Leben erschüttern könne und alles so weitergehe, als ob nichts gewesen wäre. Und zu den Dingen, die bei mir immer weitergehen, gehört unter immensen Mühen meine permanente Diät.

Seit ich fünfzehn bin, halte ich Diät, seit dem Tag, als ein Klassenkamerad mit den Gesichtszügen eines Neandertalers sich einen Witz über meine Polster am Hinterteil erlaubte und mit den anderen Menschenaffen um ihn herum in lautes Gelächter ausbrach. Nun bin ich fünfunddreißig und kann mit einem gewissen Stolz behaupten, dass mein Kampf gegen die oben genannten Polster seit über zwanzig Jahren währt, mit allen Höhen und Tiefen. Als ich noch mit dem Mistkerl zusammenlebte, war ich gegenüber der Cellulite klar im Vorteil, weshalb ich mir vornahm, mich wegen des bisschen Liebeskummers nicht von meinen erbitterten Polsterfeinden unterkriegen zu lassen. Doch als ich nach Hause kam, erwartete mich dort einzig und allein das Brummen des Kühlschranks, und alle guten Vorsätze zerfielen augenblicklich zu Staub. Ich setzte mich vor den Computer und schüttete eine Flasche Bier in mich hinein, kombiniert mit einer Familienpackung Käsechips, die der Mistkerl drei Tage zuvor noch gekauft hatte (was mich zu der Überlegung brachte, ob auch sie schon Teil des gemeinen Plans waren und er in der ganzen Wohnung Unmengen natürlicher Sedativa verteilt hatte, um sich vor meinen hysterischen Ausbrüchen zu schützen). Am Ende schleckte ich meine Finger blitzblank und stellte die Vorratskammer auf den Kopf, wo ich auf meinen Erzfeind stieß, ein Ein-Kilo-Glas Nutella, noch ungeöffnet. »Verflucht sollst du sein, wo immer du bist«, raunte ich in den leeren Raum und versenkte den Löffel tief in dem braunen Labsal.

Tatsächlich schaffte ich es, den ganzen Abend nicht zu weinen, obwohl mir diese paar Quadratmeter im vierten Stock eines heruntergekommenen Wohnhauses in besagtem Viertel plötzlich noch elender vorkamen als der elende Hundsfott, der gerade die Koffer gepackt hatte. Dabei hatte ich sie bei der ersten Besichtigung als Luxusbehausung wahrgenommen. Vielleicht hatte dies mit der Aussicht zu tun, mich endlich der übergriffigen Aura meiner Mutter entziehen zu können, oder dass ich tief in meinem Unterbewusstsein (mit dem ich normalerweise wenig Kontakt pflege) immer noch an romantische Märchen glaubte. Jedenfalls verwechselte ich dieses muffige Loch mit einem Liebesnest.

Der schlimmste Moment kam nach dem Abendessen, als ich bemerkte, dass der Müll vom Vortag noch nicht hinuntergetragen war, was traditionell »Männersache« war, wie mein Vater immer gewitzelt hatte. Nur dass an diesem Abend eben glücklicher- oder unglücklicherweise kein Mann in der Nähe war und ich daher den stinkenden Sack selbst aufnahm und auf die stille Gasse hinuntertrug, an einem Montag im beginnenden Frühling. Bei den Mülltonnen angelangt, warf ich den Sack hinein und machte kehrt. Auf ein Winseln hin blieb ich stehen und sah mich um: keiner da. Ich wollte gerade weitergehen, als ich das zweite Jaulen hörte, das genau aus den Mülltonnen zu kommen schien. Ich trat näher und streckte den Kopf hinein. Dort drinnen saß in einem Karton, die kleine Schnauze hervorgestreckt, ein Hundewelpe und blickte mich mit glänzenden Augen an.

»Wie kommst du denn hierher?«, entfuhr es mir.

Ich sah mich noch einmal um, keine Menschenseele weit und breit, und für einen Moment überlegte ich, einfach wegzugehen. Aber nur für einen winzigen Moment, ich schwöre es, dann packte ich den Hund und trug ihn hinein, nicht ohne auf das Menschenpack zu fluchen, das ihn ausgesetzt hatte.

»Was ist das denn für ein süßes Mäuschen?«, fragte Patrizia, die vor ihrer Wohnungstür stand und rauchte.

Patrizia ist eine nette junge Frau, die im Erdgeschoss in einem feuchten Apartment wohnt, das früher wohl mal dem Portier vorbehalten war. Ihr richtiger Name ist Patrizio, denn sie ist ein Mann mit Adlernase und kantigen Kiefern, der irgendwann beschlossen hat, dass er sich als Frau wohler fühlt, weshalb er jetzt maskiert wie eine Soubrette durchs Leben läuft, mit Marilyn-Monroe-gesprayten Haaren, zwei Kajalstrichen unter den Augen, die Kleopatra Ehre machen würden, mit ellenlangen Fingernägeln in allen möglichen Farben, einem Hartschalen-Push-up, aus dem wie einbalsamiert wirkende Kunsttitten hervorschauen, und in einem Minirock, der kaum über die Pobacken geht, die tatsächlich sehr weiblich sind. Kurz gesagt, Patrizia ist ein »femminiello«, wie man in Neapel sagt, ein Transvestit, der für seinen Lebensunterhalt auf den Strich geht, wie manche hier behaupten. Ich habe ihn allerdings noch nie in Begleitung gesehen, aber was soll's.

»Den habe ich in der Mülltonne gefunden«, gab ich zur Antwort.

Patrizia machte große Augen. »Was gibt es nur für böse Menschen«, meinte sie und kam mit ihrem vampartigen Gang heran, in eine Duftwolke aus süßlichem Parfüm gehüllt, mit dem sie sich Tag und Nacht umgibt. Aus dem Raum hinter ihr erklang billige Popmusik, gefolgt von einer jaulenden Stimme, die etwas in Dialekt sang. Patrizia ist nämlich auch ein großer Fan von diesen neumodischen neapolitanischen Liedermachern, die sie rund um die Uhr in voller Lautstärke hört.

»Möchtest du ihn?«, fragte ich.

»Ich?« Sie verschränkte schnell die Arme vor der Brust.

»Ja.«

»Ach, wie soll ich das schaffen, Lulù. Ich habe so viel zu tun!«

Keine Ahnung, warum Patrizia mich so gerne Lulù nennt – als Einzige. Jedenfalls scheint sie Diminutive zu mögen, deshalb lässt sie sich auch Patty nennen, mit Ypsilon, wie sie gerne betont.

»Na gut«, sagte ich, »dann nehme ich ihn erst mal mit zu mir.« Ich betrat den Aufzug.

»Brave Lulù, du hast ein großes Herz.« Mit großer Geste verschwand sie in ihrer Wohnung.

Und so trat Alleria, was auf Neapolitanisch »Fröhlichkeit« bedeutet, in mein Leben, an einem tristen Abend, an dem ich schon fast meine Würde als Frau, die Hoffnung auf ein geordnetes Leben und meinen Kampf gegen die Fettpolster verloren geglaubt hatte.

Ich stellte ihm Milch hin und bereitete ihm aus dem Kopfkissen des Mistkerls einen Hundekorb (nicht ohne eine gewisse Befriedigung), dann warf ich mich aufs Bett, ohne mich auszuziehen. Nur dass der am Fußboden kauernde Hund nicht zu winseln aufhörte. So, wie ich ihn aus der Tonne gezogen hatte, war er nicht gerade ein hübscher Anblick, um ehrlich zu sein. Sein Fell war zerzaust und seine Augen irgendwie verschleimt. Ich zögerte, gab aber am Ende mit einem »Na gut« nach und holte ihn zu mir ins Bett. Er wedelte mit dem Schwanz und steckte mir seine Schnauze unter die Achsel.

Am nächsten Tag ging ich mit ihm zum Tierarzt und gab ihm den Namen Alleria, nach dem Lied von Pino Daniele, in dem er »am liebsten schreien« würde, genau wie ich an diesem Abend. Vor allem aber nannte ich ihn so, weil ich bei den Zuneigungsbekundungen dieses kleinen Wesens beschlossen hatte, dass mein Leben sich durch diesen Mischling und durch ein zerstörtes Liebesnest nicht ändern würde. Nein, mein Leben würde sich durch die Fröhlichkeit, besser gesagt durch eine ironische Haltung verändern, die mich seitdem begleitet und ihr Spiel treibt mit mir und mit ihm.

Mit dem Leben.

VEITSTANZ

Doch wir sprachen von der peinlichen Szene mit Arminio Geronimo, der ja immer noch mein Chef ist. Ich war also schon ziemlich wütend, sodass ich meine leidlich guten Manieren, die ich bei der Arbeit hin und wieder an den Tag lege, vergaß und beschloss, ihm die Wahrheit ins Gesicht zu schleudern. Man muss aber auch sagen, dass der arme Mann mich unglücklicherweise direkt im Anschluss an das Telefonat mit dem Mistkerl in sein Büro rief. Ich stand also mit hochroten Wangen vor ihm, die selbst einer Heidi auf der Alm Konkurrenz gemacht hätten, die Bluse war mir wann auch immer aus der Hose gerutscht (vielleicht bei meinem ersten hier nicht wiederzugebenden Fluch oder als der Mistkerl zu seinem sinnfreien Gestammel ansetzte), die Haare wirr und der Puls auf hundertachtzig. Geronimo hob den Kopf, sah mich an und sagte: »Meine Güte, Luce, was ist denn mit dir los heute Morgen?«

Als ich nicht antwortete, gab der Avvocato den Satz von sich, der für immer unsere Beziehung ändern sollte: »Weißt du was? Du siehst aus wie nach einer wilden Sexnacht.« Es folgte ein lautes Lachen. Die oben erwähnte Wut (die sich in Neapel unversehens zu einer handfesten *cazzimma* auswachsen kann, zu der ich später noch komme) nahm Fahrt auf: Ich wurde noch röter auf Gesicht und Dekolleté (keine Ahnung, warum meine Haut hier immer rot wird wie glühende Kohle für ein Dutzend Grillwürstchen), trat mit drei großen Schritten an seinen Schreibtisch und erwiderte: »Avvocato, woher nehmen Sie eigentlich die Frechheit für Ihre ganzen Vertraulichkeiten, wenn ich fragen darf? Was wissen Sie schon von meinem Sexleben, und überhaupt, scheren Sie sich lieber um sich selbst, denn wenn Sie sich im Bett so benehmen wie im Büro, kann mir Ihre Frau nur leidtun!«

Er riss die Augen auf, schob mit einer heftigen Bewegung seinen Stuhl zurück und musterte mich stumm. Dann legte er die Hände auf den Schreibtisch zurück, sah mich scharf an und sagte nach einer schier endlosen Minute: »Luce Di Notte, für das, was du gerade gesagt hast, könnte ich dich feuern, ist dir das klar?«

Luce Di Notte ist mein voller Name. Ich weiß, weniger ein Name als vielmehr eine Vollkatastrophe, aber was kann ich dafür, wenn mein Vater damals den einen oder anderen Joint zu viel rauchte? Bei diesem Namen könnten wir uns stundenlang aufhalten, denn bis heute weiß ich immer noch nicht genau, wie es dazu kommen konnte. Meine Mutter behauptet, dass sie mich schlicht Maria nennen wollte, aber mein Vater hätte für Stella plädiert. Laut meiner Großmutter war dies der Beginn der Streitigkeiten zwischen meinen Eltern. Noch im Mutterleib war ich also schon ein Problem.

»Stella Di Notte, Stern der Nacht, das ist doch lächerlich«, beharrte meine Mutter, woraufhin mein Vater sie ansah: »Warum kannst du das Leben nicht mit ein bisschen mehr Humor nehmen?«

So stritten sie sich monatelang um Maria, Stella, Luna und Rosaria. »Dann nennen wir sie eben Rosaria, wie deine Mutter«, hatte sie nämlich eines Tages vorgeschlagen, überzeugt, mit dieser Kriegslist die Schlacht zu gewinnen.

»Du spinnst ja«, kam es spontan von meinem Vater zurück.

Das behauptet zumindest meine Mutter bis heute. »Er war der Spinner, aber ich muss auch nicht ganz bei Trost gewesen sein, dass ich bei ihm blieb«, vertraute sie mir vor Jahren einmal an.

»Was hat dir denn an ihm gefallen?«, fragte ich, während wir alte Fotos betrachteten.

Die Antwort meiner Mutter kam wie aus der Pistole geschossen: »Er hatte vor nichts Angst.«

Er hatte vor nichts Angst, wiederholte ich abends im Bett bei einem der vielen Versuche, den Irrsinn meines Vaters zu entschuldigen. Des Mannes, der mich an einem Tag im Dezember 1990 zur Schule brachte und wie üblich mit den Worten verabschiedete: »*Picceré*, Kleines ...«

»... nutze den Tag! Ich weiß, Papa, das sagst du jeden Morgen.«

»Sehr gut. Dann gib mir einen Kuss. Ich komme dich nachher abholen.«

Doch er kam nicht, nicht mittags, nicht abends und auch sonst nicht mehr. An jenem Vormittag verließ er die Wohnung und ging ins Ausland, wir hörten viele Monate lang nichts von ihm. Dann, genau zwei Weihnachten später, bekam meine Mutter einen Anruf, ihr Mann sei in Venezuela tot aufgefunden worden, er sei unter noch ungeklärten Umständen ums Leben gekommen. Später erfuhren wir, dass er in einer Straße in Caracas ermordet worden war, zusammen mit einem Mann aus Rom, doch keiner konnte etwas über das Motiv der Tat herausfinden oder uns sagen, ob die Täter jemals gefasst wurden. Ich weiß nicht, was er in Südamerika zu suchen hatte und was er getan hatte, dass er umgebracht wurde, doch ich bin mir sicher, es war nichts Böses. Vielleicht wieder einer seiner komischen, ehrgeizigen Pläne, denen er hinterhereiferte und wobei er unwissentlich einem großen Tier auf die Füße getreten sein musste.

So war mein Vater, für ihn war alles nur ein Spiel, es gab nichts, was uns interessieren oder gar Sorge bereiten musste. Ich sollte ihn eigentlich hassen, wie meine Mutter es bis heute versucht, doch es gelingt mir nicht. Wenn ich an ihn denke, muss ich immer lachen, denn mein Vater brachte einen wirklich zum Lachen.

In der Schule, in der Nachbarschaft oder in den Läden fragte mich nie jemand nach ihm, aber ich weiß, dass die Mehrzahl der Leute glaubt, Pasquale Di Notte sei in krumme Geschäfte verwickelt gewesen. Die Wahrheit werde ich nie erfahren, und sie interessiert mich auch nicht. Ich möchte ihn als einen Menschen in Erinnerung behalten, der zu unbedarft und naiv war für diese Welt, aber mit einer immensen Kraft ausgestattet, von der er vielleicht selbst nichts wusste. Ich sollte ihn verabscheuen für das, was er uns angetan hat, was er mir alles nicht gegeben hat, doch stattdessen bin ich ihm dankbar für das Einzige, was er mich gelehrt hat: vor nichts Angst zu haben.

Die Geschichte mit dem Namen ging jedenfalls noch weiter. Das Schlitzohr von meinem Vater nämlich wollte die Wogen glätten und erklärte sich bereit, mich Rosaria zu nennen, nach seiner Mutter. Dann hätte ich also Rosaria Di Notte geheißen, was ein durchaus normaler Name gewesen wäre. In Wirklichkeit aber hatte er andere Pläne für mich, die er erst offenbarte, als er Fakten geschaffen hatte und meine Mutter nur noch quieken konnte »wie die Sau auf der Schlachtbank« (nach den Worten meiner Großmutter, klar).

»Meine Tochter wird nie zu den Normalen gehören, da kannst du dir sicher sein!«, gab er zurück und beendete damit die Diskussion für immer.

Um es kurz zu machen, mein Vater Pasquale war am Morgen nach meiner Geburt zum Einwohnermeldeamt gegangen, um mich anzumelden. Wie üblich folgte er dort ausschließlich seinen eigenen Ideen. Dann kehrte er ins Krankenhaus zurück, wo mich bereits jedermann – Großmutter, Onkel und Tanten, Nachbarn und entfernte Verwandte – Rosaria nannte, und verkündete: »Ich habe sie Luce genannt, Luce Di Notte, denn unsere Tochter ist so außergewöhnlich wie das Licht in der Nacht!« Und dann lachte er. Nonna Giuseppinas Bericht zufolge (der Mutter meiner Mutter) senkte sich entsetztes Schweigen auf das Zimmer, bis eine alte Tante in das Gelächter einstimmte und sagte: »Dein Mann hat aber auch immer einen Witz parat!«

Doch das hier war leider kein Witz. Ich hieß jetzt tatsächlich Luce Di Notte. Was danach geschah, ist im Nebel der Vergangenheit versunken, im Lauf der Jahre rankten sich verschiedene Legenden darum. Eine davon erzählte mein Onkel Mimì, der Bruder meiner Mutter, der nicht mehr am Leben ist und dessen größtes Vergnügen darin bestand, bei den Familienfeiern an Weihnachten oder Ostern im Mittelpunkt zu stehen, und der so lange soff, bis er betrunken war, um dann für den Rest des Mittagessens seine merkwürdigen Geschichten zu erzählen, darunter den Klassiker, wie Luce zu ihrem Namen kam. Laut Onkel Mimì war meine Mutter, trotz ihrer Schmerzen und obwohl sie mich gerade stillte, wie eine Raubkatze aus ihrem Bett gesprungen und hatte ihren Mann an den Haaren durchs Zimmer gezerrt, während die Krankenschwestern versuchten, wieder Ruhe auf die Station zu bringen. Ein wenig glaubwürdiger erscheint mir die Version meiner Großmutter: Sie behauptet, die beiden hätten wochenlang kein Wort miteinander geredet, bis mein Vater sich ihre Vergebung mit einem kostspieligen Geschenk erkaufte, einem goldenen Anhänger in Form eines L.

»So trägst du deine Tochter immer bei dir, die dein Gesicht zum Leuchten bringt«, sagte er, während er ihr die Kette um den Hals legte.

Dieser Satz und der darauffolgende romantische Augenblick entspringen meiner Fantasie. Ich weiß nicht, ob es wirklich so war, aber mir gefällt der Gedanke. Jedenfalls hat meine Mutter sich seit diesem Tag nicht mehr von dem Schmuckstück getrennt, sie trägt es noch heute. Wenn sie im Lauf der Jahre nach der Herkunft des Anhängers gefragt wurde, sah sie immer verlegen beiseite und murmelte: »Das ist lange her, wer kann sich da noch erinnern …«

Sie wollte diese Geste der Liebe nicht zu hoch hängen, wie auch alle anderen guten Eigenschaften meines Vaters, ich glaube, weil sie so ihren Hass, der ihr in gewisser Weise Halt gibt, nähren kann.

Zum Glück brachte Nonna Giuseppina, die zwar alt, aber keineswegs schwachsinnig war, die Wahrheit ans Licht. »Nenné«, sagte sie einmal vor langer Zeit zu mir und versuchte, ausnahmsweise nicht im Dialekt zu reden, »hör nicht auf deine Mutter. Dinge, die nichts wert sind, begleiten uns nicht lange, wir verlieren oder vergessen sie irgendwann. Doch was wir lieben, bewahren wir sorgfältig auf, hängen es uns um den Hals und tragen es immer bei uns. Die schönen Dinge des Lebens überleben uns fast immer, glaub mir.«

Doch kehren wir zu dem Streit mit meinem Chef zurück. Wir waren bei seinem Satz stehen geblieben: »Luce Di Notte, für das, was du gerade gesagt hast, könnte ich dich feuern, ist dir das klar?«

Arminio Geronimo gehört zu den Leuten, die dich bei vollem Namen nennen, wenn sie auf Abstand gehen. In meiner Welt aber reicht das längst nicht, um die Leute auf ihren Platz zu verweisen, in meiner Welt bedeutet es Tag für Tag viel Mühe, die Leute auf Distanz zu halten. Deshalb schoss ich unverblümt zurück, bevor er weiterreden konnte: »Das müssen Sie mir erklären, Avvocato. Sie dürfen vertraulich werden und ich nicht? Warum denn, weil ich eine Frau bin und Sie mein Vorgesetzter? Was ist das, Mobbing? Oder sind Sie etwa einer dieser verunsicherten Machos, die glauben, sie hätten nur dann Eier, wenn sie eine Frau herumkommandieren?«

Er riss die Augen noch ein Stückchen weiter auf und offenbarte eine hübsche Ansammlung roter Äderchen im Weiß seiner Augäpfel. Sein Blutdruck war auf tausend und er nicht weit von einem Herzkasper entfernt. Trotzdem war ich nicht bereit nachzugeben. Glücklicherweise machte er einen Rückzieher, indem er beschloss, das Ganze ins Spaßige zu drehen, was immer noch besser war, als den Wutanfall einer Neurotikerin über sich ergehen zu lassen. Er brach in Gelächter aus: »Himmel noch mal, Avvocato Di Notte, was ist denn nur los! Das war doch nicht so gemeint!« Als Zeichen der Ergebung hob er die Hände.

Es war falsch, das gebe ich zu. Wenn ich damals den Mut gehabt hätte, hart zu bleiben, hätte ich heute nicht diesen gerupften Truthahn am Hals, der nicht von meiner Seite weicht. Ein paar Wochen später kam er nämlich zu mir: »Wollen wir zusammen mittagessen?« Ich stöhnte innerlich auf und nickte. Also saßen wir kurz darauf gemeinsam in einer Osteria hinter der Via Monteoliveto, und Arminio ging sofort zum Angriff über: »Steht dir wirklich ausgezeichnet, deine neue Frisur!«

Die neue Frisur war aber nicht im Entferntesten Ausdruck einer neuen Lebenseinstellung, sondern schlicht der Notwendigkeit geschuldet, überhaupt mal wieder die Haare zu schneiden. »Genny, schneid einfach alles ab«, hatte ich meinem Friseur unten im Haus aufgetragen. Er musterte mich kurz und sagte: »Luce, bist du dir sicher? Wirklich alles?« Ich nickte und schloss die Augen. Als ich »Genny's Boutique« verließ (okay, den Friseurladen von Gennaro), sah ich aus wie ein neapolitanischer Straßenjunge auf dem Weg in den Irak, Sonnenbrille und Bomberjacke inklusive. Ziemlich *Top Gun* also, und da Arminio Geronimo, wie mir später klar wurde, im Bett auf Schweinereien stand, ein bisschen Richtung Sadomaso, musste mein neuer maskuliner Style ihn ganz besonders ansprechen. Ich parierte also gerade die schmierigen Komplimente eines Siebzigjährigen, der sich nur zu gern von einer Fünfunddreißigjährigen den Hintern versohlen lassen würde.

»Hör mal, willst du mich nicht duzen, ich fühle mich sonst so alt!«

Im vollen Bewusstsein, welche Gefahren und Hintergedanken dieser Satz beinhalten konnte, schwieg ich. Was ihn nur zum nächsten Schritt ermutigte. »Habe ich dir schon mal gesagt, wie verführerisch du bist?«

Bei der dritten unmissverständlichen Bemerkung (die mehr oder weniger zusammen mit meinem Kotelett kam): »Und nett bist du auch noch, wir sollten außerhalb der Arbeit mehr miteinander unternehmen!«, zog ich die Notbremse. Ich wischte mir den Mund ab und sagte: »Avvocato, daraus wird nichts!« Dabei sah ich ihn fest an, um sicherzugehen, dass er mich verstanden hatte. Aber er verstand rein gar nichts. »Woraus wird nichts?«, fragte er und riss erneut die Augen auf, um mir das Schauspiel seiner rot geäderten Augen zu zeigen, die ihm einen teuflischen Anstrich verliehen.

»Aus Ihnen und mir wird nichts, Sie vergeuden Ihre Zeit! Es würde niemals gut gehen. Schauen Sie, ich kann einfach nicht stillhalten, ich habe so einen inneren Druck, eine Art Veitstanz genau hier im Bauch. Ich stehe auf junge Typen, auf böse Jungs, die immer nur spielen wollen, die nie erwachsen werden und nur an sich selbst denken, die ständig lachen und nichts ernst nehmen. Die Peter Pans, Mistkerle, kurz gesagt. Ich gehöre nicht zu den Frauen, die eine Vaterfigur suchen, obwohl ich keinen Vater hatte oder, besser gesagt, zu wenig Vater. Vielleicht suche ich aber auch genau das und weiß es nur nicht, weil er nämlich genauso war wie diese Typen, ein nichtsnutziger, verdammter Spaßvogel …«

Einen Moment lang trennte uns ein Schweigen, bevor ich fortfuhr: »Gut, dann haben wir das ja wohl geklärt. Wenn Sie es jetzt wagen, mir zu kündigen oder mir Knüppel zwischen die Beine zu werfen, dann werde ich Himmel und Hölle in Bewegung setzen, das können Sie sich nicht vorstellen. Ich werde behaupten, Sie hätten mir an die Titten und in den Schritt gefasst und dazu Ihre Zunge in meinen Mund geschoben, sodass Sie Ihres Lebens nicht mehr froh werden.«

Als ich fertig war, dampfte das Kotelett nicht mehr, und Arminio Geronimo blieb die Spucke weg. Mit zitternder Hand langte er nach seinem Rotweinglas und leerte es in einem Zug. Dann erst sah er mir in die Augen. »Was für eine Frau du bist, Luce! Wenn ich ein bisschen jünger wäre, würde ich dich erobern! Jedenfalls hast du das Zeug dazu, um in dieser Scheißstadt Anwältin zu werden! Okay, du hast gewonnen, Freunde und nichts weiter.« Lächelnd reichte er mir die Hand. Ich schüttelte sie und widmete mich dem erkalteten Kotelett.

Doch dieser Händedruck von vor einem Jahr verliert allmählich an Kraft. Denn Avvocato Geronimo, das einzige männliche Wesen, mit dem ich täglich Umgang pflege (abgesehen von Manuel, von dem noch nicht die Rede war), der mir seit einem Jahr ein Gehalt zahlt, das es mir erlaubt, das Leben einer freien und unangepassten Frau zu leben, hat in den letzten Monaten wieder damit angefangen, mir mehr oder weniger offen den Hof zu machen.

Es scheint also an der Zeit, noch einmal wütend zu werden.

DER LIEBE GOTT PFEIFT AUF BLUMEN

Als ich aus dem Haustor trete, steht er neben seinem Wagen und wartet auf mich, die Arme vor der Brust verschränkt, die Sonne auf dem knochigen, lächelnden Gesicht, während der Wind ihm durch die wenigen verbliebenen Haare fährt. Dieser Anblick macht all meine guten Vorsätze zunichte. Die frühsommerliche Stimmung hebt meine Laune, der klare Himmel, die frische Brise, das muntere Treiben in den Gassen, der Duft nach Ragù Genovese, der durch ein offenes Fenster weht, dazu das Kindergelächter – an diesem Morgen scheint die Welt noch in Ordnung, selbst der alte Fiat 600, der seit drei Jahren zwischen den Pollern der ehemaligen Kirche parkt. Sogar Arminio Geronimo, denn stünde er nicht hier mit seinem schönen Mercedes-Cabrio, dem Nadelstreifenanzug und seiner Sonnenbrille, müsste ich den Bus nehmen, was den Zauber des Moments zerstören könnte. Also gehe ich lächelnd zu ihm, er öffnet nach einem angedeuteten Handkuss die Beifahrertür, was mich einigermaßen verwirrt, weil mir noch nie jemand die Tür aufgehalten hat, nicht einmal die zum Badezimmer.

Als er mir gestern sagte, dass er mich abholen würde, konnte ich mir eine genervte Miene nicht verkneifen. Kurz überlegte ich, ob ich ihn in Anwesenheit des Klienten herunterputzen sollte, schließlich hatte ich ja vor einigen Monaten eine kleine Rede gehalten. Als hätte er den Braten gerochen, kam er mir zuvor: »Ich habe einen Fall für dich.«

Nun sitze ich in dem supercoolen Wagen dieses alten Brünstlings, starre auf sein Lächeln und frage mich, was das wohl für ein Job sein wird nach über einem Jahr im Dienste der Rechtsanwaltskanzlei Geronimo & Partner (über die »Partner« können wir im Übrigen sorglos den Mantel des Schweigens decken), währenddessen mir Arminio nie etwas Eigenes anvertraut hat, weil er meinte, ich müsse erst noch mehr Erfahrung sammeln. »Zuerst muss man sich die Sporen verdienen«, hatte auch sein Credo von Beginn an gelautet, »so haben wir schließlich alle angefangen.«

»Avvocato«, hatte ich erwidert, »ich habe mir monatelang meine Sporen durch Hilfsarbeiten verdient, mir reicht's.«

Er blieb mitten auf dem Flur stehen, drehte sich um und fragte: »Wie meinst du das?«

»Ich übernehme keine Hilfsarbeiten mehr, ich habe kein Jurastudium absolviert, um Sekretärin zu werden«, gab ich fest zurück, während ich mir den einen Satz vorsagte, mit dem ich mir immer Mut mache: »Ich habe vor nichts Angst!«

Er sah mich eine Weile an, dann brach er in Gelächter aus. »In Ordnung, halte dich am besten an Manuel!«

Wenn er mich damals zum Teufel geschickt und mir weiterhin nur Hilfstätigkeiten gegeben hätte, wäre alles vielleicht besser gelaufen. So übergab er mich der Fürsorge des großartigen Manuel Pozzi, des coolsten Anwalts der Kanzlei, vierzig Jahre alt, eifriger Sonnenbankbesucher, mit Big-Jim-Frisur, immer tadellos gekleidet, von einer Duftwolke umweht wie eine Nutte, der Bizeps geschwollen und die Hände topgepflegt. Einer, der seine

Mittagspause im Fitnessstudio verbringt und danach im Büro einen Joghurt löffelt (und dich angewidert ansieht, wenn du dir das am Morgen übrig gebliebene gefüllte Croissant reinziehst). Immer mit einer schlagfertigen Antwort (meist mit sexueller Note) und völlig skrupellos. Kurz gesagt, ein Sunnyboy, der vor Gericht einen Schwarm an Kollegen um sich schart, die ihn vergöttern und über seine blöden Witze lachen. Einer, der viel vögelt. Was ihn – weit über seine recht mangelhaften juristischen Fähigkeiten hinaus – zum Siegertypen macht. Einer, den man nachahmt, dem man folgt, den man zum Freund haben will. Wenn du Manuel Pozzis Privatnummer hast, gehörst du zu den Guten. Mit diesem menschlichen Mängelwesen habe ich es seit einem Jahr zu tun. Und dann hält man mich für launisch.

»Der Frühling macht dich noch bezaubernder«, beginnt Geronimo, als er den Wagen startet.

Ich kann überhaupt nicht verstehen, was dieser Mann an mir findet. Gut, ich habe ein frisches Gesicht, vielleicht auch einen vollen Mund und eine Himmelfahrtsnase, ansonsten aber die Figur, das Hinterteil und den Charakter eines Dackels. Und genau wie ein Hund beginne ich zu knurren, wenn mir jemand zu nahe kommt, den ich nicht mag. Doch bei Geronimo zeigt auch Zähnefletschen keine Wirkung, er verfolgt unbeirrt seinen Weg, überzeugt, mich am Ende herrumzukriegen. Aber mir gehen Männer auf die Nerven, die glauben, mich aufgrund ihrer beruflichen Position erobern zu können, genau wie die allzu selbstsicheren, die niemals an sich zweifeln und nicht über sich selbst lachen können. Ich will ihm gerade entsprechend antworten, als er verstummt. Also kümmere ich mich nicht weiter um ihn und genieße die laue Luft und die Sonne in meinem Gesicht.

»Siehst du hier irgendwo einen Parkplatz?«, fragt er an der ersten Kreuzung.

»Einen Parkplatz? Wozu brauchen Sie einen Parkplatz?«

»Wozu braucht man wohl einen Parkplatz? Um zu parken, oder?«

»Sie sagten doch, Sie hätten einen Auftrag für mich«, gebe ich mit vorwurfsvollem Blick zurück, wie immer, wenn ich alarmiert bin oder mich ärgere und meine Miene sich unter aufgeblasenen Nasenlöchern verzerrt, als wollte ich gleich Rauch aus den Nüstern ausstoßen wie ein vor Wut platzender Stier in einem Comic.

»Der Auftrag ist hier, direkt um die Ecke«, sagt er zufrieden.

»Hier?«

»Genau.«

»Und warum kommen Sie dann mit dem Auto?«

Der Avvocato sieht mich erstaunt an. »Wie hätte ich denn sonst kommen sollen?«

»Mit der Metro? Oder dem Bus? Oder zu Fuß?«

»Dann hätte ich dir aber nicht so unterwürfig den Autoschlag aufhalten können. Ich hatte wenigstens auf ein unschuldiges Küsschen gehofft...«, gibt er zurück, hält vor einer Bar und stellt sich mit einem Reifen auf den Gehsteig. Keine Frage, mit über siebzig und einem Lebenslauf ohne größere Rückschläge oder Verletzungen, finanziell abgesichert, kann Arminio Geronimo sich zu den wenigen Erwählten zählen, die das Leben nichts gelehrt hat. Sodass ich versucht bin, ihm einen gezielten Tritt in die Eier zu verpassen, um ihm sein Lächeln und ein paar Sicherheiten auszutreiben. Man muss sich mindestens einmal im Leben unter Schmerzen an den Tisch gesetzt haben, wenn man zu dem engen Kreis der »Menschlichen« gehören will.

Doch was wissen Arminio Geronimo und die Flegel, mit denen er sich umgibt, schon davon.

Die Schuld, dass ich mit Geronimo zu tun habe, kann man beruhigt meiner Mutter in die Schuhe schieben. Sie hat seit einigen Jahren diese unschöne Fixierung auf Religion und Kirche, die ihr zu der begehrten Doppelrolle als Katechetin und Sakristanin verholfen hat, dank Don Biagio, dem örtlichen Pfarrer, der gerne mit weitgehend sinnfreien Ratschlägen und Aufträgen um sich wirft. Meine Mutter unterrichtet also nicht nur Kinder im Glauben, sondern hat auch die wichtige und bedeutsame Aufgabe, sich um den Altar zu kümmern. So kauft sie Tag für Tag massenweise Blumen, die, angeschnitten und zu Sträußen gebunden, auf immer neue Arten den Altarraum ausschmücken. Das ist durchaus mit Arbeit verbunden, da jede Woche außer dem Altar mindestens sechs Ecken der Kirche dekoriert werden müssen. Wenn meine Mutter und Don Biagio das gute Geld und vor allem die kostbare Zeit statt auf Blumen und frisches Wasser auf die Bedürftigen verwenden würden, wäre ihr Leben sicher sinnvoller und das Leben dieser Menschen ein klein wenig besser.

Einmal habe ich versucht, mit ihr zu darüber zu reden, doch als sie sagte, es sei wichtig, dass das Haus des Herrn jede Woche neuen Schmuck und frische Blumen habe, stöhnte ich nur und ließ es bleiben. »Soweit ich weiß, hat Jesus Christus von Nächstenliebe gesprochen und nicht von Blumen. Der liebe Gott pfeift auf Blumen«, hätte ich ihr antworten können, doch das hätte das Gespräch nur auf unwegsame Pfade gelenkt, und ich hatte weder Zeit noch Lust zu streiten. Wenn meine Mutter also wieder ihre Lobgesänge auf Don Biagio anstimmt, summe ich innerlich ein kleines Lied vor mich hin, die einzige Art, um nicht an die Decke zu gehen.

Doch zurück zu uns und der Behauptung, meine Zusammenarbeit mit Avvocato Geronimo sei die Schuld meiner Mutter. Sie war es, die den Pfarrer fragte, ob er nicht eine Kanzlei kenne, in der ich anfangen könne. Und zu Don Biagos wichtigen Bekanntschaften zählte leider auch Arminio Geronimo, der spontan »Nein« sagte, er habe genug Mitarbeiter, dann zu »mal sehen« überging und schließlich, beim dritten Mal, einem Vorstellungsgespräch zustimmen musste.

Der entscheidende Umstand, der mir seine Sympathien sicherte, war nicht etwa mein fachliches Können (das interessierte ihn gar nicht), sondern dass ich mich zum Bewerbungsgespräch in der Via Monteoliveto in Jeans und Jackett und einem leicht ausgeschnittenen Top vorstellte. »Elegant und sportlich zugleich«, hatte meine Mutter gesagt, als sie mich mit einem Lächeln zur Tür begleitete. Elegant und sportlich. Ja, das stimmt. Trotzdem war es, wie gesagt, nicht die Eleganz, die den Anwalt überzeugte, und auch nicht meine geschliffene Ausdrucksweise oder meine Unverfrorenheit oder mein Fachwissen. Entscheidend war ein anderes Detail.

Es heißt, das Leben geht seine eigenen Wege, und die entscheidenden Abzweigungen zum Guten oder Schlechten nehmen wir rein zufällig. In meinem Fall aber waren es zwei Titten, die den Lauf der Dinge änderten.

Ein Schwarm kreischender Kinder ergießt sich auf die Straße und verteilt sich zwischen den Eltern, die wenig entfernt warten. Arminio und ich sitzen in der Bar auf der anderen Straßenseite, und ich habe mir gerade die erste Zigarette des Tages angesteckt. Die Sonne steht hoch am Himmel, und aus dem blühenden Baum könnte man bestimmt das Zwitschern der Spatzen hören als Zeichen dafür, dass der Frühling langsam in den Sommer übergeht, wäre da nicht diese Armada von Mofas, die unter ohrenbetäubendem Gehupe kreuz und quer an uns vorbeiflitzen.

Arminio lächelt mich aus seinen trüben Fischaugen an und hält sich wieder mal für unwiderstehlich in dem eleganten Anzug, der in diesem Moment völlig fehl am Platze ist. Er sieht ungezwungen aus, fast würde ich sagen, glücklich, als wäre dieser Kaffee das Vorspiel zum Jahrhundertsex. Ich hingegen ziehe nervös an meiner Zigarette und knabbere zwischendurch an dem Nagel meines Zeigefingers, um die Neugier auf meinen ersten Fall zu zügeln.

»Siehst du die Frau da mit der Sonnenbrille?«, fragt er plötzlich und heftet seine kleinen Äuglein auf die gegenüberliegende Grundschule.

Ich gebe einen Laut von mir und hebe die Brauen, um die Szene besser zu erkennen.

»Welche Frau? Da sind fast nur Frauen!«

»Die mit den schwindelerregenden Absätzen, die wie eine römische Matrone geschminkt ist und gerade ihren Sohn umarmt …«

»Okay, hab sie.«

»Sie ist dein Fall«, gibt der Avvocato zurück und leert seinen Espresso.

»Mein Fall? Was soll das heißen?« Ich drücke die Zigarette aus und richte mich auf. Den Blick fest auf die Signora gerichtet, fügt er hinzu: »Es ist eine delikate Angelegenheit, Luce. Die Dame hat sich von ihrem Mann getrennt, der jedoch möchte das Sorgerecht für das Kind haben, weil er das Verhalten seiner Frau für unverantwortlich hält, ihre, sagen wir mal, ›offenen‹ Ansichten. Und trinken tut sie angeblich auch.«

Ich sehe mir die Frau an, die ihrem Sohn gerade den Schulranzen vom Rücken nimmt und sich selbst aufsetzt. »Die da? Sieht auf den ersten Blick gar nicht so aus.«

»Woher willst du das wissen, kannst du hellsehen? Luce, ich bitte dich, der Fall ist delikat, aber ich vertraue dir, du musst irgendetwas finden, das beweist, dass diese Frau keine gute Mutter ist.«

Avvocato Geronimos Stimme ist immer rau, und wenn er redet, spritzt auch immer das eine oder andere Speicheltröpfchen aus seinem Mund. Da ich das schon kenne, habe ich mich weit genug von ihm weggesetzt.

»Wie meinen Sie das, bitte?«

»Ich meine, dass wir Beweise brauchen.«

»Also ist nicht sie unser Klient?«

Der Avvocato lächelt und sieht mich mitleidig an. »Nein, ihr Mann.«

Ich zwinkere mit den Lidern und sehe die Frau an. Dann wende ich mich wieder Geronimo zu. »Nur damit ich das richtig verstehe: Wir sollen also die gegnerische Partei ausspionieren? Ist es das, was Sie von mir wollen? Ein schmutziges Spiel?«

Er setzt seine Sonnenbrille ab und sieht mich mit engelsgleicher Geduld an. »Luce, nun mach kein Problem daraus, indem du dich auf die falsche Seite schlägst. Diese Frau ist eine schlechte Mutter, und wir wollen nur das Beste für das Kind.«

Sei es aus weiblicher Solidarität oder weil ich in der Frau meine Mutter wiedererkenne, die mich und meinen Bruder alleine aufgezogen hat, gebe ich einer rebellischen Anwandlung nach. »Wieso, wer garantiert denn, dass unser Klient ein guter Vater ist?«

Geronimo knirscht merklich gereizt mit den Zähnen. »›Unser‹ Klient ist stinkreich und bezahlt sehr gut, und das ist das Einzige, was uns interessiert. Aber er verlangt klare Ergebnisse. Und die liefern wir ihm. Nicht wahr? Darf ich dich daran erinnern, dass wir Anwälte sind und keine Sozialarbeiter? Wenn unser Klient überzeugt ist, dass diese Frau keine gute Mutter ist, dann glauben wir ihm das. Oder verschaffen uns zumindest ein eigenes Urteil. Und nur darum bitte ich dich: beobachten und beurteilen.«

»Ich soll sie ausspionieren«, gebe ich schroff zurück.

»Das trifft es nicht ganz. Die Dinge stellen sich oft unterschiedlich dar, je nachdem, aus welchem Blickwinkel man sie betrachtet.« Er beugt sich vor und fährt fort: »Sagen wir mal so: Was, wenn wir das Kind durch unsere kleine Recherche retten? Wenn diese Frau wirklich unfähig ist, ein Kind zu erziehen? Wäre es dann nicht richtig, es ihr wegzunehmen und dem Vater zu geben?«

Mir fällt dazu nichts ein, also starre ich das fremdartige Wesen vor mir an, mit den Haarbüscheln hinter den Schläfen, der Adlernase, den gelben Zähnen und dem ungepflegten und gleichzeitig selbstsicheren Erscheinungsbild eines Menschen, der sich immer und überall auf der richtigen Seite sieht, und endlich fällt mir ein, an wen er mich erinnert: an Gargamel, den bösen Feind der Schlümpfe. Ja, das ist er, nur ein bisschen älter.

»Das ist der richtige Job für dich«, sagt er und lächelt schon wieder.

»Ich dachte, ich bin Anwältin und kein Privatdetektiv.«

»Ach Luce, nun hör schon auf zu jammern. Übernimm den Fall, und halt einfach mal den süßen Mund. Das ist ein wichtiger Fall, und ich vertraue ihn dir an, weil die Dame in einer Parallelstraße von dir wohnt. Du wirst schnell herausfinden, was sie so macht, sie kommt aus deinem Viertel, du weißt, wie die Leute hier ticken …«

»Abgesehen davon, dass ich nicht weiß, was die Leute hier ticken, und es auch nicht wissen will, weil ich eh irgendwann weggehe, nennt man das da, wo ich herkomme, ›spionieren‹.«

»Was für ein hässliches Wort. Beobachte einfach, wie sie mit ihrem Sohn umgeht, und vielleicht hörst du dich ein bisschen um.«

Als ich schweige, wird er ernst. »Oder soll ich die Sache Manuel übergeben?«

»Nein«, sage ich schnell, »ich mache es.«

Auch wenn mir die Vorstellung nicht gefällt, Leute auszuspionieren, habe ich doch eine Miete zu zahlen, einen Hund, um den ich mich kümmere, und eine Mutter, die mich jeden Tag fragt, warum ich nicht wieder bei ihr einziehe, jetzt, wo wir beide allein sind. Meinetwegen kann ich ja als alte Jungfer enden, oder sagen wir, dass ich mich allmählich an den Gedanken gewöhne, aber eine alte Jungfer, die auf ihre einsame alte Mutter aufpasst, das ist zu viel des Guten. Also rauche ich und arrangiere mich mit dieser Art von Job und dieser Art von Gargamel, der mich vorbehaltlos hofiert.

»Die Signora wohnt gerade mal zwei Schritte von dir entfernt«, fährt er eilig fort und reicht mir eine Akte, »sie heißt Carmen Bonavita, ist siebenunddreißig Jahre alt, arbeitslos und unvermögend. Die Miete zahlt ihr Mann und den Unterhalt natürlich auch.«

In diesem »natürlich« offenbart sich das ganze camorristisch-chauvinistische Denken meines Chefs, aber ich bin müde und will ihn möglichst schnell loswerden, deshalb nehme ich die Unterlagen und schweige, während sich die Frau mit ihrem Sohn an der Hand entfernt.

Geronimo legt fünf Euro auf den Tisch und bedeutet mir, mitzukommen zu seinem Wagen, der mit einem Piep aufgeht. Bevor ich einsteige, drehe ich mich noch einmal zu der Frau und ihrem hüpfenden und lachenden Sohn um: Er hat hübsche, hellbraune Haare und trägt neongelbe Turnschuhe. Und, was noch wichtiger ist, er sieht glücklich aus.

»Wie heißt der Sohn?«, frage ich.

»Der Sohn ist sieben Jahre alt und heißt Kevin.«

»Kevin?« Ich verziehe unwillkürlich das Gesicht.

»Kevin«, bestätigt der Avvocato und steigt grinsend ins Auto.

Das spontane Solidaritätsgefühl mit der jungen Mutter ist nur noch eine ferne Erinnerung.

FREVA

Es gibt ein ganz spezielles, typisch neapolitanisches Gefühl, das sich *freva* nennt, Fieber, das aber weit über ein normales Fieber hinausgeht, so viel brutaler und tiefer ist es. Wie alle Gefühle lässt sich auch *freva* nur schwer beschreiben, man muss es einfach am eigenen Leib erfahren haben. Deshalb mache ich es so: Ich beschreibe das auslösende Moment für dieses blöde Gefühl, das mir von Natur aus sehr vertraut ist.

Als ich nach dem Treffen mit Avvocato Geronimo nach Hause kam, nahm ich Alleria an die Leine und ging mit ihm hinunter auf die Straße. Genauso wie sein Frauchen gerne von morgens bis abends faulenzt (wenn sie kann), ist auch mein Hund beängstigend faul und vor allem früh am Morgen absolut unverträglich, was seiner Spezies eigentlich nicht entspricht.

Darin erinnert er mich stark an meinen Bruder. Als wir noch unter einem Dach lebten, hatte er eine Phase, wo er erst gegen Mittag aufwachte und sich nach unzähligen Aufforderungen meiner Mutter mit hängendem Kopf an den gedeckten Tisch setzte und das gesamte Mittagessen über kein Wort sprach. Wenn man versuchte, ein Gespräch anzufangen (was nur meine Mutter tat, die die Gabe hat, selbst in fortgeschrittenem Alter nicht aus ihren Erfahrungen zu lernen), brummelte Antonio nur vor sich hin und wurde immer übellauniger, bis entweder er aufstand und ins Bett zurückkehrte oder man selbst (und damit meine ich mich) keine andere Möglichkeit sah, als ihm den Teller mit Nudeln ins Gesicht zu kippen.

Mit Alleria ist es ähnlich. Wenn du ihn vor elf Uhr morgens an die Leine nimmst, weigert er sich, das Haus zu verlassen. »Ich bin müde, und es ist kalt draußen«, scheinen seine Augen zu sagen. Zum Glück erlauben mir die rutschigen Bodenfliesen meiner Wohnung meist, mich durchzusetzen und ihn ins Treppenhaus zu zerren. Nur manchmal bleibt er standhaft, und ich jage ihn nach zehnminütigem Gezerre zum Teufel und gehe ins Büro, um meine Gereiztheit an Manuel auszulassen, der fast nie etwas dafürkann. Letztlich ist das Leben eines armen Hundes kurz und nicht besonders aufregend, also soll er doch seinen Willen haben, denke ich dann und beruhige mich wieder, bis ich mittags nach Hause komme und feststelle, dass er neben die Wohnungstür gepinkelt hat.

Aber das meinte ich nicht, als ich von *freva* sprach, auch wenn mich der Nervenkrieg mit Alleria manchmal fast bis dahin bringt. Das oben beschriebene Gefühl ist noch stärker, es nagt an dir und zerreißt dich innerlich. Als ich nämlich dann mit Alleria unten war und ihn zehn Minuten lang durch die Gassen geschleift hatte, betrat ich eine Bar für meinen gewohnten Espresso. Hinter dem Tresen stand um diese Uhrzeit nur Sasà, ein dürrer Junge, etwas kleiner als ich, mit Bürstenhaarschnitt, zwei Ohrsteckern und am Hals ein Tattoo. Als er mich sah, rief er: »Hey, Piccerè, lange nicht gesehen!«

Nur zwei Menschen auf der Welt dürfen mich Piccerè, also Kleines, nennen, Sasà und mein Bruder Antonio. Der mich so nennt, weil mein Vater das tat, und Sasà macht es Antonio nach, seinem besten Freund.

»Ich hatte viel um die Ohren«, gab ich zurück.

Ohne zu fragen machte er mir einen Espresso mit einem Schuss Milch. Dann kam er hinter dem Tresen hervor und kniete sich neben Alleria.

»Weißt du, wer neulich hier war?«, fragte Sasà, während er mit meinem Canis superior spielte.

Stimmt, ich nenne ihn manchmal Canis superior, denn so faul und verwöhnt, wie er ist, hat er doch eine höher entwickelte Intelligenz als viele der Geschöpfe, mit denen ich tagtäglich zu tun habe.

Ich sah ihn neugierig an, während er sich wieder erhob. »Dein Ex.«

»Mein Ex?«, fragte ich mit schriller Stimme und krauser Nase.

Sasà fing an zu lachen. »Genau der. Ich habe ihn zuerst gar nicht erkannt, bis er mich dann begrüßt hat.«

»Und was wollte er?«

»Er sucht hier eine Wohnung.«

»Eine Wohnung?«

»Eine Wohnung. Er meinte, er habe sich in der Gegend immer wohlgefühlt, und die Mieten seien okay.«

»Und was hast du gesagt?«

»Was ich gesagt habe? Meine Schwester zieht bald aus ihrer Wohnung aus, weil sie ein Kind bekommen hat. Die Miete ist günstig, er kann ja mal mit ihr reden. Ich habe ihm ihre Handynummer gegeben.«

»Hast du?«

»Ja.«

»Sasà, bist du von allen guten Geistern verlassen? Was soll das, der Mistkerl will in meine Nähe ziehen, und du rollst ihm den roten Teppich aus?«

Er lachte erneut. »Ach Luce, was willst du von mir, ich dachte, dir sei das egal.«

»Sorry, aber bist du komplett verblödet?« Meine Stimme wird immer lauter. »Ist der Typ mein Ex?«

Sasà sah mich ratlos an.

»Ist er mein Ex, ja oder nein?«

»Ja«, sagte er und nickte brav.

»Eben, und weißt du, was das Wörtchen ›Ex‹ bedeutet? ›Ex‹ bedeutet perdu, vorbei, Vergangenheit.«

Er sah mich weiter an wie eine Irre.

»Und ich mag die Vergangenheit nicht, im Unterschied zu den meisten Menschen, die sie idealisieren und so tun, als wäre alles immer perfekt gewesen. Das ist Unsinn, Sasà, pure Einbildung, wir erinnern uns nur lieber an die schönen Dinge, damit unser bisheriges Leben perfekt aussieht! Aber warum sollten wir in der Vergangenheit keinen Mist gebaut haben?«

»Schon gut, Luce, ich habe es kapiert, aber ...«, versuchte er mich zu unterbrechen, aber ich war gerade in Fahrt.

»Ich habe keine Lust, zu oft zurückzuschauen, denn davon bekomme ich Rheuma und Nackenstarre. Außerdem vergesse ich im Gegensatz zu anderen Leuten meine Narben nicht.«

Endlich schwieg ich, weil ich Luft holen musste und plötzlich nichts mehr zu sagen hatte. Ich sah, dass Alleria auf dem Boden saß und sich die Pfoten leckte wie immer, wenn er sich langweilte, und dass Sasà fast einen Meter vor mir zurückgewichen war.

Ehrlich gesagt, spontan kam mir der Gedanke, ich könnte Mundgeruch haben, und hätte fast zur Kontrolle die Hand vor die Lippen geführt. Ich hatte noch nichts gegessen, gerade einen Kaffee getrunken, gut möglich also, dass ich meinen Freund bei meiner leidenschaftlichen Brandrede voll ins Gesicht getroffen hatte. Doch dann konnte ich nicht länger darüber nachdenken, weil Sasà seinen Blick über meinen Kopf hob und »Was darf's sein?« fragte.

Als ich mich umdrehte, sah ich einen Mann um die fünfzig, mit dunklem, faltigem Gesicht und weißen Bartstoppeln, höchstwahrscheinlich ein Bauarbeiter (er trug ein einfaches blaues T-Shirt und eine graue Hose mit weißen Kalkflecken), der schon die fünf Euro für seine Bestellung in der Hand hielt. Ich trat zur Seite und schimpfte mit Alleria, der keinerlei Anstalten machte, sich wegzubewegen. Der Mann stellte sich an den Tresen und bestellte ein Peroni. Dann drehte er sich lächelnd zu mir um und sagte: »Signora, Sie haben völlig recht, Erinnerungen sind gefährlich. Die schlechten...«, und er hob seinen dicken, schwieligen Daumen in die Höhe, »tun weh, und die guten... tun genauso weh!« Dann packte er das eiskalte Bier und das Wechselgeld, lächelte mir noch einmal zu, nickte zu Sasà hinüber und verschwand.

Verblüfft sah ich Sasà an und fragte schließlich: »Hast du gesehen, was ich gesehen habe?«

»Was?«

»Diesen Mann, den Bauarbeiter.«

»Ja.«

»Also habe ich nicht geträumt?«

»Was redest du da, Luce?«

»Sorry, aber ich dachte kurz, ich hätte ihn mir nur eingebildet, ein Bauarbeiter im Spanischen Viertel wartet auf sein Bier und hält eine Philosophievorlesung!«

Sasà lachte, ich kam näher (Mundgeruch hin oder her) und sagte: »Um noch mal auf unser Gespräch zurückzukommen: Ich verzeihe dir. Du bist jung und weißt nicht, was du tust...«

»He, Piccerè, ich bin nur zwei Jahre jünger als du!«, plusterte er sich auf.

»Wenn du mich weiterhin Picceré nennen willst, rufst du deine Schwester an und sagst ihr, dass der Mistkerl die Wohnung nicht bekommt«, wies ich ihn mit erhobenem Zeigefinger an. Dann umfasste ich seinen Nacken und sah ihm fest in die Augen. Meine Worte schienen ihn zu treffen und verlegen zu machen, daher nutzte ich die Gelegenheit und setzte noch eins drauf: »Und denk immer dran, Ninnillo: Ich bin nur zwei Jahre älter als du, aber diese zwei Jahre waren ein echter Dreck. Und wer so viel Dreck gesehen hat, ist mit dem Leben per Du. Bist du per Du mit dem Leben?«

Sasà sagte nichts (ich glaube, er blickte einfach nicht mehr durch), also gab ich ihm einen Kuss auf die Nasenspitze, rief Alleria und ging, ohne mich umzudrehen, hinaus.

Beim Gedanken an den Mistkerl, der hier eine Wohnung sucht, dreht sich mir der Magen um, und mir kommt die Galle hoch. Ich würde ihn am liebsten grün und blau schlagen. Es kommt mir vor, als mache er das absichtlich, um mich zu ärgern, und das treibt meinen Blutdruck auf zweihundert mit Extrasystolen, sodass meine Gliedmaßen wie von selbst zappeln, um das aufgestaute Adrenalin abzubauen.

Und genau das nennt man *freva.*

DER MARZIPANSOLDAT

Da Alleria noch nicht nach Hause will und weil ich mir den Tag nicht von jemandem vergiften lassen, der nicht einmal mehr zu mir gehört, schlendere ich die Via Toledo hinunter, eine von Neapels Haupteinkaufsstraßen, in die sich die Gassen des Spanischen Viertels ergießen wie Bäche in einen großen Fluss.

Doch ein Spaziergang auf der Via Toledo ist kein Kinderspiel, man muss permanent auf der Hut sein und den Menschenmassen ausweichen, die sich stumpfsinnig an den Schaufenstern vorbeischieben. Alleria geht eigentlich überhaupt nicht gerne shoppen zwischen den vielen Leuten, die schubsen und drängeln und erst zur Seite gehen, wenn sie ihm schon fast auf die Pfoten getreten sind. Sobald wir in das Getümmel einbiegen, bleibt er wie versteinert stehen, und ich muss mit Engelszungen auf ihn einreden, damit er weitergeht. Das ist ein täglicher Nervenkrieg zwischen uns, denn obwohl er ein kluger Hund ist, fehlt ihm das, was anfangs schon erwähnt wurde, der Neapolitaner nennt es *cazzimma.* Ich hingegen habe reichlich davon, was so viel heißt wie: Ich bin schlau, listig und auf meinen Vorteil bedacht, ich habe Biss, kann mich durchsetzen und richtig aufregen und setze das notfalls alles gnadenlos ein, so wie jetzt. Ich weise auf einen Punkt irgendwo in der Ferne und flüstere in sein Ohr: »Guck mal, wer da ist!«

Er hebt wie elektrisiert den Kopf, spitzt die Ohren, wedelt mit dem Schwanz und trabt los auf der Suche nach der imaginären Person, die wir irgendwo auf unserem Weg treffen werden und die ihn in seiner Vorstellung wohl mit Leckerli und Streicheleinheiten verwöhnen wird. Mit diesem Trick kommen wir seelenruhig ein paar hundert Meter weit, während ich die Auslagen und die mir entgegenkommenden Typen begutachte. Erstaunt und amüsiert registriere ich einmal mehr die Beschränktheit des männlichen Geschlechts. Auf meinem kurzen Weg habe ich drei Blickkontakte mit drei Männern verschiedenen Alters. Die Pupillenbewegung ist jedoch bei allen drei dieselbe: ein Blick in meine Augen, kurzer Schwenk auf meine Titten, dann Rückkehr zu den Augen.

Die Feststellung, dass alle Männer gleich sind, kocht meinen Ärger nicht gerade herunter, auch wenn mir dieses schablonenhafte Verhalten eine gewisse Bewunderung abringt. Denn das muss man erst mal schaffen, in die Magie des Moments, wenn dein Blick den einer dir sympathischen Frau kreuzt, den Raubtierblick eines Adlers zu legen. Das alles spielt sich in der Zeitspanne eines Gähnens ab, bevor die gegensätzlichen Körperbewegungen den Blick der Frau mitsamt ihrer Aufmerksamkeit (die in einem winzig kleinen Moment nur bei dir war, ja, genau bei dir) für immer hinwegtragen. Deshalb besteht die Gefahr, dass du bei schlechtem Timing den Blick von ihren Titten nimmst und ihre Augen schon nicht mehr da sind, verschwunden in der Menge hinter dir. Für diesen Fall hat die Natur vorgesorgt, indem sie dem Mann diese ganz besondere Fähigkeit zur Lösung des Problems geschenkt hat, über die er sich selbst nicht im Klaren ist. In diesen kurzen, poetischen Blickwechseln, die sich seit jeher auf allen Straßen der Welt abspielen, wie das Blitzlichtgewitter bei einem Konzert oder das Leuchten Tausender Glühwürmchen im Dunkeln, liegt die große Fähigkeit des Mannes, sich fortzupflanzen und das Überleben zu sichern.

Daher mein Erstaunen, das mich nicht wütend macht, sondern fast zum Lächeln bringt, wenn der nächste alte Brünstling sein Ritual an mir erprobt. Denn in ihm offenbart sich nicht das Elend des männlichen Geschlechts, sondern im Gegenteil die Größe der Menschheit, die sich zur Fortpflanzung sogar physikalischer Kenntnisse über Zeit und Raum bedient.

Plötzlich bleibt mein Blick an einer lebenden Statue hängen: einem Spielzeugsoldaten, ja genau, so einer kleinen Kunststofffigur, die man früher am Kiosk kaufen konnte. Mein Bruder liebte diese Dinger über alles, und manchmal fragte ich, ob ich auch mal mit ihnen spielen dürfe, nur um ihn zu ärgern. Wenn er zögerte, wurde unsere Mutter böse und sagte: »Antonio, stell dich nicht so an, es gibt nichts Schlimmeres als Geiz. Es sind nur Gegenstände, ein bisschen Plastik, wertloses Zeug. Nichts im Vergleich zu der Freude, die du deiner Schwester machen kannst.«

In Wahrheit empfand ich wenig Freude, mir blöde Geschichten für diese Figürchen auszudenken, doch ich weidete mich an Antonios frustriertem Blick, der sich immer wieder einmischte, wenn ich die Soldaten aus seiner Sicht falsch auf das Schlachtfeld stellte. Denn die, die knieten, gehörten doch in die Reihe vor jene, die standen, oder wenigstens als Spähposten auf einen Felsvorsprung (na gut, die Anrichte tat es auch). Doch ich pfiff auf die Schlachtordnung und tat, was mir in den Sinn kam, ich schickte die Soldaten ja nicht in den Krieg, Krieg hatte ich noch nie gemocht, auch nicht in diesen blutrünstigen Filmen. Ich erfand lieber Geschichten von Leidenschaft und Verrat, so sentimentales Zeug, auch wenn ich ihm das nicht sagte, weil er sofort alles Mama gepetzt hätte, die mich dann berechtigterweise zu meinen Barbies zurückgeschickt hätte. So sah sie mich lächelnd an und sagte: »Mein kleiner Junge!«

So etwas sollte man einem Mädchen natürlich niemals sagen, will man es nicht verwirren. Ich fühlte mich in sexueller Hinsicht tatsächlich einige Jahre lang verwirrt, zumindest zu Beginn der Pubertät. Mir gefielen nur wenige Jungs, und wenn, dann rein optisch, ich war da ziemlich wählerisch, obwohl ich selbst mitsamt meiner berühmten Fettpolster nicht gerade aussah wie Madonna. Ich weiß noch, dass mich in der siebten Klasse ein hormoneller Sturm erschütterte und die beiden winzigen Zwillingsschwestern hervorbrachte, die ich noch heute habe. Plötzlich hatte ich nur noch Augen für einen Jungen aus der Achten, und immer wenn ich ihm begegnete, begann mein Herz wie wild zu pochen, und meine Wangen wurden feuerrot, sodass meine Klassenlehrerin einmal morgens besorgt fragte, ob ich Sonnenbrand hätte. Doch dieser Junge war für mich eine Art Gott, ein Apoll mit perfekten Gesichtszügen, einem herzförmigen Mund, einer kleinen Himmelfahrtsnase, blondem, schulterlangem Haar, goldbrauner Haut und keinem einzigen Barthaar. Und ich brauchte nicht lange, um festzustellen, dass mein Gott weniger einem Apoll ähnelte als vielmehr Athene. Was unvermittelt eine Panikattacke in mir auslöste.

Meine Schulkameradinnen waren samt und sonders in Gaetano verliebt, einen dunkelhaarigen Kraftprotz mit kurz rasierten Haaren, düsterem Blick und schwarzen Fingernägeln, der sämtliche Schulstunden rauchend auf dem Schülerklo verbrachte. Dennoch fanden sie ihn wunderschön und wetteiferten um die Aufmerksamkeit dieses einzigartigen Exemplars von Mann. Ich begann mir bald ein paar Fragen zu stellen: Vielleicht stand ich auf Frauen und wusste es nur nicht? War ich lesbisch? Ich fühlte mich von meinen Freundinnen zwar nicht angezogen, konnte aber auch nicht leugnen, eher auf weibliche Typen zu stehen: Ein aufgeblähter Bizeps und selbstsicherer Blick waren für mich so wenig reizvoll wie die nackten Schenkel der TV-Ballerinas. Zum Glück klärten sich meine Vorlieben dann durch meine Jahre im Studium und vor allem durch Raffaele, meine erste große Liebe. Er machte mir definitiv klar, dass nicht die Frauen als solche mir gefielen, sondern ihre Freundlichkeit. Die ich von früher nicht kannte.

Doch wir sprachen gerade von der lebenden Statue, die nichts anderes ist als ein Straßenkünstler. Ich trete näher. Der Soldat ist perfekt, das exakte Abbild einer Plastikfigur, kniend in klassischer Pose mit angelegtem Gewehr und das Auge am Sucher. Er trägt eine Uniform, die von Kopf bis Fuß grün ist, von einem so leuchtenden Grün, dass sich in seinem Helm die umliegenden Häuser und ein Sonnenstrahl spiegeln. Und als i-Tüpfelchen steht er auf einem Podest (was wäre ein Spielsoldat ohne sein Podest?). Alleria tappt näher und beschnüffelt unter eifrigem Schwanzwedeln die Statue.

»Was soll das?«, frage ich und ziehe ihn zurück, doch er geht immer wieder zu dem Soldaten. Der dumme Hund hat tatsächlich meiner List geglaubt und hält diese Living Doll nun für seine Belohnung, für den Mann mit den tausendundeinen Leckerlis.

»Sei brav«, sage ich und fische eine Münze aus der Hosentasche, gehe lächelnd näher und werfe den Euro in den umgedrehten Helm am Fuße der Statue. Zur Antwort lädt diese unter den erstaunten Rufen der Kinder ihr Gewehr und gibt einen Salutschuss in den Himmel ab, dann zwinkert sie mir kurz zu. Das bringt Alleria dazu, wie von der Tarantel gestochen zu bellen, und mit einem Sprung entwischt er mir und wirft sich auf den Soldaten. Der arme Mann wankt, fängt sich aber, woraufhin Canis superior (der in diesem Moment wenig Überlegenheit beweist) in Ermangelung von Leckerlis und Krauleinheiten anfängt, den Turnschuh des Unglücksrabens abzuschlecken, vielleicht weil er das leuchtende Grün für eine riesige Marzipantorte hält. Der arme Soldat rührt keinen Muskel, nur seine Pupillen springen schnell hin und her. Ich muss etwas unternehmen, letzten Endes arbeitet der Mann ja, aber die Szene ist so lustig, dass ich lachen muss, denn Alleria hat nun die Zunge eines Marsmenschen, und der arme Straßenkünstler steht still und stumm trotz des ganzen Tumults um ihn herum.

»Entschuldige«, sage ich und ziehe den Hund zurück, »aber es ist einfach zu komisch.«

Der Künstler antwortet nicht, und Alleria beschließt, sich satt und zufrieden in seine Nähe zu legen, mit heraushängender, grasgrüner Zunge und zuckendem Schwanz.

»Warum nicht«, sage ich nach kurzem Überlegen und hocke mich zwischen die beiden.

Wenn meine Mutter mich so sehen könnte, würde sie sich verfluchen, dass sie dieses Mädchen ohne jegliches Schamgefühl aufgezogen hat, das sich im fortgeschrittenen Alter noch zu einem Straßenkünstler auf die Erde setzt, im Arm einen farbverschmierten Hund. Wie der letzte Penner. Bei dem Gedanken muss ich wieder lachen, und ich bemerke, dass sich der Blick des Soldaten auf mich legt. Ich kann seine Miene nicht erkennen, keine Ahnung, wie alt er ist, ob Italiener oder Ausländer, stumm oder gesprächig, ich weiß nichts über sein Leben, und trotzdem freue ich mich über seinen Blick und den der Passanten, die neugierig stehen bleiben und lachen, wenn der Soldat eine Salve abgibt. Das verdanken wir Alleria, denke ich und kraule ihm den Kopf. Das Tier mag ja verrückt sein, doch es bleibt immer mein gutmütiger, ganz besonderer Hund, das einzige Lebewesen auf der Welt, das mich zum Lächeln bringt, ohne eine Gegenleistung zu erwarten.

KEINER KANN FÜR KEINEN ETWAS TUN

Als ich meiner Mutter sagte, dass ich mich auf Strafrecht spezialisieren wollte, stieß sie aus: »Heiliger Bimbam, wie kommst du denn darauf? Muss das sein, da stehe ich täglich tausend Ängste aus! Neapel ist nun wirklich nicht die richtige Stadt für so was. Warum machst du nicht Zivilrecht? Oder du verlegst dich auf Scheidungsfälle. In dem Fachgebiet sind Frauen sehr gefragt!«

»Was weißt du denn von Fachgebieten?«, fragte ich amüsiert.

»Sehr witzig«, gab sie zurück, während sie das Spülbecken schrubbte. Sie stand mit dem Rücken zu mir und schüttelte immer wieder den Kopf, um ihre Missbilligung auszudrücken. Ich ging zu ihr, legte ihr eine Hand auf die Schulter und sagte: »Warum kümmerst du dich immer um uns? Warum denkst du nicht mal an dich und daran, dass du glücklich bist!«

Als hätte ich nichts gesagt, drehte sie sich um. »Du könntest mit Don Biagio reden …«

»Nicht schon wieder Don Biagio«, stöhnte ich, »was soll ich denn mit dem?«

»Du erklärst ihm die Lage, dass du dein Examen hast und Arbeit suchst …«

»Mama, er ist Pfarrer und nicht das Arbeitsamt!«

»Schon, aber er kennt die halbe Welt …«

»Ja, und?«

»Und er könnte jemanden um einen Gefallen bitten. Für Carmine, den Sohn von Nunzia, hat er einen guten Job gefunden.«

»Der Sohn von Nunzia? Ist der nicht Totengräber?«

»Ach was, Totengräber. Er hat eine Anstellung in einem Beerdigungsinstitut, das der Pfarrei einiges verdankt…«

Ich sah sie mit großen Augen an. »Also, nur damit ich das richtig verstehe. Du würdest es lieber sehen, dass ich in einem Beerdigungsunternehmen arbeite?«

»Aber nein, du Dummerchen, das war doch bloß ein Beispiel. Ich möchte nur, dass du irgendwo unterkommst, eine normale Arbeit hast und eine normale Familie und Kinder. Ich wäre gerne noch ein paar Jahre Oma, bevor ich sterbe.«

»Jetzt werd nicht sentimental…«

Doch sie schwieg, und das Schweigen geriet für meinen Geschmack entschieden zu schwer. »Na gut, ich gehe zu ihm«, stöhnte ich schließlich resigniert.

»Keine Sorge«, gab sie schnell zurück, »ich werde dich nicht nerven. Ich habe schon verstanden, dass der Herrgott sich um dich kümmern muss, wenn ich einmal nicht mehr bin. Ich kann da nichts tun!«

Darauf konnte ich nur schnippisch antworten: »Na wunderbar, sehr gut, endlich hast du's verstanden. Keiner kann für keinen etwas tun, das gilt auch für dich. Du kannst nichts für mich tun!« Ich ging zur Tür. Dann überlegte ich es mir anders, drehte mich um und fügte hinzu: »Oder doch, eines könntest du tun: dich nach meinem Wohlergehen erkundigen anstatt nach meiner Arbeit. Wie es mir geht, und nicht, was ich mache. Du könntest mir ein Lächeln schenken und sagen, wird schon werden. Aber das ist natürlich zu viel verlangt.«

Wieder erwiderte sie nichts und spülte das Becken

aus. Ich blieb noch kurz in der nach Essig riechenden Küche stehen, die Fäuste geballt und die Zähne aufeinandergebissen, in der Hoffnung, meine Mutter würde sich umdrehen und lächeln, würde sagen: Ja, du hast recht. Doch sie tat es nicht, sie tut es nie.

»Wäre auch zu schön gewesen«, sagte ich schließlich und verließ das Zimmer.

Ich hatte schon die Wohnungstür geöffnet, als sie in der Küchentür erschien. »Ich weiß, dass dir mein Leben eintönig und nutzlos vorkommen muss. Du möchtest es weiter schaffen als ich, nicht wahr? Du suchst nach Abenteuern, nach einer Arbeit, die dich erfüllt und bei der dir niemand sagt, was du zu tun und zu lassen hast.«

So sah sie mich an, die Hände verschränkt und den Kiefer angespannt. Und plötzlich sah ich mich in ihr, in dieser unverblümten, klaren Art, die aber die Unsicherheit darunter nicht verbergen konnte. Hier standen zwei Frauen, die sich liebten, sich aber nicht verstanden mit ihren unterschiedlichen Sichtweisen und Vorstellungen vom Leben.

»Ja, genau das suche ich«, gab ich zurück. »Was soll daran schlecht sein?«

Sie seufzte. »Nichts, mein Schatz, nichts ist schlecht daran, für sein Glück zu kämpfen. Ich habe halt nur Angst, dass du bei der ganzen Kämpferei nicht merkst, wie dir das Leben unter den Händen zerrinnt.«

Nun konnte ich meinen Ärger nicht mehr zurückhalten, der ganz vorsichtig in Form einer kleinen Träne an meinen Panzer klopfte, als bitte er um Erlaubnis auszubrechen. Als ich es merkte, war es bereits zu spät. Mit gesenktem Kopf eilte ich zur Treppe. Da traf mich der letzte Satz meiner Mutter in den Rücken und riss mich mit wie eine Lawine: »Denk immer daran, Luce, das Glück ist ganz leise. Wenn du zu laut bist, geht es an dir vorbei, ohne dass du es hörst.«

Und so stehe ich nun seit zwei Tagen wie ein Spürhund vor Carmen Bonavitas Haus, Fotoapparat im Rucksack, einen Kaugummi im Mund, und spiele Privatdetektiv, ausgerechnet ich, der schon jede persönliche Frage seitens meiner verflossenen Typen tendenziell zu viel war.

Es ist elf Uhr vormittags, als sie das Haus verlässt. Genau wie gestern. Sie biegt in die Gasse ein, bleibt nach wenigen Schritten stehen und zieht aus der Handtasche mit Schlangenledermuster ein Päckchen Zigaretten, das sie immer bei sich hat. Obwohl ich fast zehn Meter von meinem Opfer entfernt stehe, steigt mir ihr süßliches Parfüm in die Nase. Sie trägt eine eng anliegende Jeans und lila Schuhe mit Keilabsatz, darüber eine fuchsiafarbene Lederjacke und in den Ohrläppchen zwei große Ringe, die man problemlos als Hula-Hoop-Reifen verwenden könnte. Ganz zu schweigen vom Make-up, ihr Gesicht ist völlig mit Rouge zugekleistert, und der rosafarbene Lippenstift leuchtet durch die ganze Straße.

Bei aller weiblichen Solidarität – je mehr Zeit ich auf diese Besessene verwende, desto unsympathischer wird sie mir. Eine Tussi, wie sie im Buche steht, denke ich, während ich beobachte, wie sie die Metzgerei betritt und kurz darauf wieder herauskommt, das Handy am Ohr und unter ordinärem Gelächter. Ich stöhne und folge ihr, sie biegt um die Ecke und betritt »Genny's Boutique« (so steht es nun mal auf dem Schild über dem Laden), wo sich sämtliche Frauen dieser paar übereinandergestapelten Gassen die Dauerwelle machen lassen.

Und jetzt? Ich greife zu meinem Telefon und rufe Geronimo an.

»Was gibt's, ich bin bei Gericht!«, begrüßt er mich charmant wie immer. Anstatt zurückzublaffen: »Warum bin ich nicht bei Gericht? Ich bin schließlich auch Anwältin, falls du das vergessen hast«, sage ich: »Ich verfolge Signora Bonavita bei ihren Morgenerledigungen. Gerade sitzt sie für die Dauerwelle beim Friseur, wer weiß, in welchen Shoppingstrudel sie mich danach reißen wird. Wann kann ich Schluss machen?«

»Ein bisschen Geduld, Luce, früher oder später wird schon was herauskommen. Du bist doch erst zwei Tage an ihr dran.«

»Zwei Tage erst? Stimmt, zwei Tage, ich dachte …«

»Na gut, Di Notte, ich muss Schluss machen, wir reden heute Nachmittag weiter.«

Ich beende das Gespräch und setze mich auf eine am Laternenpfahl angekettete Vespa. Dann zünde ich mir eine Zigarette an und vertreibe mir die Zeit, indem ich drei Afrikanern zusehe, die normalerweise auf der Via Toledo ihre gefakten Sonnenbrillen und gerippten Konzert-CDs verkaufen. Gerade rennen sie die Straße hinauf, nachdem sie in Windeseile ihre Sachen zusammengerafft haben, da eine Polizeistreife im Anmarsch ist.

Eine halbe Stunde später verlässt Signora Bonavita den Friseursalon und betritt die angrenzende Bar. Ich tue es ihr gleich und bestelle einen Espresso. Sie trinkt einen Obstsaft und plaudert mit dem Kellner hinter der Bar. In zwei Tagen habe ich sie nie etwas anderes konsumieren sehen als Wasser oder Saft, ich habe sie nie etwas anderes betreten sehen als Geschäfte. Sie kommt mir ziemlich gewöhnlich vor, wohlhabend, operiert (ihre Lippen gleichen einem Schlauchboot), gelangweilt und vielleicht auch unglücklich, wie alle Menschen, die sich ständig hinter einem Lachen verschanzen. Ich weiß noch, wie meine

Großmutter einmal morgens, als ich mit einer Freundin spielte, ein unechtes Kinderlachen von mir hörte, wie Kinder es manchmal tun, und sagte: »Nenné, vergeude nicht dein Lachen, du wirst es noch brauchen!«

Tja, die gute Signora Bonavita scheint mir eine ganze Menge Lachen zu vergeuden.

Am frühen Nachmittag beschließe ich, bei Genny vorbeizugehen und ein paar Infos einzuholen.

»Hallo, Luce«, begrüßt er mich, »was ist los, möchtest du deine Haare wieder lang haben?« Er bricht in Gelächter aus.

»Nein, du weißt doch, dass ich niemals etwas rückgängig mache. Komm doch bitte einen Moment mit vor die Tür, ich muss mit dir reden.«

»Was gibt's?« Mit einer Zigarette im Mundwinkel folgt er mir hinaus.

»Hör mal, ich muss da was wissen …«, sage ich zögernd.

Er mustert mich abwartend von oben bis unten. Ich trage eine enge Jacke über Jeans und Converse. Mit meinem Kurzhaarschnitt und der Sonnenbrille sehe ich aus wie eine Siebzigerjahre-Rocksängerin. Oder ein Schmalzsänger von heute.

»Diese Frau, die heute Morgen bei dir war …«

»Welche Frau?«

»Die Blonde mit der lila Jacke …«

»Carmen.«

»Genau, Carmen. Ich wollte wissen, ob … also ob …«

Genny sieht mich verständnislos an. Ich bin es nun mal nicht gewohnt, meine Nase in anderer Leute Angelegenheiten zu stecken, mir ist die Fragerei schrecklich peinlich. Auch weil Genny es mir berechtigterweise übel nehmen könnte.

»Wie ist sie denn so?«, murmele ich vor mich hin, als würde mein Genuschel die Spioniererei irgendwie besser machen. Ich fühle mich schuldig, und zu Schuldgefühlen habe ich nun mal kein gutes Verhältnis, weil ich sie seit jeher mit mir herumtrage und verdränge, um vorwärtszukommen, bis ich dann manchmal nachmittags mit meiner Mutter zusammensitze, die zum Thema Schuldgefühle eine mehrsemestrige Vorlesung halten könnte. Sie braucht nur einen Satz zu sagen wie: »Gestern war ich den ganzen Tag allein ...«, damit das ganze Elend wieder da ist. Oder: »Am Sonntag wollte ich Ragù machen, aber du besuchst mich ja nie!« Ein spitzer Stich hinter dem Brustbein. Im Laufe der Zeit habe ich dagegen zum Glück eine erwiesenermaßen wirkungsvolle Methode entwickelt: Ich sage zu allem nickend Ja und Amen. Wie mein Bruder es im Übrigen schon immer macht. Die Urheberrechte für das Stück »Ich nicke, auch wenn ich nichts kapiert habe« darf eindeutig er für sich beanspruchen. Ich weiß noch, dass er ganze Abende mit Kopfnicken verbringen konnte, und wenn ich ihn dann fragte, was sie wollte, sagte er: »Äh, keine Ahnung, ich habe gar nicht zugehört.«

Doch zurück zu Genny, der nichts von all dem weiß und dem meine Schuldgefühle piepegal sind. Er gibt mir mein Feuerzeug zurück und sagt: »Carmen ist eine nette Frau, die ist schwer in Ordnung! Sie hat ein Kind, sieben, acht Jahre alt, und lebt allein. Und trotzdem ist sie immer fröhlich und ganz vernarrt in den Kleinen.«

»Liebt sie ihn?«

Genny sieht mich erstaunt an. »Wer könnte denn sein Kind nicht lieben?«

»Stimmt«, murmele ich und gehe darüber hinweg. »Und ihr Mann?«

»Der ist weggegangen. Sie haben nur noch gestritten.«

»Und wie ist der so?«

»Was meinst du?«

»Carmens Mann, wie der so ist?«

Misstrauisch sieht er mich an: »Was soll denn die Fragerei?«

Ich wende den Blick ab und erwidere: »Nichts, gar nichts, nur so ...«

»Luce, alle mögen dich hier, du bist in Ordnung, weißt immer, wo dein Platz ist, machst, was du willst, was musst du so komische Fragen stellen? Wenn du mich fragst, mach dein eigenes Ding, dann wird es gut!«

Er schnippt die Zigarettenkippe weg, packt meine Wange zwischen Zeige- und Mittelfinger und führt sich die Hand an die Lippen, um sie zu küssen. Dann geht er wieder hinein. Ich bleibe allein zurück, es ist früher Nachmittag, und alles ist still, und ich stelle meine Frage, die ich nicht mehr anbringen konnte, der leeren Straße: »Ach, wirklich, bin ich bei allen beliebt? Wo sind sie denn dann alle, Genny, kannst du mir das mal sagen? Hier in meiner Nähe sehe ich jedenfalls niemanden!«

NICHTS IST, WIE WIR ES UNS VORGESTELLT HABEN

»Also, was gibt's Neues?«

»Nichts, Don Vittò, ich habe meinen ersten Fall und finde ihn fürchterlich.«

»Fürchterlich?«

»Ja, es ist nämlich gar kein Rechtsfall. Ich soll eine Signora ausspionieren ...«

»Man soll doch nicht spionieren, Nenné ...«

Ich zögere kurz, nur meine Nonna nannte mich »Nenné«, Kleines, dann antworte ich: »Das weiß ich ja, aber sagen Sie das mal meinem Chef.«

Er lächelt und zieht an seiner Pfeife, sodass die mit Zuckerwatte verklebten Wangen in der Höhle unter seinen Backenknochen zu verschwinden scheinen. Don Vittorio ist mein Wohnungsnachbar, ein älterer Herr um die siebzig, der alleine lebt und im Rollstuhl sitzt. Ihn habe ich an dem Tag kennengelernt, als der Mistkerl gerade nach Thailand abgereist war und ich Alleria in der Mülltonne gefunden hatte. Am selben Nachmittag nämlich klingelte Agata an meiner Tür, seine polnische Betreuerin, lächelte mich breit an und bat mich in die Wohnung des Alten hinüber. »Guten Tag, Signora, ich bin Ihr Nachbar, Vittorio Guanella«, stellte er sich vor. »Möchten Sie kurz Platz nehmen?«

Ich blieb stehen und sah ihn an, und er fuhr fort: »Nun, ich wollte Sie um einen Gefallen bitten, aber wenn es

Ihnen lieber ist, kann ich auch mit Ihrem Mann reden«, setzte er etwas verunsichert hinzu. Meine distanzierte Haltung zeigte Wirkung. Dabei hatte ich überhaupt nichts gegen ihn, nur dass ich ungern mit Signora angeredet werde.

»Ich bin nicht verheiratet«, korrigierte ich ihn.

Der Alte lächelte verlegen und wechselte das Thema. »Tja, ich habe ein Problem. Agata«, er nickte in Richtung seiner Aushilfe, die neben dem Tisch stand, »kann sich vor vier Uhr nachmittags nicht mehr um mich kümmern.« Er starrte mich an, als erwarte er eine Antwort oder eine Bemerkung dazu.

»Ja, und?«, fragte ich, um ihn zufriedenzustellen.

»Deshalb bräuchte ich jemanden, der mir Mittagessen kocht. Wissen Sie, ich bin alt und sitze in diesem dummen Ding hier«, er umfasste die Armlehnen des Rollstuhls, »außerdem kann ich nicht kochen.«

Er hob den Blick und sah mich mit glänzenden Augen an.

Was ist das denn jetzt für eine Nummer?, schoss es mir kurz durch den Kopf, bevor er weitersprach. »Also, ich dachte ... wir könnten uns absprechen. Finanziell komme ich über die Runden, aber wenn Sie mir eine Kleinigkeit zu Mittag mitkochen könnten, wäre ich Ihnen sehr dankbar.«

Ich fuhr mir mit den Händen übers Gesicht und rieb mir die Augen, dann gab ich schroff zurück: »Haben Sie mich mal angeschaut?«

Vittorio Guanella starrte mich mit offenem Mund an.

»Sehe ich etwa aus wie eine Frau, die ihrer Familie ein hübsches Mittagessen kocht?«

Der Mann kratzte sich am Kopf, musterte mich kurz und lächelte dann.

»Tja, wenn man es so betrachtet.«

»Ich bin ziemlich merkwürdig, glauben Sie mir. Ich koche nicht, ich bügele nicht, ich spüle kein Geschirr und gehe sonntags nicht in die Kirche. Ich bin keine brave Hausfrau, und wenn Sie es genau wissen wollen, ich lasse mir das Mittagessen von meiner Mutter kochen oder esse nichts.«

»Aha«, machte er und kratzte sich den Bart.

»Ja«, bestätigte ich.

»Und wie sollen wir es dann machen?«

Ich atmete aus, tat zwei Schritte und setzte mich auf die Armlehne des Sessels neben ihm.

»Tja, wie sollen wir es machen?«, lächelte ich schließlich, obwohl ich innerlich schon die Antwort kannte. »Ich könnte ja meine Mutter fragen, ob sie etwas für Sie mitkocht, dafür würde sie bestimmt kein Geld nehmen. Immerhin ist sie Sakristanin und Katechetin ...«

»Was ist eine Sakristanin?«, unterbrach er mich.

»Eine Sakristanin? Das habe ich auch noch nicht kapiert, so eine Art Blumenfrau, aber bigotter ...«

Don Vittorio prustete los.

»Jedenfalls muss ich ihr nur die Situation erklären, dann wird sie Ihnen bestimmt auch jeden Tag einen Nachtisch bereiten. Aber wenn wir das machen, müssen Sie mir im Gegenzug drei Gefallen tun.«

»Gleich drei?« Der Mann wirkte erschrocken.

»Mögen Sie Hunde?«

»Hunde?«

»Ja, Hunde. Gestern habe ich einen gefunden. Könnten Sie ihn tagsüber für mich hüten, wenn ich bei der Arbeit bin?«

»Was für ein Hund ist es denn?«

»Was weiß ich, ein Hund halt, irgendein Mischling, ganz mager mit langen Beinen, er sieht aus wie Gian Burrasca. Warum, spielt die Rasse eine Rolle?«

»Nein, nein«, erwiderte er schnell.

»Also?«

»Und der zweite Gefallen?«

Ich betrachtete ihn lange. »Der zweite Gefallen ist, dass ich bei Ihnen zu Mittag essen kann.«

»Bei mir? Und Ihr Mann?«

»Scheibenkleister, schon wieder! Ich hatte Ihnen doch gesagt, dass er nicht mein Mann ist. Und zu meinem Leben gehört er auch nicht mehr.«

Da er nichts sagte, musste ich weiterreden. »Also? Abgemacht? Ich steuere das Essen bei und Sie die Wohnung?« Ich hielt ihm meine Hand hin.

»Und der dritte Gefallen?«, fragte er prompt.

»Sie dürfen mich nicht nach dem Grund fragen.«

»Nach welchem Grund?«

»Warum ich bei Ihnen essen möchte, warum der, den Sie meinen Mann nennen, nicht mehr da ist, warum ich mir das Essen von meiner Mutter kochen lasse. Wir müssen beim Essen nicht schweigen, das wäre ein bisschen trist, aber Sie müssen mir versprechen, mir keine persönlichen Fragen zu stellen. Ich will nicht, dass sich jemand in mein Leben einmischt.«

Vittorio Guanella brach wieder in Lachen aus und streckte mir seine knochige Hand entgegen. »Abgemacht!«, rief er. »Dann müssen wir eben über mein Leben reden. Und ich versichere Ihnen, dass ich einiges zu erzählen habe!«

»Weiß denn deine Mutter, dass du bei mir isst?«

»Don Vittò, haben Sie schon vergessen? Keine persönlichen Fragen«, erwidere ich und beiße in ein Stück Weißbrot.

Er tunkt das Brot in die Fleischsoße und beugt sich

über den Tisch, um nicht zu kleckern. Dann erst sagt er: »Die Signora ist jedenfalls eine tolle Köchin. Ich würde sie gerne mal kennenlernen, früher oder später.«

»Lieber später«, meine ich und schenke mir ein Glas Wein ein.

Jeden Tag hat Vittorio Guanella in seiner kleinen Küche für uns den Tisch gedeckt: rot-weiß kariertes Tischtuch mit zwei Gläsern, wie Nonna Giuseppina sie hatte, unten schmal mit weiter Öffnung, viererlei Besteck, für jeden ein frisches Brötchen (die der Wursthändler ihm pünktlich um elf vorbeischickt), dazu eine Flasche Aglianico und eine Serviette um den Hals. Er selbst sitzt bereits in seinem Rollstuhl am Tisch, in irgendeine seiner merkwürdigen Lektüren vertieft, während Alleria, der wahrscheinlich gerade noch neben ihm gesessen hat, mir schwanzwedelnd entgegentrottet.

Ich trinke aus und krame meine Zigaretten aus der Handtasche.

»Nenné, dir ist aber heute eine Laus über die Leber gelaufen …«

»Meine Großmutter hat mich immer so genannt.«

»Wie?«

»Nenné.«

»Wirklich?«

»Ja. Sie nannte mich ›Nenné‹ und mein Vater ›Picceré‹, was mein Bruder übernommen hat.«

»Du brichst ja unsere Verabredung«, meint er lächelnd.

»Wieso?«

»Du redest über dich. Und das reizt wiederum meine Neugier weiterzufragen.«

»Stimmt. Aber heute habe ich irgendwie einen Kloß im Hals, der einfach nicht weggehen will.«

»Ich mag Spitznamen, Kosenamen«, erzählt er, »sie

machen es uns leicht, jemandem zu sagen, dass wir ihn mögen. Also, Nenné, was ist los?«

Ich nehme einen Zug und erwidere zögerlich: »Kennen Sie das Gefühl, wenn das Leben Sie gegen Ihren Willen in eine bestimmte Richtung zieht?«

Er denkt eine Weile nach, schenkt sich Wein nach und antwortet: »Ja, ich weiß, was du meinst.«

»Ich versuche ja immer, nicht aufzugeben, ich mag keine Leute, die ständig nur jammern, besser gesagt, ich mag meine Mutter nicht, aber wenn ich dann mal kurz innehalte und nachdenke, ist mein Leben zurzeit nicht das tollste.«

»Gefällt dir der Job nicht?«

»Weiß nicht, vielleicht mochte ich ihn nie, ohne es mir einzugestehen. Ich dachte eher, einer dieser Tom-Cruise-Anwälte zu werden aus *Eine Frage der Ehre*, wissen Sie? Haben Sie den gesehen?«

Don Vittorio schüttelt den Kopf.

»Egal. Jedenfalls dachte ich, ich würde gegen die Mächtigen und für die Rechte der Schwachen kämpfen. Stattdessen spioniere ich für einen alten Brünstling eine alleinerziehende Mutter aus.«

»In Wirklichkeit kommt nichts so, wie wir es uns vorstellen.«

»Ja, genau, das stimmt, nichts ist, wie ich es mir vorgestellt habe. Die Arbeit nicht und vielleicht auch mein Leben insgesamt nicht.«

Er kratzt sich den Bart. »Du bist noch jung genug, die Dinge zu ändern.«

Ich ziehe an meiner Zigarette und lasse mir von Alleria die Hand lecken. »Vielleicht hätte ich heiraten und ein Kind kriegen sollen, wie es mir meine Mutter geraten hat.«

»Eltern sollten ihren Kindern beibringen, ihren Leidenschaften nachzugehen, nicht irgendwelchen Projekten.«

Ich sehe ihn an und muss lächeln. Dieser kleine alte Mann mit seinen tiefen Augenhöhlen und den wenigen Haarsträhnen auf dem Kopf macht mir immer gute Laune. Er hat Philosophie studiert, aber nie unterrichtet, weil er sofort nach dem Examen mit seiner Trompete ein Kreuzfahrtschiff bestiegen hat. Sein Leben lang hat er auf Dampfern gespielt und ganz Europa gesehen, nur geheiratet hat er nie und auch keine Kinder bekommen.

»Leidenschaften können dir hin und wieder einen Funken Glück schenken, Projekte nicht. Im Gegenteil, sie schaden sogar, dem Glück, meine ich. Denn sie verführen dich dazu, dein Ziel immer weiter nach hinten zu schieben.« Er sieht mich mit einem leisen Lächeln an.

»Dann sollte ich vielleicht hier wegziehen, wie mein Bruder es getan hat, und mir ganz woanders etwas Neues aufbauen, um diesen Gestank nach Feuchtigkeit loszuwerden, der mich hier immer umgibt.«

»Der Gestank nach Feuchtigkeit?«

»Ja, dieser Schimmel, der über allem hängt, auch im Hauseingang.« Ich ziehe die Luft durch die Nase ein. »Auch in den Gassen hier im Viertel. Und in meinen Kleidern.«

»Ich rieche ihn nicht«, meint er amüsiert.

»Natürlich nicht, in Ihrem Alter lassen die Sinne ja auch nach …«, sage ich mit einem Augenzwinkern.

Er lächelt. »Nenné, du sagst, der Gestank umgibt dich immer. Vielleicht könntest du ihn auch im Norden nicht abschütteln. Weißt du, was Seneca zu seinem Freund Lucilius sagte?«

Ich schüttele den Kopf.

»Deinen Geist musst du ändern, nicht den Himmel«, und jetzt zwinkert er mir zu.

»Warum habe ich ausgerechnet einen Philosophen als Nachbarn?«, gebe ich lächelnd zurück.

»Ich habe im Leben mehr Musik gemacht als philosophiert.«

»Warum spielen Sie mir nicht etwas auf der Trompete vor?«, frage ich ihn. »Ich habe Sie noch nie spielen hören.«

»Meine Kraft reicht nicht mehr, dafür braucht man viel Puste«, erwidert er schnell und verstummt.

»Ich habe zurzeit auch nicht viel Puste, glaube ich«, sage ich nach einer Weile. »Möchten Sie die Wahrheit wissen?«

Er nickt.

»Ich glaube, ich werde meinem Namen überhaupt nicht gerecht. Bei mir ist mehr Schatten als Licht.«

Don Vittorio unterdrückt ein Lachen und legt mir seine Hand auf den Arm. »Nicht schlimm, Luce, manchmal braucht es eben auch ein bisschen Schatten im Leben, das hilft dabei, die Dinge klarer zu sehen. Zu viel Licht kann auch blenden! Und wenn es die Dunkelheit nicht gäbe, wüssten wir das Licht nicht zu schätzen. Es gibt ein afrikanisches Sprichwort, es heißt: Wo zu viel Sonne ist, ist Wüste …«

Ich betrachte ihn halb bewundernd, halb neugierig, er schenkt uns noch einmal nach und hebt sein Glas für einen Trinkspruch. Ich tue es ihm gleich, ohne zu wissen, was wir feiern. »Was ich sagen will: So ist das Leben, eine Mischung aus Höhen und Tiefen, Licht und Schatten. Und je älter man wird, desto ungünstiger wird das Verhältnis. Ich in meinem Alter kann dir nur sagen, denk nicht zu viel nach, und folge deinem Weg, es wird dich schon dorthin führen, wohin du willst, ohne dass du es merkst. Das Leben, meine ich.«

Dann leert er den Wein mit einem Zug, wischt sich mit dem Ärmel über den Mund und setzt mit zwei Zügen, die ihm die Wangen blähen, seine Pfeife wieder in Gang. »Weißt du, was man am besten macht, wenn man voller Zweifel ist, unsicher und unentschlossen, weil alles vor einem schwarz ist?«

Ich schüttele den Kopf.

»Die Augen schließen und ein schönes Glas Rotwein trinken.«

Ich lächele. Ja, das verstehe ich.

DIE NONNEN UND DIE ENGELCHEN

Auch heute sitze ich wieder am Tresen von Sasàs Bar mit einer Flasche Peroni in der Hand (und das um elf Uhr morgens) und warte darauf, dass Signora Bonavita zu ihrer täglichen Einkaufstour aufbricht. Ich werde ihr ein letztes Mal folgen und dann in der Kanzlei vorbeigehen und Geronimo mitteilen, dass ich den Fall abgebe und er mich meinetwegen feuern kann. Das ist nicht das Leben, das ich wollte. Ich kann ja noch akzeptieren, dass der Mistkerl ein Mistkerl ist, die Welt ist nun mal voll mit allen möglichen Menschen, da pickt man sich schon mal den faulen Apfel heraus, doch es reicht mir jetzt, dass mein Tag plötzlich komplett von Dingen bestimmt wird, die mich anwidern und die nichts mit mir zu tun haben.

Ich fühle mich in die Zeit zurückversetzt, als ich als kleines Mädchen gezwungen wurde, irgendwelche Dinge zu essen. Ich habe über dreißig Jahre gebraucht, die tausend Facetten ihrer Kochkunst schätzen zu lernen. Als Kind aß ich nichts außer Schnitzel und Pommes. Ich mochte kein Gemüse, kein Obst und nur ganz selten Reis oder Nudeln. Eine Zeit lang zwang mich meine Mutter mittags immer, ein Gebräu aus Unmengen von Obst und Gemüse zu trinken. Weil ich bei diesem Wahnsinn anfangs nicht mitmachen und das Teufelszeug nicht schlucken wollte, drohte sie mir, dass die Ordensschwestern aus dem Kloster hinter unserem Haus kommen und mich für immer mitnehmen würden. Man kann sich leicht vorstellen, welche Wirkung diese Drohung auf eine Zehnjährige hat. Monatelang lag ich nachts wach und hörte auf jedes Geräusch aus dem Wohnzimmer. Ich stellte mir vor, wie alte, runzelige Nonnen dreist in mein Zimmer geschlichen kamen und mich entführten. Ein anderes Mal erwachte ich schreiend aus dem immer gleichen Traum: dass die Hexe aus *Schneewittchen* in ihrem schwarzen Mantel und mit einer dicken Warze auf der Hakennase unter meinem Bett hervorkam.

Zum Glück wurde das Kloster ein paar Jahre später geschlossen, und die Schwestern mussten nun einem anderen Mädchen die Kindheit zur Qual machen. Ich habe es meiner Mutter nie erzählt, aber diese Drohung war einer der Gründe, warum ich als Erwachsene mit der Religion abgeschlossen habe. Denn mehr noch als die Feststellung, dass Gott nichts bewirken kann (meine ganze Kindheit habe ich gebetet, dass mein Vater zurückkommt), waren es die alten Megären hinter unserem Haus, die mich die Entscheidung treffen ließen, dass nichts Gutes von Menschen ausgehen konnte, die sich hinter dicken Mauern vor dem Leben verschanzten.

Um auf meine einseitige Ernährung zurückzukommen, begann nach dem Verschwinden der bösen Schwestern in Schwarz eine neue Zeit. Ich veränderte mich, mein Körper und meine Gewohnheiten änderten sich, und nach und nach erweiterte sich auch mein Speiseplan, bis ich eines Tages viele Jahre später auf den Mistkerl stieß, der, so ein Zufall, die asiatische Küche liebte. In zwei Jahren aßen wir uns durch sämtliche Restaurants: chinesisch, japanisch, sri-lankisch, indonesisch, wir haben uns mit Couscous vollgestopft, mit Sushi, mit allerlei Schweinkram, den man mit den Händen isst, mit komischen aphrodisischen Fleischbällchen, mit so scharf gewürzten Salsas, dass der Ex perdu zwei Tage lang nicht von der Toilette kam und einem unbekannten Gott schwor, nie wieder etwas von außerhalb der EU zu essen.

Mag sein, dass ich einfach bei ihm sein wollte oder mein Leben für Neues öffnen wollte. Vielleicht war es aber auch die Tatsache, dass eine zu zweit gemachte Erfahrung die Angst (welche für gewöhnlich in der Stille der Nacht kommt und dich aufweckt wie ein quengelndes Kind) ein Stückchen von dir wegrückt, als wollte sie den kurzen Moment des Glücks respektieren. Jedenfalls lernte ich in diesen zwei Jahren, alles zu essen. Ich lernte vor allem, manchmal Ja zu sagen.

Wenn ich also doch eine Sache nennen soll, die positiv an dieser Beziehung war, jetzt, wo der Mistkerl weg ist, würde ich sagen, dass ich seit dieser Zeit alles esse und über das kleine Mädchen lachen kann, das sich von Pommes und Schnitzel ernährte und nur Nein sagen konnte.

Was hat das alles mit meiner Arbeit zu tun? Einiges, denn in letzter Zeit habe ich das Gefühl, mich wieder in das ängstliche kleine Mädchen zurückzuverwandeln, das ein ekliges Gesöff trinken soll, damit die Nonnen es nicht mitnehmen. Aber nein, diese Zeiten sind lange vorbei, und mittlerweile entscheide ich selbst, was ich schlucke. Und zu wem ich Ja sage.

Ich bin tief in meine einigermaßen abstrusen Gedanken versunken, als Carmen Bonavita mit ihrem künstlichen Lächeln und behangen wie ein Weihnachtsbaum die Bar betritt und ihren Blick auf Sasà heftet, der die Gläser poliert.

»Hey«, sagt sie.

Er dreht sich um. »Hallo, Carmen, guten Morgen!«

»Hallo, Sasà. Hör mal, ich muss heute Abend weg, kannst du Claudia fragen, ob sie vielleicht auf Kevin aufpasst?«

»Nein, Claudia hat doch die Zusage für den Job bekommen, auf die sie dauernd gewartet hat, habe ich das nicht erzählt?«

»Ach ja, Mist… Tja, freut mich natürlich für sie, aber was soll ich jetzt tun? Ich habe eine wichtige Verabredung.« Sie stemmt die Hände in die Hüften.

»Ich könnte vielleicht…«, sage ich spontan und lasse unauffällig die Peroni-Flasche in das Spülbecken hinter dem Tresen gleiten.

Carmen Bonavita dreht sich um, als nähme sie mich erst jetzt wahr, und mustert mich von Kopf bis Fuß. Zum Glück trage ich heute eine schlichte Bluse über der Jeans, und aus den Augenwinkeln sehe ich, wie Sasà die Stirn runzelt und den Kopf zu uns reckt.

»Und wer bist du?«

»Sie suchen eine Babysitterin? Das bin ich.«

Carmen starrt mich weiter an und wendet sich dann an Sasà, dem immer noch der Mund offen steht.

»Kennt ihr euch?«

»Aber klar doch«, sagt er, »das ist Luce, die Tochter von Carmela, der Katechetin…«

Signora Bonavitas Miene beginnt zu strahlen. »Ach, du bist die Tochter von Carmela, der Schneiderin? So eine nette Frau, immer freundlich zu allen. Kevin liebt sie!«

»Er kennt meine Mutter?«

»Alle kennen sie! Ich habe ihr früher manchmal die Hosen meines Mannes zum Bügeln vorbeigebracht.«

»Klar«, erwidere ich, »alle kennen sie…«

»Und du könntest heute Abend zu uns kommen?«

»Aber, Luce, seit wann…«, versucht sich Sasà einzumischen, doch ich erhebe mich und gebe der Frau die Hand. »Kein Problem, sobald ich Feierabend habe, bin ich da.«

»Klasse, ich wohne im ersten Haus in der Straße. Du musst bei Bonavita klingeln.«

»Okay.«

»Dann bis später«, und weg ist sie. Draußen dreht sie sich noch einmal um und sagt lachend: »So ein schöner Name, Luce, der macht mir echt gute Laune! Schön, dich kennenzulernen ... und viele Grüße an deine Mutter.«

Dann verschwindet sie. Ich sollte ihr folgen, aber das geht nun nicht mehr. Sasà starrt mich immer noch mit offenem Mund an.

»Was ist?«

»Seit wann passt du denn auf Kinder auf?«

»Seit heute, warum? Ich brauche Geld.«

»Aber du bist doch Anwältin.«

»Sasà, was soll die Fragerei, bist du mein Vater? Hast du übrigens mit deiner Schwester gesprochen?«

Er murmelt etwas vor sich hin.

»Du hast noch nicht mit ihr gesprochen?«

»Hab ich vergessen ...«

»Sasà«, sage ich und setze mir die Sonnenbrille auf, »mein Leben ist schon kompliziert genug, also halt dich bitte raus. Rede mit deiner Schwester, sonst schneid ich dir die Eier ab! Falls du überhaupt welche hast.«

Er lächelt mit offenem Mund.

»Und klapp den Mund zu, hier ist es voller Fliegen«, setze ich hinzu und bin weg.

Punkt zwanzig Uhr stehe ich vor Carmens Haus. Auf mein Klingeln hin ertönt ihre schrille Stimme durch die Gegensprechanlage. »Dritter Stock.«

Im Innenhof passiere ich ein Dutzend Mofas, eine schlafende Katze auf einem Vespasattel sowie die Portierloge aus Holz, in der gut sichtbar eine Fotografie von Pater Pio und ein Fußballposter von Marek Hamsik hängen. Ich drücke auf den Aufzugknopf und versuche, nicht an das Schlamassel zu denken, in das ich mich gerade hineinmanövriere. Eigentlich wollte ich doch zu Geronimo gehen und den Fall zurückgeben, stattdessen spiele ich hier den Babysitter. Doch das eigentliche Problem liegt darin, dass ich noch nie in meinem Leben mit Kindern zu tun hatte. Ich mag keine Kinder! Wenn ich die ganzen Muttis sehe, die sich ständig kümmern, lachen, spielen und nur noch von ihren Gören reden – sind sie nicht schön, klar, ein bisschen launisch, aber sooo intelligent, meiner hat schon mit einem Jahr gesprochen und meiner mit neun Monaten, meiner studiert Chemie, seit er drei Monate ist –, muss ich immer lachen. Ich glaube nicht daran, dass Kinder die Welt retten. Himmel, ich war als Kind ziemlich gemein, ich riss Eidechsen die Schwänze ab, zerquetschte Schnecken und trat Hunde, wenn niemand hinsah. Und die Jungs waren noch schlimmer! Mein Bruder war ein Serienkiller von Insekten. Trotzdem nannten die Tanten uns immer ihre »Engelchen«.

Deshalb muss ich beim Anblick einer Mutter, die sich an ihrem Sprössling ergötzt, immer lachen. Denn in null Komma nichts wird aus dem Sprössling ein neues grausames Engelchen. Es reicht schon, sie einmal zu oft zu streicheln oder ihnen ein Spielzeug nicht rechtzeitig in die Hand zu drücken. Und noch weniger braucht es, um aus dem hoffnungsvollen Nachwuchs ein ängstliches und unsicheres Engelchen werden zu lassen, das später einmal ein unglücklicher Erwachsener sein wird: eine fehlende Geste der Liebe, eine Erklärung zu wenig, eine überhörte Bitte oder der abwesende Blick eines Vaters.

Von wegen Engelchen! Wir ziehen uns die reinsten Monster heran.

Als ich aus dem Aufzug trete, steht er vor mir, Kevin, sieben Jahre, brauner Haarhelm, braune Mandelaugen, und betrachtet mich forschend.

»Bist du Luce?«

»Ja«, erwidere ich knapp.

»Bist du meine neue Babysitterin?«

»Ja.«

Er mustert mich weiter und setzt dann hinzu: »Der Name Luce gefällt mir, da muss ich immer an Gelb denken, das ist meine Lieblingsfarbe!«

Ich komme nicht dazu, dem redenden Monster zu antworten, weil Signora Bonavita auf dem Flur erscheint und mich hereinbittet, noch lächelnder als sonst und noch dicker geschminkt als sonst. Sie wird bald vierzig, ist aber gekleidet wie ein junges Mädchen, mit schwarzem engem Minirock, der ihren Prachthintern betont, von dem ich nicht einmal mit zehn träumen konnte, in kniehohen Stiefeln und einer weit ausgeschnittenen Bluse, die den Blick auf den Push-up freigibt, der wiederum zwei Titten stützt, die kaum echt sein können, weil man sonst die NASA befragen müsste, wie das mit den Gesetzen der Schwerkraft zusammenpasst.

Carmen führt mich durch die Wohnung und zeigt mir eilig die verschiedenen Räume, aber ich bin zu sehr mit ihrem Hinterteil beschäftigt, das ich voller Neid betrachte, um viel mitzubekommen. Am Ende dreht sie sich zu mir um: »Alles klar?«

»Ja«, antworte ich, obwohl ich nichts kapiert habe.

»Kevin hat schon gegessen. Ich komme nicht spät, und du kannst mich jederzeit anrufen.«

Kevin steht neben mir und sieht mich an. »Gehen wir spielen?«

»Spielen?«

»Ja«, und schon packt er meine Hand.

Das wird ein langer, schwieriger Abend.

DIE DAGOBERT-DUCK-LAMPE

Zum Glück verliert Kevin bald die Lust am Spielen, weil im Fernsehen seine Lieblingssendung läuft. Er rennt ins Wohnzimmer, wirft sich aufs Sofa und versinkt in einer Zeichentrickserie. So habe ich Zeit, durch die Wohnung zu streifen. Drei Zimmer mit Wohnküche, großes Wohnzimmer und zwei Bäder. Hundertfünfzig Quadratmeter barocker Rausch, dessen Geschmacklosigkeit im Kopfteil des Bettgestells gipfelt, das mit Blattgold und zwei Löwenköpfen verziert ist. Jedes Zimmer ist ein Triumph aus Rauschgold, Schnörkeln und Rokokoschnickschnack, und ich würde mich überhaupt nicht wundern, wenn im nächsten Augenblick eine Matrone aus dem neunzehnten Jahrhundert mit Perücke und wedelndem Fächer vorbeischwebte. Bei näherer Betrachtung wirkt das Wohnzimmer so, als wäre es eins zu eins aus einem Möbelgeschäft im öden Umland von Caserta hierher verfrachtet worden, und ich wundere mich, noch nicht über ein exotisches ausgestopftes Tier gestolpert zu sein. Der Signora scheint es trotz Mittel- und Arbeitslosigkeit ganz gut zu gehen. Ihr Mann hat also genug Geld. Die Verbindung aus wohlhabend und geschmacklos ist hierzulande immer grausam und weckt bei mir alle gängigen Vorurteile.

Kevin ist so in den Film vertieft, dass er überhaupt nicht auf mich achtet, und während er gedankenverloren an seinen Zehen herumspielt, gehe ich an ihm vorbei in sein Zimmer, das als einziges in der Wohnung normal eingerichtet ist. Das klassische Einzelkindkinderzimmer, vollgestopft mit Spielen, Kuscheltieren, Lego, auf dem Boden ein knallbunter Teppich, Zeichnungen an den Wänden, verstreute Plastiksoldaten, ein herumfliegendes Stickeralbum, eine Spielkonsole unter dem Fernseher, Roboter auf dem Bett, ein auf links gedrehter Schlafanzug und auf dem Nachttisch ein Mickymausheft. Erstaunt gehe ich näher und gucke, ob das wirklich ein Comic ist, und ich sehe, dass auf dem Regal noch viele weitere Comics liegen. Kann das sein? Ich habe in dieser Wohnung mit keinen Überraschungen gerechnet und wurde bisher nicht enttäuscht. Aber dass Kevin liest, hätte ich mir nicht träumen lassen.

Er ruft nach mir.

»Was gibt's?«, frage ich, als ich bei ihm bin.

»Es ist halb zehn, da zieht mir Mama immer den Schlafanzug an.«

»Ja, und?«

»Kannst du ihn mir bitte holen?«

»Wo ist er denn?«

»Auf dem Bett.«

»Meinst du das verwurstelte Ding auf dem Laken?«

Er lacht, ich zwinkere ihm zu und hole den blöden Schlafanzug.

»Hilfst du mir?«, fragt er.

»Wieso, schaffst du das nicht allein? Bist du Spastiker?«

»Was ist ein Spastiker?«

»Nichts, vergiss es.« Ich setze mich zu ihm, um ihm T-Shirt und Hose auszuziehen. Er hebt mechanisch die Arme und starrt weiter auf den Bildschirm. Man sieht, dass dies hier der abendliche Normalfall ist. Nur dass im

Normalfall seine Mutter das macht und nicht ich. Ich packe ihn an den Handgelenken, bekomme das Oberteil aber nicht über seinen Kopf gestreift, die Glieder entwinden sich meinem Griff. Stöhnend versuche ich es erneut, doch es geht nicht, das Kind ist einfach zu groß dafür. Zum Glück bemerkt Kevin meine Not. »Gib her.« Er nimmt den Schlafanzug und zieht ihn sich mit einer Bewegung über.

Ich habe plötzlich große Lust zu rauchen. Vielleicht weil mir gerade klar geworden ist, dass ich in der Mutterrolle völlig versage? Und wenn schon? Manche Frauen kommen mit dem Mutterinstinkt auf die Welt, andere eignen ihn sich allmählich an, und einige wie ich kommen auf die Welt, um sich selbst zu entwickeln, um besser zu werden und denen, die nach uns kommen, etwas Gutes zu hinterlassen. Und nicht nur einem Gör die Titten in den Mund zu schieben!

Zum Glück reißt mich Kevin aus diesen unsinnigen Gedanken.

»Lù?«

»Was ist?«

»Um diese Zeit bekomme ich immer meine Milch.«

»Milch?«

»Ja, Mama bringt mir eine Tasse warme Milch zum Sofa und bleibt dann bei mir, bis ich fertig bin. Danach gehe ich ins Bett.«

Ich schließe kurz die Augen und gehe dann wortlos in die Küche. Wie geht das, Mutter sein? Vielleicht pflanzt das Kind seiner Mutter in den neun Monaten eine Art Mikrochip ein, so etwas wie ein Sprechfunkgerät, um sie dann, wenn es auf der Welt ist, beliebig herumzukommandieren. Diese technologischen Teufeleien gab es zu meiner Zeit natürlich noch nicht. Meine Mutter hat mir nie etwas ans Sofa gebracht, und wenn ich sie bat, mir bei den Hausaufgaben zu helfen, sagte sie immer: »Luce, du musst lernen, alleine zurechtzukommen, wenn du erwachsen bist, deckt dich auch niemand mehr zu!«

Wie hätte ich an Märchen glauben sollen, wo doch die Frau, die dazu da war, sie mir zu erzählen, sie im selben Moment als Lügen entlarvte, in dem ich anfing, sie zu glauben.

»Setzt du dich zu mir?«, fragt Kevin, als ich mit der warmen Milch zurückkomme.

Ich setze mich neben ihn und kann ein gelangweiltes Seufzen nicht unterdrücken. Er dreht sich um und sieht mich erstaunt an, bevor er sich wieder dem Fernseher zuwendet. Nach einer Weile fragt er: »Hast du Kinder?«

»Nein.«

»Schade, sonst hättest du sie mitbringen können, damit wir zusammen spielen.«

»Ja, schade.«

»Und einen Mann?«

»Auch nicht.«

»Bist du ganz allein?«

Was will dieses kleine Wesen nur von mir? Andererseits, wie schafft er es, bei dieser Mutter so artig und wohlerzogen zu sein? Ich habe von ihm noch kein Wort in Dialekt gehört.

»Ja.«

Ein paar Minuten vergehen, dann geht das Engelchen wieder zum Angriff über. »Ich würde mir an deiner Stelle ein Kind anschaffen, dann bist du nicht mehr allein. Wie ich und Mama.«

»Ein Kind anschaffen?«, wiederhole ich lächelnd.

»Ja«, sagt er ernst.

Klar, das wäre nicht übel, wenn man sich die Kinder aus

einem Regal aussuchen könnte wie im Supermarkt. Ich würde das teuerste nehmen und ein Markenprodukt, der ganze Billigkram taugt doch nichts und geht sofort kaputt.

»Hast du denn einen Papa?«

Mein Gesicht scheint einen so extremen Ausdruck anzunehmen, dass er die Nase rümpft und fragt: »Habe ich was Falsches gesagt?«

»Nein, einen Vater habe ich auch nicht. Er ist gestorben, als ich noch klein war.«

Er guckt mich aus großen Augen einen Moment zu lange an, sodass ich meinen Blick abwenden muss. So was, dass man sich vor einem Kind schämen kann!

»Mein Vater ist weggegangen«, erwidert er, und nun sehe ich ihn an.

Jahrelang habe ich daran gearbeitet, mir einen Panzer aus Abstand und Desinteresse zuzulegen, den ich immer mit mir herumtrage, und plötzlich kommt da ein Grünschnabel und erschüttert meine Gewissheiten. Das ist nicht schön, wenn jemand dir deine mit viel Mühe und Herzblut gebaute Sandburg einreißt.

»Ja?«, frage ich, weil mir nichts anderes einfällt.

Er nickt und wischt sich mit dem Ärmel über die Nase. »Mama sagt, er ist weggegangen, weil er woanders arbeitet, aber das glaube ich ihr nicht, weil er mich häufig von der Schule abholt, also kann er nicht weit weg sein, oder?«

»Vielleicht reist er immer hierher zu dir …«

»Nein, ich glaube, er wollte nicht mehr hierbleiben, er hatte die Nase voll.«

Ich setze mich auf dem Sofa zurecht und konzentriere mich.

»Wovon denn?«

»Mit Mama zu streiten.«

»Haben sie denn viel gestritten?«

Kevin nickt.

»Dass er nicht mehr hier lebt, heißt nicht, dass er dich nicht liebt. Weißt du, manchmal richten die Erwachsenen großes Chaos an …«, höre ich es aus meinem Mund kommen.

»Ja, ich weiß.« Er nippt an seiner Milch. Dann sagt er: »Hattest du deinen Papa lieb?«

»Ich? Ja klar«, antworte ich und springe auf. Ich habe keine Ahnung, was dieses sprechende Monster mit Hirn von mir will, aber ganz gewiss werde ich hier keine Therapiesitzung machen. »Bist du fertig mit der Milch? Los, es ist schon spät!«

Kevin trinkt aus und reicht mir die Tasse. Dann fügt er mit einem Milchbart unter der Nase hinzu: »Keine Sorge, wenn wir Freunde werden, kann ich dir später mal Gesellschaft leisten.«

Ich starre ihn an und breche in Gelächter aus. Schau mal einer an, was ich da erleben darf mit diesem klugen Engelchen!

»Okay, du kümmerst dich um mich, aber jetzt geht's erst mal ins Bett.«

»Noch fünf Minuten, bitte, nur den Film noch zu Ende, und dann gehe ich.«

»Okay«, sage ich und bringe die Tasse in die Küche, selbst überrascht, dass ich, ganz ohne nachzuhaken, nachgebe.

Ich trete auf den Balkon hinaus und zünde mir endlich die ersehnte Zigarette an. Die Gasse zehn Meter unter mir liegt still und friedlich da, nur ein Pärchen steht an der Straßenecke, er gestikuliert wie eine Marionette, und sie starrt ihn stumm an. Ich an ihrer Stelle hätte ihm schon längst in die Eier getreten. Ich hebe den Kopf und begegne dem Blick einer älteren Frau aus dem Nachbarhaus, die mich anstarrt. Als ich grüßend die Hand hebe, verschwindet sie ohne Reaktion hinter dem Vorhang.

Ich bekomme eine SMS von Manuel Pozzi: »Wie läuft's mit der Mutti?«, gefolgt von einem lustigen (wie er findet) Emoticon. Wenn Manuel mir um zehn Uhr abends eine SMS schickt, ist das höchst verdächtig. Ich schreibe zurück: »Was ist los, Manuel, was willst du von mir?«

Noch während der Zigarette kommt zurück: »Himmel, Luce, was denkst du bloß von mir? Ich wollte nur wissen, ob es dir gut geht, du warst drei Tage lang nicht in der Kanzlei. Du fehlst uns.«

»Ich fehle? Wem denn?«

»Mir zum Beispiel«, und dieses Mal hängen keine lustigen Smileys dran.

Ich starre auf die Nachricht und denke, gleich kommt die nächste, die alles erklärt, doch es passiert nichts mehr. Leicht verwirrt stecke ich das Handy in die hintere Hosentasche und kehre ins Wohnzimmer zurück, um Kevin ins Bett zu bringen. Doch als ich vor dem Sofa stehe, ist er bereits eingeschlafen, zusammengerollt und mit dem Kopf auf der Armlehne, während die Zeichentrickfiguren weiter aufeinander einprügeln. Und jetzt? Soll ich ihn wecken? Ich lege ihm eine Hand auf die Schulter. Keine Reaktion. Also drücke ich ein wenig fester. Wieder nichts. Ich schüttele ihn ein wenig, woraufhin er ein bisschen maunzt, sich aber keinen Millimeter bewegt. Seufzend fahre ich mir mit der Hand über das Gesicht, und im selben Moment kommt Manuels dritte Nachricht: »Was ist los, keine Antwort mehr?«

»Manuel, Herzchen, jetzt sag endlich, was du willst, ich habe schon genug Ärger!«, tippe ich ohne langes Nachdenken ins Handy. Dann knie ich mich vor das Sofa und versuche, das Engelchen hochzunehmen, das sich bei meiner Umarmung sofort an meine Brust kuschelt und den Kopf an meine Schulter schmiegt. Zum Glück ist er ein Strich in der Landschaft, sonst könnte er die Nacht auf dem Sofa verbringen. Eine Haarsträhne kitzelt mich an der Nase und entlockt mir ein Lächeln, das sofort erlischt, als die nächste SMS eintrifft. Ich lasse Kevin auf sein Bett sinken und krame genervt das Handy aus der Hose. »Immer gute Laune, was? Ich wollte dir nur sagen, dass ich jetzt auch am Fall Bonavita dran bin …«

Mein erster Gedanke ist, sofort Avvocato Geronimo anzurufen, dann will ich Manuel antworten, und dann fällt mein Blick auf Kevin, der verdreht auf der Decke liegt und schläft, deshalb brumme ich »Du kannst mich mal« und widme mich wieder dem Kind, das sich trotz meiner Anstrengungen nicht rührt.

»Kevin, komm schon, hilf mir«, sage ich und packe sein Bein, um es unter die Bettdecke zu schieben.

Grunzend deckt er sich zu. Ich bin durchgeschwitzt und stinksauer auf Avvocato Geronimo und Manuel, doch tief in mir drinnen fühle ich auch eine Art Zufriedenheit. Ich hätte nie gedacht, ein Kind ins Bett bringen zu können oder dass ich jemals jemanden zudecken würde außer vielleicht meine Mutter, wenn sie einmal nicht mehr kann. Ich hätte nie gedacht, dass der Duft von Kevins Haut mir ein Lächeln entlocken könnte und dass ein halbdunkles Zimmer, in dem nur ein Lämpchen in Form von Dagobert Ducks Geldspeicher Licht spendet und das vor freundlich grinsenden Figuren, Comics und Legosteinen überquillt, mir ein derartiges Wohlgefühl schenkt. Ich hätte nie gedacht, dass man in der Kindheit von anderen auch nur einen Hauch der eigenen Kindheit entdecken könnte und ein überladenes Zimmer mir das Gefühl von Sicherheit wiedergibt, das ich empfand, als ich selbst noch mit Lampe im Bett las und unter der Tür die Fernsehgeräusche von nebenan durchdrangen.

Vielleicht bekommen wir deshalb irgendwann Kinder. Um ihr Zimmer mit vielen doofen Kuscheltieren zu schmücken, damit sie einen ganz kurz vergessen lassen, dass die Zeit des Spielens vorbei ist.

DIE SONNTAGSPREDIGER

Als Carmen Bonavita kurz vor elf nach Hause kommt, zappe ich gerade durchs Programm. Ich höre den Schlüssel im Schloss und setze mich auf dem Sofa zurecht. Leise tritt sie ein, lächelt mir zu, hängt ihren leichten Mantel an die Garderobe, legt die Tasche ab, schlüpft aus den Schuhen und wirft sich neben mich aufs Sofa.

Jetzt erst sehe ich, dass ihre Wimperntusche verschmiert ist und ihre Augen feucht glänzen. Sie hat geweint und macht keinen Hehl daraus. Außerdem hat sie noch keinen Ton gesagt, seit sie hier ist. Mit einem Lächeln sieht sie mich an, doch es ist ein anderes Lächeln als das, das ich kenne, hier schimmert ein Schmerz durch, der sie irgendwie menschlicher, fast sympathisch macht. Heute Abend wirkt sie nicht wie eine Wachsfigur, wie die Soldatenstatue aus der Via Toledo, heute ist sie ein Mensch aus Fleisch und Blut. Trotzdem weiß ich nicht, wie ich auf dieses stumme Leid reagieren soll, was ich tun oder sagen soll.

Meine Mutter hat dafür gesorgt, dass ich das Vaterunser, das Ave-Maria, das Credo und das Totengebet beherrsche, doch sie hat mir nicht erklärt, wie man eine freundliche Geste erwidert. Wie man dem Blick eines Menschen standhält, der dir sein Leid offenbart, wie man ihm eine Hand reicht. Den Rest hat mein Vater dazugetan, durch seine Abwesenheit, die aus mir einen auf merkwürdige Art offenen, starken Menschen gemacht hat, der niemanden braucht und keinen Schmerz zulässt. Den letzten Schliff meines miesen Charakters hat dann Neapel besorgt, meine Stadt, besser gesagt, das Spanische Viertel, in dem ich geboren und aufgewachsen bin und gezwungen war, misstrauisch, auffahrend, neugierig und korrumpierbar zu werden. An einem Ort ohne Regeln reichen die Regeln der Kirche nicht aus, um dich vor Schwierigkeiten zu schützen, da braucht man etwas Stärkeres, ein Vorbild zum Beispiel. Und Vorbilder hatten mein Bruder und ich zwei, trotz allem: unsere Mutter, die uns durch ihre Härte, ihre Strenge und ihre Rechtschaffenheit gelehrt hat, seinen Nächsten nicht auszunutzen, und Großmutter Giuseppina, die uns trotz mangelnder Bildung durch ihre Schlichtheit und ihre Lebenserfahrung gelehrt hat, uns nicht von anderen ausnutzen zu lassen. Das Ergebnis ist bei mir eine Art wütendes Dackelweibchen, das nicht hinnehmen will, dass ihr jemand auf die Pfoten tritt und der Stärkere immer den Schwächeren besiegt.

In Wahrheit hat mich also weniger das Wort des Herrn geprägt als das Leben selbst, und zwar auf einfachste Art: indem es mich aus der Ferne beobachtet hat wie eine Mutter, die ihren kleinen Sohn mit etwas Gefährlichem spielen sieht und nicht eingreift. Denn am meisten lehrt uns das Leben, indem wir hinfallen, uns die Knie aufschürfen und bluten.

Von einem Schönwettertag hat noch nie jemand etwas gelernt.

»Kevin ist wirklich ein lieber Junge«, sage ich, um das Schweigen zu brechen.

Ich merke sofort, dass dies der falsche Satz im falschen Moment ist. Ohne dass Carmen den Blick abwendet oder zu lächeln aufhört, kommen ihr die Tränen. Zuerst ist es nur eine, die über ihre Wange huscht und im Sofabezug versinkt, dann folgen weitere, die vielleicht nur auf ein Zeichen der ersten gewartet haben. Ich gucke verlegen weg, und sie zieht die Beine aufs Sofa und starrt an die Wand, bevor sie sagt: »Entschuldige.«

»Sie müssen sich doch nicht entschuldigen«, gebe ich zurück, und sie sieht mich wieder an. »Lass uns Du sagen, bitte.«

Ich nicke und frage: »Habe ich etwas Falsches gesagt?«

»Nein, überhaupt nicht«, erwidert sie und lächelt jetzt wieder mit ihrem verschmierten Gesicht, »im Gegenteil, der Satz war total richtig.«

Ich gehe in die Küche, um Servietten zu holen, und als ich wiederkomme, starrt sie ausdruckslos auf den Bildschirm. Sie nimmt das Tuch und putzt sich die Nase. Ihre Augen sind rot, zwei Mascaraspuren ziehen sich über die Wangen. Ich warte kurz, bevor ich sage: »Ich gehe dann mal …«

»Nein, bitte bleib noch.«

Ich halte inne und betrachte sie, diese Signora Bonavita, die gestern noch eine gelangweilte Gereiztheit bei mir auslöste und mir nun beinahe leidtut.

»Hast du noch ein bisschen Zeit?«

Ich weiß nicht, was ich sagen soll, und sie fährt fort: »Kevin ist mein Leben, das Einzige, was ich gut gemacht habe.«

Ich setze mich wieder. Sie zieht ein Päckchen Zigaretten hervor und hält mir automatisch eine hin. Ich winke ab. »War er brav?«, fragt sie.

»Ein wahrer Engel«, lächele ich.

Carmen lächelt auch: »Ja, das stimmt, ein wahrer Engel.«

Dann zieht sie an der Zigarette und beginnt wieder

stumm zu weinen. Und ich bleibe, obwohl ich gehen möchte, wegrennen möchte, mich entschuldigen möchte, dass ich mich in ihre Wohnung und in ihr Leben geschlichen habe, ich möchte Arminio Geronimo wecken und ihm ins Gesicht spucken, ihm und seinem Mandanten, der sich für den perfekten Vater hält. Doch ich kann nicht, ich muss hierbleiben und das tun, was ich noch nie getan habe: einen Menschen trösten.

»Ich weiß einfach nicht mehr, was ich tun soll«, sagt Carmen nach einer Weile.

Als ich sie ansehe, fügt sie hinzu: »Heute Abend bin ich mit einem Mann ausgegangen, einem netten Kerl, der nichts mit diesen üblen Kreisen zu tun hat ...«

»Aha«, mache ich, doch sie ist noch nicht fertig.

»Auf einmal kamen zwei Arschlöcher auf einem Motorrad angefahren.«

»Und was ist passiert?«, frage ich atemlos.

»Passiert ist, dass dieser Dreckskerl mich von zwei seiner Kumpanen verfolgen lässt!«

»Wer?«

»Wer? Mein Mann, wer sonst!«

Ich bin sprachlos. »Die zwei haben den armen Kerl niedergeschlagen und mich in ein Taxi gesetzt und nach Hause gefahren!«

»Wie bitte?«, stottere ich, doch sie reagiert nicht.

»Möchtest du ein Gläschen?«

»Ein Gläschen was?«

»Was du willst, Rum, Grappa, Wein ...«

»Es ist schon spät.«

»Ich muss jetzt was trinken«, sagt sie und erhebt sich mit der Zigarette in der Hand. Ich höre, wie sie den Küchenschrank öffnet, und mir fällt ein, was Geronimo über Carmen Bonavita gesagt hat. Und dass sie keine gute

Mutter sei. Dass sie trinkt, scheint mir offensichtlich, aber dass sie keine gute Mutter ist, muss ich erst noch sehen. Sie kommt mit einer Flasche Scotch zurück und setzt sich neben mich. »Tut mir leid, wir kennen uns kaum, du hältst mich wahrscheinlich für komplett plemplem.«

»Aber nein …«

Sie sieht mich lange an, bevor sie verträumt sagt: »Entschuldige, es geht mich ja nichts an, aber warum lässt du dir die Haare nicht wachsen? Du siehst aus wie ein Mann, dabei bist du wunderschön!«

Da, jetzt kommen die persönlichen Fragen, die ich mir von niemandem gefallen lasse. Doch dieses Mal antworte ich komischerweise sofort: »Zurzeit bin ich mit allem und jedem auf dem Kriegspfad, die Liebe hat mir gründlich die Laune versaut.«

Die Antwort scheint Signora Bonavita zu beeindrucken, sie starrt mich verblüfft an. Dann fängt sie an zu lachen. »Das stimmt aber auch echt. Genau, die Liebe versaut uns alles, ich begebe mich jetzt auch sofort auf den Kriegspfad!«

Ich lächele höflich, und während ich mich frage, wie ich hier rauskomme, wird sie wieder ernst und setzt ihr Verhör fort: »Also was, Luce, in deinem Leben gibt es also auch einen Mann, der ein Mistkerl ist?«

Ich will sagen, nein, in meinem Leben gibt es überhaupt keinen Mann, doch sie redet schon weiter wie ein Wasserfall, ohne meine Verlegenheit zu beachten.

»Wir Frauen sind aber auch zu blöd, wir glauben den ganzen Mist über die Liebe. Ich zum Beispiel habe meinen Mann wirklich geliebt, zumindest am Anfang, und ich kann dir versichern, er war ein echter Mistkerl. Aber was soll ich machen, ich habe es einfach nicht kapiert.«

Ich drehe mich instinktiv um, um zu sehen, ob Kevin gerade in der Zimmertür auftaucht, doch das Kind schläft zum Glück. Carmen bemerkt meine Bewegung. »Keine Sorge, Kevin hat einen tiefen Schlaf. Sonst würde ich nicht so reden, ich versuche, ihn von dem ganzen Dreck fernzuhalten. Er soll keiner von denen werden.«

»Von wem?«

»Von denen, von denen«, wiederholt Carmen und nimmt noch einen tiefen Schluck Scotch, »von denen wie sein Vater, diesem Dreckspack!«

An diesem Punkt würde ich natürlich gerne mehr über Kevins Vater erfahren, weiß aber nicht, wie weit ich gehen darf. Mein Problem ist nämlich, dass ich generell nicht den Mund halten und still und brav in meinem Eckchen bleiben kann, in meiner kleinen Welt. Vor zwei Monaten waren mitten in der Nacht plötzlich Schüsse auf der Straße zu hören. Alleria sprang auf und fing wie verrückt an zu bellen. Sechs Schüsse. Mitten in meinem Viertel. Mitten in Neapel. Sechs Schüsse gegen den Rollladen eines Geschäfts in der Straße hinter meinem Haus. Ich sah auf die Uhr, es war Viertel vor vier. Ich bin aufgestanden und ans Fenster getreten. Die Straße war natürlich dunkel und leer, keine Menschenseele weit und breit. Sechs Schüsse und niemand am Fenster. Niemand. Vielleicht stand jemand hinter den Fensterläden, aber keiner traute sich hervor.

Etwas Ähnliches war schon einmal vorgefallen, als mein Bruder und ich noch bei meiner Mutter wohnten. Eines Nachts hörten wir Schüsse, und am nächsten Morgen lagen fünf erschossene Katzen auf der Straße. *Was soll's, es sind ja nur Katzen*, hörte ich die Leute sagen, und auch meine Mutter gab sich reichlich Mühe, vor sich selbst und uns die Wahrheit mit allen möglichen ausgedachten Dummheiten zu verbergen. »Sie hatten Tollwut, sie waren krank!«, urteilte sie, damit wir endlich Ruhe gaben.

Doch bei uns hat es noch nie eine Katze mit Tollwut gegeben, und woher wollten die Leute überhaupt wissen, ob sie krank gewesen waren? Da hätte doch jemand den Kot der Katzen auf den Virus hin überprüfen müssen. Aber wenn hier schon Menschen nicht gesehen werden, wie dann erst Tiere! Hier hat niemand Lust, sich mit dem Tod zu beschäftigen – Probleme löst man, wenn sie da sind, nicht früher. Hier ist das Leben wie ein tropfender Wasserhahn, man unternimmt erst etwas, wenn das Tropfen so stark wird, dass es einem nachts den Schlaf raubt.

Ich war also die Einzige, die sich in den Kopf setzte, die Wahrheit herauszufinden. Als ich sah, wie meine Mutter außer sich geriet und tagelang auf mich einredete – alles habe sie getan, uns von dem Dreck da draußen fernzuhalten, ich solle bloß nicht mit meinen Fragen, die man nicht stellen durfte, mich und den Rest der Familie ins Unglück stürzen –, da beschloss ich, zu den Carabinieri zu gehen. Mein Bruder Antonio war es, der mich aufhielt, indem er mich an den Handgelenken packte und nach Hause schleifte. Ich sprach eine Woche lang nicht mit ihm, und am darauffolgenden Samstag ging ich zu unserem damaligen Gemeindepfarrer, einem gewissen Don Carmine, und bat ihn, mit dem Allmächtigen zu reden, damit er die Schuldigen bestrafte.

»Luce, der Herrgott kennt keine Rache«, antwortete er mir ruhig.

»Dann unternehmt Ihr doch etwas, Don Carmine«, sagte ich. »Morgen in der Predigt fordert Ihr die bösen Menschen auf, vorzutreten und um Vergebung zu bitten.«

»Die Katzen waren krank«, lautete die Antwort ganz leise, und ich begriff, wo meine Mutter die Geschichte mit der Tollwut herhatte.

»Ja, es waren bloß Katzen, und ich kann Katzen auch

nicht besonders gut leiden. Ich weiß nicht, warum, aber wenn Leute so arrogant und brutal sind, wird mir ganz anders hier«, dabei legte ich die Hand auf den Magen. »Ihr sagt, es waren bloß kranke Katzen, Don Carmine, und Ihr seid ein Mann der Kirche und wisst bestimmt mehr als ich. Keine große Sache, aber genau diese kleinen Sachen machen mich so stinkwütend, verdammt noch mal. Und wisst Ihr, warum?«

Der Pfarrer wagte mich nicht wegen des Fluchs zu tadeln, sondern stand kopfschüttelnd wie ein dummer Schuljunge vor mir.

»Weil ich mich dann so machtlos fühle.«

Wir schwiegen eine Weile, dann sagte ich: »Deshalb tut mir den Gefallen, Don Carmine, und geht morgen mit gutem Beispiel voran ...«

Er rang seine verschwitzten Hände und hüstelte verlegen angesichts dieser Fünfzehnjährigen, die ihn in die Ecke trieb. Er suchte nach Worten. »Wer sind wir, meine liebe Luce, dass wir uns ein Urteil anmaßen? Ich halte mich nicht für den Allmächtigen. Er weiß alles, und er wird auch wissen, wann er einzugreifen hat«, schloss er mit angestrengtem Lächeln.

Stirnrunzelnd sah ich ihn an und hätte ihm am liebsten ins Gesicht gespuckt. Doch dann wurde ich wieder klar und erhob mich: »Und dann wundert Ihr Euch, warum die Leute nicht mehr in die Kirche gehen.«

Meine Mutter verzieh mir erst nach vielen Monaten. Ich aber kann Leuten wie Don Carmine, Sonntagspredigern, die eifrig vor dem Altar niederknien und auf der Straße mit angeekeltem Gesicht weitergehen, wenn ein Farbiger sie um Hilfe bittet, nicht verzeihen.

Das werde ich nie können.

Die Erinnerung an damals hilft mir, Carmen zu sagen, was ich denke. »Du solltest ihn anzeigen«, erkläre ich nach kurzem Schweigen, »der darf das nicht machen, das ist Stalking.«

Sie sieht mich mit erstaunter Miene an, gemischt mit Belustigung. Vielleicht kennt sie den Begriff »Stalking« nicht.

»Ich spreche von deinem Mann«, setze ich hinzu, etwas verunsichert.

Signora Bonavita nimmt den letzten Schluck aus ihrem Whiskyglas und zündet sich eine weitere Zigarette an. »Luce, weißt du eigentlich, wer mein Mann ist?«

AUFMERKSAMKEIT

Ich bin so sauer, dass ich beim Treppensteigen zwei Stufen auf einmal nehme und völlig außer Atem meine Wohnung erreiche. Wenn ich Arminio Geronimo vor mir hätte, würde ich ihn mir mit drei Bissen einverleiben, ihn und seinen vermaledeiten Camorra-Mandanten. Ich kann ja verstehen, dass Geld nicht stinkt, aber für Geld eine Mutter reinzureißen, das ist wirklich zu viel.

Ich krame den Wohnungsschlüssel aus der Jackentasche, als ich aus Don Vittorios Wohnung ein Jaulen höre. Ich richte den Blick auf die Tür und entdecke einen Zettel: »Alleria ist noch bei mir. Falls du (wie üblich) noch nicht zu Abend gegessen hast: Ich habe dir einen Teller mit Nudeln und Kartoffeln in meiner Küche aufgehoben. Den Schlüssel hast du, komm rein und iss. Signora Agata kann nicht viel kochen, aber ihr Nudel-Kartoffel-Eintopf ist ein Gedicht! Ich geh schlafen. Gute Nacht.«

Obwohl ich keinen Hunger habe, hole ich den Schlüssel der Nachbarwohnung und schließe leise auf. Canis superior springt an mir hoch, und mein Trübsinn lässt langsam nach, dank der (unerwarteten) Botschaft des Alten und der (zu erwartenden) Begrüßung meines Hundes. Ich hatte wahrlich keinen schönen Abend und bin nicht stolz auf das, was ich getan habe, aber zumindest weiß ich, was ich morgen tun werde: Ich gehe zum Avvocato und schleudere ihm die Wahrheit ins Gesicht!

Alleria versucht, mir seine Schnauze unter das Kinn zu schieben und meinen Hals abzuschlecken. Ich wehre ihn entschieden ab und flüstere ihm meine gewohnte Frage ins Ohr, ob er mich vermisst hat. Er sieht mich an und legt den Kopf schief. Ich lächele und drücke ihm einen Kuss zwischen die Augen, dann gehe ich leise in Richtung Küche, wo ein Licht brennt.

Der Tisch ist für eine Person gedeckt: ein Glas, eine Serviette, ein Teller, der mit einem zweiten zugedeckt ist, die gewohnte Flasche Wein und ein Brötchen. Ich muss wieder lächeln (was mich angesichts meiner Laune bis eben einigermaßen wundert), drehe mich um und spähe in den dunklen Flur, ob dort vielleicht Vittorio steht. Dann decke ich den Teller ab und bestaune Agatas Meisterwerk. Ich dachte, ich hätte keinen Hunger, doch beim Anblick dieses zähen und dickflüssigen *Pasta-e-patate*-Breis, wie ich ihn liebe und den Nonna Giuseppina oft machte, bekomme ich sofort Appetit.

»Auf all die Mistkerle, die die Welt bevölkern!«, murmele ich in den leeren Raum hinein und hebe mein Glas.

Ich stürze mich auf mein Essen, mit Alleria zwischen den Fußknöcheln und tausend Gedanken, die wie ein Mühlstein auf mir lasten. Zum Glück wohnt neben mir ein alter Mann, der weiß, was mir guttut, denke ich, während ich mit offenem Mund auf einem zu großen Happen herumkaue und mich im Zimmer umgucke, als sähe ich es zum ersten Mal: eine Reihe Schnapsgläser auf dem Regalbrett über dem Kühlschrank beispielsweise oder der Kalender neben der Anrichte, der seit zwei Monaten nicht mehr umgeblättert wurde, ein kleiner leerer Vogelkäfig an der Wand. Die Küchenuhr zeigt noch Winterzeit an, ein Berg an Medikamentenschachteln liegt neben dem Herd und ein Foto auf der Dunstabzugshaube, das ich mir noch nie genauer angeschaut habe. Als ich aufgegessen habe, nehme ich mein Weinglas, stehe auf und betrachte es von Nahem: Don Vittorio als junger Mann mit einer lächelnden, blonden jungen Frau an seiner Seite. Sie tanzen, offenbar im Ballsaal eines Schiffs, denn im Hintergrund erkennt man Bullaugen, sie scheinen einander sehr nah und sehen beinahe glücklich aus. Ich kann fast den Klang der Musik hören, den Tanz, der ihre Körper vor so vielen Jahren zusammengeführt hat, ich möchte ins Wohnzimmer laufen und die Single anstellen, die immer auf dem Plattenteller liegt und die Don Vittorio so oft laufen lässt, mit dieser eindringlichen Melodie, die durch die dünne Tuffsteinmauer zu mir hinüberklingt und über meine Seele streichelt. Doch die Farben des Bildes sind verblasst, und trotz der lächelnden Protagonisten strahlt es nicht mehr die Freude dieses Augenblicks vor vielen, vielen Jahren aus. Ich stelle es zurück, öffne das Fenster und zünde mir eine Zigarette an.

Seit Tagen habe ich nicht mehr anständig zu Abend gegessen, mir seit Wochen nichts gekocht. Die Stille in der Küche, der gelbe Schein der Deckenlampe, das Brummen des Kühlschranks und der Anblick der für eine Person gedeckten Tafel haben mich in meine Jugend zurückversetzt, als ich eine Weile in einer Bar auf der Via Toledo arbeitete und immer spät nach Hause kam. Da fand ich auch ein Deckchen auf dem Tisch und eine Tasse mit warmer Milch und Keksen. Natürlich hätte meine Mutter es lieber gesehen, wenn ich mich ganz aufs Studium konzentriert hätte, doch schon damals wollte ich unabhängig sein. Sie um Geld für Zigaretten zu bitten fand ich demütigend. Jedenfalls sagte sie nie etwas zu meinem Job, doch die Tasse erwartete mich jeden Abend, und am Morgen stand sie wieder auf dem Tisch, gespült und wieder aufgefüllt.

Das Leben ist im ständigen Wandel begriffen, was Gewohnheiten, Freundschaften und Lebenseinstellungen betrifft, Ideale und Beziehungen, aber auch religiösen Glauben oder politische Überzeugungen, und erst wenn du plötzlich einer alten Angewohnheit wiederbegegnest, merkst du, wie sehr sie dir gefehlt hat, wie sehr sie dich geprägt hat, ohne dass du es gemerkt hast. Damit meine ich nicht, dass man sein Leben lang an seinen Gewohnheiten festhalten sollte, denn auf Dauer können sie zu Ballast werden, doch dieser gedeckte Tisch mit dem Suppenteller hat mich daran erinnert, dass ich auf der Welt immer einen Platz haben werde, solange mir jemand etwas Leckeres auf den Tisch stellt.

Alleria richtet sich auf und schleckt mir die Hand. Ich schaue hinab und begegne seinem Blick. Manchmal frage ich mich, wie man sich auf diesem Planeten einsam fühlen kann, der doch brodelt vor Leben mit seinen Milliarden verschiedenen Spezies – Tiere und Pflanzen, Insekten und Menschen. Und trotzdem sind wir ständig auf der Suche nach jemandem, der uns auf unserem Weg begleitet, getrieben von der Sehnsucht nach der ewigen Liebe, sei es die eines Kindes, eines Partners oder einer Mutter, dabei genügt manchmal schon ein Freund, der den Tisch für dich deckt und einen Zettel an deine Tür klebt, oder die glänzenden Augen eines Hundes, die dich einfach ansehen.

Ich würde gar nicht so weit gehen, von Liebe zu reden, ein abgegriffenes Wort, ich möchte lieber von Aufmerksamkeit sprechen.

Alles, was uns fehlt, alles, was uns ein so viel besseres Lebensgefühl gibt, steckt in dem kleinen Wörtchen (das ein Hund so viel besser kennt als wir): Aufmerksamkeit.

EIN RAFFINIERTES MISTSTÜCK

Um Viertel nach neun betrete ich die Kanzlei, in Jeans und Seidenbluse. Ich habe ein bisschen Schminke aufgelegt, weil ich noch Zeit hatte, bis der Bus fuhr (die Vespa wollte heute merkwürdigerweise nicht anspringen), und habe mir sogar eine Handtasche über die Schulter gehängt. Im Büro markiere ich gerne mein Terrain, gebe zu verstehen, dass ich eine FRAU bin. Ansonsten gibt es hier außer Giovanna, der Sekretärin des Chefs, nur vier Männer und mich, weshalb meine Kollegen manchmal vergessen, dass in den beengten Räumen eine weibliche Person zugegen ist, und ungeniert ihre Machowitze austauschen, die alle mit Sex zu tun haben (eines der drei Hauptthemen der Kanzlei, direkt gefolgt von Fußball und Jura, in genau dieser Reihenfolge). Sie fühlen sich dann witzig und halten es in ihrer verqueren Denkweise für ein Mittel zur Teambildung. Doch eine Andeutung von Kajal, ein Hauch von Lippenstift und lackierte Fingernägel in ihrem Blickfeld reichen aus, damit sie ein Minimum an Anstand wahren. Trotzdem habe ich in diesem einen Jahr weitaus mehr über Fußball und den SSC Neapel gelernt als über Jura.

Zum Glück war ich schon immer Fußballfan. Als wir noch klein waren, suchte Antonio nach dem Mittagessen schnell seine Sportsachen zusammen, während ich im Flur stand und stumm zusah. Eines Tages wurde er aus irgendeinem Grund in der Schule aufgehalten, deshalb rief er zu Hause an und bat mich, seine Fußballtasche zu packen und ihm an die Bushaltestelle zu bringen.

»Die Fußballtasche?«, fragte ich ungläubig.

»Ja, du musst …«

»Ich weiß, was da reinmuss«, unterbrach ich ihn aufgeregt.

Ich hatte ihn so oft beim Packen beobachtet, dass ich in wenigen Minuten fertig war, obwohl ich zwischendurch noch Zeit damit verschwendet hatte, an dem frisch gewaschenen gelben Hemd mit der Acht zu riechen. Ich muss etwa elf gewesen sein, ich aß wenig und war ziemlich schmächtig, sodass die Tasche fast größer schien als ich, dennoch schaffte ich es pünktlich zur Haltestelle und bekam von meinem Bruder ein Lächeln zur Belohnung und einen Schlag auf die Schulter (bis zum nächsten Lächeln sollten einige Jahre vergehen, als ich mich nämlich am Telefon bei seiner Professorin als unsere Mutter ausgab).

Als ich nach Hause kam, hatte ich beschlossen, dass ich auch Fußball spielen würde. Doch ich hatte die Rechnung ohne meine Mutter gemacht. Als ich ihr von meinem Plan erzählte, hielt sie es für einen Witz. Doch ich beharrte darauf, und sie wurde ernst und sagte: »Aber Luce, du bist ein Mädchen, was willst du denn Fußball spielen? Warum gehst du nicht in den Schwimmverein? Oder turnen? Du könntest auch laufen, dünn und klein, wie du bist. Was hältst du davon?«

»Ich will Fußball spielen«, erwiderte ich und rückte keinen Millimeter von meinem Plan ab.

Sie stöhnte und ging nach nebenan, um so die Unterhaltung für beendet zu erklären. Ich knallte die Wohnungstür zu und rannte zu Nonna Giuseppina, die in einem kleinen Zimmer im Erdgeschoss des Nachbarhauses wohnte. Damals kann sie nicht einmal siebzig gewesen sein, in meinen Augen war sie steinalt, immer mit weißem Dutt auf dem Kopf, in dunklen Kleidern und mit ihren drei Zähnen im Mund. Sie lächelte mich an und beugte sich zu mir herab, um mich ins Kinn zu kneifen. Dann öffnete sie den Vorratsschrank und bot mir von den warmen Keksen an, die sie mit ihren schwieligen Händen selbst buk.

Als sie starb, fand ich in einer Blechbüchse ihr Tagebuch. Trotz der zitternden Handschrift entzifferte ich das Rezept der berühmten »Kekse von Nonna Giuseppina«, wie ich sie nannte. Die Dose mit dem Tagebuch bewahre ich bis heute in der Schublade meines Nachttischs auf, unter Slips und Socken, aber die Kekse sind leider für immer mit ihr dahingegangen. Zumindest die Originalversion. Ich habe jahrelang versucht, sie nachzubacken, doch das Ergebnis war nie der Rede wert. Eines Tages kam meine Mutter hinzu und meinte mit ernster Miene: »Luce, jetzt hast du mir schon wieder das Spülbecken dreckig gemacht, Menschenskind! Und was war an diesen Keksen überhaupt so Besonderes? Reichen dir denn die gekauften nicht?«

Ich drehte mich um und bohrte meinen Blick in ihre Augen. Dann sagte ich frostig: »Sie waren einfach die besten, und sie waren mit einer speziellen Zutat gebacken, die ich nicht ersetzen kann: mit Liebe. Schon mal davon gehört?«

Schweigend biss sie die Zähne aufeinander und zog sich ihr Schultertuch zurecht, dann verschwand sie wie jeden Nachmittag in die Kirche. Ich bereute meine Worte sofort, obwohl an ihnen durchaus was dran war. Ich verstand einfach nicht, warum sie immer noch mit ihrer Mutter grollte, obwohl diese längst tot war. Ich fragte mich, wo die ganze Liebe geblieben war, die die alte Frau reichlich zu schenken gewusst hatte. Bestimmt nicht im Herzen meiner Mutter.

Ich hatte einen Kloß im Hals, und die Worte wollten nicht herauskommen. Wenn ich damals ein wenig schlagfertiger gewesen wäre, hätte ich ihr gesagt, dass es nichts brachte, Sachen hinterherzutrauern, dass auch ich mir die Liebe und Präsenz eines Vaters sehr gewünscht hätte, dass das Leben manchmal gemein ist, böse und widerspenstig, sich nicht um deine Gebete und Hoffnungen schert und dir nur Liebe schenkt, wenn und wann es Lust dazu hat.

Meine Großmutter lauschte schweigend meinem Sermon, die Ellbogen auf den Tisch und die Wangen auf die Hände gestützt (ich sehe noch die beige Plastikdecke mit den blauen Blümchen vor mir), und wartete, bis ich mich fertig ausgeheult hatte.

»Nenné, ich glaube, deine Mutter hat recht. Du bist schon groß, allmählich könntest du dich ein bisschen netter anziehen, ein bisschen mädchenhafter …«

»Warum?«, fragte ich trotzig.

Sie lächelte. »Warum nicht?«

»Meine Klassenkameradinnen sind alle doof und etepetete und quatschen nur über Jungs.«

»Und du interessierst dich nicht für Jungs?«

»Also, Mädchen mag ich jedenfalls nicht, wenn du das meinst …«

»Mich interessiert nicht, ob du Männer oder Frauen magst. Mich interessiert nur, dass du dich selbst magst!«

Ich starrte sie verständnislos an, während sie hinzufügte: »Meinetwegen kannst du Fußball spielen oder ringen, was immer du willst. Wichtig ist, dass du dich liebst, respektierst, für dich sorgst. Sorgst du genug für dich, Luce?«

Ich zuckte mit den Achseln und nahm noch einen Keks. Meine Großmutter fuhr fort: »Wenn du gerne mit dem

Ball spielst, tu es. Aber ich glaube, Fußball interessiert dich nicht die Bohne.«

»Doch, doch, Fußball ist meine Leidenschaft«, gab ich stur zurück.

»Wer verzweifelt nach Leidenschaften sucht, läuft Gefahr, sie beim Erstbesten zu finden.«

»Das verstehe ich nicht.«

Sie streichelte meine Hand. »Nichts, nichts, Nenné, nur ... Wenn du meinen Rat willst: Denk noch einmal darüber nach.«

Wenn sie mich so ansah aus ihren kleinen, sanften Augen, war ich jedes Mal sprachlos. Einige Tage später war die Fußballidee ebenso schnell verschwunden, wie sie gekommen war.

Aus dieser Geschichte habe ich zwei Sachen gelernt: erstens, dass ein »Nein« wesentlich weniger Kraft hat als ein »Denk noch mal darüber nach«, und zweitens, dass die Welt entschieden besser wäre, wenn man sich mehr Zeit für die Wünsche der Kinder nehmen würde, anstatt später stammelnd vor den unerfüllten Wünschen der Erwachsenen zu stehen.

Was ich niemandem sagen konnte, war, dass ich so am Fußballspielen hing, weil es mich an meinen Vater erinnerte. Nicht, dass er ein wirklicher Fan gewesen wäre, aber er liebte nun mal das ausgelassene Feiern, und in der zweiten Hälfte der Achtzigerjahre war Fußball in Neapel der einzige Anlass, auf die Straße zu gehen und richtig »Bambule« zu machen, wie er immer augenzwinkernd sagte.

Am Morgen des 10. Mai 1987, dem Tag, als Neapel zum ersten Mal italienischer Meister wurde, weckte er mich um sieben Uhr früh. »Piccerè, steh auf, wir gehen Fotos machen!« Um seinen Hals hing ein professioneller Fotoapparat, keine Ahnung, woher er den hatte, und er lächelte glückselig, seine Baseballkappe in die Stirn gezogen, die Haare fielen ihm auf die Schultern. Mutter stand schon in der Küche und machte meine Milch warm, doch er meinte, dies sei ein besonderer Tag und wir würden in der Bar frühstücken und zum Mittagessen Gebäck vom Edelbäcker Saturchia mitbringen. Sie verzog das Gesicht, sagte aber nichts, vielleicht ahnte sie schon, dass es bei der Absichtserklärung bleiben würde. Jedenfalls stiegen wir auf seine derangierte Vespa Special (ja, auch er fuhr Vespa) und kurvten durch unser Viertel, und an jeder Ecke stellte er den Fuß ab und fotografierte die fahnengeschmückten Balkone, die mit den Nationalfarben bemalten Häuserfassaden, die blau gestrichenen Kirchenstufen. Neapel war an diesem besonderen Sonntag ein Feuerwerk aus Farben und Gelächter, aus Bannern und Fanschals. Die Straßen und Gassen waren festlich geschmückt, die Denkmäler, die Brunnen, alles war blau gestrichen, die Leute lächelten glückselig und waren freundlich wie nie. Es war noch früh am Morgen, und die Luft war erfüllt vom Duft nach frischem Schmalzgebäck und von der Hoffnung, die unter den Fenstern durchstrich und sich in den Frühling mischte. Das Glück schien an diesem Tag zum Greifen nahe, und zum ersten Mal herrschte in der Stadt das Gefühl, sich bei niemandem für dieses Glück bedanken zu müssen.

Den ganzen Vormittag kurvten wir durch die Gassen, obwohl wir manchmal kaum durchkamen, umfuhren auf dem Bürgersteig durch lange Autoschlangen verstopfte Straßen oder ratterten über Treppenstufen in die ganz oben am Berg gelegenen Gassen, um an jeder Ecke das Spektakel abzulichten, das immer unglaublicher wurde. Um die Mittagszeit kehrten wir nach Hause zurück, nachdem mein Vater statt der Teilchen bei einem befreundeten Straßenhändler zwei kleine Trompeten gekauft hatte (eine für mich und eine für Antonio). Zum Glück hatte meine Mutter, die ihren Mann kannte, ein Tiramisù aus Löffelbiskuits zubereitet, wie ich es besonders liebte. Auf ihre Frage hin, warum wir den ganzen Vormittag über die Stadt fotografiert hätten, erwiderte ich wie aus der Pistole geschossen: »Weil sie so schön bunt ist!«

»Genau, mein Kind«, rief mein Vater begeistert, »weil sie so schön bunt ist.« Und wir klatschten uns ab.

In Wirklichkeit verkaufte der Freund meines Vaters an seinem Stand in der Via Toledo nicht nur Plastiktrompeten, sondern auch Schals und Fahnen und Fotos vom Stadion und den Spielern. Die liefen besonders gut. Mein Vater hatte, wie ich später herausfand, die Idee gehabt, die festlich geschmückten Gassen abzulichten und die Bilder seinem Freund zu verkaufen, da er damals große Stücke auf den eigenen Unternehmergeist hielt, wie Großmutter uns erzählte. Der Freund wollte ihm aber nur das zahlen, was auch verkauft wurde. Die Fotos gingen weg wie nichts, doch mein Vater sah nie eine Lira. Sein toller Freund packte nämlich nach dem Fest seinen Stand mit allen Sachen zusammen und verschwand. Einfach so, Pasquale Di Nottes Unternehmergeist zum Trotz.

Doch ist das noch nicht die Geschichte, die meine Liebe zum Fußball begründete. Zwei Jahre später kam mein Vater abends euphorisch nach Hause und wedelte mit drei Eintrittskarten. »Los, macht euch fertig«, sagte er, »heute Abend gehen wir ins Stadion.«

Antonio stieß einen Freudenschrei aus, während ich zu meiner Mutter hinübersah, die in der Küchentür stand und ihren Mann fragend anblickte. »Woher hast du die Karten?« In ihrer Stimme lag die übliche Skepsis.

»Von einem Freund«, antwortete Papa und setzte sich Antonio auf die Schultern.

»Und wie kommt ihr ohne Auto ins Stadion?«

»Ich habe es repariert«, antwortete er lächelnd.

»Du hast es repariert?«

»Ja…«

»Du?«

»Ich habe es einem Freund gebracht.«

»Du hast echt die besten Freunde der Welt«, sagte sie bitter und kehrte an den Herd zurück.

Zehn Minuten später saßen wir in unserem alten, total zerbeulten amarantroten Fiat 600, der lange nicht ansprang. Antonio war außer sich vor Freude, mein Vater schmetterte Fußballgesänge des SSC Neapel, und ich freute mich über den gemeinsamen Abend, weil Papa sonst nie da war oder erst spät in der Nacht heimkam. Doch auf der Höhe des Corso Europa kam unser Auto mit ein paar Hustern und einem Röhren mitten auf der Fahrbahn zum Stehen.

»Scheiße«, entfuhr es meinem Vater. Er stieg aus und befahl uns, den Wagen auf den Bürgersteig zu schieben, während die Leute hinter uns wie verrückt hupten.

»Und jetzt?«, fragte mein Bruder enttäuscht.

»Jetzt trampen wir«, antwortete er gut gelaunt.

Während wir also die Daumen in die Luft reckten, drehte er sich etwas, das ich damals noch für eine Zigarette hielt. »Das riecht nach Tee«, hatte ich einmal festgestellt und mein Vater: »Da ist ja auch Tee drin.«

Als wir ankamen, lief die zweite Halbzeit bereits seit zehn Minuten, und es stand 3 : 0 für Neapel. Antonios Enttäuschung war schlagartig vergessen, sobald er den Fuß ins San-Paolo-Stadion setzte und das Feuerwerk aus Lichtern und Farben sah, die Fanchöre in den Kurven hörte, die lachenden und tanzenden Menschen sah. Und dann fiel noch ein Tor, für alle im Stadion das vierte, für uns das erste, und wir lagen uns in den Armen, Papa übersäte uns mit Küssen und rief immer wieder: »Jetzt sind aus meinen zwei Engelchen Fans geworden!«

Von dem Tag an liebten wir den Fußball, das stimmt, doch Engel waren wir nur selten.

Und wenn, dann mit kläglichen Ergebnissen.

Denn wahre Engel beschützen die Menschen, die sie lieben.

Doch kehren wir lieber in die Gegenwart zurück und zu mir, die ich gerade das Büro betrete. Ich stelle die Tasche auf meinen Platz und gehe zu Geronimos Tür hinüber. Als ich an Giovanna vorbeikomme, bremst sie mich, ohne vom Computerbildschirm aufzusehen. »Er ist nicht da.«

Giovanna Forino ist eine Riesin von einem Meter achtzig, mit großzügigem Busen und einem golffeldgroßen Hinterteil. Sie ist straff im Fleisch, um es so zu sagen, hat keine Taille, ein kantiges Gesicht mit Hakennase, hohe Wangenknochen, kleine Augen hinter dicken Brillengläsern und ein paar Pickel. Aber sie ist klug. Da sie um ihre Schwächen weiß, spielt sie ihre Stärken voll aus und kommt nie ins Büro, ohne mindestens drei Viertel ihres Busens sehen zu lassen. Trotz ihrer großen Oberweite trägt sie Push-ups und weit ausgeschnittene T-Shirts und zieht so im Laufe des Tages den einen oder anderen verschämten Blick auf sich, genauer gesagt, auf ihre Titten.

Fünfundvierzig Jahre, verheiratet, ein Kind – das ist Giovanna Forino, die unrealisierte und unrealisierbare Sexfantasie von Pasquale Acanfora (von mir Hundertgramm genannt, weil er abschreckend dünn ist mit zwei geradezu mickrigen Schultern), ein Anwalt von knapp fünfzig, fast haarlos und mit erbarmungswürdig schlechtem Atem. Pasquale arbeitet seit fünfzehn Jahren in der Kanzlei Geronimo, und seit zehn Jahren, quasi von ihrem ersten Arbeitstag an, ist er hinter Giovanna Forino her, ohne jeden Erfolg. Giovannas Herz ist zu Hundertgramms Pech bereits vergeben: Sie wiederum ist unsterblich in Manuel Pozzi verliebt, der ihre Leidenschaft aber ganz offensichtlich überhaupt nicht erwidert.

Das alles wirkt sich zwangsläufig auch auf mein Leben aus, da Pasquale Acanfora sich das Büro mit mir teilt, sein Schreibtisch steht direkt neben meinem. Das gefährliche Liebesdreieck tangiert daher auch mich, schon am Morgen kommt es zu einem wahren Teufelskreis. Er beschert mir nur dann eine freundliche Begrüßung und ein Lächeln von Pasquale, wenn Giovanna ihn ihrerseits bereits mit einem Lächeln empfangen hat. Doch das passiert nur, wenn Manuel vorher dasselbe bei ihr tut. Und so hängen Anstand, Höflichkeit und gute Laune in der Kanzlei Geronimo allein von unserem lieben Manuel Pozzi ab, ob er in Stimmung ist, mit Signora Forino zu kokettieren, die er in den diskreten Räumen des Avvocato schon mehrmals in meinem Beisein nicht besonders elegant, aber mit dem typischen Arminio-Humor als »Klo auf zwei Beinen« bezeichnet hat!

An diesem Morgen sehe ich sofort, dass es noch kein ersehntes Lächeln ihres Liebsten gegeben hat. Giovanna starrt auf den Monitor und würdigt mich keines Blicks.

»Wo ist er denn?«

»In Rom.«

»In Rom?«

»Er hat eine Verhandlung.«

»Und wann kommt er zurück?«

»Morgen.«

»Morgen?«

Schweigen. Mist.

»Ist Manuel da?«

Bei dem Namen hebt Giovanna den Kopf und sieht mich an. »Er ist in seinem Büro, warum?«

Der schrille Unterton ihrer Stimme erinnert mich daran, dass die Forino in Bezug auf unseren Manuel immer noch extrem eifersüchtig ist. Zu Beginn meiner Tätigkeit bekämpfte sie mich geradezu, denn ich war seit Ewigkeiten die erste Frau, die die Kanzlei Geronimo betrat. Sie befürchtete, ich könnte mich in ihren Schwarm verlieben und ihn mit meinen Verführungskünsten herumkriegen. Doch der Neid dauerte nur so lange, bis ich ihr die Lage erklärte. Eines Morgens war ich vor den anderen da, sie saß schon an ihrem Platz. Also schob ich meinen Hintern auf ihren Schreibtisch und mein Gesicht ganz nah an ihres. Sie sah mich furchtsam und überrascht an.

»Hör mal, Giovà«, begann ich, »lass uns eines klarstellen, damit du mir nicht länger auf den Keks gehst!«

Sie wich zurück.

»Manuel ist nicht mein Typ, er sagt mir nichts. Wenn du es genau wissen willst, geht er mir mit seinem Superlächeln sogar gewaltig auf die Eier. Du findest ihn toll, er treibt dir das Blut in den Kopf, das sähe sogar meine Mutter, die bigotte Katholikin, die mit Sex überhaupt nichts am Hut hat, und das ist in Ordnung für mich, ich freue mich für dich und wünsche dir eine lange Liebe mit ihm. Aber hör bloß auf, mir auf die Nerven zu gehen, und sei gefälligst ein bisschen freundlicher, nur ein bisschen, denn letztlich weißt du einen Dreck über mein Leben. Wir wissen alle gegenseitig einen Dreck über unser Leben …«

Zerknirscht sah sie mich aus kugelrunden Augen an. »Was meinst du damit?«

»Tja«, fuhr ich fort, »ich fände es zwar angenehm, wenn du den gegelten Idioten weniger anlächeln würdest, der sich auch ohne dein Zutun schon für den Größten hält, aber es ist dein Leben und geht mich nichts an. Was ich eigentlich meine...«, ich kam noch näher, »...ist, ich bin auf deiner Seite. Ich bin immer auf der Seite der Frauen. Vielleicht weil ich von zwei Frauen aufgezogen wurde, keine Ahnung. Vielleicht auch, weil ich mich auf der Seite der Männer mit der Vaterfigur auseinandersetzen und mich mit ihm identifizieren müsste. Und Himmel, da ist es viel einfacher, wenn du jemanden aus Fleisch und Blut vor dir hast, den du für alle Fehler und Reinfälle verantwortlich machen kannst.«

Dann gab ich ihren Schreibtisch frei und kehrte in mein Büro zurück. Wir haben seitdem nie wieder darüber gesprochen oder das Gespräch auch nur erwähnt. Doch als ich zehn Minuten später bei ihr vorbeikam, schenkte sie mir ein strahlendes Lächeln.

Was bin ich doch für eine raffiniertes Miststück, dachte ich zufrieden und wedelte ihm Vorbeigehen vor lauter Freude mit den Hüften wie eine Gans.

DU BIST DOCH NICHT LESBISCH?

Manuel klebt mit den Augen an seinem Computerbildschirm, hebt aber den Zeigefinger in meine Richtung, damit ich warte. Ich stemme meine Hände in die Hüfte und seufze. Er lächelt belustigt (keine Ahnung, was an meinem miesen Charakter ihm gute Laune macht), blickt schließlich auf und sagt: »He, Luce, guten Morgen, wie geht's?«

»Eines musst du mir erklären«, lege ich ohne Begrüßung los, »wusstest du, dass Carmen Bonavitas Ehegatte, unser Mandant, Camorrista ist?«

Das interessiert ihn dann doch. Manuel sieht mich einen Moment zu lange an, bevor er fragt: »Wer hat das gesagt?«

»Niemand Bestimmtes, die Leute reden halt ... Alle wissen es!«

»Also, ich kann dir versichern, dass Arminio es anfangs nicht wusste. Sonst hätte er den Fall niemals übernommen.«

»Ach komm, Arminio? Der würde selbst seine Mutter verkaufen!«

»Schrei doch nicht so.«

»Und was habt ihr jetzt vor?«

Er sieht mich verständnislos an. »Wie meinst du das?«

»Werden wir ihn weiter gegen sie verteidigen?«

»Das muss Arminio entscheiden.«

»Zufälligerweise ist der Avvocato aber nicht da und hat dir den Fall übergeben.«

Manuel antwortet nicht.

»Warum?«

»Warum was?«

»Warum hat der Avvocato dich mir an die Seite gestellt?«

Manuel steht auf, rückt seinen Schlips zurecht, der ihm die Gurgel abschnürt, fährt sich mit einer Hand durch die Haare, dass es Giovanna den Atem verschlagen würde, und packt sein schönstes Lächeln aus. »Luce, du bist eine erstklassige Nervensäge, weißt du das? Es ist neun Uhr morgens, warum gehen wir nicht einen Kaffee trinken und reden ein bisschen?«

»Glaub bloß nicht, mich mit einem Kaffee und einem Lächeln ruhigzustellen!«

»Entspann dich.« Er hakt mich unter. »Ich weiß, dass mein Charme bei dir nichts ausrichten kann.« Er zieht mich zum Ausgang und sagt im Hinausgehen zu Giovanna: »Wir sind bald wieder da.«

Ich überlasse mich Manuels Führung, ohne mich nach ihrem empörten Blick umzusehen. Im Aufzug bewundert er sich ausgiebig im Spiegel, während ich grübele.

»Was ist, Di Notte? Warum ziehst du so ein Gesicht?«

»Ich denke nach.«

»Worüber?«

»Nichts, vergiss es.«

»Schon klar, ich bin auch viel zu dumm, um die Gedanken einer Frau wie dir zu verstehen …« Er lächelt wieder.

Wir setzen uns an einen Tisch unten in der Bar, er bestellt einen Espresso, ich einen Saft.

»Also«, beginne ich, »was hast du vor?«

»Was soll ich denn tun?«

»Vielleicht sollten wir den Avvocato davon überzeugen, das Mandat zurückzugeben.«

»Da geht es aber um eine Menge Flocken...«

»Hör mal gut zu, ganz abgesehen davon, dass ich Typen nicht ertrage, die zu Geld ›Flocken‹ sagen, genau wie solche, die glauben, wenn sie von ›Winden‹ sprechen, wären ihre Fürze weniger schlimm. Jedenfalls habe ich die Frau kennengelernt, und ich kann dir versichern, dass es nicht stimmt, dass sie keine gute Mutter ist. Ja, sie trinkt ein bisschen viel und zieht sich grenzwertig an, aber ansonsten ist sie echt in Ordnung. Das Kind ist wohlerzogen, ein unglaublicher Junge, fast würde ich sagen, er ist nett, wenn mir Kinder nicht total auf den Geist gingen!«

Er hört schweigend zu, die Beine übereinandergeschlagen und eine Hand an der Wange, als würde er nachdenken. Unter dem Hemd bewegt sich sein Bizeps. Schließlich fragt er: »Bist du eigentlich echt so, oder spielst du das?«

»Was meinst du?«

»Bist du wirklich immer wütend, und alle gehen dir auf den Geist? Oder möchtest du nur gerne so wirken?«

»Ich bin gar nicht immer wütend«, gebe ich zurück.

»Besonders fröhlich aber auch nicht...«

»Wir sprachen von der Arbeit.«

Manuel kneift die Augen zusammen und lächelt. Schon wieder. Mich überkommt kurz die Lust, ihm meinen Blaubeersaft über das weiße Hemd zu kippen. Das würde bei mir einen echten Fröhlichkeitsschub auslösen. Doch er nähert sein hübsch gebräuntes Gesicht ganz nah dem meinen, und seine karibikblauen Augen verzaubern mich. Dann sagt er aus heiterem Himmel: »Darf ich dich mal was Persönliches fragen?«

Ich starre ihn an und bin unfähig zu reagieren. Ich bin ganz mit der Frage beschäftigt, warum die Natur mir

Augen mit der blassbraunen Farbe von Büffelkot geschenkt hat, ihm hingegen zwei in der Sonne glitzernde Türkise. Und da wundern wir uns, woher der Neid auf der Welt kommt. Soll der Himmel da oben doch bitte mal anfangen, alle gleich zu behandeln, dann würde das hier unten auch besser klappen!

»Du bist doch nicht lesbisch?«, stößt Manuel aus, um dann auf seinem Stuhl zurückzusinken.

Ich spüre, wie mir das Blut in den Kopf schießt und meine Arme zu brennen anfangen. Jetzt stehe ich auf und kippe ihm das Glas über den Kopf, oder ich zerkratze ihm das Gesicht oder trete ihm voll in die Eier oder ...

»Nein, das wäre wirklich zu schade!«

Ich versuche, mich zu beherrschen. »Was willst du, Manuel?«

»Was ich will?«

»Die Nummer ist gerade total für den Arsch, falls du das nicht merkst.«

»Ja, und?«, fragt er ruhig.

Seine Selbstsicherheit ist unerträglich. »Du führst doch was im Schilde.«

»Warum, darf ich dich denn nicht hofieren, nur weil es Spaß macht?«

»Du?«

»Ich«, erwidert er ernst.

Ich trinke den letzten Schluck Saft. »Hör zu, Manuel, ich habe kleine Titten und einen großen Hintern, ein paar Beulen am Bauch und ein bisschen Cellulite. Du hingegen gehst nur mit Prachthintern und Bambiaugen aus. Was willst du von mir?«

Er gibt nicht nach. »Aber du hast ein hübsches Gesicht und einen fesselnden Charakter! Man kann ja auch nicht dauernd nur auf den Hintern starren!«

Ich reiße die Augen auf, um ihn besser zu sehen. Ich sollte ausflippen, immerhin hat Manuel gerade indirekt bestätigt, dass mein Hintern nicht der schönste ist, doch die Aussage über mein Gesicht schmeichelt mir in gewisser Weise. Kann es denn sein, dass ich zu denen gehöre, die viel Lärm machen, um sich emanzipiert, frei und intelligent zu fühlen, und dann beim ersten Kompliment des jeweils angesagten Schönlings umkippen wie Milch in der Sonne? Das darf ich nicht zulassen, auch weil ich keinen Absturz meiner Selbstachtung erleben möchte, auf die ich von Geburt an viel Kraft und Mühe verwende.

»Ich bin nicht lesbisch, Manuel, ich mag Männer, aber nicht solche wie dich, tut mir leid.«

»Wie bin ich denn?«

Ich lasse ein paar Sekunden verstreichen. »Du gefällst dir selbst zu sehr, mein lieber Manuel, du strotzt geradezu vor Sicherheit.«

»Ist das denn nicht das, was Frauen suchen, Sicherheit?«

»Manche vielleicht, ich bestimmt nicht. Die Sicherheit sorgt dafür, dass wir uns tot fühlen, weil wir den ganzen Tag nur darüber nachdenken, warum wir nicht glücklich sind.«

Er lacht wieder und fährt sich mit der Hand durchs Haar. Schon wieder.

»Eine Tasse mit warmer Milch auf dem Tisch ist alles, was ich an Sicherheit brauche. Nur das«, gebe ich mit frostiger Stimme zurück.

Klar, von außen wirke ich bestimmt nicht besonders nett. Doch Manuel Pozzi scheint sich trotzdem zu amüsieren. Er rückt seinen Mistkerlhintern auf dem Stuhl zurecht. »Verstehe ich nicht, könntest du das etwas einfacher sagen? Schließlich bin ich ein Mann mit vielen Muskeln und wenig Hirn!«

Jetzt muss ich doch lachen. Er mag ja nicht besonders intellektuell oder sensibel sein, aber Humor hat er und einen gesunden Sinn für Selbstironie. Letztlich weiß ich ohnehin nicht, ob ich es ein Leben lang mit einem Menschen aushalten würde, der gebildet ist, aber niemals lacht. Auch weil ich viel besser im Zurückgeben als im Geben bin, sodass ich ohne jemanden, der mich anlächelt, vielleicht stürbe, ohne dass auf meinen Lippen noch einmal ein Lächeln geprickelt hätte.

»Noch da?«

Manuels Kopf befindet sich wieder nur wenige Zentimeter von meinem benommenen Gesicht entfernt. Ich muss kurz die Augen schließen und mich schütteln, um die komische Stimme loszuwerden, die mir seit einigen Minuten ins Ohr raunt, dass eine Nacht mit diesem Big Jim letztlich nicht Wunder welche Verletzung meiner Würde wäre. Ist ein Leben nicht dann würdevoll, wenn es gut gelebt wird, und dazu sagt mir die leise Stimme immer wieder, dass Sex mit dieser gutmütigen Kleiderpuppe eine optimale Investition sein könnte.

Zum Glück kommt er zum Thema zurück. »Also, in Wahrheit hat der Avvocato mich dir zur Seite gestellt, weil er fürchtete, dass du aufgrund einer rätselhaften weiblichen Solidarität ausfallen könntest. Außerdem sind die Leute rund um diesen Fall nicht unbedingt Menschen mit dem höchsten Niveau, um es mal so zu sagen.«

»Ich brauche keinen Beschützer«, gebe ich eisig zurück.

»Ich bin nicht dein Beschützer, und wenn du es genau wissen willst, bin ich sogar deiner Meinung. Und das habe ich Arminio auch gesagt.«

»Was?«

»Dass wir das Mandat zurückgeben sollten.«

Dieser blöde Manuel Pozzi wirft all meine Gewissheiten über Bord. Noch so ein Satz, und ich falle fast auf seine Schmeicheleien herein.

»Was mich betrifft, kannst du jedenfalls sicher sein, dass ich auf gar keinen Fall dieser Frau und ihrem Sohn schaden werde!«

»Ich habe mich ein wenig umgehört: Nach dem x-ten Fremdgehen hat die Frau rebelliert und es kam zu Handgreiflichkeiten, dann hat der Mann seine Koffer gepackt und ist ausgezogen. Am nächsten Tag ist Signora Bonavita zu ihrem Anwalt gerannt, um die Scheidung einzureichen. Verstehst du? Die Scheidung, in diesen Kreisen ... innerhalb der Camorra, wo die Männer noch die volle Gewalt über ihre Frauen haben. Dass sie sich scheiden lassen will, war eine unverzeihliche Beleidigung für den Boss.«

»Das wusste ich nicht.«

»Nur dass die zwei Anwälte, an die sie sich wandte, den Fall ablehnten, sobald sie hörten, um wen es ging. Und zur Strafe hat er sich jetzt in den Kopf gesetzt, ihr das Kind wegzunehmen.«

»Und was sagt Geronimo dazu?«

»Arminio kennt, wie du weißt, alle und jeden, und durch diese vielen Bekanntschaften ist er das geworden, was er jetzt ist. Er denkt lieber dreimal nach, bevor er einen Mächtigen vor den Kopf stößt. Die Lage ist äußerst heikel ...«

»Soll er doch nachdenken, ich jedenfalls bin raus. Und das sage ich ihm morgen.«

Ich stehe auf und nehme mein Portemonnaie. Er hält mich mit einer ebenso freundlichen wie bestimmten Bewegung zurück und legt zehn Euro auf den Tisch. Dann hakt er mich wieder unter. »Da hast du recht, finde ich, für eine Frau ist die Sache zu delikat.«

Bevor ich ihm antworten kann, dass, wenn es eine Sache an Männern gibt, die ich überhaupt nicht ausstehen kann, es die ist, dass sie immer zu wissen glauben, was für eine Frau gut ist und was nicht, fährt er schon fort: »Wie auch immer, wenn du deine Meinung ändern solltest und vielleicht doch Lust auf ein romantisches Abendessen hast, ich bin immer da.«

»Du gibst nicht auf, was? Warum machst du stattdessen nicht Giovanna glücklich?«

»Welche Giovanna?«

»Wie, welche Giovanna? Unsere Sekretärin ...«

»Luce, bei aller Liebe, so verzweifelt bin ich nun auch wieder nicht!«

»Ach komm, sie ist total nett.«

»Ja, und ich mag keine netten Frauen«, zwinkert er mir zu, »mir sind Frauen lieber, die *cazzimma* haben!«

Keine Chance. Solange ich mit dem Mistkerl zusammen war und lange, seidenweiche Haare hatte, mit Umhängetäschchen, sanftem Blick und Lächeln im Gesicht, hat mich niemand eines Blicks gewürdigt; und seit ich beschlossen habe, nicht mehr nett zum Leben zu sein, da das Leben ja auch nicht nett zu mir ist, kommen die Verehrer und Galane aus allen Ecken.

Vielleicht liegt es daran, dass sie eine Art Stärke in deinem Blick sehen und sich nähern in der Hoffnung, ein bisschen von der Stärke abzubekommen.

HEUTE ABEND HABE ICH DAS GEFÜHL, GLÜCKLICH ZU SEIN

Als ich in den Bademantel schlüpfe, den ich auf dem Toilettendeckel bereitgelegt habe, entfährt mir ein Fluch, weil ich immer noch keinen Gürtel dazu habe. Jedes Mal, wenn ich aus der Dusche komme, fällt mir ein, dass ich einen Gürtel kaufen wollte oder am besten gleich einen neuen Bademantel, dann vergesse ich es wieder und muss mit diesem Flatterteil halb nackt durch die Wohnung laufen. Zum Glück zeigt sich niemand an den Fenstern des Nachbarhauses, also pfeife ich drauf und gehe barfuß und mit tropfenden Haaren ins Wohnzimmer. Ich nehme die Schachtel Luckys und zünde mir eine Zigarette an, dann drücke ich die Play-Taste der Anlage, und die Musik läuft an der Stelle weiter, wo ich sie vor ein paar Tagen ausgeschaltet habe.

A che serve sta' accussì, sempe 'ncazzato, ma po' pe chi? Fora fa friddo… Nun me scuccia'…, singt Pino Daniele.

Ich drehe lauter, ziehe an der Kippe und tanze in der dichten Rauchwolke durch das kleine Zimmer. Das Handy klingelt. Klar! Ich gehe ran, ohne aufs Display zu schauen. »Hallo?«

»Luce?«

»Wer spricht da?«

»Antonio…«

»Antonio? Mein Bruder Antonio? Von dem ich drei Monate lang nichts gehört habe und der seit zwei Jahren nicht mehr in Neapel war? Dieser Antonio?«

»Bist du fertig?«

Mein Bruder gehört zu den Menschen, und davon gibt es viele, bei denen mir die Wut hochkommt, ohne dass er ein Wort sagen muss. Ich öffne die Tür zum Küchenbalkon und trete hinaus, um Luft zu schnappen.

»Wie geht es dir?«, frage ich dann.

»Gut. Und dir?«

»Ich kann nicht klagen. So sagt man doch, oder?«

Verlegenes Schweigen. Es ist elf Uhr am Abend, die Gasse ist leer bis auf eine Katze, die sich das Hinterteil leckt.

»Ich rufe an, weil ich dir etwas Wichtiges sagen möchte. Ich habe gerade mit Mama telefoniert.«

Ich kneife die Augen zusammen und zappe innerlich durch die möglichen Probleme, die Antonio verursacht haben kann: Er hat den Job verloren, er hatte einen Unfall, er hat beschlossen, nach Australien auszuwandern, er hat eine Frau geschwängert.

»Was ist passiert?«

»Tja, also … ähm … du bist Tante geworden!«

Volltreffer!

»Tante?«

»Tante!«

Stille.

»Luce, bist du noch dran?«

»Klar, wo soll ich denn sonst sein?!«

»Und? Du sagst ja gar nichts. Freust du dich?«

»Soweit ich weiß, braucht es für ein Kind auch eine Frau. Hast du eine Frau, Antonio?«

»Spinnst du? Klar, sie heißt Raffaella und ist wunderschön!«

»Wie meine erste große Liebe …«

Stille.

»Meine erste große Liebe, er hieß Raffaele. Erinnerst du dich noch?«

»Mhh … nicht so genau.«

Ein Herr mit einem Umschlag in der Hand und einer Toscano im Mund bleibt vor einem heruntergelassenen Rollladen stehen und sieht auf die Uhr. Er scheint auf jemanden zu warten und guckt hin und wieder zu mir hoch.

»Okay, vergiss es. Seit wann kennst du sie denn? Seit wann seid ihr zusammen?«

»Seit über einem Jahr.«

»Und das erzählst du erst jetzt?«

»Tja … weißt du …«

Der Mann mit der Zigarre wartet ganz offensichtlich, ob der Bademantel sich noch ein Stückchen weiter öffnet. Ich sollte reingehen oder ihm die Meinung flöten, aber ich bin zu sehr auf das Gespräch konzentriert.

»Liebst du sie?«

Antonio antwortet schnell: »Sehr.«

»Gut, dann freue ich mich für dich. Weißt du schon, ob Junge oder Mädchen?«

»Ein Junge.«

»Gott sei Dank.«

»Wieso Gott sei Dank?«, fragt er mit belustigtem Unterton.

»Ach, noch ein Mädchen hätte die Familie nicht ausgehalten. Außerdem brauche ich gerade einen Mann in meinem Leben, dem ich beibringen kann, wie bescheuert wir Frauen sein können, wenn wir nicht bekommen, was wir wollen.«

»Und du bist die Bescheuertste von allen!«, lacht er. »Weshalb ich dir kaum erlauben werde, ihm irgendetwas beizubringen!«

»Dir bleiben ein paar Monate, um deine Vergangenheit, deine Kindheit, deine Mutter und diese Stadt zu verachten. Genieß es und versuch schnell herauszufinden, warum du vor uns fliehst, vergib denen, denen du vergeben musst, und komm dann mit deinem Sohn zurück. Er soll nicht für deinen Zorn und deine Leichen im Keller büßen. Außerdem können wir ihm dann beibringen zu bleiben, statt zu fliehen.«

Antonio schweigt.

»He, bist du noch dran?«

»Ja…«

»Na gut, war ein Witz, vergiss es.« Ich drücke die Kippe auf dem Balkongeländer aus.

»Ich weiß, aber… Ich muss dir noch was sagen.«

Erneutes Zappen durch die möglichen Probleme, die jetzt kommen könnten: Er will das Kind nicht, er ist sich nicht sicher, ob es von ihm ist und hat nicht die Absicht, es anzuerkennen. Er will es mit nach Australien nehmen, bevor wir es gesehen haben.

»Antò, red schon, mir kommt allmählich die Galle hoch!«

Ich schnippe die Kippe weg und betrachte den Mann, der unbeirrt einen Blick auf das zu erhaschen sucht, was der gürtellose Bademantel freigibt.

»Nichts, nur dass das Kind schon auf der Welt ist.«

Ich verdrehe die Augen und entferne mich vom Geländer. Wenn ich nicht gerade geraucht hätte, würde ich mir jetzt eine anzünden.

»Es ist schon auf der Welt?«, höre ich mich schreien.

Seine Stimme ist jetzt ganz fern und leise. »Seit knapp drei Wochen.«

»Drei Wochen?«

»Luce, musst du alles wiederholen?«

Stille.

»Du bist verrückt, weißt du das?«

»Ich habe es euch nicht gesagt, weil…«

»Wie heißt es?«

»Arturo, nach Raffaellas Vater.«

»Arturo«, flüstere ich, wie um mir einen Namen vertraut zu machen, der mir vor fünf Minuten noch nichts bedeutete. Jetzt werde ich ihn wer weiß wie oft sagen. Ganz plötzlich, in meiner Lebensmitte und ohne dass ich etwas dafür getan habe, werde ich einen Namen lieben und einen bestimmten Tag im Jahr feiern.

»Ich habe kurz darüber nachgedacht, ihn Pasqu…«

»Das will ich gar nicht wissen, interessiert mich nicht. Arturo ist ein schöner Name.«

»Luce, hör zu, ich hatte nicht den Mut, es euch zu sagen, es Mama zu sagen, denn, na ja, Raffaella ist vierzehn Jahre älter als ich und hat schon eine dreizehnjährige Tochter.«

Himmel und Hölle, da will mein Brüderchen wohl allen Ernstes das Herz unserer Mutter brechen.

»Vierzehn Jahre älter? Wie alt ist sie denn?«

»Siebenundvierzig.«

»Siebenundvierzig? Kann man in diesem Alter überhaupt noch Kinder bekommen?«

»Tja, es ist selten, aber es kommt vor. Es war nicht geplant, Picceré, aber es ist definitiv das Schönste, was mir je passiert ist.«

Das glaube ich sofort, wenn ich mir sein Leben so anschaue. Als er mit elf einer Katze nachrannte, landete er unter einer Vespa. Das Gute ist, dass ihm selbst nichts passierte, während der Fahrer sich am Kopf verletzte. Mit dreizehn ließ er sich von einem Schulkameraden provozieren, leider vom falschen, denn es handelte sich um den

Sohn des Pallonetto-Bosses. Am Abend standen dann ein paar Schränke vor unserer Haustür, um ihn kaltzumachen, und es ist allein dem Eingreifen einflussreicher Leute unseres Viertels zu verdanken, dass wir die Sache wieder einrenken konnten. Mit fünfzehn wurde er mit Haschisch in der Tasche erwischt und landete auf dem Polizeipräsidium. Meine Mutter weinte drei Tage und drei Nächte durch, am vierten Morgen entschied sie, die Trauer abzulegen, setzte ihre gewohnte Maske auf und sprach nie mehr über den Vorfall. Mit zweiundzwanzig fuhr Antonio nach Rom auf ein Metallica-Konzert und ließ tagelang nichts von sich hören. Am zweiten Tag konnte ich meine Mutter gerade noch abhalten, zu den Carabinieri zu gehen; ich kannte meinen Bruder. Am Morgen des fünften Tages stand er vor der Tür, mit kahl geschorenem Schädel, einem Lächeln auf den Lippen und zwei neuen Tattoos. Er sagte, er habe auf dem Konzert eine Belgierin mit blonden Haaren und türkisfarbenen Augen kennengelernt und sei mit ihr nach Brügge gefahren. »Ich habe mich verliebt«, wiederholte er in einem fort, bis meine Mutter ihm einen Nasenstüber à la Bud Spencer versetzte, der ihm die Unterlippe aufriss.

Jedenfalls, in dem verrückten Leben meines Bruders und auch von uns beiden, als Kinder einer Mutter, die immer Angst hatte, die Kontrolle zu verlieren oder einfach nur glücklich zu sein, und einem Vater, der das krasse Gegenteil war und alles und jeden im Namen des Glücks opferte, kann die Geburt eines Kindes (egal, ob geplant oder ungeplant) ja nur die Krönung des Unvorhersehbaren sein, etwas so Unglaubliches, dass einem ganz schwindelig davon wird und das Herz ein paar Extrasystolen schlägt.

Es gibt Abende, da kommst du gähnend nach Hause,

wäschst dich, wobei du im Spiegel ein Gesicht siehst, das du nicht liebst, und fluchst beim Umziehen leise über den vergeudeten Tag. Und manchmal, genau in dem Moment, wenn du dich über dein Leben beschweren willst, steigt ganz in deiner Nähe eine kleine wunderhübsche Seifenblase auf und strahlt dich an. Sie lässt dich glauben, zumindest bis zum nächsten Gähnen, dass du trotz aller Nerverei, trotz allem, das schlecht läuft und ungerecht ist, niemals aufhören wirst, dein kleines und manchmal ödes Leben zu lieben.

Niemals.

Einmal kam Antonio zu mir und bat mich um hunderttausend Lire. Damals arbeitete ich in der Bar, doch hunderttausend Lire waren verdammt noch mal hunderttausend Lire.

»Wozu brauchst du so viel Geld?«, fragte ich.

Er brauchte eine Weile, bis er genügend Mut zusammengerafft hatte. »Nächste Woche sind Livia und ich drei Monate zusammen, ich wollte ihr etwas schenken.«

»Und wer ist diese Livia?«

»Eine Frau halt«, erwiderte er abwehrend.

»Und warum fragst du nicht Mama?«

»Will ich nicht.«

»Warum nicht?«

»Ich will nicht, dass sie sich in meine Sachen einmischt.«

»Und Nonna?«

»Nonna hat mir schon was gegeben.«

»Sie hat dir schon Geld gegeben? Und jetzt?«

»Es reicht nicht«, sagte er mit gesenktem Kopf.

»Warum, was wolltest du denn kaufen?«

»Einen Ring, und der kostet vierhunderttausend Lire.«

»Vierhunderttausend Lire? Antò, bist du völlig übergeschnappt?«, blaffte ich. »Weißt du, wie viel vierhunderttausend Lire sind? Das ist Nonnas komplette Monatsrente. Für ein Mädchen, das du gerade mal drei Monate kennst!«

»Okay, vergiss es«, schnaufte er und wandte sich zum Gehen.

»Warte, komm her«, rief ich ihm nach, aber Antonio kehrte nicht um.

Zwei Tage später gab ich ihm das Geld. Er riss die Augen auf und lächelte mich an, dann nahm er die Scheine und drückte mir einen Kuss auf die Wange. Wie der Blitz war er verschwunden. Drei Stunden später zeigte er mir den Ring, nachdem klar war, dass unsere Mutter nicht in der Nähe war.

»Morgen gebe ich ihn ihr vor der Schule«, erklärte er glücklich.

Am nächsten Tag sahen wir uns nicht, er kam spät nach Hause und legte sich sofort ins Bett. Am Morgen danach wollte er nicht aufstehen und meinte, er habe Fieber. Meine Mutter gab ihm einen Kuss auf die Stirn und sagte: »Ich glaube nicht, dass du krank bist!«, um dann wie immer in die Küche an ihre Nähmaschine zu verschwinden.

»Was war los?«, fragte ich ihn.

Er antwortete nicht.

»Antò?«

»Hm?«

»Was ist los?«

»Nichts ...«

»Komm, sag schon.«

»Dieses Mädchen, Livia ...«

»Ja?«

»Sie hat mit mir Schluss gemacht.«

»Sie hat Schluss gemacht? An dem Tag, an dem ihr drei Monate zusammen wart?«

»Ja, ausgerechnet an diesem Tag. Ich habe ihr den Ring gegeben, und sie hat gesagt, dass ich verrückt bin und dass wir noch jung sind und sie sich austoben muss, das hat sie gesagt. Dabei war ihr Tisch voll mit buntem Gekritzel mit unseren Namen und tausend Herzchen drumherum. Blöde Kuh!«

»Und der Ring?«

»Den hat sie nicht angenommen. Also bin ich ins Geschäft zurück, aber der Verkäufer wollte mir nur die Hälfte vom Kaufpreis wiedergeben. Ich habe auch andere Leute gefragt, und niemand gibt mir mehr als zweihundert. Ich weiß nicht, was ich tun soll.«

Ich brach in Gelächter aus, ich schwöre es, zuerst leise, dann immer lauter. Er sah mich an wie eine Irre und fragte mit rauer Stimme: »Findest du das lustig?«

»Nein, tut mir leid, aber du guckst wie ein geprügelter Hund, das ist einfach zu komisch!«

»Vielen Dank für deine Unterstützung«, erwiderte er beleidigt.

Ich setzte mich auf seine Bettkante. »Brüderchen, willkommen im Leben, im wahren Erwachsenenleben, das einem Tritte versetzt, wenn man es am wenigsten erwartet.«

Er sah mich nicht an, sondern knetete eine Ecke vom Bettlaken. Ich berührte sein Kinn, und er hob den Kopf. »Das ist jetzt die Hölle für dich, ich weiß, aber das geht vorbei, so sagt man zumindest. Und irgendwann, wenn du deine Livia wiedertriffst, die sich austoben will, lachst du sie nur noch aus.«

»Ja«, meinte er wenig überzeugt, »und dafür habe ich zweihunderttausend Lire in den Sand gesetzt.«

»Abwarten, bisher haben nur Nonna und ich sie in den Sand gesetzt.«

»Du kriegst das Geld zurück«, sagte er und sah mir in die Augen.

»Vergiss es, die hunderttausend sind gut angelegt.«

»Gut angelegt?«

»Na ja, letztlich haben sie dir zu deinem ersten echten Arschtritt in Sachen Liebe verholfen.«

»Aha, vielen Dank, sehr freundlich.«

»Das ist nicht das Schlechteste, dann lernst du zumindest, buntem Herzchengekritzel nicht allzu viel Vertrauen zu schenken.«

»Das stimmt, den Frauen traue ich nicht mehr über den Weg. Ihr seid doch alle bescheuert!«

Ich stand lächelnd auf. »Siehst du? Dann bist du ab jetzt vielleicht etwas vorsichtiger, zumindest bis zur nächsten feurigen Begegnung, ausgelöst von einem Funken der Liebe.«

Er sah mich an. »Du hast ja wirklich eine tolle Vorstellung von der Liebe, so voller Vertrauen ...«

Ich runzelte die Stirn. »Antò, halt den Mund, Vertrauen führt nur dazu, dass du nicht auf deinen Weg achtest und auf die Nase fällst, sobald dir jemand ein Bein stellt!«

»Luce, bist du noch dran?«

»Wo soll ich denn sonst sein!«

»Und, was sagst du, freust du dich?«

»Ja, klar, ich versuche mich nur an den Gedanken zu gewöhnen. Wie hat Mama reagiert?«

»Sie hat einfach aufgelegt.«

»Nicht ganz zu Unrecht ...«

»Deshalb wollte ich auch mit dir reden. Du musst mir einen Gefallen tun ...«

»Wenn es nur einmal ein Telefonat ohne diesen Satz gäbe!«

Er lacht kurz auf. »Kannst du mit ihr reden? Du weißt, Mama ist so eigen …«

Alleria kommt auf den Balkon und steckt die Schnauze zwischen die Geländerstäbe.

»Antò, das mag ja sein, aber du kannst sie auch nicht erst informieren, wenn das Kind schon auf der Welt ist! Was hast du denn die letzten neun Monate gemacht?«

»Du hast keine Ahnung, wie oft ich es ihr sagen wollte, und immer habe ich mir ihre Reaktion auf Raffaellas Alter ausgemalt und es gelassen. Sie ist ja auch noch geschieden. Ich wollte mir nichts anhören müssen.«

»Und da soll ich jetzt in die Bresche springen, oder was? Ist das dein Plan?«

»Also ja, mehr oder weniger.«

»Verdammter Kerl«, stoße ich aus und reibe mir die Augen. Als ich sie wieder öffne, lacht mein Bruder am Telefon immer noch, und der Mann auf der Gasse hat seine Zigarre zu Ende geraucht und starrt mir stur zwischen die Beine.

»Hör zu, warum bist du nicht einmal, zumal jetzt als Vater, ein Mann und kommst her und redest selbst mit Mama? Du kannst nicht immer weglaufen, das müsstest du doch mittlerweile kapiert haben. Irgendwann kommt unvermeidlich der Punkt, an dem man sich umdrehen und seiner Vergangenheit ins Auge sehen muss, sonst rennt sie dir immer weiter nach wie ein lästiger Hund, dem du mal ein Stück Brot gegeben hast. Manchmal bringt es nichts wegzugehen, Antò.«

»Luce, Himmel, mach es doch nicht so kompliziert! Ich hatte dich nicht so philosophisch in Erinnerung.«

»Dafür hatte ich dich genau so in Erinnerung, wie du

bist, du dumme Nuss. Du hast dich kein bisschen verändert. Armer Arturo. Wie erträgt diese Raffaella dich denn?«

»Sie sagt, ich bringe sie zum Lachen.«

»Na, immerhin. Ich rede jedenfalls nicht mit Mama, ich kann nicht mein Leben lang deine Probleme lösen.«

Er wird ernst. »Picceré ...«

»Und glaub bloß nicht, mich mit deiner sanften Stimme bezirzen zu können!«, falle ich ihm ins Wort.

»Picceré«, fährt er fort, als hätte ich nichts gesagt, »du hast doch ein anderes Verhältnis zu ihr, du konntest schon immer mit ihr umgehen. Und vor allem kannst du ihr zuhören. Bei mir wäre es doch so, dass sie anfängt, mich zu kritisieren, und schon flippe ich aus und bereue später meine Worte.«

»Ja, tolle Ausrede!«

»Und dann gibt es noch ein anderes Problem ...«

»Noch eines?«

»Ich will Raffaella heiraten!«

»Heiraten?«

»Warum, was ist schlecht daran?«

»Nichts, nichts ist schlecht daran, wenn du sie liebst. Ich dachte nur, dieses Wort sei in unserer Familie tabu.«

»Ja, komisch, ich hätte auch nie gedacht, dass ich das einmal möchte, und plötzlich ...«

»Und was hat das mit mir zu tun?«

»Sehr viel, Picceré, du hast immer mit meinem Leben zu tun, vor allem wenn es um wichtige Entscheidungen geht.«

»Das verstehe ich nicht.«

»Menschenskind, Lù, du magst ja intelligent und gebildet sein, wie Mama sagt, aber lahm wie eine Schnecke. Ich versuche dir gerade zu sagen, dass ich dich gerne als Trauzeugin hätte und als Arturos Patentante.«

»Mich?«

»Ja, dich.«

»Als Patentante? Bist du dir sicher? Ich kann mich ja nicht mal um mich selbst kümmern.«

»Das stimmt nicht. Ich glaube, du wärst eine gute Mutter. Warum beeilst du dich nicht und machst auch eines? Ein Kind, meine ich.«

»Klar, ich mache ja vieles allein, aber dafür fehlt mir dann doch ein grundlegendes Utensil.«

»Na gut, also, was sagst du?«

Ich weiß, die Patin ist nicht die Mutter, sondern allenfalls eine Ersatzmutter. Aber ich sehe mich einfach nicht in der Nähe zu dieser Verantwortung. Vielleicht, weil ich immer noch die Abgründe meiner Kindheit zu heilen versuche. Denn der größte Schaden, den ein abwesendes Elternteil anrichtet, ist, dass du dein Leben lang glaubst, dir die Liebe und das Glück jeden Tag aufs Neue verdienen zu müssen.

Ich schaue dem Brünstling auf der Straße direkt ins Gesicht und hebe den Mittelfinger. Er weicht zurück, guckt weg und vergräbt die Hände in den Taschen. Antonio sagt in mein Schweigen hinein: »Außerdem will ich in Neapel heiraten, natürlich nur standesamtlich. Wie gesagt, Raffaella ist bereits geschieden. Das muss jemand Mama erklären, du weißt, wie bigott sie ist.«

»Und ich bin diejenige, die es erklären soll! In Ordnung, Antonio, du hast Glück, weil mir heute romantisch ums Herz ist. Ich werde als Patin versagen, aber ich fühle mich gerne gebraucht, zumindest das. Und das weißt du genau, nicht wahr, Brüderchen?«

Im Hintergrund weint jemand.

»Ist er das?«

»Ja.«

»Ich rede mit Mama.«

»Danke, Luce, ich wusste, dass ich auf dich zählen kann.«

»Ja, genau. Und wann kann ich mal auf dich zählen?«

»Immer, Picceré, immer. Ich melde mich wieder, Arturo hat Hunger, und ich muss Raffaella helfen. Einen Kuss.«

Ich lege auf und starre ins Leere, wo keine Leere ist, denn zehn Meter vor mir erhebt sich ein Haus, nicht ganz so heruntergekommen wie meines, mit bunten Bettlaken, tropfenden Socken und Unterhosen, die im Wind tanzen. Ich habe schon tausendmal Kinder weinen hören, doch dieses Mal bin ich zusammengefahren.

»He, du«, rufe ich laut.

Der Gaffer hebt den Kopf.

»Ich sage das nicht oft, aber ich habe gerade das Gefühl, glücklich zu sein«, schreie ich.

Er starrt mich verschüchtert an und geht dann schnell weiter. Ich streiche Alleria über den Kopf. »Siehst du, wie die Menschen sind, Canis superior? Sie schämen sich nicht, dir zwei Stunden auf den Hintern zu starren, aber wenn sie es mit Gefühlen zu tun bekommen, rennen sie weg wie erschrockene Kinder.«

VERLEGENHEIT

Immer wenn ich die Wohnung meiner Mutter betrete, überfällt mich ein merkwürdiges Gefühl, das ich nicht erklären kann, eine Art Wut mit Einsprengseln von Mitleid. Ich habe immer noch nicht gelernt, mit dieser Frau umzugehen, die völlig anders ist als ich und mir gleichzeitig sehr ähnlich. Außerdem bin ich in dieser Wohnung aufgewachsen, hier sollte ich mich zu Hause fühlen, was überhaupt nicht der Fall ist. Denn genau wie Menschen verändern sich auch Orte, wenn wir sie verlassen, und sind bei der nächsten Begegnung nicht mehr dieselben. Deshalb bewegst du dich an ihnen mit der gleichen melancholischen Vorsicht, die du einem früheren Freund bei eurem Treffen auf der Straße entgegenbringst, weil ihr euch plötzlich nichts mehr zu sagen habt.

Die Wohnung hat sich seit meinem Auszug beträchtlich verändert, begonnen bei den Andachtsbildchen und Heiligenfiguren überall über die Kruzifixe selbst in der Küche (was es früher nicht gab) oder die Pater-Pius-Statue, die dich im Flur empfängt. Unsere Mutter war schon immer katholisch, doch mit den Jahren und vielleicht aus Einsamkeit ist aus ihr die perfekte Ministrantin geworden.

Gerade nimmt sie die Vorhänge von der Gardinenstange.

»Hast du die nicht erst vor einem Monat gewaschen?«

»Vor zwei Monaten.«

»Ja und, du wäschst alle zwei Monate die Vorhänge?«

»Sie sind schon wieder schwarz.«

Stöhnend sage ich: »Du solltest deine Kraft auf Wichtigeres verwenden.«

Ich bin am Ende mit meiner Geduld.

»Luce, was ist los, was machst du hier so früh am Morgen?«

»Wieso, darf ich dich nicht nach dem Aufstehen besuchen?«

»Das machst du sonst nie.«

Es nützt nichts, unsere Beziehung ist ein ständiges Hin und Her aus Vorwurf und Rechtfertigung. Sonst hätten wir uns nichts zu sagen.

»Gestern hat mich Antonio angerufen«, setze ich an.

Sie steigt von der Leiter, fasst den Vorhang vor ihrem Bauch an seinen vier Ecken und legt ihn geschickt zusammen. Sie trägt einen dunkelroten Strickpullover über einem grauen Rock, an den Füßen blaue Hausschuhe. Alt sieht sie aus, obwohl sie nicht alt ist.

»Ich habe gestern mit Antonio gesprochen«, wiederhole ich.

Mit gesenktem Kopf faltet sie den Stoff. Es ist halb neun, und ich habe noch nicht gefrühstückt, deshalb werfe ich einen Blick in den Kühlschrank. In einer Ecke steht ein Sechserpack Magerjoghurt.

»Seit wann isst du Joghurt?«, frage ich.

»Die sind für dich«, sagt sie, ohne aufzublicken.

»Für mich?«

»Für dich, zum Frühstück oder für zwischendurch.«

»Woher wusstest du denn, dass ich vorbeikommen würde?«

»Das wusste ich nicht, aber ich habe es gehofft.«

Immer wenn meine Mutter etwas Nettes zu uns sagt,

starrt sie wie gebannt auf irgendwelchen nebensächlichen Nippes und stößt ihre Worte schnell aus, als müsste sie sich von einer Last befreien. Jetzt ruht ihr Blick auf dem Regalbrett neben ihr, genauer gesagt, auf dem Honigglas. Ich nehme einen Joghurtbecher und trete zu ihr, um sie zu umarmen. »Warum siehst du mich nie an, wenn du mir so etwas sagst?«

»Was denn?«

»So etwas Schönes.«

»Ach, lass mich. Es ist mir peinlich!« Sie versucht, sich zu entwinden.

Ich lächele und nehme ihr kleines Gesicht zwischen die Hände. Sie ist im Lauf der Jahre Nonna Giuseppina immer ähnlicher geworden. Schon witzig, das Leben, da versuchst du mit aller Kraft, anders zu werden als deine Mutter, Jahr für Jahr, und dann schaust du eines Morgens in den Spiegel und entdeckst ihr Bild darin, ihre Falten, ihre müden Augen. Also lächelst du deinem Gesicht zu, um darin die alte Vertrautheit zu entdecken, die ihr Lächeln bei dir auslöste.

»Es ist dir peinlich«, wiederhole ich erheitert. »Schön ist das, wenn es dir peinlich ist, Mama, sensible Menschen empfinden bei so was nun mal Verlegenheit!«

Sie lächelt, und in ihren Mundwinkeln tun sich Risse auf.

»Antonio hat mich angerufen«, beginne ich nach einer Weile erneut, während ich den Löffel in den Joghurt tauche.

Als Antwort öffnet sie einen Schrank und zieht eine Packung Frühstücksflocken hervor. »Bitte«, sagt sie.

»So was hast du auch?«

»Bist du nicht auf Diät?«

»Ich bin immer auf Diät ...«

»Das weiß ich doch, deshalb habe ich es gekauft.«

Ich mustere sie lange, um zu verstehen, wie sie das nur macht. Sie hat es nicht nur gehofft, sie hat es gewusst, dass ich vorbeikommen würde. Ich streue Cornflakes auf den Joghurt und sage kauend: »Also, Mama, ich verstehe ja, dass du sauer bist, ich bin es genauso. Aber dann bin ich doch zu dem Schluss gekommen …«

Meine Mutter legt den gefalteten Vorhang über eine Stuhllehne und stützt sich auf die Spüle, mit gebeugtem Rücken und der typischen Haltung, wenn man einen Schlag in die Magengrube erwartet. Sie sieht mich gespannt an. Doch ich bin so mit meinem Joghurt beschäftigt, dass sie schließlich sagt: »Von mir hast du das nicht gelernt, mit vollem Mund zu reden.«

»Was das betrifft, habe ich von dir auch nicht gelernt, wie man in der Nase bohrt oder einen fahren lässt. Das lehrt einen das Leben, da kannst du ganz beruhigt sein.«

Sie seufzt. »Was soll ich nur mit dir machen!«

Ich gehe nicht darauf ein. »Ich sagte gerade, dass ich zu einer Entscheidung gekommen bin.« Dann zermalme ich die letzten Cornflakes. »Man kann einfach nicht permanent auf die ganze Welt wütend sein. Es ist vielleicht Zufall, aber genau das hat Pino Daniele gesungen, als Antonio anrief.«

»Was hat Pino Daniele damit zu tun?«

»Alles und nichts. Ich meine nur, du bist verletzt und beleidigt, und das völlig zu Recht. Aber was bringt dir das? Nichts. Im Gegenteil, du leidest nur noch mehr, weil du meinst, dass dein Sohn ein Mistkerl ist. Das ist er zwar, aber das wussten wir schon vorher.«

Ich glaube, ein kleines Lächeln zu erahnen, das unter ihrer ernsten Schale durchscheint.

»Und was wäre jetzt die Neuigkeit?«

»Die Tatsache, dass du zwei komische Kinder hast, wobei Antonio bei Weitem der Komischere von uns beiden ist, das hat nichts mit dir zu tun. Ja, wie jeder hast du Fehler gemacht, warst eine übergriffige, komplizierte und nicht besonders liebevolle Mutter, aber du hast uns beigebracht, geradeaus zu gehen, auch wenn wir mal ins Schleudern geraten.«

Ihre Augen werden plötzlich ganz groß und glänzend.

»Und du hast uns beigebracht, was Anstand heißt, dass man anderen nichts antut, was man selbst nicht angetan bekommen will, so, wie Jesus es sagt.«

»Jesus sagt das nicht.«

»Ach nein? Wer denn? Na, egal, jetzt ist es nur wichtig, dass du Antonio vergibst, bevor er heiratet.«

»Heiraten? Er will heiraten?«

Meine Mutter kommt einen Schritt auf mich zu und sieht mich erwartungsvoll an.

»Hat er dir das nicht gesagt?«

»Nein, hat er nicht, weil ich vorher aufgelegt habe.«

»Siehst du? In Wahrheit bist du einfach zu stolz. Du hast jetzt ein Enkelkind, und das willst du doch wohl kennenlernen?«

»Natürlich will ich das, vor allem, wenn Antonio wirklich heiratet.«

»Tja, und da gibt es eben noch ein kleines Problem ...«

Das Lächeln verwandelt sich in ein Fragezeichen.

»Nämlich?«

Schon geht sie wieder in die Defensive. Typisch für Leute, die wenig vom Glücklichsein verstehen.

»Tja, also, seine Freundin ist ein bisschen älter als er, aber nur ein bisschen, und ... also ... sie ist geschieden und hat bereits eine Tochter.«

Meine Mutter wird blass und gibt eine Art Zungenschnalzen von sich, dann zieht sie den Stuhl unter dem Tisch hervor und lässt sich darauffallen. Währenddessen beuge ich mich tiefer über meinen Joghurtbecher, als wollte ich die letzten Reste auskratzen, und es wird still im Raum. In Wirklichkeit denke ich fieberhaft darüber nach, was ich Bedeutsames sagen könnte. Leider fällt mir absolut nichts ein. Da ergreift sie das Wort und sagt mit todtrauriger Stimme: »Warum tut er mir das an?«

Ich blicke auf und sehe, sie ist den Tränen nahe.

»Was?«

»Eine ältere Frau zu heiraten, die geschieden ist und eine Tochter hat.«

»Na ja, freust du dich denn nicht? Solltest du aber. Hättest du es denn nicht gut gefunden, wenn sich ein Mann um dich und deine Kinder gekümmert hätte? Ich hätte es jedenfalls gut gefunden, und wie.« Ich bin lauter geworden als beabsichtigt.

»Antonio ist bereit, bei einem Kind, das nicht sein eigenes ist, die Vaterrolle zu übernehmen, das finde ich schön und bewundernswert. Ihr predigt doch immer die Nächstenliebe, oder? Um dann bei dem ersten Problem den Schwanz einzuziehen?«

Sie starrt auf ihre Hände und antwortet nicht, wartet kurz, um sich dann angesichts meines Schweigens aufzurichten und mit würdevoller Stimme zu sagen: »Sich scheiden zu lassen ist Sünde.«

Ich bin kurz davor, ihr eine Ohrfeige zu verpassen, doch der Respekt hält mich davon ab. Am liebsten würde ich sie anschreien, sie von dieser Dummheit befreien, die sie zur Sklavin macht und mir das Gefühl gibt, Waise zu sein. Der kleine Moment der Gemeinsamkeit ist nur noch Erinnerung, ich kann es selbst kaum glauben, dass ich mich so liebevoll über sie geäußert habe.

»Deine Kirche lässt dich ja total verblöden, weißt du das eigentlich?«, stoße ich mit gerunzelter Stirn und zusammengekniffenen Augen hervor.

Meine Mutter sieht mich nicht an. Gut, das bedeutet, sie schämt sich für ihre Worte. Schade nur, dass sie so ein Dickkopf ist und fast nie etwas zurücknimmt.

»Du redest von Sünde, völliger Unsinn! Sünden sind etwas ganz anderes, Mama. Was dieses Gesindel da draußen jeden Tag begeht, das sind Sünden, und zwar auch die Leute von Don Biagio, wenn du es genau wissen willst, der nicht einmal die herrenlosen Hunde im Kirchhof füttert. Die größte Sünde ist im Übrigen, seine Nächsten nicht zu lieben, aber dein Sohn liebt seine Nächsten, weil du es ihm beigebracht hat. Und trotzdem bist du unglücklich damit.«

»Es stimmt nicht, dass Don Biagio sich nicht um die streunenden Hunde kümmert.« Sie klingt beleidigt.

»Don Biagio ist mir scheißegal, wir reden vom Leben deines Sohnes, und du hast nichts anderes zu tun, als deinen Pfarrer zu verteidigen!« Ich springe auf, um meiner Wut Luft zu machen.

Sie schaut mich immer noch nicht an, mault etwas vor sich hin und spielt mit ihren Fingern. Sie wirkt wie ein Kind. Nach einer Weile sagt sie: »Ich hatte mir eben andere Familien für euch vorgestellt. So kann er nicht einmal kirchlich heiraten.«

»Wie hast du dir denn unsere Familien vorgestellt, die glückliche Kleinfamilie aus der Nudelwerbung? Alle um den großen Esstisch, redend und lachend mit einem Teller dampfender Spaghetti vor sich?«

»Nun tu doch nicht so, eine normale Familie hätte mir gereicht.«

»Ach, wie schön, eine normale Familie. Was ist denn

eine normale Familie? Ich kenne keine. Ich kenne nur Eltern, die zurückbleiben, und Kinder, die größer werden, und wenn ein Vater zu seiner Tochter sagt: ›Ich komm dich später abholen‹, dann steht er auch wirklich vor dem beknackten Schultor. Das ist normal, Mama!«

Mittlerweile schreie ich so laut, dass sie ganz still wird und leise zu weinen anfängt, wie sie es immer macht, wenn sie mit Worten nicht mehr an meine Schuldgefühle heranreicht.

»Da gibt es nichts zu weinen, wir waren nie eine normale Familie, aber wir haben es versucht. Wir haben unser Bestes gegeben und weitergemacht, so sind wir aufgewachsen, und jetzt versucht Antonio, etwas anderes aufzubauen, was bestimmt nicht normal sein wird, aber wenigstens sein eigenes. Und das reicht.«

Als ich zu reden aufhöre, habe ich plötzlich einen Riesendurst. Als ich das Glas unter den Wasserhahn halte, nutzt sie mein Schweigen. »Das kleine Mädchen, das Kind von seiner Freundin …«

»Ja?«

»Sie wird nie seine richtige Tochter sein, das kann sie gar nicht. Sie ist nicht Blut von seinem Blut. Und eines Tages, wenn Arturo erwachsen ist, wird das eine Rolle spielen!«

Ich setze mich wieder und sehe ihr lange in die Augen. Sie hat Angst, das erkenne ich am Zucken der Wimpern, die den unentschlossenen Augenlidern folgen. Meine Mutter weiß genau, was sie bei mir auslöst und dass ich bald die Kontrolle verliere. Eine super Idee von Antonio, dass ich mit ihr reden sollte!

»Ich kann gar nicht glauben, was aus dir geworden ist. Sünden, Blut von seinem Blut, was redest du da? Wer legt dir denn diesen Schmu in den Mund? Hörst du dir eigentlich selbst zu? Wo ist denn die Liebe hin, der Respekt, die Solidarität, die Güte? Ist es das, was sie euch in dieser blöden Kirche den ganzen Tag predigen? Kann man ein Kind nur lieben, wenn es Blut vom eigenen Blut ist?«

Ich stehe auf und gehe im Zimmer auf und ab.

»Ich kann nur lieben, was ich selbst geschaffen habe, in dem etwas von mir steckt. Das ist keine Liebe, das ist Narzissmus. Das sagen dieselben Leute, die der Gedanke an Adoption erstarren lässt. Wer wirklich liebt, tut das unabhängig von Blutsbanden. Ich liebe mein Kind, weil ich es aufgezogen habe, mit ihm einen Teil meines Lebens verbracht habe, weil es mir jeden Tag etwas schenkt, weil es mich liebt, wie ich bin. Das ist ein guter Grund, ein Kind zu lieben!«

Sie wischt sich mit den Händen die Tränen ab, und ich sehe, dass sie zittert. Plötzlich spüre ich großes Mitleid für sie, für diese Frau, die nie irgendwelche Sicherheiten besaß und alles dafür tut, welche zu finden.

»Dein Herrgott«, sage ich wieder ruhiger, »lehrt das nicht. Und auch du hast uns das nicht beigebracht.«

»Der Herr möchte, dass die Familien zusammenbleiben. Die Ehe ist ein heiliges Band, das man nicht auflösen kann, wie es einem gerade passt«, gibt sie leise zurück.

Ich atme tief durch, bevor ich sage: »Leute, die immer genau wissen, was sie wollen, gehen mir so was von auf den Sack, Mama, und erst recht die, die von sich behaupten, sie wüssten, was Gott will!«

»Du redest ja wie ein Mann, Luce!«

»Ich weiß, das hast du mir schon als Kind immer vorgehalten.«

Es vergeht eine Ewigkeit, bevor sie weiterredet. In der Küche tickt die alte Wanduhr, die ich als Kind beobachtet habe, wenn meine Mutter beim Nähen immer sagte:

»In zehn Minuten bin ich fertig.« Wenn man zehn Minuten lang auf eine Uhr starrt, scheint die Zeit stillzustehen, vor allem wenn du dreizehn Jahre alt bist und zu deinen Freundinnen auf die Straße hinauswillst, aber warten musst, bis deine Mutter den einzigen Tisch in der Küche für die Hausaufgaben freigibt. Ich schließe die Augen, um mich vor dem ohrenbetäubenden Ticktack zu schützen und dem Flashback, der bei mir ausgelöst wird.

Am Ende flüstert sie dann glücklicherweise den ersehnten Satz: »Na gut, wenn mein Sohn diese Frau heiraten möchte, soll er sie heiraten, und ich werde neben ihm stehen wie immer. So Gott will, wird alles gut werden.«

»Sehr gut, Mama, so gefällst du mir.«

Ich zwinge mich, ihr einen Kuss auf die Stirn zu geben, bevor ich dieser verdammten Küche und allem darin den Rücken kehre und gehe. Es ist neun Uhr morgens, und ich fühle mich leer und kraftlos.

So Gott will, wird alles gut werden.

Und wenn er nicht will, werden wir ihm den Marsch blasen.

Wie immer.

STAUB IST VERWELKTES LEBEN

Als ich heute Morgen vom Spaziergang mit Alleria zurückkam und gerade die Haustür aufschließen wollte, hörte ich ein Flop neben mir. Instinktiv sprang ich zur Seite und sah auf den Boden. Vor meinen Füßen lag ein schwarzes Bündel, das sich bewegte.

»Was zum Teufel …«, entfuhr es mir, während ich mich misstrauisch hinunterbeugte.

Es war ein kleiner Vogel, eine Schwalbe, genauer gesagt, ein Schwalbenbaby. Sagt man so? Keine Ahnung, jedenfalls war der Kleine vom Sturz ziemlich mitgenommen und fing gleich an zu jammern. Alleria trottete mit gesträubtem Fell schnüffelnd näher, um dann festzustellen, dass dieses Wesen nichts mit seiner Existenz zu tun hatte, drehte den Kopf weg und vergaß es.

Es war also wieder an mir. Wobei ich gerne mal wüsste, warum sich diese Schwalben ihre Nester nicht einfach irgendwo im Wald bauen. Warum suchen sie sich ausgerechnet eine dreckige Dachrinne im Spanischen Viertel aus? Ich als Vogel würde ein etwas ruhigeres Plätzchen für meinen Nachwuchs vorziehen.

Aber ich bin keine Ornithologin, sondern kenne mich eher mit Menschen aus. Ich dachte also nicht weiter darüber nach und hob das kleine schwarze Federbündel auf, um es nach Hause zu tragen. Ich würde mich darum kümmern, bis es flügge wäre.

Als Patty (die wie immer vor ihrer Wohnung rauchte, was eigentlich verboten ist) mich mit der Schwalbe kommen sah, trat sie zu mir und streckte ihre braun gebrannten Arme aus. Patrizias Haut hat die Farbe von Schlamm, was die logische Folge ihrer andauernden Aufenthalte im Solarium ein paar Gassen weiter ist. Einmal, als ich äußerst guter Dinge war und Lust hatte, mit ihr zu lachen – denn sie hat einen sehr gesunden Humor –, fragte ich sie, ob sie eigentlich nackt schlafe, und zur Antwort drehte sie sich auf den Hacken um und hob ihren Minirock, um mir ihre Pobacken zu zeigen (geschmückt von einem roten, glänzenden Spitzentanga). Ihr Po hatte die Farbe von Malzkaffee. »Lulù«, zwinkerte sie mir zu, »Männer mögen entweder Blondinen oder ganz dunkle Frauen wie mich!«

Auf dem Weg zum Fahrstuhl rief sie mir nach: »Wie süß! Woher hast du den?«

»Von der Straße, er ist aus dem Nest gefallen.«

»Also, Lulù, immer findest du die Notleidenden.« Sie stemmte sich eine Hand in ihre Hüfte. »Du scheinst eine große positive Energie auszustrahlen, die die anderen spüren.«

Wie immer kam aus ihrer Wohnung diese neumodische Neapelmusik und begleitete unsere Unterhaltung. Erstaunlich, dass ausgerechnet Patrizia mir solch unbequeme Wahrheiten offenbarte, dachte ich und erwiderte: »Vielleicht hast du recht, ich scheine alle anzuziehen, die nicht auf den eigenen Pfoten laufen können.«

Ich ging in meine Wohnung und setzte den Vogel in einen Schuhkarton, nahm ein bisschen Watte als Polster und stellte ein Schälchen Wasser hinein. Nur dass die kleine Schwalbe davon nicht sonderlich begeistert schien und ohne Punkt und Komma tschilpte. Vielleicht hat es Hunger, dachte ich. Also nahm ich ein Leckerli von

Alleria und hielt es ihm unter den Schnabel, ohne Erfolg. Ich öffnete den Kühlschrank und stellte ihm Milch hin. Dasselbe. Nach nur einer halben Stunde war meine Rettungsaktion bereits gescheitert, und die Begeisterung, die mich anfangs gepackt hatte (und die mich mit dem Stolz der Greenpeace-Aktivistin erfüllt hatte, die für die Rettung von Walen, Hunden und anderen bedrohten Arten kämpft), war einem Gefühl der Machtlosigkeit gewichen, gemischt mit einem Anflug von Ärger und Langeweile.

Dann erinnerte ich mich, dass Don Vittorio früher mal einen Kanarienvogel gehabt hat und einen Käfig, der nun leer in seiner Küche hing. Also klingelte ich bei ihm und erklärte ihm die Lage. Der Alte lächelte und nahm mir den Karton mit dem Nestchen ab, er werde sich darum kümmern. Von dem Moment an hielt ich meine Aufgabe für beendet und war erleichtert und froh, ein großes Werk für die Welt vollbracht zu haben.

Und nun sitze ich am Tisch meines Freundes beim Mittagessen und lausche gespannt der Geschichte einer seiner Eroberungen auf hoher See.

»Jedenfalls sollten wir am nächsten Tag in Istanbul anlegen und uns nie mehr wiedersehen«, erzählt Don Vittorio gerade. »Also nahm ich allen Mut zusammen und ging zu ihr. Sie war wunderschön mit ihren blonden, auftoupierten Locken, wie die Frauen sie damals trugen, und einem glänzenden blauen Kleid, bodenlang. Ich weiß nicht mehr, was sie sagte, aber ich erinnere mich an ihr Lächeln. Es war eine Deutsche, und sie hatte Augen wie Eis. Es wurde ein wirklich schöner Abend«, schließt er und hüstelt verlegen.

»Manchmal hätte ich auch Lust, ein Schiff zu besteigen und nie mehr zurückzukehren«, sage ich, »Geronimo und alle anderen einen guten Mann sein zu lassen, vielleicht in den Norden zu gehen und ein Leben zu führen, das natürlich nicht meines wäre, aber mir vielleicht erlauben würde, etwas aufzubauen, irgendwas. Hier fühle ich mich manchmal wie ein Goldfisch in seinem Glas, ich schwimme im Kreis und sehe dabei zu, wie das Wasser, in dem ich atme, langsam verschmutzt.«

Don Vittorio nimmt einen Schluck Wein. »Weißt du, als junger Mann hatte ich auch dieses Bedürfnis zu fliehen, ich hielt es für das Beste, alles zurückzulassen. Dann war ich plötzlich auf dem offenen Meer und merkte, dass alles, was ich eigentlich hatte zurücklassen wollen, immer noch da war.«

An seiner Unterlippe klebt Soße, doch ich sage nichts.

»Es gibt keinen Fluchtweg für Menschen wie mich, und vielleicht bist du genauso, weil wir immer glauben, dass es hinter dem Horizont noch etwas Schöneres gibt.«

»Nicht gerade die optimistischste Weltsicht«, sage ich nachdenklich und deute dann auf den Soßenfleck. Er wischt sich mit der Serviette den Mund ab und sieht mich fragend an. Als ich nicke, spricht er weiter. »Aber eine Art Fluchtweg gibt es dann doch, sogar für unverbesserliche Träumer wie uns, damit wir wachsen und die Schwierigkeiten des Lebens parieren können.«

»Zum Glück«, erkläre ich amüsiert, »auch für mich gibt es Hoffnung.« Ich lächele.

Don Vittorio dreht sich um und nimmt seine Pfeife von der Anrichte, zündet sie mit drei langen Zügen an und betrachtet mich freundlich. »Ja, liebe Luce«, sagt er, »wir haben eine Chance auf Rettung. Wir können den einfachsten Weg wählen, der zugleich auch der langweiligste und der am weitesten von unserem wahren Sein entfernte ist, aber immerhin von vielen Problemen wegführt. Oder wir tun etwas anderes …«

»Nämlich?«

»Tja, wir können zwar nicht entscheiden, wo der Anfangs- und der Endpunkt liegen, aber den Weg, den wir gehen wollen, können wir wählen. Wir können die Hauptstraße nehmen, die alle immer empfehlen, die am vollsten, am sichersten und bequemsten ist. Oder wir können bei dem ersten Feldweg abzweigen und querfeldein laufen, durch Wald und Gebüsch, durch Matsch und Insektenschwärme, begegnen vielleicht ein paar Geistesgestörten (oder sollte ich lieber sagen: Erleuchteten?), verirren uns, müssen eventuell eine Nacht im Freien schlafen. Wir haben die Wahl, du genauso wie ich. Und was mich betrifft, habe ich mich für den Briganten entschieden.«

»Den Briganten?«

»Ja, du hast richtig gehört, mein Leben war ein einziges Brigantendasein, wie im Mittelalter, ich habe die viel befahrenen Straßen gemieden und mich ins Unterholz geschlagen. Und ich kann dir versichern, das macht entschieden mehr Spaß.«

Ich zünde mir eine Zigarette an und schenke meinem vertrauten, wunderlichen Gesprächspartner ein scheues Lächeln. Dieser Mann hat die Gabe, von Lebensentscheidungen zu sprechen (woran die meisten Menschen nicht einmal denken), ohne dass du merkst, welches Gewicht das Thema hat. Er erklärt, indem er erzählt.

»Vielleicht hätten Sie Lehrer werden sollen«, überlege ich.

»Ich wäre bestimmt ein guter Lehrer gewesen, aber ich bin froh über meine Wahl. Auf der Welt gibt es zwei Arten von Menschen, meine Liebe: die, die etwas machen, und die, die nichts machen. Die erste Art besteht normalerweise aus Egoisten, Durchgeknallten, Lügnern und Käuzen, während zu der zweiten jene zählen, die alle zum

Freund oder zum Mann haben wollen, vor allem zum Mann. Die den anderen ständig erklären, wie man glücklich wird und das Leben voll ausschöpft, aber selbst nicht einmal den Mut haben, auch nur einen Meter vom Dienstweg abzuweichen. Sie gründen eine Familie und werden manchmal, wenn sie Glück haben, reich, aber sie sterben auch früher, weil das ganze wortreiche, ungelebte Leben sich auftürmt, in ihrem Körper sich ansammelt, Tag für Tag, bis es in einem Herzinfarkt, Schlaganfall oder einer Krebserkrankung explodiert. Auf Nimmerwiedersehen, Mensch, der du allen den Weg zum Glück erklärt hast.«

Er redet, und ich spiele mit der Zigarette am Rand des Aschenbechers. Don Vittorio ist wie alle intelligenten und tiefsinnigen Menschen auch etwas sperrig. Manchmal bringt er das ganze Mittagessen über kein Wort heraus, während andere Male, wie heute, ein Redeschwall über Glück, Entscheidungen und das Leben im Allgemeinen nur so aus ihm heraussprudelt. Das sind die besseren Tage.

»Dann sind Sie ein ganz besonderer Mensch, der beiden Arten angehört, einer, der macht und zugleich auch erklärt.«

Er zieht an seiner Pfeife und sieht dem Rauch nach, der trudelnd zu dem kleinen Lampenschirm über unseren Köpfen aufsteigt. »Ich bringe niemandem etwas bei, ich erzähle von meinen Erfahrungen, das ist etwas anderes. Man kann seinen Mitmenschen nicht erklären, wie man leben soll, oder ihnen die Lust am Glücklichsein vermitteln. Das Glück ist eine kleine, ganz private Sache, die man hegen und pflegen muss, auch wenn man gerade müde ist und nur noch auf dem Sofa liegen will. Es ist eine nervige Ehefrau, die dich vollquatscht, während du das Spiel sehen willst.«

Ich muss lachen und verschlucke mich fast am Rauch. Das Glück ist eine nervige Ehefrau. Keine Ahnung, warum mir sofort meine Mutter einfällt. Don Vittorios Monolog scheint zu Ende zu sein, deshalb drücke ich die Zigarette aus und beginne abzuräumen.

»Gestern habe ich erfahren, dass ich Tante geworden bin«, sage ich nach einer Weile, »mein Bruder hat einen Sohn bekommen. Und er will heiraten, eine Familie gründen.«

»Schön, das ist eine gute Nachricht. Herzlichen Glückwunsch.«

»Danke.«

»Wie alt ist er?«

»Zwei Jahre jünger als ich.«

»Ich würde ihn gerne kennenlernen.«

Ich nehme meine Brieftasche und zeige ihm ein Foto. »Das ist er.«

Er nimmt das Bild und reckt den Hals. »Wie alt bist du da?«

»Tja, zehn oder elf vielleicht. Das ist am Meer, in Coroglio. Da sind wir mit meiner Mutter häufig hingefahren, zu einer Freundin von ihr.«

»Aber das ist im Winter, ihr habt dicke Pullis an«, sagt er und versucht mit gerunzelten Brauen, das Bild scharf zu sehen, indem er es vor den Augen vor und zurück bewegt.

»Ja, wir fuhren immer im Winter dahin.«

Der Alte schweigt kurz. »Du bist lustig«, sagt er dann, ohne sich umzudrehen.

Ich gehe neben ihm in die Hocke und betrachte mich als kleines Mädchen auf diesem fernen, von der Zeit vergilbten Strand. »Ich mag keine Fotos«, sage ich dann.

»Vielleicht magst du keine Erinnerungen.«

»Stimmt, vielleicht. Ich habe eben zu früh angefangen,

welche zu sammeln, so wie meine Freundinnen ihre Barbiepuppen.«

Er betrachtet weiter das Foto.

»Außerdem bringen mich Leute, die in der Vergangenheit leben, auf die Palme, wenn sie dauernd versuchen, bloß nichts zu verlieren, und dafür Dinge und Erinnerungen anhäufen. Es bringt nichts, Sachen zu horten, das verstopft dein Leben nur mit altem, staubigem Krempel. Und Staub, das wissen wir, besteht aus Hautresten, Fingernägeln, Haaren, er ist angefüllt mit Leben, klar, aber mit verwelktem Leben.«

Jetzt hebt Vittorio Guanella erstaunt den Kopf und sieht mich an, doch ich rede einfach weiter. »Wie meine Mutter, die hat ein ähnliches Bild auf dem Nachttisch stehen. Die Vergangenheit scheint ein optimales Gefäß für Glück zu sein, doch das ist trügerisch. Wenn sie dieses Foto anschaut, ihre lachenden Kinder, glaubt sie, wir waren glücklich damals am Strand, mit den Möwen, dem Meer und dem Sand.«

»Wart ihr denn glücklich?«

»Ach was«, erwidere ich, »ich hatte damals schon so eine Art Magendruck, der nicht wegging, da konnten auch Strand und ein paar Möwen nichts ausrichten. Außerdem gehen mir Möwen schon immer auf den Sack.«

Jetzt lacht er. Als er wieder ernst wird, rede ich weiter. »Vielleicht ist es auch nur mein Problem, weil ich einfach zu viel grübele. Der Rest der Welt bemerkt das gar nicht, wobei der Rest der Welt auch viele andere Dinge nicht bemerkt. Ich frage mich ganz häufig, warum die Leute in die Messe rennen und einen unbekannten Gott um Wunder anflehen, sich aber einen Dreck darum kümmern, mal in den Himmel zu schauen nach all den magischen Pünktchen, die dort Nacht für Nacht erscheinen, oder zu verstehen, wie aus einem Zellhaufen in der Gebärmutter plötzlich ein Herzchen zu klopfen anfängt.«

»Der Rest der Welt ist vollauf damit beschäftigt, sich zu ärgern, weil eine Fernsehserie versehentlich aus der Programmierung verschwunden ist«, fällt mir Don Vittorio ins Wort, dem meine unerwartete Schimpftirade auf die Menschheit sichtlich Vergnügen bereitet.

»Genau so ist es!«, rufe ich. »Jedenfalls hat meine Familie wenig Erfahrung im Umgang mit Glück.«

»Wer hat das schon«, meint er und zieht an seiner Pfeife. »Aber wenn du Erinnerungen nicht magst, warum trägst du dann dieses Foto mit dir herum?«

»Tja, keine Ahnung, vielleicht mag ich ein paar Erinnerungen eben doch. Ich erinnere mich zum Beispiel noch genau an den Duft des Meers. Und an den Lärm des Winters.«

Ich schweige und ziehe die Nase hoch.

»Den Lärm des Winters?«

»Ja …«

»Mein Kind, das sind Sachen fürs Alter, der Lärm des Winters, der Geruch des Meers. Du hast es eben gesagt, in deinem Alter müsste man das Leben genießen und an der Oberfläche mitschwimmen. Wenn du zu tief tauchst, landest du vielleicht in der Dunkelheit.«

»Das ist mir egal, ich finde …«

Allerias Bellen reißt uns aus der Unterhaltung. Ich spitze die Ohren und höre Stimmen im Treppenhaus. Ich gehe zur Wohnungstür und luge durch den Spion: Vor meiner Tür stehen Carmen Bonavita und ihr Sohn.

»Wer ist es?«, fragt Don Vittorio und kommt in den Flur gerollt.

»Diese Frau, von der ich Ihnen erzählt habe, die Frau des Camorra-Bosses …«

»Und was will sie?«

»Woher soll ich das wissen. Sie hat ihren Sohn dabei.«

»Und, willst du nicht aufmachen?«

»Soll ich?«

Er zuckt mit den Schultern und überlässt die Entscheidung mir. Carmen klingelt erneut. Mir fällt ihr aggressiver Kleidungsstil auf: goldfarbene Hose, an den Knöcheln gekräuselt, Schuhe mit Absätzen, die man nicht anders als »stelzenartig« nennen kann. Darüber eine Jeansjacke mit hochgekrempelten Ärmeln.

Ich mache die Tür auf, sie dreht sich um und sieht mich überrascht an. Dann lächelt sie. »He, Luce, ich dachte, du wohnst hier?« Sie zeigt auf meine Tür.

»Ich besuche gerade meinen Onkel«, gebe ich zurück und höre, wie Don Vittorio etwas brummelt.

Carmen kommt mit ihrem Sohn an der Hand auf mich zu. Sie hat ein Kilo Rouge im Gesicht, ellenlange Wimpern und, von Nahem und bei Tageslicht betrachtet, die eine oder andere Sommersprosse. Ihre hellblonden Haare fallen als leuchtende Locken herab. Das Gesamtbild ist irgendwie ordinär, aber doch atemberaubend schön.

»Tut mir leid, dass ich dich so überfalle, aber ich habe keine Telefonnummer von dir, deshalb bin ich eben bei Sasà vorbei. Ich muss heute Nachmittag etwas erledigen, etwas Dringendes. Kannst du auf ihn aufpassen?« Sie zeigt mit dem Kinn auf das Kind, das mich schweigend ansieht.

Ich zögere einen Moment zu lang, was fatal ist. Wenn du auf der Straße aufwächst wie viele in diesem Viertel (und eben auch Carmen), entwickelst du eine höhere Kraft, die normale Menschen (mit einer mehr oder weniger normalen Kindheit) sich gar nicht vorstellen können, nämlich die Fähigkeit, immer und überall eine Antwort parat zu haben, als wäre dir ein Mikrochip mit vorgefertigten Antworten implantiert. Wie Tiere, die mit einem natürlichen Beuteinstinkt geboren werden, wird der Neapolitaner mit einer fertigen Erwiderung auf der Zunge geboren. Daher wittert Carmen angesichts meines winzigen Zögerns, eine Frage von Zehntelsekunden, Morgenluft und drückt mir ihren Sohn in die Hand: »Vielen Dank, Luce, du bist ein Schatz, ich liebe dich! Ich bin gegen zehn wieder da, kannst du ihm Abendessen machen? Aber bloß keine Pommes!«

Dann küsst sie sich auf die Fingerkuppen und deutet auf mich, wie ein Priester, der die Gläubigen segnet. Nichts an Carmen ist heilig, schon gar nicht ein Segen, aber das scheint ihre Art zu sein, mir zu danken, eine freundliche Geste, wenn wir so wollen. Im nächsten Moment ist sie im Treppenhaus verschwunden, und der Widerhall ihrer hohen Absätze auf dem Marmor erinnert mich daran, dass dies kein böser Traum ist, sondern Realität.

»Weißt du, wie man aus Eiern süße Creme macht?«, fragt Kevin an meiner Hand.

»Süße Creme?«

»Ja, süße Creme. Die mag ich noch lieber als Schokolade. Weißt du, wie das geht?«

»Nein«, sage ich. »Ich glaube nicht. Komm rein, ich stelle dir meinen Onkel vor.«

»Wenn du keine süße Creme machen kannst, müssen wir ein Eis kaufen gehen!«

Ich habe das deutliche Gefühl, dass in letzter Zeit entschieden zu viele Kinder in mein Leben getreten sind. Und das alles, ohne dass mich vorher jemand gefragt hätte.

DIE SCHACHTEL DER SCHÖNEN ERINNERUNGEN

Gut gelaunt führt Kevin Alleria an der Leine und hält sich mit der anderen Hand an Don Vittorios Rollstuhl fest. Zum ersten Mal, seit ich ihn kenne, hat der Alte seine Wohnung verlassen. Dank diesem Kind mit seinem Haarhelm, seinem makellosen Italienisch und der Neigung, die Defizite seiner Mutter mit »mangelnder Bildung« zu entschuldigen. In der Wohnung hat er sofort angefangen, Canis superior zu streicheln, der sich nicht lange bitten ließ und die Zuwendungen erwiderte, mit dem Schwanz wedelte und sich den Bauch kraulen ließ. Dann sah Kevin von Alleria zu Don Vittorio, kam zwei Schritte näher und feuerte eine Salve von Fragen den Rollstuhl betreffend ab: Ist der schwer zu lenken? Ist das wie Autofahren? Ist es schön, sich schieben zu lassen? Ich dachte, Don Vittorio würde verrückt werden, zumal er anfangs einmal gesagt hat, dass er keine Kinder habe, weil er Kinder nicht möge. Doch die Begegnung dieser zwei unterschiedlichen Wesen hat zu etwas geführt, das keiner ahnen konnte: Die beiden sind sich sympathisch.

»Wartet«, befiehlt Don Vittorio und zeigt auf einen Handkarren, der Zuckerwatte verkauft. »Wie wär's?«, fragt er und zwinkert Kevin zu.

Das Kind stimmt begeistert zu, und einen Moment später warten sie beide neben dem Verkäufer. Ich beobachte sie und denke über meine Lage nach. Es ist vier Uhr nachmittags, statt in der Kanzlei Geronimo meinen Job zu machen, stehe ich auf der Straße mit einem Mann, der mein Großvater sein könnte, und einem Jungen, der mein Sohn sein könnte. Einen Moment lang verliere ich mich in dieser romantischen Vorstellung, dann reiße ich meinen Blick von der Zuckerwatte los, die nicht unbedingt schöne Erinnerungen in mir weckt.

Vor vielen Jahren kam mein Vater einmal glückstrahlend nach Hause und sagte, er habe ein Riesengeschäft gemacht und einem seiner vielen »Freunde« genau so einen Zuckerwattekarren abgekauft. Ich muss damals erst sieben gewesen sein, erinnere mich aber wie heute an Mamas Miene, die in der Küchentür lehnte, einen Putzlumpen in der Hand, den erschöpften Blick starr auf ihren Ehemann gerichtet. Er ging zu ihr hin und umarmte sie, wie jedes Mal, wenn sie ihm etwas nachsehen sollte, dann lächelte er (was er immer tat) und sagte: »Ein echtes Schnäppchen, ich konnte einfach nicht Nein sagen!«

Meine Mutter entwand sich ihm und sagte den Satz, der bis heute in meinem Kopf widerhallt: »Du verdienst uns gar nicht!« Dann floh sie ins Schlafzimmer und blieb dort. Er war völlig überrascht, und einen Moment lang, nur für einen kurzen Moment, erkannte ich in seinen Augen einen Anflug von Traurigkeit. Doch schon im nächsten Moment kniete er neben Antonio und mir und fragte: »Mama versteht das nicht. Ihr mögt doch Zuckerwatte, oder?«

Mein Bruder stieß einen Glücksschrei aus wie Kevin, wohingegen ich nur nickte und aus den Augenwinkeln beobachtete, ob meine Mutter uns sehen konnte. Ich hatte gelernt, in ihrer Anwesenheit meinem Vater gegenüber nicht zu viel Zuneigung zu zeigen. Denn meine Mutter glaubte, in ihrem täglichen Kampf gegen einen verantwortungslosen Mann, der keine Lira für seine Kinder nach Hause brachte, einen Verbündeten zu benötigen, und dieser Verbündete war unvermeidlich ich als Mädchen und Erstgeborene. Also sah ich keine andere Möglichkeit, als gegen meinen Vater, den ich trotz allem für sein Lächeln, seine Fröhlichkeit und sogar seine Abwesenheit liebte, eine unterschwellige Feindseligkeit an den Tag zu legen, um meine Mutter nicht gegen mich aufzubringen, die letztlich die Einzige war, die sich um mich kümmerte. »Solange dir die Kraft zum Kämpfen fehlt, machst du Kompromisse, doch sobald dein Rückgrat stark genug ist, musst du lernen, die Krallen auszufahren.« Das hat meine Großmutter Giuseppina einmal zu mir gesagt, wenn auch mit anderen Worten und im tiefsten Neapolitanisch.

»Möchtest du nicht?«, fragt mich Kevin.

»Nein«, sage ich und gebe ihm fünf Euro. »Hier, du darfst bezahlen.«

Zufrieden kehrt er zu Don Vittorio zurück, der schon an seiner Zuckerwatte lutscht. Darf ein alter Mann eine Süßigkeit genießen wie ein kleines Kind?

Die Idee meines Vaters entpuppte sich als Volltreffer, mit dem Zuckerwattewagen verschaffte er uns einen kleinen Zuverdienst. Jeden Morgen fuhr er durch die Stadtviertel zur Via Toledo. Nach ein paar Tagen fragte er, ob wir mal mitkommen wollten. Meine Mutter hatte sich ein wenig beruhigt (denn mein Vater brachte ja nun tatsächlich etwas Geld nach Hause) und hatte nichts dagegen.

Es war ein Winternachmittag in der Vorweihnachtszeit, die Straßen waren noch voller als sonst mit gut gelaunten, flanierenden Menschen, die hin und wieder stehen blieben, um etwas zu essen. Bunte Lichter überall, selbst in den Tiefen unseres Viertels hingen leuchtende Sterne zwischen den Häusern und tauchten die Armseligkeit in etwas Licht und Freude. In meiner Erinnerung kommt es mir vor, als seien in diesen Jahren alle zufriedener gewesen. Vorneweg unser Vater, der keinen Moment sein Lächeln verlor, wenn er den Holzstab in den Zuckerkessel tauchte und die zahllosen Kunden bediente, die bei ihm anstanden. Wenngleich er wenig Verantwortungsbewusstsein hatte, sah er doch ziemlich gut aus, sodass er bald schon Probleme mit Mama bekam, die sich als äußerst eifersüchtig erwies. Und so währte seine Tätigkeit als »Schöpfer von Süßem« – wie er seinen schmachtenden Kundinnen erklärte – nicht lange, gerade mal bis zum Sommer.

Meine Mutter hatte schon damals zwei Jobs: Morgens putzte sie in einem kleinen Hotel, und nachmittags saß sie an ihrer Nähmaschine. Es verging damals kein Tag, an dem nicht aus der Küche das Geräusch der Nähmaschine erklang und immer neue Gäste an der Wohnungstür klingelten. Diese ständigen Besuche erlaubten es mir, meine Hausaufgaben zu unterbrechen, hinter denen meine Mutter sonst so her war, und den Gesprächen der Erwachsenen zu lauschen, während ich den Löffel in die Schale mit süßer Creme tauchte, die immer im Kühlschrank stand. Sie plauderte mit der jeweiligen Kundin, beziehungsweise die Kundin redete, und sie nickte, denn sie hockte mit einem Dutzend Stecknadeln im Mund und hochgesteckten Haaren vor ihr und legte Falten und Abnäher. Die Stecknadeln sind mit den Jahren weniger geworden, genauso wie die Kundinnen, doch ihre weißen Haare klemmt sie immer noch hoch, und ihr Mund ist verkniffen und verschlossen, als hätte die Zeit ihr die Lippen für immer vernäht.

Kevin und Don Vittorio kehren zufrieden zu mir zurück. Das Kind lutscht mit Hingabe an seiner Zuckerwatte, und der Alte hält mir seine zum Probieren hin. Als ich schweigend den Kopf schüttele, betrachtet er mich verständnisvoll, obwohl er die Geschichte nicht kennen kann, weil ich in dem Irrglauben, ich könne sie so auf Distanz halten, niemandem von meiner Kindheit erzähle.

Papas Job währte also nicht lange. Mit zunehmender Sommerhitze liefen die Geschäfte schlechter, die Leute fuhren lieber ans Meer, als über die vor Hitze glühende Via Toledo zu flanieren. Also traf er die schicksalsträchtige Entscheidung, auf Rummel und Märkte zu gehen. Meine Mutter sagte nichts, und er war fest entschlossen. Er mietete von einem Freund (wie auch anders) einen zerbeulten Kleinbus und klügelte tagelang seine Route aus. Mir gefiel es, wie er dort am Küchentisch saß, Antonio auf seinem Schoß, und auf einer alten, nach Schimmel riechenden Landkarte die Wege nachfuhr, während meine Mutter mit dem Rücken zu ihm am Herd stand und wütend Auberginen briet. Ich sehe es vor mir, als wäre es gestern gewesen: Die Tage waren heiß, die Menschen hielten sich draußen auf und redeten über alles und nichts. Die Haustüren im Viertel standen offen, und die verschiedenen Gerüche vermengten sich miteinander, die Stimmen aus den Fernsehern überlagerten jene aus dem Radio, ein heilloses Durcheinander, das jeden Tag zum Fest machte. Antonio war noch zu klein, doch ich durfte schon hinunter, um die Großmutter zu besuchen, die ja im Haus gegenüber wohnte. Ich lief zu ihr, und sie saß draußen vor ihrem *basso*, der winzigen Einzimmerwohnung auf Straßenniveau, die ich sehr mochte, weil sie mich an eine Zwergenhöhle erinnerte, wie es sie leider nur im Märchen gab. Sie war immer am Reden, mit der Nachbarin, mit dem Sohn des Wursthändlers, mit dem Alten vom Balkon über sich, mit einem Jungen, der mit übergeschlagenen Beinen auf seiner Vespa saß. Sie lächelte mir zu und kniff mich ins Kinn, dann versenkte sie die Hand zwischen ihre großen Brüste und zog einen Beutel mit Münzen hervor. Sie durchsuchte ihn mit steifen Fingern und fischte eine Fünfhundert-Lire-Münze heraus. »Lauf, Nenné, schnell, schnell!«

Ich packte den Schatz und rannte zu Carmine, der in seiner Wohnung, einem *basso* am Ende der Gasse, eine Art Bar führte. Carmine war mindestens hundert Jahre alt, so kam es mir damals vor, bis Nonna mir erklärte, dass der gute Carmine um einiges jünger war als sie. Doch er hatte nur noch zwei Zähne und eine Zigarette im Mundwinkel, das allerdings immer, sodass Nonna Giuseppina sagte, ihm würden eher seine letzten beiden Zähne aus dem Mund fallen als die Kippe. Seine Bar-Wohnung war dunkel und roch im Sommer nach Feuchtigkeit und im Winter nach Brokkoli, die schmutzig gelbe Tapete hing in Fetzen von der Wand, und die Bodenfliesen waren rissig; dennoch liebte ich diesen merkwürdigen Raum, aus dessen einer Ecke allem Grau und aller Tristesse zum Trotz Gerüche dufteten und Farben leuchteten: Snacks, Bonbons, Kaugummis, Schokoladenzigaretten, eingemachte Früchte, Baci Perugina, Tictacs mit Orangen- oder Zitronengeschmack und als Krönung Unmengen von Big Babol, meinem Lieblingskaugummi. Von ihm nahm ich mir, zeigte es Carmine, der immer mit jemandem über Fußball fachsimpelte, und ließ die Münze in seine schwarze, schwielige Hand fallen. Manchmal schenkte er mir ein Lächeln und fuhr mir über den Kopf, doch andere Male, wenn er zum Beispiel mit Don Vicienzo diskutierte, seinem alten Nachbarn, der in seiner Wohnung anderen die Haare schnitt, bemerkte er mich kaum.

Mein Bruder Antonio ging häufig zu Don Vicienzo, weil

der für den Haarschnitt nur zweitausend Lire nahm und sogar ein Holzpferd hatte. Ja, genau wie die echten Friseure in der Via Toledo oder der Via Chiaia, die aber siebentausend Lire nahmen, damit du aufsteigen durftest. Deshalb ging meine Mutter mit meinem Bruder zu Don Vicienzo, der kein echter Friseur war, wie ich später erfuhr, sondern nur als Junge zwei Jahre bei einem Friseur gearbeitet und auch da nur den Boden gefegt hatte. Ich sah ihn an mit seinem spitzen, kantigen Gesicht, und malte mir seine Kindheit aus zwischen Millionen von toten Haaren. Jedenfalls war Don Vicienzo irgendwie in den Besitz eines Schaukelpferdchens gelangt und hatte sich an seine Vergangenheit erinnert.

Am nächsten Tag hatte er den Hocker in die Mitte des Wohnzimmers geschoben und angefangen, den Kindern aus dem Viertel die Haare zu schneiden. Bald kamen sie fast jeden Tag, um eine Runde auf dem schönen Pferdchen zu reiten. Don Vicienzo war im Grund trotz seines spitzen Gesichts und seines unverständlichen Gebrabbels eine gute Seele und liebte Kinder, deshalb sagte er niemals Nein. So mochten ihn alle, ihn und Carmine, den improvisierten Barista, der mir manchmal, wenn Nonna kein Kleingeld hatte, ein Bonbon zusteckte und mich mit feuchten Fingern in die Wange zwickte.

Na ja, eigentlich wollte ich von meinem Vater erzählen und seiner bizarren Idee, Zuckerwatte auf Volksfesten zu verkaufen, stattdessen rede ich von meiner Kindheit, die ihren Sicherheitsabstand einfach nicht einhalten will. Denn wenngleich ich mit einem abwesenden Vater und einer strengen Mutter aufgewachsen bin, genoss ich doch viele Jahre lang den Vorzug einer Oma, die, wenn sie kein Geld hatte, mich an der Hand nahm und nach drinnen zog, um mir dort ihre fabelhaften *crocchè* zu brutzeln (auch wenn draußen dreißig Grad herrschten), welche ich dann auf ihre Bitte hin dampfend auf die Straße trug, wo in ehrfürchtigem Schweigen die Nachbarn warteten und bei meinem Anblick applaudierten, während ich die *crocchè* triumphierend wie Krönungsinsignien in die Luft hielt.

Meine Oma hatte sich nämlich in den Kopf gesetzt, mir einen Teil der Mutter zu ersetzen, mir ein bisschen Liebe und ein paar schöne Erinnerungen zu schenken. Nonna Giuseppina war vielleicht wenig gebildet, doch vom Leben verstand sie einiges mehr als meine Lehrerinnen in der Schule, und irgendwo in ihrem von der feuchten Wohnung angeschimmelten Herzen wusste sie, dass es ohne gute Mutter keine gute Kindheit geben konnte. Daher verdanke ich es ihr und den Nachmittagen auf der Gasse, wenn ich mit Big Babol im Mund immer größere Kaugummiblasen ausprobierte und sie mir aus vollem Herzen lachend zusah, dass ich in meiner kleinen Schachtel unter dem Bett doch die eine oder andere gute Erinnerung bewahre. Manchmal, vor allem in schlaflosen Nächten, strecke ich die Hand aus und taste nach der Schachtel, die in meiner Vorstellung voll ist mit bunten Bändern zum Zöpfeflechten, voll mit Big Babol, mit Orangen-Tictacs, mit busengewärmten Münzen, mit dampfenden *crocchè* und Keksen, und fast kann ich den Geruch der Sommernachmittage riechen, nach Erdbeeren, Orangen, Frittierfett, süßer Creme, Feuchtigkeit, Kaffee, Meer und Tuffstein. Fast glaube ich, dass ich damals glücklich war, ein kleines Mädchen mit Zöpfen wie alle anderen auch – und kein Wesen mit lebhaften Augen, das jeden Tag darum kämpft, vor den Frauen und der ganzen Welt zu verheimlichen, was in ihm vorgeht, die Blutergüsse zu verbergen, die ihm die vielen kleinen Schläge des Lebens zugefügt haben.

Diese blauen Flecken haben mich zu der gemacht, die ich bin, eine wütende, zynische, schroffe, abweisende und wenig liebevolle Person. Wir können den anderen nur das schenken, was wir selbst bekommen haben, da gibt's keinen Ausweg, und wer wenig bekommen hat, spielt auch nicht lange das Sensibelchen, sondern knallt das wenige auf den Tisch, ohne große Unterschiede zu machen.

Ob es gefällt oder nicht.

EIN BÜNDEL ENTTÄUSCHUNGEN

Ich stehe also noch auf der Straße, genieße die Meeresbrise, die mir über das Gesicht und durch die Haare fährt, und lausche zwei mir nicht mehr so fremden Fremden, die ihre Erlebnisse austauschen. Eigentlich redet nur Don Vittorio, der mir bei Tageslicht viel jünger vorkommt. Gerade erklärt er dem Jungen die Entstehungsgeschichte des Spanischen Viertels, das bei unserem Spaziergang über die Via Toledo linker Hand liegt.

»Warum also heißen diese Straßenzüge Spanisches Viertel?«, fragt er mehr sich als das Kind. »Sie entstanden im sechzehnten Jahrhundert nach den Plänen des spanischen Königs, der sie als Unterkunft für seine Soldaten brauchte, die mögliche Volksaufstände unterdrücken sollten.«

Kevin hört ihm gar nicht zu, sondern vergräbt sein Gesicht in der Zuckerwatte, während Alleria an der Leine zerrt und ihn hinter sich herzieht. Ich schiebe den Rollstuhl, beobachte Kevin und frage mich einmal mehr, woher dieses Kind seine guten Manieren hat, trotz der durchgeknallten Familie. Auch dieses Mal finde ich keine Antwort, denn Canis superior steht schon wieder vor der lebenden Statue, die auch heute da ist, grün gefärbt und in der gewohnten Soldatenpose erstarrt. Woher nimmt der nur die Energie, sich jeden Morgen komplett anzumalen? Ich muss ja schon alle Schutzheiligen im Jahreskalender bemühen, um mir mit dem Kajal einmal über die Lider zu fahren. Vielleicht wäscht er sich auch nicht und legt sich abends angemalt ins Bett. Vielleicht lebt er genau so, grün grün grün.

Kevin folgt Canis superior und geht näher, während der Alte und ich die Szene aus der Entfernung beobachten.

»Ein netter Junge«, meint er und wedelt mir wieder mit der Zuckerwatte vor der Nase herum.

»Ja. Und ich verstehe einfach nicht, wie diese Frau so ein liebes Kind haben kann.«

»Na ja, manchmal fällt der Apfel eben doch weit vom Stamm«, sagt er sofort.

Ich habe gerade keine Lust, über Familien zu philosophieren, deshalb wechsele ich das Thema. »Vertragen Sie überhaupt noch so viel Zucker, in Ihrem Alter?«

»Ich denke schon.« Er sagt das in aller Unschuld und kommt gleich auf sein Thema zurück, Kevin. »Dieser Junge ist das lebende Beispiel dafür, dass wir von Geburt an unseren eigenen Charakter haben, gegen den die Eltern manchmal erfreulich wenig ausrichten können. Hin und wieder kommt aus irgendwelchen Gründen ein Kind auf die Welt, ausgerüstet mit speziellen Antikörpern gegen die zerstörerische Wirkung des schlimmsten Virus der Menschheit, der sich still und leise immer weiter ausbreitet. Ich spreche vom Gehorsam.«

Ich will gerade lachen, da trifft mein Blick auf etwas, das ich nicht verarbeiten kann. Auf einen Anblick, bei dem man zwinkern muss, den Hals reckt, stottert, sich die Augen reibt, den Kopf nach rechts und links dreht und schaut, ob alles beim Alten ist, ob die Welt noch da und die Halluzination verschwunden ist oder nicht.

»Ich glaube, wir haben es hier mit einem dieser seltenen Fälle zu tun, in denen das Kind die Mutter erzieht.«

Doch ich höre Don Vittorio kaum mehr; was ich sehe, ist so real, dass ich es körperlich spüre: Meine Wangen färben sich rot, in meinen Ohren beginnt es zu summen, und in meinem Kopf dreht sich alles. Ich klammere mich an den Rollstuhl und merke, dass Don Vittorios Worte immer leiser werden, wie die Salven des Kunstsoldaten, das Kindergelächter, Allerias wildes Gebell und Kevins Begeisterungsschreie, der mich zu sich ruft, damit ich die lebende Statue bewundere, die in all ihrer Reglosigkeit – ich will nichts Falsches sagen – exakt mich anzuschauen scheint.

»Ich komme«, höre ich mich sagen, doch es ist nur ein leises Flüstern. Mit drei Schritten stehe ich vor dem Soldaten (der mich tatsächlich ansieht), nehme Kevin an der Hand und lächele ihm zu, dann sehe ich wieder zu der absurden Szene hinüber, die sich ein paar Schritte weiter abspielt, und kann gerade noch denken, dass ich mich hochgradig blamiere, bevor meine Beine nachgeben. Im nächsten Moment lande ich in den ausgebreiteten Armen des grünen Mannes.

Ich war nicht richtig ohnmächtig, glaube ich. Mir sind einfach die Beine weggeknickt. Jetzt sitze ich jedenfalls vor diesem grünen Dings, das mich lächelnd ansieht. So aus der Nähe betrachtet, kommt mir der Unglaubliche Hulk in den Sinn, auch wenn dieser kleine Soldat nichts Unglaubliches an sich hat, von wegen aufgepumpte Muskeln wie Manuel oder zerrissenes Hemd und so, vor allem blickt er mich mit höchst belustigter Miene an. Ich zwinkere ein paarmal verlegen, finde aber nicht den Mut aufzustehen und überlasse mich daher den Armen des Straßenkünstlers, der mich wiegt wie ein kleines Kind.

Kevins Hand holt mich in die Wirklichkeit zurück.

»Luce, geht's dir gut?«, fragt er.

Ja, es ging mir tatsächlich nie besser, obwohl ich auf der belebtesten Straße Neapels auf dem Bürgersteig in den Armen eines Mannes liege, der mir, nebenbei bemerkt, gerade meine Kleider grün versaut, und rund ein Dutzend Augenpaare uns neugierig betrachten.

»Geht's wieder?«

Die Stimme des Soldaten ist sanft und überhaupt nicht militärisch, sie scheint direkt einem Märchen zu entspringen, in dem alles bunt ist und nach Marzipan schmeckt. Kann man sich Hals über Kopf in einen Soldaten verlieben? Verdammt noch mal, Luce, du magst es doch nicht, wenn es zu einfach läuft!

»Möchtest du etwas trinken?«, fragt er.

Ich will nicken, ja, bitte, ich will etwas trinken, aber nicht weil ich mich elend fühle, sondern weil sich mein Mund ganz belegt anfühlt, was nicht schön ist, wenn du dich Nase an Nase mit einem Mann befindest, dessen Augen und Lächeln dich ganz benommen machen, und ihn mit deinem schweren Ohnmachtsodem benebelst. Aber dann kommt mir Alleria zuvor, der die Umarmung eines anderen nicht erträgt und mir wie wild über den Hals schleckt. Unter dem Gelächter der Umstehenden rappele ich mich auf, und mein Blick fällt auf Don Vittorio, der mich neugierig ansieht, versteckt hinter einer Gruppe Jugendlicher, die sich vor Lachen über die Szene gar nicht mehr einkriegen.

»Mir geht's gut«, rufe ich und zwinkere ihm zu. Dann drehe ich mich zu dem Soldaten um, der inzwischen eine kleine Flasche aus dem Rucksack gezogen hat und sie mir anbietet.

»Vielen Dank!« Ich nehme einen tiefen Schluck, auch wenn ich am Flaschenhals denselben intensiven Farbgeruch wahrnehme wie auf seiner Haut.

Beim Trinken versuche ich, eine überzeugende Antwort auf eine Frage zu finden, die mir seit mindestens zwei Minuten die Gedanken durcheinanderwirbelt: Kann es sein, dass du gerade den Kopf an einen Unbekannten verlierst, der dir zulächelt? Dann erinnere ich mich an den Grund der ganzen Peinlichkeit: Zwei Schritte neben mir stand meine Mutter. Und sie war nicht allein. Suchend schaue ich mich um und recke den Hals, um die Straße zu überblicken, aber sie ist wie vom Erdboden verschluckt. Vielleicht war es nur eine Einbildung.

»Sehr erfreut«, sagt plötzlich die Statue und reicht mir die Hand. »*Je suis Thomàs.*«

Himmel, die schöne Statue ist aus Frankreich, und wenn sie spricht, klingt es, als würde sie singen. Wenn ich noch zehn Minuten lang hier herumliege, hat der Typ mich frittiert wie eine panierte Seezunge. Ich drücke seine Hand, ohne ein Wort herauszubekommen, weil ich gerade erst bemerke, dass seine Augen so grün sind wie seine bemalte Haut und seine Lippen von einem leuchtenden Rot, das seine weißen Zähne erstrahlen lässt.

»Wie heißt du?«, fragt er.

»Luce.«

»Luce? Wie das Licht? *Lumière*? Was für ein schöner Name!«

Ich muss lächeln, obwohl ich viel lieber weinen würde. Da schmiedest du dir dein Leben lang eine Rüstung, Kettenglied um Kettenglied, damit du gut gepanzert durch die Welt laufen kannst, und dann steht plötzlich ein kleiner, wildfremder Franzose als Straßenkünstler unter deinem Fenster und berührt dich an der einzigen ungeschützten Stelle.

»*Le chien est le votre*?«

»Was heißt *chien*?«

»Ist das dein Hund?«

»Ach so, ja, entschuldige, ich bin noch nicht ganz da …«

»*Et l'enfant*?«

»*L'enfant?«*

»Das Kind.«

Ich drehe mich um und bemerke, dass Kevin an meiner Bluse hängt und seinen Kopf unter meinem Arm durchgeschoben hat.

»Nein, nein«, erwidere ich schnell, »das ist der Sohn einer Freundin …«

Vielleicht kommt das etwas zu eifrig, als wollte ich ihn loswerden, und vielleicht merkt er es, auch wenn er nichts sagt oder macht. Kinder hören und bemerken alles, ein unpassendes Wort, eine falsche Betonung oder eine voreilige Geste. Oft verschließen sie das kleine, ungute Gefühl in sich und bleiben stumm, sodass es sich zu den vielen anderen unguten Gefühlen gesellt, die im Lauf der Zeit zu einem Bündel der Enttäuschungen werden, das die Erwachsenen dann irgendwann Reife nennen.

»Ich hätte wetten können, dass das dein Sohn ist, er ist genauso hübsch wie du«, lächelt er.

Nun bin ich in diesem Viertel geboren, meine Großmutter sprach ausschließlich Dialekt, meine Mutter war ihr Leben lang einfache Schneiderin, meinen Vater gab es nur einen Flügelschlag lang (doch solange es ihn gab, bestand seine Hauptbeschäftigung darin, »die Süße des Lebens« zu verkaufen), mein Bruder hat nie freiwillig in ein Buch geguckt und nur deshalb die Schule beendet, weil meine Mutter ihn sonst mit dem Baseballschläger verprügelt hätte, und ich bin die Einzige, die an Bildung glaubt, an den Wert von Büchern, an die Weiterentwicklung mittels Worten, die Einzige, die unserer liederlichen Familie ein wenig Stolz geschenkt hat. Und doch bin ich trotz meines

Studiums nie von hier weggekommen (gut, einmal war ich mit der Schule in Tarquinia und einmal in Alberobello), ich kenne das Geburtsland dieses Franzosen nicht, der mit süßer Stimme auf mich einredet, ich kenne keine andere Art zu leben als das ewige tägliche Abrackern, mit dem du die Abgründe vor dir zu füllen versuchst. Mein Leben war immer ein Hindernislauf auf diesem blöden Kopfsteinpflaster, das in Altstädten so gerne verlegt wird und das beim ersten Regen aufplatzt wie Popcorn und dessen Löcher in einem normalen Land, in einer normalen Welt sofort repariert würden, weil der Mensch seit jeher instinktiv danach strebt, die Leere zu füllen. Hier hingegen schließen sich die Löcher nicht, und du bist gezwungen, sie zu umgehen und dabei die Grundregel dieses, vereinfacht gesagt, einzigartigen Ortes zu lernen: Niemand geht vor dir her, um die Abgründe zu füllen, die sich auf deinem Weg auftun, du musst sie umgehen, einen nach dem anderen. Und solltest du mal in einen hineinfallen, kein Problem, denn mittels eines gesprungenen Pflastersteins hat das Leben dich gelehrt, den Sturz, den du nicht verhindern kannst, zumindest abzufedern.

Ich schweife ab, eigentlich wollte ich nur die Tatsache betonen, dass ich bei dem gerade formulierten Satz des kleinen französischen Soldaten nichts außer belle verstanden habe, ein Wort, das mir aus meiner Sprache bekannt vorkommt. Zum Glück lacht er über mein erstauntes Gesicht und hockt sich vor Kevin hin, um ihm die Hand zu geben. »Magst du *les soldats*?«, fragt er.

Das Kind versteckt den Kopf hinter meinem Rücken.

»Magst du kleine Soldaten?«

Ich fahre ihm durch die Haare und sage: »Los, Kleiner, antworte, Thomàs hat dich was gefragt.«

Kevin nickt schüchtern, während er weiter das bemalte

Gesicht des Mannes anstarrt. Der begreift, dass der Junge nicht von seinem Äußeren absehen kann, nimmt die Flasche und gießt sich Wasser über den Kopf, zieht ein Handtuch aus dem Rucksack und säubert sein Gesicht. Jetzt kann ich mich zu Don Vittorio umdrehen, der das Geschehen weiterhin aus dem Hintergrund beobachtet, die Pfeife im Mund und ein Lächeln auf den Lippen. Die Leute sind inzwischen weitergegangen und haben sich, da es nichts Spektakuläres mehr zu gucken gibt, im allgemeinen Getümmel verloren. Ich drehe mich wieder um, als Thomàs' Gesicht aus dem Handtuch auftaucht, und mein Herz setzt einen Schlag lang aus. Die von der Farbe befreiten Züge wirken wie gemeißelt. Die blonden Locken fangen die wenigen Sonnenstrahlen ein, die bis auf die Straße reichen, und ein Hauch von honigfarbenem Bart überzieht seine Wangen. Er kann nicht älter als dreißig sein, garantiert jünger als ich. Sieh mal einer an, da landet ein Adonis direkt vor meiner Haustür! Konnte der nicht in Frankreich bleiben und meine Hormone schön im Gleichgewicht lassen?

»Danke fürs Auffangen«, bekomme ich schließlich heraus, »tut mir leid, dass ich dir den Arbeitstag versaut habe.«

Er lacht. »Arbeit? Das ist keine Arbeit. Büro ist Arbeit.«

»Bist du aus Paris?«

»Oh nein, aus Marseille. Kennst du Marseille?«

»Ja, dem Namen nach.«

Beim Reden fahre ich mir mit den Händen über das Gesicht, stecke sie in die Tasche, versuche überall hinzuschauen, nur nicht in seine Augen, trete von einem Fuß auf den anderen und lächele grundlos. Wie das so ist, wenn man plötzlich etwas für einen anderen empfindet, Einfühlung, dieses komische Ding, das ich nicht erklären kann und das etwas sehr Magisches hat; es umfängt dich und macht dich ganz kirre, du hältst die Blicke des anderen nicht aus und kannst nicht zuhören, du fühlst dich völlig verkehrt, deine Arme wissen nicht, wohin, deine Füße können und wollen nicht stillhalten. Nach zwei Sekunden Schweigen sage ich: »Ja, gut, dann. Ciao. War schön, dich zu treffen …«

Er packt meine Hand: »Nein, *encore un moment*!«

Keine Ahnung, ob es an der Kopfnuss liegt, die Thomàs mir mit seiner Schönheit versetzt hat, oder am schockierenden Anblick meiner Mutter (wozu ich gleich noch komme, versprochen), aber mir kommt es fast so vor, als verstünde ich Französisch. Der Soldat will, dass ich noch bleibe, und ich kann nicht Nein sagen, soll er mit mir machen, was er will. Meine Wangen laufen wieder rot an, und ich überlege, wie ich mich nur je für so abgeklärt halten konnte, um alle Männer in die Tasche zu stecken, und wie es kommt, dass ich jetzt mit einem albernen Lächeln herumstottere und wie ein Frosch darauf warte, dass mein Märchenprinz mich küsst und in eine Prinzessin verwandelt.

»Wo wohnst du?«, fragt er.

Und statt zu antworten, stehe ich da wie der letzte Tölpel und frage mich, warum ein so schöner junger Mann bloß seine Zeit mit mir verschwenden will, wo es an mir doch kaum etwas oder gar nichts Glückliches zu entdecken gibt. »Gleich da oben«, höre ich mich sagen, während meine Hand eilig in Richtung Gasse wedelt, die den Berg hinaufführt.

»Im Spanischen Viertel?«

»Ja.«

Jetzt sollte ich ihm meine Adresse geben oder wenigstens meine Telefonnummer, stattdessen starre ich ihn stumm an. Er kommt offensichtlich zu der Überzeugung, dass ich nicht ganz richtig im Kopf bin, und dreht sich um. Also will auch ich in mein Leben und meinen Tag mit Kevin (wenngleich ich nicht weiß, was der mit meinem Leben zu tun hat) und mit Don Vittorio (nicht minder merkwürdig) zurückkehren, doch da kommt er zurück und legt meine rechte Hand in seine linke. In der anderen hält er einen Kuli, mit dem er jetzt eine Nummer auf mein Handgelenk zu schreiben beginnt. Ich bekomme eine Gänsehaut, als würde er mir ein Tattoo mit der Zunge stechen. Am Ende betrachtet er das Ergebnis und nickt zufrieden. Er sagt: »Ich bin immer hier. Zumindest noch ein paar Tage. *Tu viens me visiter*?«

»Was?«

»Kommst du mich besuchen?«

»*Oui*«, antworte ich spontan und mache unwillkürlich ein erstauntes Gesicht, denn wann hätte ich schon jemals französisch gesprochen? Doch dieser Junge hat einen Akzent, der mich zusammen mit seinem Aussehen packt und umgarnt, ich kann gar nicht anders, als so zu reden wie er, in einem leichten Singsang. Ganz abgesehen von diesen verflucht trockenen Rs, die ihn vielleicht sogar noch attraktiver machen und mir einen Schauer über den Rücken jagen, wenn sie aus seinem Mund kommen. Kurz, dieser Junge macht mich fertig.

»Das ist meine Nummer«, sagt er und zeigt mit den Augen auf mein Handgelenk, das er noch immer festhält. Dann hockt er sich neben Kevin. »Möchtest du ein Geschenk?«

Das Kind nickt, und Thomàs hebt den Helm vom Boden auf und setzt ihn auf seinen Kopf. Kevin scheint nicht glauben zu können, dass der Helm für ihn ist, und sieht den Fußsoldaten wortlos an, nur in seinen Pupillen glimmt ein Lächeln auf. Ich habe keine Kinder, aber wenn ich welche hätte, hätte dieser kleine Mistkerl von Franzose jetzt definitiv mein Herz erobert.

Mir hat als Kind niemals jemand einen Helm auf den Kopf gesetzt, um sich beliebt zu machen, und in Wahrheit hat sich nie jemand die Mühe gemacht, sich zu fragen, was ich überhaupt denke. Keine Ahnung, ob meine Mutter überhaupt noch mal einen Mann hatte, ganz sicher hat sie uns nichts davon erzählt. Einmal, da war ich vielleicht elf, kam ich eine Stunde früher als sonst aus der Schule und traf in der Wohnung auf einen Herrn mit Schnauzbart und streng zugeknöpftem Hemd, der mit seinem süßen, widerwärtigen Parfüm das Wohnzimmer vernebelte. Meine Mutter tat schnell so, als ob sie an seiner Hose Maß nehmen müsste, doch man sah meilenweit, dass dieser Mann kein Kunde war. Vielleicht irre ich mich, und es war nur ein Freund, jedenfalls würdigte er mich kaum eines verlegenen Blickes und stahl sich kurz darauf grußlos aus der Wohnung.

Ein paar Tage lang sprach ich nicht, und sie sorgte sich, ob ich traumatisiert war, und war deshalb netter und aufmerksamer als sonst. In Wirklichkeit bekam ich vor Enttäuschung den Mund nicht auf, nicht wegen der Begegnung mit dem Mann an sich, sondern weil er sich keine Sekunde bemüht hatte, sich bei mir beliebt zu machen, was letztlich das Einzige war, auf das ich hoffte: ein Erwachsener, der mich wahrnehmen würde. Seitdem sind fast dreißig Jahre vergangen, und auch wenn ich versuche, allen das Gegenteil weiszumachen, bin ich noch immer auf der Suche nach einem Erwachsenen, der sich nicht verängstigt davonstiehlt.

»Wie geht es dir, Luce?«

»Gut.«

»Kann man mal wissen, was eigentlich passiert ist?«

»Nichts, Don Vittorio, nichts, vielleicht eine akute Unterzuckerung…«

Er sieht mich fragend an, sagt aber nichts und wendet sich Kevin zu, der lachend die Augen aufreißt, um den Rand seines Helms zu erkennen.

»Du siehst wunderbar aus!«, sage ich, woraufhin der Junge grinst und mir die Hand gibt.

Wenn dieser kleine Kerl mit dem Helm wirklich mein Sohn wäre, würde ich mich jetzt über seinen glückseligen Blick freuen, in dem ein Lichtstrahl blitzt, ein Schimmer von Vertrauen in das Leben, in die Zukunft und vor allem in sich selbst.

Dieses Licht ist das einzige große Geschenk, das Eltern ihren Kindern machen können.

Alles andere ist Makulatur.

GEWOHNHEITEN

Das Tor wird aufgestoßen, und heraus tritt ein dicker Mann mit Schnauzbart und freundlichem Gesicht, der einen Hund an der Leine führt. Es ist der Nachbar aus dem fünften Stock mit seiner ausgesprochen schönen Jagdhündin Dorothy. Er hebt grüßend die Hand, und ich nicke höflich zurück, während ich Alleria festhalte, bei dem bei Dorothys Anblick immer die Hormone verrückt spielen. Ich habe meinem Hund erklärt, dass er mit ihr nicht anzubändeln brauche, weil sie ein blasierter Rassehund sei, bei der er als »Franzosenmischung«, wie man in Neapel sagt, mit seinem zerzausten Fell und den Ohren eines Cockers keine Chance habe. Doch Alleria interessieren dumme Menschenregeln nicht, und er wird immer, wenn sie ihm unter die Nase kommt, seine Verführungskünste aus Winseln, Schwanzwedeln und Bellen neu ausspielen. Und vielleicht hat er ja nicht unrecht damit.

Jedenfalls ist es merkwürdig, dass dieser nette Mann mit dem schönen Hund nichts von mir und meinem Leben weiß, für ihn ist alles wie vor einigen Monaten, als ich noch keinen Hund zum Gassigehen hatte, aber dafür einen Mann, neben dem ich mich ins Bett legte. Im rechten Licht betrachtet, ist jedes Leben ein kompliziertes Ökosystem, in dem sich Neurosen, Unglück, Frust, gute und schlechte Nachrichten, Traumata, Schmerz, kleine Momente des Glücks und viel Langeweile irgendwie die

Waage halten, doch aus Sicht der anderen wirkt es immer gleich. In meinen Augen verlaufen die Tage dieses Signore ruhig wie immer, der Hund leistet ihm Gesellschaft, zu Hause wartet seine Frau vor dem Fernseher auf ihn, gleich ruft seine Tochter an, die am anderen Ende der Stadt wohnt, um ihnen Gute Nacht zu sagen und sie die Stimme des Lieblingsenkels hören zu lassen. Dabei kann ich mir vorstellen, dass auch der ausgeglichene Signore schon einige Unwetter erlebt haben wird, die den langen ruhigen Fluss seines Lebens in einen reißenden Strom verwandelt haben, der alle Dämme einreißt. Vielleicht passiert es morgen oder nächste Woche, vielleicht ist es bereits passiert, passiert es jeden Tag, hinter jeder Tür, nur ich weiß nichts darüber, wir wissen nichts darüber. Als genügte es, die Hand gegenüber einem Bekannten zu heben und zu sagen, alles in Ordnung, alles wie immer.

Ich weiß, manchmal lasse ich mich zu komischen Gedanken hinreißen. Ich steige in den Aufzug und muss unwillkürlich an den Mistkerl denken, was schon lange nicht mehr vorgekommen ist. Um diese Uhrzeit ist er wahrscheinlich schon zu Hause (klar, nur in welchem Zuhause?), vielleicht pinkelt er gerade und macht sich dann in der Küche ein Abendessen, obwohl er nicht kochen kann. Isst er alleine? Oder hat er einen Freund eingeladen? Oder lebt eine Frau an seiner Seite? Wie kann ein Mensch nur von einem Tag auf den anderen sein Leben wechseln? Wie verändert man seine Gewohnheiten, ohne Magenschmerzen zu bekommen?

Zwei Jahre lang hat der Mistkerl jeden Abend den Tisch gedeckt und mich gefragt, was es zu essen gebe. Später hat er sich so aufs Sofa gelegt, dass ich meine kalten Füße unter seine Beine schieben konnte. Wer schiebt ihm jetzt die Füße unter seine Beine? Woher nimmt er die Kraft, mich nicht anzurufen und zu sagen: »Bitte, Luce, ich liebe dich nicht mehr, aber das Leben erscheint mir sinnlos ohne dich an meiner Seite und deine Füße unter meinen Beinen.«

Es heißt, Gewohnheiten machen uns zu Sklaven. Ja, das stimmt, wir sind ahnungslose Sklaven, glücklich mit unserem Schicksal wie Gladiatoren, die sich in die Arena stürzen und, ohne sich aufzulehnen, dem Tod entgegengehen. Es heißt, der Mensch sollte, um sich wirklich frei zu fühlen, jeden Moment so leben, als ob es der letzte wäre, und dafür sorgen, dass kein Tag dem anderen gleicht. Es heißt, die Zeit heilt alle Wunden, eines Morgens wachst du auf und merkst, dass es nicht mehr wehtut und du die alten Ketten nicht mehr brauchst, die dir unbemerkt die Handgelenke wund reiben. Ich weiß, dass auch für mich irgendwann dieser Morgen kommen wird, doch ich weiß auch, dass ich bis zu diesem Moment nichts anderes tun kann, als den Kopf zu schütteln und nicht an die vielen kleinen Dinge zu denken, die mir fehlen.

Wir alle sehnen uns nach einem Leben voller Abenteuer, verrückter Liebe, erfüllten Träumen und umgesetzten Ideen. Wir kommen um vor Lust, uns mit ausgebreiteten Armen in die Welt zu stürzen und zu zeigen, was wir können, zu hören, dass wir etwas wert sind, die Beachtung anderer aufzusaugen und einen Sinn in dieser riesenhaften und doch so kleinen Sache zu finden, die Leben heißt. Doch am Abend kehren wir nach Hause zurück, machen es uns auf dem Sofa gemütlich und warten auf jemanden, der seine Füße unter unsere Beine schiebt oder sagt, dass das Essen auf dem Tisch steht. Ich würde das nicht Gewohnheiten nennen, sondern eine Art, den Himmel über uns weniger übermächtig zu machen, zu spüren, dass es einen Ort gibt, wo unsere kleinen, alltäglichen Gesten genügen, damit die Sache läuft.

Ein Gewohnheitstier zu sein ist gar nicht so dumm.

Kinder sind Gewohnheitstiere. Und Hunde.

Das Beste, was es gibt.

PERSECHELLA

In meinem Kühlschrank liegen eine Packung gekochter Schinken und zwei Eier. Ich erhitze Öl in der Pfanne, gebe den klein geschnittenen Schinken und die Eier hinzu und rühre langsam mit der Gabel um. Ich muss gähnen. Es war ein anstrengender Tag. Als Carmen endlich Kevin abholte, war es schon zehn. Das Kind war auf Don Vittorios Sofa eingeschlafen (neben ihm Alleria, der die Schnauze auf seine Beine gelegt hatte), nachdem er sich den ganzen Abend um das Schwalbenbaby gekümmert hatte (wie gesagt, ich weiß nicht, wie man den Schwalbennachwuchs sonst nennt) und ihm unter anderem auch einen Namen gegeben hat, worauf der Alte und ich überhaupt nicht gekommen sind. Es heißt jetzt Primavera, Frühling, weil Frühling ist und die Schwalben immer im Frühling kommen (wie er uns erklärt hat). Irgendwie komisch als Name für eine Schwalbe, wie auch für jeden anderen, aber das habe ich natürlich für mich behalten. Jedenfalls geht es dem Vögelchen viel besser, es futtert wie ein Berserker und hat auch wieder angefangen zu zwitschern.

Ich weiß jetzt, dass Vögel sich nicht von Hundeleckerli ernähren und auch nicht von Milch. Don Vittorio machte ihm eine Mischung aus Semmelbröseln und Ei und steckte ihm dann eine Spritze in den Schnabel. Lustig ist, dass Primavera beim Anblick der Spritze sofort angefangen hat, laut zu piepen, und glücklich mit den Flügeln geschlagen hat, genau wie Alleria, der beim Anblick von Fressen zwar nicht zwitschert, aber mit dem Schwanz wedelt.

Don Vittorio hat gesagt, dass unsere kleine Freundin bald wieder fit sei und wir sie dann freilassen könnten.

»Ich will dabei sein«, hat Kevin gerufen, »ich will helfen, dass er zu seiner Mama zurückkann!«

»Ist ja gut, du wirst ihm den Schubs geben, damit er zu seiner Mutter fliegt«, habe ich ihn beruhigt.

In Wahrheit glaube ich, dass Primaveras Mama längst über alle Berge ist. Schwalbenmütter sind nicht wie Menschenmütter, die ihr ganzes Leben den Kindern opfern und es ihnen hinterher vorhalten. Aber das hätte mich nur in komplizierte Themen verstrickt, das habe ich mir gespart.

»Das muss man sich mal vorstellen: Bis vor Kurzem roch diese Bude nach Alter, Erinnerungen und Vernachlässigung, und jetzt schläft ein Kind mit einem Hund auf meinem Sofa, und du bist da und hast alle Fenster aufgerissen und Luft hereingelassen«, sagte Don Vittorio plötzlich.

Mit so etwas hatte ich nicht gerechnet. Ich lächelte ihn aus meinem Couchsessel verlegen an, während wieder einmal die Klänge von der Jazzplatte durch den Raum schwebten und alles in einen senfgelben Ton zu tauchen schienen. »Ich glaube, jetzt riecht es nicht mehr so abgestanden«, sagte er und schnupperte in die Luft. »Wie du siehst, reicht manchmal schon ein geöffnetes Fenster, um den muffigen Geruch zu vertreiben. Man muss gar nicht weggehen.« Dann erwiderte er mein Lächeln: »Ich versuche gerade, mich bei dir zu bedanken, aber ich bin nicht besonders gut darin.«

»Don Vittò, Sie sind nicht gut im Bedanken und ich nicht darin, Komplimente anzunehmen. Da halten wir doch lieber beide den Mund!«

Er lachte und rieb sich den Bart, dann fragte er, ob ich

Hunger hätte. Ich schüttelte den Kopf und starrte auf mein Handy. Drei neue SMS. Die erste von Avvocato Geronimo: »He, Mädchen, was ist los, lange nichts gehört!« Die zweite war von meinem Bruder, der fragte, ob ich mit unserer Mutter gesprochen hätte, und die dritte von Manuel: »*Persechella*, alles klar bei dir?«

»*Persechella?* Was soll das, wieso erlaubt der sich solche Vertraulichkeiten?«

An Don Vittorios Gelächter merkte ich, dass ich laut vor mich hingesprochen hatte.

»*Persechella* ist doch kein schlimmes Wort, im Gegenteil«, sagte er lächelnd, »der kleine Pfirsich, eine saftige Frucht, weich, süß, rot und rund.«

»Mir sind *percocas* lieber, die sind härter«, erwiderte ich, während ich schon über eine passende Antwort für das Muskelpaket nachdachte.

»Ich finde, er hat recht, du bist ein süßer kleiner Pfirsich!«

Ich warf ihm einen kurzen Seitenblick zu. »Sie sollten mich doch besser kennen, süß bin ich beileibe nicht.«

»Ach, das willst du uns nur weismachen.«

Dann schnaufte Alleria, und Kevin sagte etwas im Schlaf, was nicht zu verstehen war. Beide träumten.

»Wohnungen brauchen Kinder und Hunde, damit sie nicht altern«, sagte er.

»Einen Hund habe ich mir zugelegt, aber ein Kind ist ungefähr das Letzte, was ich will!«

Vittorio erwiderte nichts, und der Klang der alten Trompete kam melodiös aus dem Plattenspieler, hin und wieder unterbrochen vom Dröhnen getunter Mofas, die zehn Meter unter uns durch die Gasse rasten. Ich hatte keine Lust, mit Manuel zu streiten, deshalb legte ich das Handy auf den Tisch und setzte die Unterhaltung fort.

»Wenn ich mir überlege, dass ich als Kind eine Liste mit Dingen aufschrieb, die ich machen möchte, wenn ich groß bin und bevor ich sterbe und …«

»Du hast damals ans Sterben gedacht?«, unterbrach er mich.

Er saß ruhig in seinem Rollstuhl, mitten im Wohnzimmer, die Hände über dem Bauch verschränkt und die erloschene Pfeife im Mund.

»Na ja, nein, keine Ahnung, also irgendwie schon … Ich weiß nicht.«

»Dann war deine Kindheit wohl nicht besonders schön«, meinte er.

»Um ehrlich zu sein, es gibt bessere …«

»Und was stand so auf der Liste?«

»Das weiß ich nicht mehr genau. Ganz sicher stand, wie gesagt, ein Hund drauf. Und ein Haus am Meer … reiten, nachts im Meer baden … Ach ja, ich wollte Modedesignerin werden und drei Kinder haben, zwei Jungs und ein Mädchen.«

»Na gut, den Hund hast du ja nun«, kommentierte er amüsiert.

»Ja, das war ein Volltreffer. Und nachts im Meer gebadet habe ich auch. Der ganze Rest, tja, das wird nicht einfach …«

»Na ja, Träume sind auch dafür da, dass sie nicht in Erfüllung gehen, sonst wären es keine Träume. Und außerdem, wer sagt das? Du wirst vielleicht nie ein Haus am Meer haben, aber für Kinder ist es noch nicht zu spät! Du hast das Leben noch vor dir, da musst du noch lange nicht Bilanz ziehen. Wenn du Bilanz ziehst, folgt automatisch die Reue, und damit ist wirklich nicht zu spaßen. Da fühlst du dich im Nu alt und wertlos!« Er lachte lange, bis ein Hustenanfall ihn zwang aufzuhören.

»Ich glaube jedenfalls«, fuhr er fort, »dass, während wir

uns mit unserer Geschichte herumschlagen und unseren Weg suchen und unseren Träumen nachjagen, dem Leben, das wir wirklich wollen, und tausend anderen eigentlich banalen Dingen, dass in dieser Zeit unser Instinkt, unser Ich oder wie du es nennen willst, für uns arbeitet und uns den Weg weist. Klar, auch das Ich irrt sich manchmal, lässt sich von Bequemlichkeiten und Befindlichkeiten einlullen, wenn es eigentlich unwegsamere Pfade einschlagen müsste, aber meistens trifft es ins Schwarze. Letztlich, wenn man diese berüchtigten Listen der getanen und unterlassenen Dinge durchgeht, stellt man oft fest, dass es wenig echten Grund zur Reue gibt.«

»Ich bereue gar nichts«, gab ich stolz zurück.

»Gut so, denn was wir getan haben, war das, was wir in diesem Moment unseres Lebens tun konnten. Ich glaube, wir können am Ende an unserem Lebensweg ablesen, was wir wirklich sind. Alles, was wir sonst noch auf die Listen geschrieben haben, war nicht wirklich unseres. Sondern falsche Ziele, die wir uns setzen, um uns besser zu fühlen. In Wirklichkeit müssen wir im Leben keine Entscheidungen treffen, sondern können uns ganz von unserem Instinkt leiten lassen. Ich glaube sogar, dass wir alle weniger gestresst wären, wenn wir uns dem Fluss der Dinge anvertrauen würden, ohne ständig unsere Schritte kontrollieren oder lenken zu wollen. Und ich bin mir sicher, dass wir exakt das gleiche Leben führen würden, das wir geführt haben. Was wir sind, steckt in uns, der Rest ist nur Überbau. Überflüssig. Wir sind Meister darin, uns mit Überflüssigem zu umgeben.«

Ich wartete, bis er Luft holte, um einzuwerfen: »Heute Nachmittag auf der Via Toledo habe ich meine Mutter mit einem Mann gesehen, den ich schon lange kenne und immer für einen Kunden hielt. Deswegen wurde mir schlecht.«

»Tja, daran kann ich nichts finden, sie ist doch allein, hast du gesagt«, antwortete er sofort.

»Ich dachte immer, sie bräuchte niemanden an ihrer Seite.«

»Wir alle brauchen jemanden, der uns das Gefühl gibt, etwas Besonderes zu sein. Und um auf die Listen zurückzukommen: Ich hatte ein erfülltes Leben, vielleicht nicht so, wie ich es mir vorgestellt habe, aber voller Erlebnisse. Das Einzige, was ich bedaure, ist, dass ich niemanden hatte, der die schönen Dinge mit mir geteilt hat.«

Sofort fiel mir das Foto auf der Dunstabzugshaube ein. »Wer ist denn die Frau auf dem Bild in der Küche?«

Er schloss kurz die Augen. »Das ist eine lange Geschichte ...«

Es war klar, dass er sie nicht erzählen wollte, deshalb kehrte ich zu meiner Geschichte zurück. »Sie hielten sich an den Händen, und meine Mutter wirkte glücklich. Sie hatte einen merkwürdigen Blick, den ich noch nie bei ihr gesehen habe. Ihr Gesicht schien zu strahlen.«

»Vielleicht war es ein Freund von ihr.«

»Mit einem normalen Freund hält man nicht Händchen und lächelt nicht so idiotisch.«

»Hat sie dich gesehen?«

»Ich glaube nicht. Sie stand seitlich und war am Gehen.«

Don Vittorio rieb sich die Wange. »Dabei wäre es gut, vor allem für sie und auch für dich. Dann lastet die Verantwortung nicht allein auf dir.«

»Ich frage mich, warum sie nichts davon erzählt hat und seit wann das schon läuft.«

»Wie sah er aus?«

»Elegant, mit weißen Haaren, distinguiert, groß, ziemlich alt.«

Alleria hatte die Augen geöffnet. Jemand kam die Treppe herauf. Kurz darauf klingelte es. Carmen betrat die Wohnung und blieb wie angegossen vor dem Sofa stehen, wo ihr Sohn mit dem Hund im Arm schlief.

»Oh, wie süß«, flüsterte sie, ohne uns zu begrüßen. Dann zog sie ihr Smartphone aus der Tasche (die Handyhülle ist übrigens mit kleinen Brillanten besetzt und hat oben zwei abstehende Bugs-Bunny-Ohren) und fing an, Fotos zu machen. Erst danach trat sie zum Hausherrn und begrüßte ihn überschwänglich, als würden sie sich ewig kennen.

»Kevin hat mir am Telefon von euch erzählt, er redet nur noch von Nonno Vittorio!«, sagte sie amüsiert und umarmte ihn stürmisch, wobei sie ihm den halben Busen an die Nase presste. Don Vittorio rührte sich nicht und starrte entgeistert geradeaus.

»Er war sehr brav«, sagte ich dann, um meinen armen Nachbarn wieder durchatmen zu lassen.

Sie sah mich an. »Vielen Dank, wirklich«, sagte sie mit sanfter Stimme und schob sich eine Locke hinters Ohr, »ihr seid so nett.« Dann nahm sie ihren schlafenden Sohn und hob ihn hoch.

Alleria gab ein lautes Gähnen von sich und sprang von der Couch.

»Was bekommst du von mir?«, fragte sie, woraufhin ich das sagte, was ich sagen musste: »Nichts, dafür bekomme ich nichts.«

Carmen sah mich erstaunt an, und ich holte tief Luft und schob den Satz hinterher, den ich mir zurechtgelegt hatte: »Ich begleite dich nach unten, ich muss etwas Wichtiges mit dir besprechen.«

EINE BRAUSETABLETTE

Ich folgte Carmen auf die Straße, weil ich ihr alles erklären wollte. Ich wollte die Wahrheit sagen und nichts als die Wahrheit.

»Hör zu, ich muss dir etwas beichten«, wollte ich schon ansetzen, doch sie kam mir zuvor.

»Luce, keine Ahnung, wer du bist und ob du irgend so ein Engel bist, den der liebe Gott uns geschickt hat. Ich habe wirklich keine Ahnung und will es auch gar nicht wissen, aber eines wollte ich dir sagen: Du bist so wichtig für uns, Kevin kennt dich erst seit ein paar Tagen und redet von dir wie von seiner besten Freundin, und als er mich heute angerufen hat und von dem Hund erzählte, da hatte er eine Stimme wie ein Vögelchen, das singt, und dann hat er mir von der Zuckerwatte erzählt und von Nonno Vittorio. Ich habe prompt angefangen zu weinen.«

Sie sah mich mit glänzenden Augen an. »Kevin hat niemanden außer mir. Also, klar, er hat einen Vater, aber der taugt nichts! Und vielleicht bin ich auch nicht die beste Mutter, keine Ahnung, manchmal fühle ich mich überfordert und verstehe nicht mal, was er redet, dabei will ich ihm so viel sagen und schaffe es einfach nicht.«

Ich versuchte, mir meine Unsicherheit nicht anmerken zu lassen, und antwortete ehrlich: »Ich finde, du bist eine gute Mutter.«

Carmen blieb stehen, eine Träne huschte über ihre

Wange. Kevin schlief selig, das Gesicht an ihrer weichen Brust vergraben und mit hängenden Beinen, und Alleria verfolgte irgendeine heiße Fährte auf dem Kopfsteinpflaster.

»Du bist wirklich ein liebes Mädchen«, sagte sie dann. »Keine Ahnung, ich habe das Gefühl, dir kann ich alles sagen, du verstehst mich.«

An diesem Punkt hätte ich endgültig reden müssen, ihr alles gestehen müssen. Doch nun standen wir schon vor ihrem Haus.

»Du hast keine Kinder, oder?«

Ich schüttelte den Kopf, auch wenn sie mich das schon einmal gefragt hatte.

»Wie kommt es dann, dass du das so gut kannst?«

Ich hatte überhaupt nicht dieses Gefühl. Ich hatte nichts Besonderes gemacht, nur versucht, freundlich zu sein. Als hätte sie meine Gedanken erraten, fügte sie hinzu: »Weißt du, was Kevin gestern Abend gesagt hat? Dass er gerne hätte, dass du bei uns wohnst.«

Verlegen schaute ich auf das Pflaster und vergrub die Hände in den Taschen. Erst dann wagte ich einen neuen Anlauf: »Hör mal, Carmen, in Wirklichkeit …«

Doch sie hörte mir nicht zu, sie scheint einfach nicht zuhören zu können, und fuhr fort: »Ich will weg von hier, Luce, ich will, dass Kevin mit anderen Leuten aufwächst, mit Leuten wie dir, die studiert haben, die nicht so ungebildet sind wie ich oder wie sein Vater. Er soll mal Anwalt werden oder Ingenieur. Aber die wollen das nicht …«

»Wer ›die‹?«

»Hast du das denn wirklich noch nicht kapiert?«

Mir fiel keine Erwiderung ein, also schwieg ich. »Mein Mann ist ein Krimineller, er läuft mit der Knarre herum, seine ganze Familie gehört zum Clan. Ich war verrückt damals und wusste nicht, was ich wollte, und er kam mir so stark vor, so entschlossen, er sagte, er würde mich beschützen, und er hatte auch immer Unmengen Geld in der Tasche, und ich konnte ein schönes Leben führen. Das gefiel mir, denn wir hatten nie etwas, mein Vater ist gestorben, als wir klein waren, er hat uns nur Schulden hinterlassen. Selbst meine Mutter redete mir zu, ich sei dann versorgt, alle seien wir dann versorgt.«

Langsam fuhr ein Motorroller an uns vorbei und verschwand. Sie wartete zwei Sekunden, schloss das Haustor auf und schob mich hinein. »Entschuldige, es ist nur, ich leide unter Verfolgungswahn, ich glaube, er lässt mich beobachten. Er erzählt allen, ich sei eine schlechte Mutter, ich würde trinken und mich mit Männern herumtreiben, weil er mir Kevin wegnehmen will!«

In diesem Moment wusste ich, dass ich zu lange mit meiner Beichte gewartet hatte.

»Möchtest du mit hochkommen?«, fragte sie und wischte sich mit dem Handrücken die Wangen ab, auf denen eine Mascaraspur zurückblieb.

Instinktiv nahm ich ihr Kevin aus dem Arm, wie um ihn vor dem ganzen Dreck zu schützen, mit dem seine kleine Welt schon beschmutzt war, und sie ließ es zu. In der Wohnung führte sie mich ins Kinderzimmer, während Alleria es sich auf dem Wohnzimmerteppich gemütlich machte.

»Er hat doch was gegessen?«

»Don Vittorio hat ihm eine Pizza kommen lassen.«

»Kevin liebt Pizza heiß und innig, am allerliebsten …«

»… Marinara, ich weiß, das hat er uns gesagt«, beendete ich den Satz für sie.

Carmen entschuldigte sich und verschwand im Bad. Ich hätte Kevin auf sein Bett legen können, doch ich blieb stehen, sein Gesicht in meiner Schulterbeuge vergraben, und sog den Duft des leicht verschwitzten Halses ein, dann roch ich an seinen Haaren und schmiegte die Nase an seine Wimpern. Und da fiel mir mein Neffe Arturo ein, der auf der Welt war und den ich noch nie gesehen hatte, und ich dachte, wie kann es sein, dass man einen Menschen, der für den Rest deines Lebens wichtig sein wird, noch nie gesehen hat. So wie meine Mutter, als sie mit Antonio schwanger war und ihren Bauch vor mir versteckte, um mich nicht eifersüchtig zu machen, wie sie später erklärte. Mein Vater dagegen rief mich zu sich und forderte mich auf, ihren Bauch anzufassen: »Komm mal, Piccerè, fühl mal, wie es sich bewegt!«

Ich legte zögernd die Hand auf Mamas Bauch und wartete so lange, bis ein Tritt kam, dann noch einer, unter meinen Fingerspitzen spürte ich die Bewegung eines Ellbogens oder eines Knies, und es kam mir vor, als könnte ich das Kind berühren. Ich fragte mich, welche Haar- und Augenfarbe es hatte. Und als meine Mutter wegging, blieb ich benommen sitzen mit meinen unbeantworteten Fragen, wie denn ein menschliches Wesen mit Händen, Knien, Füßen und allem anderen in dieser Art Wasserblase (wie mein Vater sagte) überleben konnte.

Vielleicht bildet sich der Charakter eines Menschen ja schon in diesem scheinbar seligen Moment aus, der für den da drinnen alles andere als selig ist, weil er mit ganzer Kraft um sich tritt und um ein bisschen Platz kämpft. Und vielleicht lernt man schon in diesem Augenblick, es sein zu lassen, ich meine aufzuhören, um sich zu treten und etwas zu fordern. Wer weiß, vielleicht ist alles, was wir im Leben nicht für uns verwirklichen, auf diesen einen Moment zurückzuführen, auf unsere erste wirkliche Bemühung um Bestätigung.

Irgendwann betätigte Carmen die Spülung, und ich erwachte aus meinen Überlegungen und legte Kevin ins Bett, während ich versuchte, das aufsteigende Unwohlsein in mir hinunterzuschlucken. Ich hatte Schuldgefühle, weil ich mich in diese Situation manövriert hatte, außerdem spürte ich eine winzige, bis dahin unbekannte Sehnsucht in mir aufsteigen.

»Schön ist das, oder?«, sagte sie, als sie zurückkam.

»Am liebsten würde man ihn auffressen«, witzelte ich.

Carmen sah mich nicht an. »Ich meinte nicht Kevin, ich meinte, es ist schön, sich wie eine Mutter zu fühlen. Du bist es noch nicht, aber du weißt schon, was es heißt, das sehe ich dir an.«

Ich drehte mich um und blickte sie an wie einen Guru, als sei sie so eine erleuchtete Heiligkeit aus Fernasien mit rotem Punkt auf der Stirn und nicht die Frau ohne Schulabschluss aus dem tiefsten Neapel. Sie hatte das Gefühl noch vor mir erkannt, dieses leise, langsame Zischen, das von unten in mir aufstieg wie die Blubberblasen einer Brausetablette. Am Ende nickte ich. »Ich habe einen Neffen, den ich noch nie gesehen habe, und frage mich, wie er wohl aussieht.«

»Das habe ich mich bei Kevin auch gefragt, als er noch in meinem Bauch war. Ich hatte gehofft, er würde hübsch sein, aber mit so einem Prachtstück hatte ich nicht gerechnet!«, lachte sie.

»Es ist lustig, dass man einen Menschen lieben kann, den man noch nie gesehen hat. Das gibt es sonst nicht im Leben.«

Carmen blickte mich lange an. »Siehst du? Du bist eine besondere Frau, so, wie du nachdenkst, wie du mit dem Herzen siehst. Glaube mir, du solltest möglichst bald ein Kind bekommen!«

Für Carmen wie für viele andere trennt einen Menschen von seinem Wunsch nur der Wille, ihn zu verwirklichen. Als warte das Leben an der Tür, um die Eintrittskarten für die große Theatervorstellung abzureißen und dich einzulassen.

Im Wohnzimmer bot sie mir eine Zigarette an und drückte mir fünfzig Euro in die Hand. Ich nahm sie mit angehaltenem Atem, was sollte ich jetzt noch sagen, dass ich Anwältin bin, ihren Ehemann vertrete, dass ich mich bei ihr eingeschlichen habe, um Beweise für seine Behauptung zu finden, dass sie ihren Sohn vernachlässigt? Ich nahm das Geld und dachte nur daran, dass ich morgen zu Geronimo gehen und ihm sagen würde, dass ich den Fall zurückgebe und Signora Bonavita und ihren Sohn nie wiedersehen würde. Da erinnerte sie sich plötzlich an meine Ankündigung. »Was wolltest du mir eigentlich sagen?«

»Was ich dir sagen wollte?«, stotterte ich und suchte fieberhaft nach einer Ausrede.

»Du sagtest, du müsstest etwas mit mir besprechen.«

Ich zog eine Grimasse. »Ich weiß nicht mehr, war wohl doch nicht so wichtig.«

Wir rauchten zu Ende, dann begleitete sie mich hinaus. Sie nahm meine Hände und fragte: »Hast du morgen Zeit?«

Ich wollte schon Nein sagen, doch Carmen kam mir wie immer zuvor: »Könntest du Kevin von der Schule abholen? Ich habe einen Termin. Sie ist um die Ecke, die Grundschule da oben …«

»Ich weiß«, sagte ich, »aber morgen …«

»Bitte«, unterbrach sie mich und sah mir in die Augen, »lass uns nicht im Stich. Ich gebe dir das Doppelte. Wie viel willst du? Alles kein Problem. Claudia, das frühere

Kindermädchen, kann nicht mehr kommen, und ich brauche dringend Hilfe.«

»Nimmt denn dein Mann nie das Kind?«

»Mein Mann? Ach was, dem ist doch alles egal. Der will ihn mir nur wegnehmen, um es mir heimzuzahlen!«

»Was denn heimzahlen?«, rutschte es mir heraus, bevor ich merkte, dass ich zu weit ging.

Sie ließ meine Hände los und lehnte sich in den Türrahmen. Dann zog sie mich erneut in die Wohnung und flüsterte: »Luce, du wohnst hier, nicht weit von mir und Kevin entfernt, du bist hier groß geworden und lebst trotzdem in einer anderen Welt. Ich kenne deine Mutter, wer kennt sie nicht, sie näht für das ganze Viertel.« Sie lächelte. »Sie ist eine anständige Frau und du auch. Wir sind nur wenige Meter voneinander entfernt aufgewachsen, doch unser Alltag könnte verschiedener nicht sein. Wer weiß, vielleicht wären wir in einem anderen Leben sogar Freundinnen geworden…«

Ich sah sie an, und sie kam zum entscheidenden Punkt. »In meiner Welt kann eine Frau nicht einfach machen, was ich gemacht habe. Frauen dürfen sich nicht wehren, die Scheidung verlangen und vor allem nicht damit drohen… zu reden!«

Ich schwieg. »Wenn er nur mich geschlagen hätte, dann hätte ich nichts gesagt, das schwöre ich dir, wie viele andere auch. Aber Kevin darf er nicht anrühren, unser Sohn ist anders, das weißt du, er ist intelligent, sensibel, voller Neugierde, er schaut sich gerne Dokus im Fernsehen an, stell dir das mal vor, und Zeichentrickfilme! Seine Lehrerinnen haben zu mir gesagt, er sei so klug, er sollte studieren, dann wäre seine Zukunft gesichert. Kevin hat nichts mit seinem Vater und dessen Pack zu tun, und das soll so bleiben! Der will aber, dass sein Sohn auf der Straße aufwächst und später mal seinen Platz einnimmt. Also habe ich zu ihm gesagt, wenn er nicht in die Scheidung einwilligt und Kevin in Ruhe lässt, würde ich zur Polizei gehen.«

In diesem Moment spürte ich, wie meine Arme zu kribbeln anfingen. Dreißig Jahre lang habe ich mich aus diesem Dreck heraushalten können, obwohl ich mittendrin lebe, jeden einzelnen Moment habe ich damit verbracht, ihm auszuweichen, vor allem dank meiner Mutter und meiner Großmutter. Jetzt musste ich feststellen, dass ich mit einem Fuß in einer Geschichte steckte, die größer war als ich, während der andere noch draußen war. Bei Carmens Beichte spürte ich Angst in mir aufsteigen.

»Seitdem herrscht Krieg zwischen mir und ihm, zwischen mir und ihnen. Denn das Wort *Polizei* darfst du hier niemals aussprechen. Aber ich habe es doch nur getan, um meinen Sohn zu retten, und er weiß das. Jetzt will er mich bestrafen, indem er mir Kevin wegnimmt.«

Ich senkte den Kopf aus Angst, sie könnte mir die Schuldgefühle ansehen. »Morgen muss ich zum Anwalt, deshalb frage ich dich, ob du ihn nehmen kannst. Kevin fühlt sich wohl bei dir, außerdem ist er ganz vernarrt in deinen Hund, und einen Vogel habt ihr auch, hat er erzählt.«

»In Ordnung, ich kümmere mich um ihn, mach dir keine Sorgen«, gab ich schließlich nach.

Sie lächelte und küsste mich auf die Wange. Bevor sie die Tür schloss, sagte sie noch einmal: »Ja, in einem anderen Leben wären wir dicke Freundinnen gewesen.«

Als ich auf die Straße trat, legte sich ein leichter Regenschleier über die Häuser, und die nassen Pflastersteine glitzerten im gelben Schein der Straßenlaternen. Alleria zog in Richtung Wohnung, und ich betrachtete den bleiernen Himmel, in dem sich die roten Lichter der Stadt spiegelten. Dabei versuchte ich, das komische Gefühl zu ignorieren, dieses Zischen, das nicht aufhören wollte, sondern mir langsam in den Hals hinaufstieg.

So sitze ich nun hier, unter der Küchenlampe, die alles in ein antiseptisches Krankenhauslicht taucht. Meine Mutter mit ihrem Sparsamkeitsfimmel hatte mich zu ihr überredet, wobei ich nicht bedacht hatte, dass Alleinlebende sich niemals der Gesellschaft kalten Lichts aussetzen sollten, sondern Wärme brauchen und so viele Farben und Gerüche wie möglich.

Abends, wenn ich mit Alleria hinausgehe, verliert sich mein Blick oft in den Häuserfronten um mich herum, wo mich gelbe Fenster anschauen und ich mir vorstelle, dass hinter jedem eine Familie beim Essen sitzt und sich vom Tag erzählt. Also werde ich morgen losgehen und mir eine von den alten Birnen kaufen, eine mit Glühfäden, die sofort, wenn du auf den Lichtschalter drückst, ihr warmes, gelbes Licht in den Raum werfen und dir ein Gefühl von Zuhause geben, denn Gelb ist die Farbe, mit der wir aufwachsen und als Kinder die Sonne malen.

Ich habe die Omelette aufgegessen, schütte das warme Bier in kleinen Schlucken in mich hinein und rülpse leise. Dann wende ich mich Alleria zu, der mir seine Schnauze hinhält. In dem Moment beschließe ich, diesen blöden Stacheldraht zu finden, der mir seit einer Stunde den Hals abschnürt. Ich sehe den Hund an und sage: »Willst du die Wahrheit wissen, Canis superior? Wenn man versucht, die schlimmen Sachen von früher zu vergessen, vergisst man häufig auch die wichtigen Sachen.«

Er verdreht den Kopf, als versuchte er, mich zu verstehen, und schleckt mir über den Mund. Ich nähere mich seinem Ohr und flüstere: »Ich muss dir ein Geheimnis verraten. Es ist nämlich so, ich hatte einmal ein Kind …«

ZWEI HERZEN IN MIR

Ich war achtzehn und er neunzehn. Er hieß Nicola, doch ich nannte ihn Nic, weil man in dem Alter noch nicht weiß, dass Namen Schall und Rauch sind. In diesem Alter kommt dir die Normalität wie ein Monster vor, vor dem du fliehst, damit es dich nicht auffrisst. Du willst das Leben aufsaugen, im Gegensatz zu deiner Mutter und deiner Großmutter und den Nachbarn, die schnell in den Aufzug huschen, wenn sie dich durch die Eingangshalle kommen sehen, im Gegensatz zu deinen Klassenkameraden, die mit auf die Ellbogen gestützten Gesichtern in ihren Bänken sitzen und nicht begreifen, dass ihnen in diesem Moment größter Langeweile das Leben durch die Finger rinnt. Sie verstehen nicht, dass du heute entscheidest, wie dein Leben morgen aussieht, und wenn du nicht anfängst, Erde zu verteilen und Saatgut auszubringen, wirst du bald in einem Feld mit Dornengestrüpp sitzen.

»Warum versuchst du immer, irgendwie komisch auszusehen?«, fragte mich meine Mutter regelmäßig, wenn ich mit Springerstiefeln, Latzhosen und einem Kamm auf dem Kopf herumlief.

»Die Normalität ist mir zuwider, sie macht mir Angst. In den normalen Menschen verbirgt sich die Bosheit des Alltags, und das ist die schlimmste«, erwiderte ich stolz.

Sie schnaubte und nähte weiter. Ich lernte fleißig, weil ich das für die einzige Art hielt, mich aus dem Leben meiner Mutter zu befreien, die zwar die Kleider anderer Leute flickte, aber nicht wusste, wie sie die eigene kaputte Existenz reparieren konnte und die ihrer Kinder, die auf genauso wackeligen Beinen stand – denn wenn der Untergrund weich ist, finden die Wurzeln keinen Halt. Doch mein Leben entwickelte sich stabil, und meine Wurzeln gruben sich Tag für Tag tiefer in die Erde, also in meinen Bauch, wo ich Träume und Hoffnungen hegte von nie erfahrener Liebe und von Liebe, die ich schenken wollte, von nicht ausgesprochenen Gebeten und zukünftigen Begegnungen, nie gehörten Sätzen. Hier drinnen lag mein gesamtes noch ungelebtes Leben.

Bis ich eines Tages feststellte, dass ich schwanger war.

Ich weiß noch, wie ich auf dem Schulklo den Test machte, und als ich ins Klassenzimmer zurückkam, wusste ich nicht, wo ich war, meine Welt war zerlaufen wie Eis in der Sonne und schien mir zu entgleiten. Der Lehrer redete, und ich grub mir die Fingernägel in den Bauch, als könnte ich mich so von dem Fremdling befreien, der mein so liebe- und mühevoll gepflegtes Terrain in Beschlag genommen hatte. Ich wollte mein Leben nicht wegwerfen, ein Kind würde mich überfordern, ich war nicht geeignet als Mutter. Außerdem liebte ich Nic nicht, vielleicht hatte ich ihn nie geliebt. Ich wusste nicht, mit wem ich reden konnte, und lag die ganze Nacht schluchzend im Bett. Ich sagte mir wieder und wieder, dass ich diesen Moment überleben würde, und kämpfte gegen den Wunsch an, aufzustehen und Antonio zu wecken. Mehrmals setzte ich die Füße auf den Boden, um ihn um Hilfe zu bitten, doch dann kroch ich wieder unter die Decke. Er war noch klein und wusste nichts vom Leben, außerdem hatte er seine eigenen Probleme, wie sollte er mich unterstützen?

Mit meiner Mutter konnte ich unmöglich reden, ich brauchte jemanden, der mich liebte und mich gleichzeitig zu keiner Entscheidung zwingen würde, die ich nicht treffen wollte. Also ging ich schließlich zu meiner Großmutter. Es war ein kalter Wintertag, und ihr Schaukelstuhl stand ruhig im Inneren des *basso*, wo es wie immer nach Suppe roch. Sie sah mich an. »Nenné, was ist los? Du hast etwas auf dem Herzen, das sehe ich doch!«

Sie hatte noch nicht zu Ende gesprochen, da brach ich schon in Tränen aus. Sie zog mich an sich, umarmte mich und strich mir über den zwischen ihren großen Brüsten vergrabenen Kopf. Ich erinnere mich noch genau an ihre schwieligen, mehlverschmierten Hände, an den Geruch nach Kuchenteig, der aus ihrer Schürze aufstieg, und wie sie mich scheinbar endlos streichelte, mir über die Haare strich und meine Tränen wegwischte. Nach einigen Minuten fing ich stotternd an zu erzählen, halb erstickt zwischen Tränen und Schluchzen. Sie hörte schweigend zu, strich mir weiter über den Kopf, und als ich fertig war, stand sie auf und ging zum Herd, um die Teekanne aufs Feuer zu stellen, wartete, bis das Wasser kochte, dann hängte sie einen Beutel Kamillentee hinein und gab alles in eine Tasse, die sie mir mit ihrem gewohnt liebevollen Blick reichte. Ich sah sie an und fühlte mich sicher und beschützt, nichts auf der Welt konnte passieren, solange sie bei mir war, diese kleine Frau, die kein gutes Italienisch sprach und ihr Leben lang nicht ordentlich lesen gelernt hatte, die aber, wie ich heute weiß, eines in ihrem Leben begriffen hatte: Wenn du mit der Liebe zu tun haben willst, brauchst du Mut, und wenn du keinen hast, musst du ihn suchen. Denn wenn es etwas gibt, das uns auf diesem kleinen, vor Hass strotzenden Erdball die Schönheit unserer Umgebung erkennen lassen kann, dann ist es die Liebe.

»Nenné«, sagte sie und setzte sich wieder neben mich, »ich weiß, du bist jung und hast das Leben noch vor dir, und ich weiß, dass du gerade alles andere im Kopf hast, als ein Kind zu kriegen. Aber ich weiß auch, wenn uns im Leben etwas Großes begegnet, so etwas richtig Großes, dann müssen wir uns dem stellen, auch wenn wir keine Lust dazu haben.«

Ich wollte etwas einwerfen, doch sie zog ein Taschentuch aus ihrer Schürze, reichte es mir und fuhr fort: »Manchmal braucht man ein wenig Geduld, mein Kind.«

»Wie meinst du das?«

»Du musst das Leben für dich entscheiden lassen, nicht umgekehrt, du könntest es schon morgen bereuen.«

»Ich will nicht so enden wie meine Mutter.«

Nonna Giuseppina antwortete entschieden: »Nenné, wenn es einen Tag gab, an dem deine Mutter glücklich war, dann war es der Tag, an dem du und dein Bruder geboren wurden.«

Ich begann an meinen Fingernägeln zu knabbern wie immer, wenn ich nervös und unentschlossen war.

»Denk daran: Kinder nehmen dir nichts weg«, setzte sie noch hinzu, »vielmehr können sie dir etwas schenken. Hör auf mich, und mach keine Dummheiten.«

Ich versprach ihr, darüber nachzudenken, tat es aber nicht, denn tief in mir hatte ich nur ein Ziel: nicht wie meine Mutter zu enden, die ihr Leben für uns geopfert hatte. Wo steht denn geschrieben, dass Elternliebe gleichbedeutend mit Aufopferung ist? Ich wollte mein Leben mit so vielem füllen, mit Erlebnissen, Leidenschaften, Emotionen. Ich kam gar nicht auf die Idee, dass das, was ich ersehnte, Leidenschaft, Erfahrung und Emotion, genau dort in meinem Bauch lagen.

Nic erzählte ich es erst eine Woche später, vor der

Schule, ich wollte ihn bestrafen. »Ich erwarte ein Kind«, sagte ich mit eisiger Stimme.

Er machte große Augen und war gleich den Tränen nahe.

»Keine Sorge, ich habe nicht die Absicht, mir mein Leben zu versauen«, fuhr ich schnell fort.

Nic musterte mich und fragte: »Und was sollen wir tun?«

»Was soll *ich* tun. Ich bringe es um, das tue ich.«

Das schien ihn zu treffen. »Red doch nicht so«, murmelte er.

»Wieso, erträgst du die Wahrheit nicht?«

»Na ja, letztlich ist es ja noch kein Kind, es ist nichts … nur ein einfacher Zellhaufen!«

»Eben, es ist nichts«, erwiderte ich, ohne ihn anzusehen. Dann drehte ich mich um und ließ ihn stehen.

Ich habe ihn nie wiedergesehen. Was gut war, denn sonst hätte ich ihm nur ins Gesicht geschrien, was ich an jenem Morgen und an allen folgenden Morgen meines Lebens dachte, dass nämlich in diesem Nichts, in diesem einfachen Zellhaufen, wahrscheinlich schon ein Herzchen schlug.

Zwei Tage später war meine aufgesetzte Selbstsicherheit schon wieder verflogen. Ich spürte in mir ein merkwürdiges Gefühl aufkeimen, das ich nicht entziffern konnte und das ich erst wiedererkannte, als mein Bruder mir von Arturo erzählte. Irgendwann, tief in der Nacht, legte ich mir die Hände auf den Leib und spürte eine unerwartete Wärme, die mir Gänsehaut an den Armen machte. Ich drehte mich auf die Seite und rollte mich wie ein Embryo zusammen, um mich vor den hässlichen Seiten des Lebens geschützt zu fühlen. Ich weiß nicht mehr, wie lange ich wach lag, aber ich erinnere mich, dass in dieser Zeit in mir die Überzeugung wuchs, den größten Fehler meines Lebens zu begehen. Am nächsten Tag wachte ich von starken Bauchschmerzen auf und rannte schnell auf die Toilette, von Krämpfen geschüttelt.

Es war nicht der Darm.

Kurze Zeit hatten zwei Herzen in mir geschlagen. Und ich hatte nicht darauf geachtet. Ich hatte nicht den Mut gefunden, sie zu beschützen.

Einen winzigen Moment lang trug ich die Schönheit des Lebens in mir.

Und habe es nicht geschafft, sie zu bewahren.

SCHIZZECHEA

Hundertgramm beobachtet mich aus den Augenwinkeln, während ich schwer atmend an meinem Schreibtisch lehne und darauf warte, dass Avvocato Geronimo sich die Ehre eines Empfangs gibt. Ich bin nervös, an diesem Ort und in diesem Job fühle ich mich plötzlich völlig fehlplatziert.

»Was ist?«, fahre ich Pasquale genervt an. »Willst du mir etwas sagen?«

Er hält überrascht inne. »Nein, warum?«

»Weil du dein süßes Köpfchen immer wieder vom Bildschirm hebst und mich anstarrst!«

»Nein, nein, nichts, entschuldige«, stottert er und fährt sich mit der haarigen Hand an die Kehle.

Pasquale Acanfora ist wirklich ein netter Kerl, aber leider so unansehnlich, dass es fast an Beleidigung grenzt. Er ist kahl bis auf einen Haarkranz, den er sich als Toupet über den Kopf kämmt, seine Arme sind dicht behaart (sein Rücken wahrscheinlich nicht minder), vor den kleinen Äuglein trägt er dicke Linsen, seine schmalen Lippen sind in dem riesigen Gesicht kaum zu orten. Er ist dünn und schmächtig, mit unproportioniert großem Gesicht und zwei Pausbacken mit schwarzem Bartschatten, gegen den er jeden Morgen vergeblich ankämpft.

Um zu erklären, wer Pasquale Acanfora wirklich ist, muss man nur wissen, dass er im Frühsommer ein ganzes

Set kurzärmeliger Hemden auspackt, unter denen er dann ein Thermounterhemd trägt, aus dem ein paar weiße Brusthärchen hervorlugen. Auch wenn der Vergleich nicht der originellste ist, bei Hundertgramms Anblick muss man automatisch an ein Nagetier denken. Aber wie gesagt, letztlich ist er ein richtig netter Kerl, der nur trotz seiner zahllosen Rückschläge noch immer nicht begriffen hat, dass das Leben eine üble Hafenkaschemme ist, in der sich urinstinkende Trunkenbolde tummeln.

Man kann sich gut vorstellen, dass er mit seinem gutmütigen Gesicht und den kurzsichtigen Augen in der Schule immer der Sündenbock war, der von den Älteren schikaniert wurde. Und trotz seiner fast fünfzig Jahre sieht er auch wirklich aus wie der perfekte Streber aus der ersten Reihe, der sich sofort einen Schlag ins Genick einfängt, wenn er den Rüpeln aus der letzten Reihe zu nahe kommt. Dabei habe ich durchaus ein Herz für Käuze und verstehe mich gut mit Pasquale, wenngleich ich mir sein Vertrauen hart erkämpfen musste. Typen wie Pasquale, die das Leben hart anfasst, lernen meist auch als Erwachsene nicht mehr, die Krallen auszufahren und sich zu wehren, nein, stattdessen lernen sie, niemandem zu trauen, und wenn ihnen das Leben dann irgendwann quasi aus Mitleid etwas Schönes schenkt, merken sie es oft gar nicht. Typen wie er schauen dich immer schief an, mit ablehnender Miene, sie trauen dir nicht, umarmen dich nicht, von Küssen ganz zu schweigen, und statt der Hand reichen sie dir ein eingelegtes Kotelett. Das unaufmerksame Auge sieht in Hundertgramm nur eine Bibliotheksmaus, die sich ein bisschen aufbläst. Doch das stimmt nicht, denn Persönlichkeiten wie er haben in der Regel verborgene Qualitäten, die man ihnen gar nicht zutraut. Hundertgramm ist fachlich immer perfekt vorbereitet (wofür

Arminio Geronimo ihn besonders schätzt), und – noch wichtiger – er pflegt ein Innenleben, auf das jedes Kind neidisch wäre. Pasquale Acanfora ist eigentlich ein Kind, das sich eine unberührte Welt aus Märchen und Träumen bewahrt hat, die sich höchstwahrscheinlich nie realisieren werden.

Und vielleicht ist er mir genau deshalb sympathisch (obwohl er nicht den geringsten Sinn für Humor hat und fast nie lacht), denn trotz seines Alters gehört er zu den Menschen, die jeden Tag erneut darauf hoffen, ihre geheimsten Wünsche mögen endlich in Erfüllung gehen. Der Rest der Menschheit hat seine Träume längst durch Gewissheiten ersetzt, und leider sind es genau diese Gewissheiten, die unsere Welt, in der wir miteinander auskommen müssen, zugrunde richten.

Pasquale ist unverheiratet, hat keine Kinder und wohnt bei seiner achtzigjährigen Mutter. Er wirkt, als hätte er immer einen Regenmantel an, der gegen das Leben imprägniert ist. Und doch glimmt in dem zusammengezogenen Herz dieser Büroratte noch ein letzter Funken: die unerwiderte Liebe zu Giovanna Forino.

Genau sie betritt nun den Raum.

»Luce, der Avvocato hat gleich Zeit für dich. Er muss noch kurz seine Frau anrufen, dann kannst du rein.«

Eine Wolke billigen Parfüms flutet das Büro, und ich verziehe angeekelt das Gesicht. Als ich mich zu Pasquale drehe, sehe ich, wie er, quasi trunken von diesem Duft, die Pfötchen von der Tastatur nimmt und die Brille absetzt, um mit geweiteten Nüstern ganz und gar in das Aroma seiner Muse einzutauchen. Sie würdigt ihn wie üblich keines Blicks, macht auf dem Absatz kehrt und trägt ihr mächtiges Hinterteil aus unserem Blickfeld.

»Pasquà!«, sage ich, doch er starrt immer noch auf den

Punkt, wo gerade die Gesäßbacken von Signora Forino verschwunden sind.

»Pasquà!«

»Hm?«

»Du kommst mir vor wie ein Vollidiot, der noch nie einen Frauenarsch gesehen hat!«

Er guckt groß. »Was redest du da?«

»Nichts, Pasquà, aber um es mit den Worten meiner Mutter auszudrücken: Das Leben kann manchmal ein Schwein sein, und während du tagaus, tagein auf deine Tastatur einhackst, drückt es sich still und leise an dir vorbei, ohne dass du es merkst.«

Pasquale sieht mich unsicher an.

»Was ich sagen will: Du solltest bei Giovanna mal ein bisschen auf die Tube drücken und auch bei allem anderen, was du sonst noch vorhast.«

Das Nagetier setzt sich die Brille auf und wendet sich wieder dem Bildschirm zu. So macht er es immer, wenn ihm ein Thema missfällt.

»Hast du eine Wohnung gefunden?«

»Noch nicht.«

»Du suchst doch schon seit einem Jahr.«

»Tja.«

»Aber deiner Mutter hast du mittlerweile gesagt, dass du ausziehen willst?«

»Luce, hast du nichts zu tun?«

»Nein, wie du siehst, warte ich. Also kann ich dir dabei ein bisschen auf die Nerven gehen.«

Er schweigt.

»Ich mache das doch nur für dich. Wenn dir niemand auf die Finger schaut, sitzt du noch in zwanzig Jahren hier, haust auf die verdammte Tastatur ein und wartest, dass irgendwann etwas passiert, das dein Leben verändert.«

Pasquale tippt weiter und sagt, ohne mich anzusehen: »Danke, Luce, wirklich, aber ich bin erwachsen und komme ganz gut allein zurecht.«

Wir schweigen, er schreibt, ich starre zur Decke, bis Arminio ruft. Endlich kann ich zu ihm gehen und ihm meine Meinung sagen. Davor allerdings muss ich meinem Kollegen noch etwas mitteilen.

»Ich wüsste da eine Wohnung ...«

Nun blickt Hundertgramm doch auf und sieht mich neugierig an.

»Bei mir in der Nähe, ein paar Häuser weiter ... mitten im Spanischen Viertel. Nicht teuer und nur ein paar Schritte von der Via Toledo entfernt.«

Pasquale setzt die Brille ab. »Ist sie möbliert?«

»Ja, ja, klar.«

Ich habe nicht die geringste Ahnung, ob das stimmt, aber die Vorstellung, einem Freund einen Gefallen zu tun und dabei gleichzeitig dem Mistkerl eins auszuwischen, macht mir gute Laune.

»Wenn du willst, spreche ich heute mit einem Freund von mir, dessen Schwester dort gewohnt hat.«

Pasquale denkt einen Moment zu lange nach, also muss ich wieder eingreifen. »Was überlegst du so lange? Willst du dein ganzes Leben lang bei Mamilein wohnen?«

Das Nagetier senkt den Blick.

»Und wenn du irgendwann doch noch Giovannas Herz eroberst«, raune ich, »gehst du dann mit ihr zu Mamilein?«

Diese Aussicht scheint ihn zu erschüttern, denn er sieht auf und sagt schnell: »Okay, du hast recht, rede mit deinem Freund. Vielleicht ist das ein Wink des Schicksals.«

»Sehr gut«, sage ich und klopfe ihm auf die Schulter, »das Schicksal. Und wenn das Schicksal ruft, kann man nichts dagegen tun.«

Pasquale lächelt zufrieden, also zwinkere ich ihm zu und begebe mich zum Avvocato. Ich kann ihn mir schon vorstellen, den armen Pasquale, in den Händen der Hexe Giovanna! Aber so läuft es nun mal, häufig suchen sich Typen wie Pasquale Frauen wie Giovanna, die nach Belieben mit ihnen umspringen und sie in den Sack stecken können (wie ich es gerade getan habe). Doch ebenso wahr ist, dass die vielen Pasquales auf der Welt ohne solche Frauen ihr Leben lang unter der Fuchtel ihrer übergriffigen Mütter stehen würden. Und so können sie wenigstens hin und wieder vögeln.

Der Avvocato kommt mir mit einem so schlitzohrigen Grinsen entgegen, dass mir fast schlecht wird. Er blickt mit einem angedeuteten Handkuss von unten zu mir herauf. Das Kuriose an Arminio Geronimo ist nämlich, dass seine flinken Äuglein genau auf Höhe meiner Brüste sind, weshalb ich mir in seiner Anwesenheit immer – ganz im Gegensatz zu sonst – wie eine Bohnenstange vorkomme.

»Luce, Schätzchen, wie geht es dir? Manuel hat mir schon erzählt. Komm, nimm Platz.«

Allein der Umstand, dass er mich »Schätzchen« nennt, reizt mein komplettes Nervensystem, außerdem ist sowieso klar, dass seine einschmeichelnde Zuvorkommenheit bei mir niemals fruchten wird. Ich lasse meinen Hintern auf einen kackbraunen Ledersessel sinken und warte, bis auch er sich wieder setzt. Er lächelt mich an, während meine bebenden Wangen eher an eine wütende Bulldogge denken lassen.

»Also, soweit ich weiß, ist es dir gelungen, Signora Bonavita kennenzulernen.«

Er schlägt seine kurzen Beine übereinander und spielt

mit dem Ehering. Er sieht aus wie einer dieser kleinwüchsigen Hobbits aus *Herr der Ringe*.

»Ja.«

»Und, wie schätzt du sie ein?«

»Nicht sie ist das Problem, sondern der Mann.«

Der Avvocato rückt sich im Sessel zurecht. »Da hast du recht, da haben wir uns ganz schön was eingebrockt.«

»Carmen ist eine typische Frau aus meinem Viertel: aufgewachsen auf der Straße, mit elender Kindheit und wenig Wahlmöglichkeiten. So ist sie schließlich in dem Leben gelandet, das das Schicksal ihr vorgezeichnet hatte.«

Geronimo sieht mich nachdenklich an. »Luce«, sagt er dann, »du hast mir doch mal erzählt, dass du als Kind Messdienerin warst, stimmt's?«

»Und was tut das hier zur Sache?«

»Sehr viel, denn man sieht, dass du ein christliches Weltbild hast. Obwohl du alles machst, um taff zu wirken, bist du manchmal ganz schön bigott!«

Oha! Und ich hatte gehofft, mich nicht aufregen zu müssen.

»Avvocato, von wegen bigott, wir reden hier von Menschlichkeit, die zum Glück nicht das Christentum gepachtet hat. Im Gegenteil, viele überzeugte Katholiken wissen gar nicht, was das ist. Entweder man hat sie, oder man hat sie nicht.«

Er lächelt mich leicht pervers an, möglicherweise bringt meine Gereiztheit sein wurmstichiges Gehirn auf Touren, vielleicht stellt er sich gerade eine wilde Sexszene auf seinem Schreibtisch vor, bei der ich ihm »taff« in die Eier trete.

»Kennen Sie das? Menschlichkeit, meine ich …«, versuche ich ihn zu provozieren.

Doch er geht mir nicht in die Falle. »Ach, Luce, lass mich mit deinen Spielchen in Ruhe. Menschlichkeit macht uns nicht satt, da sind wir uns einig, oder? Außerdem hast du gerade das Bild einer armen Frau gezeichnet, die keine andere Wahl hatte, als diesen Kriminellen zu heiraten.«

»Das habe ich nicht gesagt…«

»Du bist auch in dem Viertel geboren, soweit ich weiß, und hattest kein einfaches Leben, und trotzdem stehst du im Gegensatz zu Signora Bonavita auf der anderen Seite der Barrikade.«

Ich starre in Gargamels zufriedenes Gesicht, der den Großen Schlumpf überlistet hat, und zum ersten Mal fällt mir nichts mehr ein.

»Wir haben immer die Wahl«, resümiert er nach einem Moment.

Ich kann ihm nicht das letzte Wort lassen, selbst wenn er recht hätte. Also hole ich tief Luft. »Avvocato, dieser schöne New-Age-Satz passt vielleicht auf jemanden wie Manuel Pozzi, aber nicht auf jemanden, der in einer schimmeligen Gasse ohne positive Vorbilder aufgewachsen ist. Ich hatte das Glück, zwei Vorbilder zu haben. In Wahrheit sollten wir alle wählen dürfen, wo wir geboren werden. Und von wem. Das ist eine Frage von Sekunden, und wenn du im falschen Bauch landest, ist dein Schicksal schon zur Hälfte entschieden.«

Der Anwalt möchte etwas einwerfen, doch ich lasse ihn nicht zu Wort kommen. »Es ist leider so, dass zwischen ein schlecht gelebtes und ein halbwegs anständig gelebtes Leben manchmal nur eine Stecknadel passt. Und nach der muss man mitunter richtig suchen, das kann ich Ihnen sagen, lieber Avvocato!«

In diesem Moment betritt Giovanna das Zimmer und teilt uns mit, dass sie jetzt in die Mittagspause geht. Ich schaue auf die Uhr, es ist schon spät, ich muss Kevin von der Schule abholen. Arminio Geronimo winkt sie mit der Hand hinaus und wendet sich wieder zu mir. »Na gut, Luce, es ist höchst kompliziert, mit dir über Weltbilder zu sprechen, das ermüdet mich, ich darf aber nicht müde werden, weil ich heute einen sehr vollen Tag habe. Also, um auf den Punkt zu kommen: Ist diese Signora deiner Meinung nach eine gute Mutter?«

»Ja.«

»Trinkt sie?«

»Kaum«, sage ich und hoffe, dass kein Zögern aus meiner Stimme spricht.

»Misshandelt sie ihren Sohn?«

»Nein, sie geht sehr liebevoll mit ihm um.«

»Du willst mir also sagen, dass unser Mandant das Ganze frei erfunden hat.«

»Unser Mandant ist ein Verbrecher, der seine Frau dafür bestrafen will, dass sie ihm mit der Polizei gedroht hat«, erwidere ich kalt.

Geronimo beugt den Kopf und lässt nachdenklich seine Daumen umeinander kreisen. Im Büro wird es still, während von draußen kleine Regentropfen gegen die Fensterscheibe klopfen.

»*Schizzechea*«, mache ich weiter, während er den Kopf hebt und gedankenverloren hinter sich in den Himmel blickt. Dann beginnt er, sich den Kiefer zu massieren, und schweigt weiter. Also nehme ich die Unterhaltung wieder auf, weil ich einfach nicht den Mund halten kann.

»*Schizzechea* ist eines meiner Lieblingswörter. Eines, das es nur im Neapolitanischen gibt und das so unendlich vielschichtig ist. Das liegt mir.«

Geronimo sieht mich an, als wäre ich verrückt geworden.

»Es heißt so viel wie Sprühregen, der nicht mehr aufhört, wie da draußen. Man glaubt, es würde tagelang weiterregnen. Keine Sonne, aber auch kein Unwetter, irgendetwas dazwischen, weder gut noch schlecht.«

»Worauf willst du hinaus, Luce, kannst du mir das erklären?«

»Nichts, wir sind eben alle irgendetwas dazwischen, finden Sie nicht?«

»...«

»Na ja, soweit ich das sehe, sind Sie auch nicht wirklich glücklich.«

»Was weißt du denn schon von meinem Leben?«, fragt er schroff.

»Wenig bis nichts, aber ich bin mir sicher, dass auch Sie im Sprühregen stehen. Sie sehen nicht aus wie einer, der über eine sonnige Straße läuft, aber auch nicht durch ein Unwetter. *Schizzechea* gilt auch für Sie, Avvocato, stimmt's?«

Ihn scheint die Richtung, die unser Gespräch nimmt, nervös zu machen. Er steht auf und tritt ans Fenster, die Hände hinter dem Rücken verschränkt.

»Geronimo ...«, fahre ich fort, »wie der große Apachenhäuptling. Ein bedeutender Name und ein schwieriger Vergleich.«

Endlich dreht der Anwalt sich mit düsterem Gesicht um. »Luce, mein Mädchen, willst du mich auf den Arm nehmen? Los jetzt, raus mit der Sprache, ich habe nicht ewig Zeit!«

»Gut. Um es kurz zu machen, ich ... also, ich habe beschlossen zu kündigen.«

Jetzt starrt der Gnom mich lange an, und in seinem Blick glaube ich eine Spur von Bedauern zu erkennen.

»Das ist einfach keine Arbeit für mich, dazu folge ich viel zu sehr meinem Bauchgefühl, und das ist hier nicht gefordert. Hier braucht es Gehirn.«

Arminio umrundet mit kleinen, schnellen Schritten seinen Schreibtisch und setzt sich vor mich. Dann beugt er sich ganz nah zu mir und sagt: »So, jetzt hör mal mit dem Unfug auf, du bist tüchtig und wirst eine perfekte Anwältin werden. Du musst nur lernen, dich von den Sachen zu distanzieren, weniger Skrupel zu haben.«

»Ja, genau, das stimmt, genau das will ich nämlich nicht werden: skrupellos!«

Geronimo schnauft und packt meine Hand. »Luce, hör zu, du bist verwirrt. Ich habe einen Fehler gemacht, dich in dieses Durcheinander zu stürzen.«

»Nein, Avvocato, ich bin einfach nicht wie Sie oder Manuel, Geld interessiert mich nicht, ich habe da so etwas Komisches in mir, das nennt sich ›Moral‹, und damit kommt man in der Welt nicht sehr weit, ich weiß. Aber was soll's, so bin ich nun mal, so ist meine Mutter, und so war meine Großmutter. Deshalb muss ich herausfinden, was ich im Leben damit anfangen will.«

Der Gnom sollte nun beleidigt sein, weil er in meiner kleinen Moralpredigt nicht erwähnt wird, stattdessen beginnt er zu schwitzen. »Hör zu, lass es uns so machen: Wir schlafen alle mal eine Nacht darüber, und morgen entscheiden wir.«

»Das Ding ist, ich habe das deutliche Gefühl, dass ich etwas verändern muss. Vielleicht sollte ich in eine andere Stadt ziehen«, höre ich es aus meinem Mund kommen.

Bei diesen Worten krümmt sich der Anwalt zusammen, als habe ihm mein pseudoexistenzieller Vortrag einen Schlag versetzt, und seine Nase schiebt sich noch näher an mein Gesicht.

»Luce, kann es sein, dass du immer noch an diesen Mistkerl denkst, der abgehauen ist?«, fragt er mit listig glitzernden Äuglein.

Nun habe ich drei Alternativen: Ich werfe ihm etwas an den Kopf und rufe den Notarzt, ich drehe mich auf dem Absatz um und verlasse wortlos den Raum, oder ich ergehe mich in Komplimenten über seine Menschenkenntnis und entrolle ihm meine Zukunftsängste, meine Sorgen um den unbekannten Neffen und den merkwürdigen, unerwarteten Kinderwunsch. Doch er kommt mir zuvor: »Ich will dir mal was sagen: Das hier passiert jedem«, und er hebt seine Hand mit abgespreiztem Zeige- und kleinem Finger in die Höhe, »wichtig ist nur, nicht den Kopf zu verlieren. Was auch passiert, früher oder später findest du jemand anderen. Keine Sorge, du hast noch so viel Zeit ...«

»Eigentlich hat mir noch nie jemand Hörner aufgesetzt«, versuche ich ihn zu korrigieren.

Arminio Geronimo weiß jetzt, dass er ins Schwarze getroffen hat, und fährt auf dem eingeschlagenen Weg fort. »Einverstanden, natürlich nicht. Du musst jedenfalls ruhig bleiben, bei Frauen in deinem Alter beginnt irgendwann die innere Uhr zu ticken ... Denk einfach nicht daran, dann kommt dein Märchenprinz schon noch.«

Wie kam es noch mal dazu, dass ich gerade mit diesem Griesgram mein Privatleben diskutiere? Ich muss etwas tun.

»Avvocato, selbst wenn es so wäre, würde ich das garantiert nicht mit Ihnen besprechen. Ich sprach über meine Arbeit, über mein Leben im Allgemeinen, ich habe wirklich das Gefühl, dass ich wegmuss. Wenn ich zu lange in einer Weise lebe, die mir nicht gefällt, gewöhne ich mich am Ende noch daran.«

Da ruft Geronimo aus: »Aha, es ist also ernster. Dann erklär mir das mal.« Er lässt sich in seinem Sessel zurücksinken.

Klar, erklär mir das mal, als ob das so einfach wäre. Ich habe einfach die Nase voll, ständig von Auffahrunfällen reden zu hören, meine Zeit mit diesen Schmalspuranwälten zu verplempern, die immer nur daran denken, wie sie Leute über den Tisch ziehen können. Ich möchte mich anderen Dingen widmen, letztlich halte ich mich für etwas Besseres als viele meiner Kollegen, die sich rühmen, mit Versicherungen leichtes Geld zu verdienen und so Geronimos schon prall gefüllte Taschen noch voller zu machen.

»Nichts, es ist nur ...«, ich seufze tief, »ich mag diese Arbeit nicht.«

So, es ist raus. Gargamel zieht sich eine Toscano aus der Tasche und zündet sie an. Dann sieht er mich mit leisem Lächeln an.

»Wer mag seine Arbeit schon?«

Tja, wer mag seine Arbeit. Der eine oder andere Glückspilz vielleicht.

»Ich begreife einfach nicht, was Sie davon haben, wenn ich bleibe.«

Der Anwalt beschließt, auf den Punkt zu kommen. Er nähert sich mir wieder, legt seine Hand auf mein Bein und sagt: »Ich weiß ja, dass ich dir gesagt habe, aus uns würden noch Freunde werden, aber ich, bitte versteh mich nicht falsch, um Himmels willen, also, du gefällst mir sehr, und auch wenn wir nur Freunde sind, in Ordnung, aber, na ja, wenn ich dich nicht mehr sehen kann ...«

Ich sollte ihm rechts und links eine in sein grummeliges Trickfilmgesicht knallen, doch ich schaffe es nicht, und er fährt fort: »Du hast recht, ich könnte dein Vater sein, und ja, ich stehe auch im Sprühregen, das heißt, es läuft nicht schlecht, aber glücklich bin ich auch nicht. Abends komme ich nach Hause und muss meine Frau aushalten, die depressiv ist und alt, und, Luce, sie ist so hässlich geworden. Also schließe ich mich im Bad ein und schaue mich eine halbe Stunde im Spiegel an. Und weißt du, was ich da sehe?«

Ich schiebe seine Hand von meinem Bein und schüttele den Kopf.

»Ich sehe einen alten Mann mit erloschenem Blick, das sehe ich. Ich brauche dich und Manuel auch, ich brauche fröhliche Leute um mich herum, junge Leute, weil du, weil ihr mir das Gefühl gebt, gut zu sein. Und wenn ich dich sehe …«, er kommt noch ein Stückchen näher.

Ich balle unwillkürlich die Faust, um zuzuschlagen, doch in genau diesem Moment stürmt, ohne anzuklopfen, Manuel ins Zimmer. Der Avvocato macht einen Satz zurück, und ich springe auf. Manuel sieht uns leicht perplex an und sagt ein paar Sekunden lang nichts, bis Geronimo schließlich das Schweigen bricht: »Pozzi, gehst du eigentlich nie etwas essen?«

»Doch, Avvocato, ich wollte gerade losgehen, und da fiel mir ein, dass ich Sie noch etwas fragen muss …«, stammelt er, »aber das können wir auch auf später verschieben.« Dann verschwindet er im Flur, und wenige Augenblicke später hören wir die Tür ins Schloss fallen.

»Also, Luce, um auf uns zurückzukommen …«

Eilig falle ich ihm ins Wort: »Avvocato, Schluss jetzt mit dem pathetischen Gerede! Ich muss los, es ist spät. Hören Sie, trennen Sie sich von Ihrer Frau, oder schaffen Sie sich eine Geliebte an, aber nicht mich, eine Giovanna Forino zum Beispiel …«

»Nein, Himmel, die Frau ist hässlich wie die Nacht!«

»Mag sein, aber mit schönen Tit…«, will ich schon sagen, als ich merke, dass ich genauso armselig daherrede wie der Oberbrünstling. »Kurz, schlagen Sie einen Kurswechsel ein in Ihrem Leben. Ich muss gehen. Beste Grüße und vielen Dank.«

»Warte!«, schreit er.

»Was denn noch?«

»Soll ich das Mandat zurückgeben? Ist es das, was du willst?«

»Sicher, das würde mich freuen. Aber nicht für mich, sondern für die Frau, die eh schon allein ist...«

»Dann werde ich mal schauen und mit Manuel darüber reden.«

»Okay, aber...«

»Kein Aber, Luce«, erwidert er und kommt auf mich zu, »lass es uns so machen: Ich denke mal darüber nach, welchen anderen Fall ich dir geben könnte, etwas Wichtiges, irgendetwas richtig Wichtiges. Was hältst du davon? Du schlägst ein, das weiß ich.«

Ich bin keine schöne Frau, und der Typ vor mir ist kein schöner Mann und weder erfolgreicher Geschäftsmann noch berühmter Schauspieler. Er ist nur ein alter Anwalt und Kuppler, ein kleiner Betrüger, der sich dank seiner miesen Freundschaften über Wasser hält, armselig und listig. Doch wie er sich ins Zeug legt, nur damit ich nicht kündige, erregt mich irgendwie, gibt mir das Gefühl, wichtig zu sein. Deshalb antworte ich nicht und warte auf seinen nächsten Schritt.

»Denk noch mal darüber nach, und dann sagst du mir Bescheid. Ich könnte dir auch nur Scheidungsfälle übertragen, dann wärst du die Verkehrsunfälle los. Was hältst du davon?«

»In Ordnung, ich überlege es mir«, erwidere ich, weil ich wirklich verdammt spät dran bin.

»Das freut mich. Du musst immer mit mir reden«, sagt er zufrieden, dann packt er mich am Arm, beugt sich über meine Hand für einen weiteren speichelreichen Handkuss.

»Avvocato, muss das immer sein?«

»Luce, ich behandele Frauen mit dem Respekt, den sie verdienen. Ich bin immer noch ein Gentleman!« Er lacht in sich hinein.

Über die Frage, ob Arminio Geronimo ein Gentleman ist oder nicht, könnte ich stundenlang diskutieren, aber ich muss gehen. Ich streife die Hand mit seinem Speichel an meiner Hose ab und verziehe mich. Draußen regnet es, und ich bin mit der Vespa unterwegs. Gleich steht Kevin vor der Schule. Ein schönes Durcheinander, weil ich vorher noch bei Don Vittorio vorbeimuss, um den armen Alleria abzuholen, der bestimmt dringend Gassi gehen muss. Ich setze den Helm auf, schaue auf die Uhr und stoße einen Fluch aus, dann lege ich den ersten Gang ein und rase los.

Nicht dass ich mich auskenne, aber ich glaube, dass diese Sorge, zu spät zu kommen, mehr mit einer Mutter zu tun hat als mit einem Babysitter.

EIN STUHL AUF DER GASSE

Als ich an der Schule ankomme, sehe ich aus der Ferne schon Kevin, der mit einem Klassenkameraden streitet. Im Laufschritt lege ich die letzten Meter zurück (auch weil Alleria plötzlich wie ein Irrer an der Leine zerrt) und packe brutal den Rucksack des Kleinganoven, der gerade mein Kind geohrfeigt hat. Drum herum erhebt sich ein erstauntes »Oohhh«.

»Ja?«, frage ich.

Um die Szene versammelt sich eine Horde Schlingel. Kevins Wange ist gerötet, aber er weint nicht. Der Angreifer starrt mich wütend an. Er ist etwa acht, dünn wie ein Hering, mit dunkler Hautfarbe und zurückgegelten Haaren, in den Ohren stecken zwei Brillanten, und neben dem Auge verläuft eine Narbe. Wenn er älter wäre, würde ich sagen, da habe ich mir schön was eingebrockt.

»Was willst du?«, schnauft er herausfordernd.

»He, du Rotzlöffel«, gebe ich forsch – im Dialekt wie er – zurück, »jetzt halt mal gefälligst die Luft an!«

Er reißt die Augen auf und rührt sich nicht. Damit hat er nicht gerechnet, jemanden gleichen Kalibers vor sich zu haben. Hätte ich ihm auf Italienisch geantwortet, wäre ich sofort unten durch gewesen, vielleicht hätte ich dann lieber abhauen sollen, doch so spricht aus seinem Blick fast so etwas wie Respekt. Solch kleine Tricks lernt man schnell, wenn man in diesem Sumpf von Gassen aufwächst.

»Der hat angefangen!«, sagt er dann mit gerunzelter Stirn, beinahe kindlich.

Kevin kommt zu mir und zupft mich am Ärmel, ich soll es gut sein lassen. Ich schüttele ihn ab und gehe auf den Bengel zu, der unwillkürlich einen Schritt zurückweicht.

»Du entschuldigst dich bei ihm«, sage ich und sehe ihm direkt in die Augen.

Er wirkt unentschlossen, hält aber meinem Blick stand. Auf dem Schulhof wird es still.

»Los, du bittest ihn jetzt um Entschuldigung.«

Der Junge schaut mich hasserfüllt an, dann senkt er den Kopf und murmelt ein leises »'tschuldigung«.

»Und du, Kevin, was hast du getan, dass dein Schulkamerad so sauer wurde?«

»Nichts«, gibt er zurück.

»In Ordnung, dann gebt euch jetzt die Hand«, befehle ich, und Kevin streckt sofort seinen Arm aus.

Der kleine Tunichtgut hingegen erwidert die Geste nicht, er lässt Kevin mit der Hand in der Luft hängen, was bei den umstehenden Dumpfnasen zu großem Gelächter führt.

»Hör zu, Kleiner«, muss ich also deutlicher werden, »vielleicht haben wir uns nicht verstanden, aber wenn du ihm jetzt nicht die Hand gibst und deine halbstarke Fresse hältst, kommst du hier nicht heil raus!«

Der Junge fletscht die Zähne. »Dann rufe ich meinen Vater, der wird es dir schon zeigen!«

»Ruf, wen du willst, aber vorher gibst du ihm die Hand!«

Er sieht sich prüfend um, ob er das Publikum auf seiner Seite hat, doch schließlich gehorcht er widerstrebend mit bitterbösem Blick. Dann dreht er sich um und rennt davon.

Im gleichen Moment betritt eine Lehrerin in geblümtem Kleid mit bunter Brille die Bühne und stellt sich zwischen mich und Kevin. So wie sie herumläuft, wirkt sie wie eine Mischung aus der wunderbaren Amélie und der Sängerin Arisa, die ja entschieden weniger fröhlich ist als Amélie.

»Hallo, ich bin Luciana, ich habe gerade das Ende mitbekommen. Kompliment für Ihren Mut, den haben nicht alle. Man kann hier ganz schön Probleme bekommen, wenn man sich einmischt.«

Da ich noch bis oben hin voll mit Adrenalin bin, kann ich mich nur mühsam zurückhalten, die freundliche Lehrerin zu fragen, warum sie denn erst jetzt auftaucht. Doch dann fällt mein Blick auf Alleria und Kevin, die miteinander schmusen, und ich beruhige mich. Kein Zorn kann einem schwanzwedelnden Canis superior widerstehen! Also sage ich nur: »Ich bin hier geboren. Außerdem ist das kein Mut, sondern *freva*. Kennen Sie *freva*? Das überkommt mich immer, wenn ich es mit einem dieser erbärmlichen, schablonenhaften Typen zu tun habe.«

Die Frau lächelt zustimmend und fängt an, mir Kevins zahlreiche Tugenden aufzuzählen. Wie fleißig er ist, intelligent, lernwillig, artig (ihre Wortwahl), und wie sehr er es verdient hat, später mal zu studieren und eine andere, bessere Zukunft zu haben als die meisten Kinder hier im Viertel. Da mit keiner weiteren Auseinandersetzung zu rechnen ist, hat die Menschenmenge sich aufgelöst, und ich stehe alleine vor der fröhlichen, bunten Lehrerin, die mich für wer weiß wen hält und mit ansteckender Begeisterung Kevin immer weiter in den Himmel lobt, sodass ich für zwei Minuten meine wahre Rolle vergesse und geschmeichelt die Komplimente anhöre, als wäre Kevin wirklich mein Sohn.

Denn genau das glaubt diese Frau, wie ich feststelle, als sie irgendwann innehält. »Ich muss Ihnen wirklich ein Kompliment aussprechen, die Rolle der Eltern ist von so fundamentaler Bedeutung, vor allem in diesem schwierigen Umfeld. Es ist hauptsächlich Ihr Verdienst und das Ihres Mannes natürlich, dass Kevin so ein tüchtiger Junge ist. Das tröstet mich, denn es untermauert die These, dass nicht alle hier werden wie dieser kleine Verbrecher, den Sie gerade zurechtgestutzt haben, dass es auch Leute wie Sie gibt, wie Kevin, anständige Familien, die jeden Tag dafür kämpfen, dass der Respekt nicht mit Füßen getreten wird.«

»In einem Punkt irren Sie«, will ich sagen, aber die Frau vor mir scheint niemals Luft zu holen und redet einfach weiter. »Wie sagt man so schön: Der Apfel fällt nicht weit vom Stamm, nicht wahr?« Sie lächelt erfreut. Zum Glück schaut sie dann auf die Uhr, reißt die Augen auf und sagt, dass sie gehen müsse. Sie reicht mir die Hand mit den Worten, dass es eine Freude gewesen sei, mich kennenzulernen, so eine junge, hübsche, sportliche Mutter, und weg ist sie mit ihren fuchsiaroten Ballerinas, die über das Pflaster klappern, und ein paar Heften unterm Arm.

»Die dachte, ich wäre deine Mutter. Dabei sind wir doch völlig unterschiedlich ...«, zwinkere ich Kevin zu.

Er ist zu sehr mit dem Hund beschäftigt, um zu antworten.

»He, mich gibt es auch noch«, verkünde ich beleidigt.

Kevin steht auf und umarmt mich. Und ich dachte, nur Canis superior könnte einem das Gefühl geben, einzigartig auf der Welt zu sein!

»Sie ist neu«, sagt er dann, »die haben wir erst seit ein paar Monaten.«

»Aha, deshalb.«

»Aber ich bin froh, dass sie dich mit Mama verwechselt hat.«

Er sagt das ohne jedes Zögern, während er Alleria krault, der versonnen in die Ferne schaut und die Zunge heraushängen lässt. Ich drehe mich um, während er zu weiteren Erklärungen ansetzt: »Nein, weil, meine Mama ist schön, aber, na ja, sie kann nicht so gut Italienisch, und das ist mir manchmal peinlich.«

Sieh mal einer an, was es nicht alles gibt im Leben. Nun muss ich eine kluge Antwort für ein zweifelndes Kind finden, dabei habe ich für mich selbst nie gute Antworten gefunden. Ich gehe in die Hocke und sehe ihn an. »Als ich klein war, musste meine Mutter den ganzen Tag arbeiten, deshalb ging manchmal meine Oma in die Schule, um mit den Lehrern zu reden.«

Kevin sieht mich aufmerksam an.

»Sie konnte kein einziges Wort Italienisch, und manchmal verstand sie gar nicht, was die Lehrer ihr sagten. Aber auch über mich sagten sie nur Gutes, deshalb nickte und lächelte sie die ganze Zeit. Und wenn ich sie dann fragte, was die Lehrer gesagt hatten, erfand sie lauter tolle Sachen, dass ich tüchtig sei, dass ich später mal Preise gewinnen würde, dass ich Karriere machen würde und dass sie für mich eine gleißende Zukunft sah.«

»Was heißt ›gleißend‹?«

»Gleißend? Das heißt strahlend, toll, hell, wie das Sonnenlicht.«

»Wie dein Name.«

»Genau, wie mein Name. Nonna sah mir in die Augen, strich mir übers Haar und wiederholte das, als hätten die Lehrer es gesagt: ›Nenné, du hast eine gleißende Zukunft vor dir.‹ Keine Ahnung, wo sie den Ausdruck herhatte, aber sie sagte genau das.«

Ich stand wieder auf und ergriff seine Hand.

»Und was hat das jetzt mit Mama zu tun?«

»Sehr viel. Ich machte mir Sorgen, dass sie mich blamieren könnte, während sie den Lehrern zuhörte und sich gleichzeitig ausdachte, was sie mir später erzählen würde. Ich weiß nicht, ob ihr je ein Lehrer gesagt hatte, dass ich nichts könne, dass ich mich nicht anstrenge und froh sein müsse, wenn ich den Schulabschluss schaffte. Aber ich weiß, dass sie das alles erfand, um mir zu Hause Kraft zu geben, weiter an mich zu glauben. Damit ich doch lernte, auch wenn ich keine Lust dazu hatte. Ich habe es ihr zu verdanken, dass ich zu Ende studiert habe, auch wenn sie es nicht mehr erleben durfte.«

»Warum durfte sie es nicht mehr erleben?«

»Weil sie vorher in den Himmel geflogen ist.« Ich ärgere mich sofort über die alberne Formulierung. »Jedenfalls wollte ich sagen: Es ist nicht so wichtig, ob deine Mutter gutes Italienisch spricht, wichtig ist, dass sie an dich glaubt, dass sie dir das Gefühl gibt, etwas Besonderes zu sein. Gibt sie dir dieses Gefühl?«

Er nickt.

»Dann hast du eine Supermama!«

Ineinandergehakt gehen wir los, Alleria vor uns, während zwei Motorroller mit Überschall an uns vorbeirasen und eine alte Frau, die über uns die Wäsche aufhängt, uns zunickt. Genau in diesem Moment findet ein Sonnenstrahl seinen Weg durch das Häusergewirr und entrollt sich zu unseren Füßen, als wollte er uns den Heimweg weisen.

»Du wärst aber auch eine Supermama!«, sagt er nach einer Weile, bevor uns Canis superior mit seinem Gezerre zu einem schnelleren Tempo zwingt.

Ich habe immer an Märchen geglaubt (mit ein bisschen

Verachtung, um ehrlich zu sein) und dass irgendwann in meinem Leben das große *Om* kommen würde, wie mein Vater immer sagte, und ich mich endlich als Frau fühlen würde, die sich selbst verwirklicht hat.

Stattdessen ist ein Kind gekommen.

Ich betrete meine Wohnung, werfe mich aufs Bett und schließe die Augen, um ein bisschen Ruhe zu finden. Vor dem Haus kam mir Carmen entgegen, die hinter ihrer üblichen lächelnden Fassade einen traurigen Blick verbarg. Sie sagte nichts und fragte nichts, es schien nicht zu passen, und Kevin stand daneben. Deshalb haben wir einfach ein paar Minuten über ihn gesprochen. Sie beobachtete ihren Sohn, wie er mit Canis superior spielte, und sagte in bemüht korrektem Italienisch: »Ich weiß nicht, wo er das herhat. Immer wenn ich ihn ansehe, wundere ich mich, dass er so geworden ist.«

Ich lächelte, und sie sprach weiter: »Er benutzt nie Schimpfwörter, redet nie Dialekt, manchmal verbessert er mich sogar. Er ist so anders als ich, dass ich mich manchmal frage, ob er überhaupt mein Sohn ist.«

Sie war ganz in Gedanken. »Weißt du, Luce«, raunte sie, »manchmal denke ich, ich habe so einen Sohn gar nicht verdient. Er ist zu viel für mich, und ich bin zu wenig für ihn.«

Meine Mutter hätte ihr geantwortet, dass wir das bekommen, was wir verdienen, aber ich glaube nicht an einen strafenden oder belohnenden Gott. Für mich ist das einfach das Leben, manchmal gibt es, und manchmal nimmt es, wie ein Welle, die auf den Strand trifft und ein im Sand vergrabenes Förmchen wegspült, um es einem Kind auf der anderen Seite des Ufers wieder vor die Füße zu spülen.

»Du bist eine tolle Mutter«, sagte ich, doch dieses Mal nahm sie es mir nicht ab, glaube ich, obwohl sie mich umarmte und mir einen Kuss auf die Wange drückte.

Auf dem Rückweg fiel mir wieder ein Magendrücken auf, als hätte ich irgendetwas, ohne zu kauen, hinuntergeschluckt. Vielleicht war es die Geschichte über meine Großmutter oder mein spontanes Eingreifen vor der Schule, jedenfalls kamen mir allerlei Situationen meiner Kindheit in den Sinn, wenn ich meinen Bruder Antonio beschützen musste, der sich als Kind überhaupt nicht wehren konnte. Einmal holte ich ihn von der Schule ab und sah einen großen, dicken Schüler, der ihn schubste, nach ihm trat und schlug, und er blieb ganz still und klein und versuchte kaum auszuweichen. Wie immer schwoll mir sofort der Kamm, und ich rannte los und packte den Dickwanst an den Haaren. Der fing an zu jammern, aber ich ließ nicht locker und versetzte ihm noch ein paar Tritte in den Hintern. Der Hausmeister und eine Lehrerin mussten eingreifen, damit ich von ihm abließ.

Damals verbot mir meine Mutter, Antonio noch einmal abzuholen, aber ich tat es heimlich, obwohl mein Bruder sagte, ich solle mich nicht einmischen, das sei sein Leben und ich sei ein Mädchen. Mag sein, dass es ihm peinlich war, aber seit dem Tag wurde Antonio in Ruhe gelassen und konnte in Ruhe groß werden. Klar, ich weiß, man wird erwachsen, indem man lernt, auf sich selbst zu achten, schon als Kind, denn je weiter man kommt, desto öfter trifft man auf Menschen, die einen schubsen, veräppeln oder ausnutzen. Doch es stimmt auch, dass wir nicht alle gleich sind, jeder hat sein Tempo und seine mehr oder weniger traumatischen Erlebnisse, und jeder wählt den für ihn passenden Weg, um den großen Trichter Kindheit zu verlassen. Jeder hat sein Tempo, und dieses Tempo muss man respektieren. Wer zurückbleibt, der bekommt keine Hilfe, auf den wird nicht gewartet. Ich habe eingegriffen, um meinem Bruder das Recht zu sichern, dass man auf ihn wartet.

Ein sehr einfaches Konzept, dass einem aber komischerweise weder in der Schule noch im Leben jemals beigebracht wird.

Das Handy klingelt. Auf dem Display erscheint »Vittorio Guanella«.

»Hey, Don Vittò ...«

»Hallo, Luce, was machst du, kommst du mit dem Mittagessen?«

»Ich bin zu Hause, ich bin in fünf Minuten da. Meine Mutter hat sizilianische Pasta gemacht.«

»Ah, perfekt, dann beweg dich, ich habe einen Mordshunger!«

Ich lege auf und lächele. Ich sollte sofort hinüberlaufen und mich von Don Vittorios Freude anstecken lassen, aber ich bleibe lieber noch ein wenig liegen, mit Canis superior an meinen Füßen, der nachdenklich an die Decke starrt.

Erinnerungen.

Einmal versuchte meine Großmutter auf ihre Art, mir die Dinge zu erklären. Mit dreizehn war ich noch ein Kind und betrachtete neidisch und erstaunt meine Freundinnen, die an den richtigen Stellen Rundungen bekamen. Ich erinnere mich an ein Mädchen, die Jessica hieß, mit einem Mandolinenhintern und Brüsten, die unter ihrem T-Shirt zu explodieren schienen und bei deren Anblick alle Jungs ausflippten. Aber sie kümmerte sich um nichts und niemanden und stolzierte mit wackelnden Hüften durch die Schule, als sei sie ein Star. Letztlich war sie ein Ausbund ordinärer Gewöhnlichkeit, immer dick geschminkt, mit Mascara und Rouge bemalt, der Mund mit leuchtendem Lippenstift und Konturenstift nachgezeichnet. Ich muss zugeben, dass sie trotzdem wunderschön war, und auf der Straße schauten ihr sogar die erwachsenen Männer nach. Aber wenn sie den Mund aufmachte, musste man schnell das Weite suchen. Ja, die liebe Jessica hatte die Wortwahl eines Hafenarbeiters und, ehrlich gesagt, auch den Tonfall. Doch das schien die Männer nicht zu stören, sie umschwärmten sie wie Schmeißfliegen, weshalb sie von allen Mädchen der Schule beneidet wurde, mich eingeschlossen. Ich beneidete sie nicht so sehr wegen des Schwarms von Männern um sie herum, sondern wegen ihrer beeindruckend großzügigen Rundungen. Mein Hintern war der eines Kindes (noch hatte er nicht die Bekanntschaft mit den berühmten Dellen gemacht, die erst ein paar Jahre später zur festen Einrichtung werden sollten), und was meine Brüste betrifft, tja, die waren platt wie das Meer in Neapel an einem schwülen Julimorgen.

Eines Nachmittags überwand ich meine Verlegenheit und befragte dazu meine Mutter, die wie üblich über ihrer Nähmaschine saß. Sie hob den Kopf, nahm verwirrt die Brille ab und sagte schließlich: »Luce, jeder ist, wie er ist, jeder hat seine eigene Zeit, mach dir keine Sorgen, du wirst schon früh genug eine Frau werden. Außerdem, woher die Eile? So schön ist es auch wieder nicht, erwachsen zu sein.«

Aber mit dreizehn hast du keine Vorstellung davon, wie mühsam es ist, groß zu werden, sonst hätte ich die Frage niemals gestellt und mich mit meiner platten Brust und den wenigen Gewissheiten, die ich hatte, begnügt. Kurz darauf wuchsen mir kleine Knospen, und ich verbrachte viel Zeit damit, mir im Spiegel den Busen einer »echten«

Frau vorzustellen und den Tag, an dem auch ich hüftenschwingend durch die Schule gehen und die Blicke auf mir spüren würde. Doch die Knospen verwandelten sich nicht in steile Gebirge, und meine kleine Revolution endete, bevor sie richtig Fahrt aufgenommen hatte. Bis heute bleibt mein Blick nach dem Duschen manchmal an diesen sanften Hügeln hängen, und ich denke an die Worte meiner Großmutter, zu der ich floh, als ich zu ahnen begann, dass ich nie wie Jessica aussehen würde.

»Nenné«, sagte sie, »ich kenne diese Jessica nicht, aber äußere Schönheit ist häufig innen hohl. Der Herr hat einfach vergessen, ihr eine Seele zu geben. Aber dir, dir hat er eine Seele gegeben, die ist so strahlend wie die Sonne! Und er hat dir einen kleinen, wohlgeformten Körper geschenkt, was willst du mehr? Du musst nur warten, du musst lernen, Geduld zu haben, mein Liebes …«

»Ich habe aber keine Geduld mehr«, erwiderte ich zornig. »Ich habe das Gefühl, nichts anderes mehr zu tun: Ich warte, dass mir Titten wachsen, ich warte, dass ich erwachsen werde, ich warte in der Supermarktschlange, ich warte, dass Mama von der Nähmaschine aufschaut und Zeit für mich hat, ich warte vor der Schule auf meinen Bruder, ich warte, dass ich mich verliebe, und auf meinen ersten Kuss, ich warte auf eine lange Reise, auf neue Orte, bei deren Anblick mir die Spucke weg bleibt. Ich warte auf einen neuen Vater. Ich bin nur am Warten, Nonna, und ich habe die Nase gestrichen voll davon!«

Sie lächelte und sah mich mit zur Seite geneigtem Kopf liebevoll an. »Himmelherrgott«, meinte sie dann, »komm mal her.« Sie umarmte mich mit ihren winzigen Ärmchen. »Du bist zu klug für dein Alter, das habe ich schon immer gesagt, das ist dein Problem. Aber Nenné, hör auf deine dumme Oma, es ist nicht schlecht, auf etwas zu warten, denn Warten ist Hoffen, ist ein Traum, der dich am Leben hält. Wenn du auf nichts mehr wartest, endest du wie ich, du sitzt in einem Stuhl auf der Gasse und siehst dem Leben der anderen zu, ohne selbst zu leben.«

Es war das erste Mal, dass meine Großmutter so mit mir redete und mir ihre klägliche Lage anvertraute. Doch mit dreizehn war ich noch ziemlich dumm und glaubte, nicht die Zeit zu haben, mich mit den Angelegenheiten dieser Frau zu befassen. Deshalb sagte ich nur: »Gut, das heißt dann wohl, dass ich weiter warten muss, bis mir irgendwann Titten wachsen.«

»So ist es, kluges Mädchen«, erwiderte sie, »das Warten hat noch niemanden umgebracht!« Und sie brach in ihr lautes Gelächter aus.

Doch da irrte sie sich, denn es war die Warterei, die sie letztlich umgebracht hat. Die Hoffnung, liebe Nonna, wächst in der Brust und hat ihre Wurzeln im Herzen. Jetzt weiß ich das. Es wurde keine Autopsie durchgeführt, weil sie schon alt war, sonst hätte man in ihrem kleinen, großen Herzen sicher die Erklärung für ihr plötzliches Ende gefunden: Es war so voll mit Warten und Hoffen, dass es am Ende daran zerbrochen ist.

Warten und Hoffen auf ein Wiedersehen mit ihrer Tochter.

Meiner Mutter.

DAS WORT »CAMORRA« GIBT ES HIER NICHT

»Luce!«

Sasà lehnt vor seiner Bar und raucht. Ich gehe zu ihm und bleibe kurz stehen. Ich trage wieder meine Converse (die in meiner Jugend noch All Stars hießen, das verstehe, wer will), darüber eine enge Jeans, und ich muss aufpassen, wo ich hintrete. Heute Morgen reiht sich eine Pfütze an die nächste, in denen sich aber, um die Sache rund zu machen, blaue Himmelsflecken spiegeln, die ein bisschen Licht in diese halbschattigen Gassen werfen.

»Sasà, wie läuft's?«

Er zieht an seiner Zigarette. »Alles klar so weit. Ich wollte dir sagen, dass meine Schwester mit deinem Kollegen gesprochen hat. Sie haben sich geeinigt.«

»Dann nimmt Pasquale die Wohnung!«

»Das hat sie zumindest gesagt.«

»Gut, freut mich.«

»Hast du wirklich gedacht, dein Ex würde hierherziehen, direkt vor deine Nase?«

»Ich habe gar nichts gedacht, *du* hast das gesagt.«

»Der würde doch nie hierher zurückkommen. Auch wenn er nicht alle Tassen im Schrank hat, ist er ja nicht komplett verrückt!«, wiederholt er mit listigem Lächeln.

»Warum?«

Sasà geht in die Defensive.

»Warum was?«

»Warum hat er nicht alle Tassen im Schrank?«

»Entschuldige, *du* hast doch gesagt, du wolltest ihn nicht mehr sehen, oder?«

»Ja, aber was hat das damit zu tun? Warum hast du gesagt, dass er komplett verrückt wäre, wenn er zurückzukäme?«

Er schnippt die Kippe weg und sieht mich an. »Tja, Luce, also wenn ich dein Ex wäre, würde ich mich von dir fernhalten ...«

»Bin ich so Furcht einflößend?«

»Irgendwie schon. Und du wirst schnell handgreiflich.«

»Hör mal, sprichst du eigentlich öfter mit meinem Bruder?«

»Mit Antonio?«

»Kennst du vielleicht noch mehr Brüder von mir, von denen ich nichts weiß?«

Er lächelt. »Hin und wieder. Warum?«

»Wusstest du, dass seine Freundin ein Kind erwartet?«

Sasà reißt die Augen auf und läuft rot an. »Hör mal, Luce, ich weiß nichts und will davon nichts wissen. Das sind eure Angelegenheiten.«

»Ja, toll, da antwortest du wie alle in diesem verlotterten Viertel hier. Ich sage ja gar nicht, dass du es mir hättest erzählen sollen, aber du hättest wenigstens versuchen können, dieses Arschgesicht davon zu überzeugen, dass er mit uns reden muss.«

»Und du glaubst, das hätte ich nicht? Du kennst doch Antonio, der lässt sich von niemandem was sagen. Das geht nur die Familie an!«

»Ja, das stimmt, darin sind wir uns sehr ähnlich.«

»Was will er tun, kommt er nach Neapel?«

»Was weiß ich, ich kann es nur hoffen.«

Wir haben die Bar betreten, und ich warte auf meinen

Espresso. Als er mir die Tasse mit einem Tütchen Zucker herüberschiebt, sagt er: »Ich muss dir noch etwas anvertrauen, Luce.« Er sieht mich besorgt an.

»Was denn?« Ich lasse Zucker in den Kaffee rieseln.

»Aber ich will nichts davon wissen. Ich habe nichts gesagt.«

»Wovon willst du denn jetzt schon wieder nichts wissen, Sasà? Du willst nichts wissen und weißt trotzdem alles.«

Er beugt sich über den Tresen und wirft dabei einen schnellen Blick zur Tür, dann flüstert er: »Neulich war ein Typ hier, der nach dir gefragt hat.«

»Der Mistkerl?«

»Ach was, nein, einer von denen.«

Er schaut mich bedeutungsschwer an, und ich muss fast lachen, weil sein liebes Bubengesicht so gar nicht für Sorgen gemacht ist. Als er meine Belustigung bemerkt, sagte er: »Das stimmt wirklich, da hat einer nach dir gefragt und wollte wissen, wo du wohnst und was du beruflich machst.«

»Und du hast es ihm gesagt?«

»Ich habe gesagt, dass du in der Gegend wohnst, ich wüsste nicht genau, wo, und dass du als Anwältin arbeitest.«

»Das hast du gesagt?«

»Was hätte ich denn tun sollen?«

Ich habe den Espresso lange genug umgerührt und kippe ihn in einem Schluck hinunter. »Alles klar, mach dir keine Sorgen. Das geht in Ordnung.«

Ich bin schon an der Tür, als er mich aufhält: »Piccerè …«

Ich drehe mich um.

»Was machst du da mit dieser Signora Bonavita?«

»Nichts, Sasà, nichts«, lächele ich, »du willst nichts wissen, stimmt's? Dann mach mal lieber so weiter.«

»Camorra« ist ein Wort, das in Neapel nicht existiert, weil man es nicht in den Mund nimmt. Hier redet man höchstens vom »System« und meint damit etwas Organisiertes. Manchen gelingt es, so zu tun, als sähen sie die Camorra nicht. Sie läuft neben dir her, streift dir hin und wieder wie eine leichte Frühlingsbrise übers Haar. Du streichst dir über den Kopf und schiebst die rebellische Strähne hinter das Ohr, dann kehrst du zu deinem Leben zurück. Was willst du auch sonst machen, dich mit dem Wind anlegen? Irgendein Kumpan von Kevins Vater wird mich mit dem Kind gesehen haben und hat deshalb ein bisschen herumgefragt.

»Mama, ich bin's.«

Sie öffnet stumm die Tür. Wie immer hält sie sich in der Küche auf, sitzt aber ausnahmsweise nicht an ihrer Nähmaschine, sondern steht mit dem Rücken zu mir und schaut aus dem kleinen Fenster.

»Hallo«, sage ich.

»Hallo«, sagt sie, ohne sich umzudrehen.

Der Geruch nach gekochtem Wirsing mischt sich mit dem Muff der letzten dreißig Jahre: von dem Stoff, der zerschnitten, neu zugeschnitten und zusammengenäht wird, von dem Dampf des Bügeleisens in der Ecke, von dem Stoffkleber, von dem Metall des Fingerhuts, der auf dem Finger meiner Mutter steckt wie ein eigenes Körperteil, als wüsste sie gar nicht, dass darunter noch Haut ist. Und von dem Kaffeeduft, der eigentlich nichts mit der Schneiderei zu tun hat, außer dass die vergilbten Küchenwände in dreißig Jahren das Aroma der Millionen Tassen Espresso aufgesogen haben und mich nun an die vielen Nachmittage meiner Kindheit und Jugend erinnern, als diese Düfte zu mir gehörten, wenn das Pfeifen der Kaffeekanne regelmäßig auf das Türklingeln folgte, sobald ein neuer Kunde kam und Maß nehmen ließ.

»Was ist los?«, frage ich und stelle meine Tasche auf den Tisch.

Sie antwortet nicht, was mich verwirrt. Es fehlen nicht so sehr die Worte zwischen uns, sondern die vielen vertrauten Geräusche, die wie die Gerüche immer den Hintergrund unserer ungelenken Unterhaltungen bilden.

»Du weißt genau, was los ist.«

Zum Beispiel höre ich nicht das Geräusch der Schere, die auf- und zuklappt.

»Nein, keine Ahnung, was du meinst.«

Sie dreht sich um und sieht mich streng an.

Und auch nicht das Geräusch des Nähmaschinenpedals.

»Ich habe dich in der Via Toledo gesehen, und du hast mich auch gesehen«, rückt sie schließlich heraus.

In der Stille würde man problemlos eine Stecknadel hören, die früher auf die Fliesen fiel. Ich durfte mich dann nicht mehr auf den Boden hocken, meine Mutter sagte sofort: »Steh auf, sonst stichst du dich.«

»Ach ja? Gut«, antworte ich, weil mir nichts anderes einfällt, während ich vor meinem inneren Auge das kleine Mädchen sehe, das auf dem Boden kauert und mit dem Zeigefinger die Baumwollfäden aufsammelt, die wie bunte Würmchen im Zimmer verteilt sind.

Zum Glück führt sie die Unterhaltung fort: »Willst du mich nichts fragen?«

Ich setze mich. Sie bleibt stehen, einen Arm vor der Brust verschränkt und in der anderen Hand die Wange vergraben.

»Ich hätte da schon ein paar Fragen, aber ich weiß nicht, wo ich anfangen soll.«

Meine Mutter sieht mich schweigend an. Keine Espressokanne, die pfeift, das Schweigen verpestet die Luft.

»Du hast ihn doch wiedererkannt?«

Ich nicke.

»Es ist Cavaliere Bonfanti«, erklärt sie nach einer fast endlosen Pause.

Ich stehe auf, ich will einen Kaffee kochen. Ich ertrage die Stille nicht.

»Lange Zeit habe ich nur an euch gedacht, Luce, an dich und Antonio. Doch irgendwann wart ihr erwachsen, und ich war allein in diesem Leben, mit dem ich nichts anzufangen wusste.«

»Mama«, falle ich ihr ins Wort und schraube die Espressokanne auf, »du kannst tun und lassen, was du willst. Du kannst diesen Bonfanti auch heiraten, wenn du willst, aber du musst aufhören zu behaupten, dein Leben sei unseretwegen ein Desaster gewesen.«

Beim ärgerlichen Ton meiner Stimme duckt sie sich sofort in die Opferhaltung. »Wer sagt denn so was?«, fragt sie.

»Du, und zwar häufiger. Aber darum geht es jetzt nicht. Hat der Cavaliere denn keine Familie?«

»Nein, er lebt allein.«

»Aha.«

Schweigend schauen wir den Flämmchen zu, die aus dem Gasherd züngeln. Als die Kanne schon zu blubbern beginnt, findet meine Mutter den Mut fortzufahren: »In Wahrheit lieben wir uns schon eine ganze Weile.«

»Dann wart ihr ein Liebespaar?«

Sie antwortet nicht. Ich stelle das Gas ab, gebe drei Teelöffel Zucker in die Kanne und rühre um. Noch ein vertrautes Geräusch: das Metall des Löffels, der gegen die Kannenwand schlägt. Bei dem Geräusch fühle ich mich gleich wieder wohler. Ich schenke den Kaffee in zwei Tässchen ein und reiche ihr eine. Die vertrauten Gesten helfen mir dabei, nicht zu viel zu denken, sondern nur dem Instinkt zu folgen. Wenn ich das tue, kommen die Dinge normalerweise wieder von selbst ins Lot.

»Ich kann mich an Bonfanti erinnern, als ich klein war, immer elegant, distinguiert und freundlich. Immer die Brust raus und aufrechte Haltung. Er sieht aus wie ein Oberst a.D., ein Exgeneral, ein… Was macht er überhaupt?«

»Er ist in Pension. Früher hat er beim Institut für Soziale Fürsorge, INPS, gearbeitet.«

»Beim INPS? Warum ist er dann Cavaliere?«

»Nein, nein, er hat keinen Verdienstorden, sie nennen ihn hier nur so wegen seiner Umgangsformen.«

»Ach so.«

Ich trinke langsam meinen Espresso. »Und all die Jahre hast du uns nichts gesagt. Warum?«

Ein Lächeln huscht über ihre Lippen. »Er macht mir schon lange den Hof. Im Übrigen lebt er seit jeher allein. Er ist ein anständiger Mann und war ein sehr guter Kunde. Aber ich habe es ja nicht so mit der Liebe, das weißt du, deshalb habe ich seine Avancen immer abgewiesen. Vor allem euretwegen, aber ohne euch deswegen die Schuld zu geben. Ich wollte euch einfach nicht wehtun. Und so sind die Jahre vergangen. Dann eines Tages, bei einer Essenseinladung, hatte ich keine Ausrede mehr. Da habe ich eingewilligt.«

»Uns wehtun? Was mich betrifft, hätte ich den Cavaliere sofort akzeptiert, wirklich. Ich hätte auch jeden anderen Mann akzeptiert, der dich glücklich macht. Aber das hast du nie verstanden.«

Meine Mutter streckt ihre Hand nach meiner aus. Das

hat sie so lange nicht getan, dass ich vor Verlegenheit nicht weiterreden kann. Zum Glück ergreift sie das Wort. »Als ich dich gestern Nachmittag gesehen habe, habe ich mich sofort umgedreht und bin weggegangen. Ich habe mich geschämt!«

»Aber es war schon zu spät.«

»Ja. Er wollte auch, dass wir zurückgehen und dich begrüßen. Er kennt dich kaum, dabei weiß er alles über dich.«

»Und ich nichts über ihn …«

Wieder senkt sich die Verlegenheit auf uns herab, deshalb fasse ich mir ein Herz. »Du könntest doch ein gemeinsames Abendessen machen. Was meinst du?« Ich ziehe meine Hand weg.

»Mit ihm?«

»Klar, mit ihm und mit Antonio und seiner Partnerin, wenn sie nach Neapel kommen. Das ist doch eine gute Idee, oder?«

Plötzlich treten ihr Tränen in die Augen, und sie senkt den Kopf. Anstatt etwas zu sagen, sitze ich schweigend da und überlege, warum ich selbst nie weine.

»Was ist?«, frage ich nach einer halben Ewigkeit.

»Nichts, ich bin glücklich …«

»Und warum weinst du dann? Wein doch, wenn du unglücklich bist, nicht, wenn du glücklich bist!«

Meine Mutter lächelt und zieht ein Taschentuch aus ihrem Dekolleté hervor (wie früher Nonna immer). Dann sagt sie: »Jetzt fehlst nur noch du«, und sieht mich an.

»Wie?«

»Dass du jemanden findest …«

»Ach, komm …« Zerstreut leere ich meinen Espresso.

»Meine Tochter, ich mache mir Sorgen um dich. Du bist nicht mehr die Jüngste, du solltest dir einen guten

Mann suchen. Du lebst seit einem Jahr allein. Ist dir denn keiner gut genug?«

»Mama, nerv mich nicht mit diesem Gerede. Ein guter Mann! Wo gibt's denn so was, kannst du mir das mal sagen? Außerdem komme ich sehr gut ohne aus ...«

Das Schweigen, das wie ein plötzlicher Nebel heraufzieht, wattiert die Luft im Zimmer. Meine Mutter sieht mich an, ich erwidere ihren Blick nicht. Ich will aufstehen, doch sie kommt mir mit einer verstörenden Frage zuvor: »Nenné, deiner Mutter kannst du es sagen: Magst du keine Männer? Bist du vielleicht lesbisch?«

Ich fahre herum und sehe sie benommen an. Zuerst will ich schreien, dann wortlos aus dem Zimmer rennen. Soll sie doch glauben, was sie will! Dann aber breche ich in ein solches Gelächter aus, dass ich mir den Bauch halten muss. Sie sieht mich an und wirkt erleichtert. Als ich mich beruhigt habe, meint sie: »Nicht, dass das etwas für mich ändern würde, aber ich möchte nicht, dass du mir Sachen verheimlichst ...«

Ich packe ihre Hand: »Mama, diese Frage hättest du mir schon vor Jahren stellen müssen, oder?«

Ihre Augen scheinen in den Höhlen zu versinken. Sie versteht mich nicht, sie hat Angst vor der Wahrheit, tut aber so, als wäre alles in Ordnung. »Ich stehe nicht auf Frauen, keine Sorge«, sage ich deshalb, »aber ich stehe auch nicht auf Männer.« Ich halte inne, um ihre verwirrte Miene auszukosten. Ich nehme ihr den Fingerhut ab und massiere ihren mitgenommenen Daumen. Dann sage ich: »Ich meine, ich stehe nicht auf Männer, die sich wie Männer verhalten. Ich mag eher Männer, denen ihr Mannsein egal ist ...«

Jetzt guckt meine Mutter besorgt. Ich muss lachen, als sie sagt: »Das verstehe ich nicht.«

»Ich weiß, wie solltest du auch. Ich verstehe mich ja selbst kaum.«

Angesichts ihrer Ratlosigkeit mache ich einen neuen Anlauf. »Erinnerst du dich an Papa?«

Sie verzieht die Miene und weicht zurück.

»Weißt du noch, wie er war?«

»Wie sollte ich das vergessen haben.«

»Er war eine echte Arschgeige, so viel ist sicher, aber er brachte mich zum Lachen. Er war immer fröhlich und wirr und voller Zweifel, die er unter vermeintlichen Gewissheiten verbarg. Manchmal kam er mir vor wie ein Clown, manchmal wie ein Freund und nur manchmal wie ein Vater.«

Meine Mutter will etwas sagen, doch ich rede weiter. »Ich weiß nicht, ob ich mir das bei ihm abgeguckt habe, aber ich fühle mich genau wie er, ein bisschen Clown, ein bisschen Kind, ein bisschen Mann und ein bisschen Frau. Deswegen bin ich solo, denn die Männer können entweder nur lachen oder nur weinen. Beides können die wenigsten!«

Sie entzieht sich meiner Hand und putzt sich erneut die Nase, um dann vorsichtig zu fragen: »Soll das heißen, dass du Männer magst?«

»Mama, ich mag Männer, keine Sorge. Nur eben einen besonderen Typ Mann, den man nicht so häufig trifft …«

Ganz kurz überlege ich, ob ich ihr von dem kleinen Franzosen erzählen soll, doch sie kommt mir zuvor und fängt zu meiner Überraschung an, von meinem Vater zu reden. Etwas, das sie sonst nie macht.

»Du weißt, dass ich nie über euren Vater gesprochen habe, auch nicht, als ich es gekonnt hätte, weil ich wollte, dass ihr gute Erinnerungen an ihn habt. Aber, na ja, er war ein Mann, auf den man sich nicht verlassen konnte, mit dem man nichts aufbauen konnte.«

»Dabei hat er dir zwei Kinder gemacht, das ist jetzt nicht gerade ›nichts aufbauen‹ ...«

»Ja, und ich musste sie alleine großziehen.«

In das folgende Schweigen tönt das Läuten der Begräbnisglocken der nahe gelegenen Kirche.

»Verdammt noch mal«, sage ich, »ist hier denn jeden Morgen Beerdigung?«

»Aber natürlich, was denkst du denn?«

»Was weiß ich, das war doch früher nicht so!«

»Doch, du erinnerst dich nur nicht daran ...«

»So trist, wie Don Biagio ist, der aalt sich doch geradezu in Trauerstimmung, der kann doch gar nicht ohne ...«

»Hör auf.« Sie schlägt mir gespielt vorwurfsvoll auf die Hand.

»Stell dir mal vor, wie schön das wäre, wenn in dieser Kirche jeden Morgen nicht die Totenglocken läuten, sondern eine schöne Symphonie erklingen würde, Mozart, Beethoven oder schlicht und einfach ein strammer Rock!«

»Du warst schon immer ein bisschen komisch.«

»Du meinst wohl, ein bisschen zu normal. Das hat mich schon oft in Schwierigkeiten gebracht. Aber ich bin hier, weil ich dich etwas fragen wollte: Was hältst du von Signora Bonavita?«

»Signora Bonavita?«

»Carmen, die ein paar Häuser weiter wohnt.«

»Ach, die.«

»Ja.«

»Warum?«

»Nur so, ich betreue den Rechtsfall zwischen ihr und ihrem Mann.«

»Pass bloß auf mit diesen Leuten, Lù.«

»Wie ist sie denn so?«

»Immer nett, immer freundlich. Und der Sohn scheint gar nicht von ihr zu sein, so klug und wohlerzogen.«

»Aber?«

»Aber ihr Mann, den kennt man nun mal…«, und sie senkt ihre Stimme, als könnte uns jemand hören.

»Warum flüsterst du?«

»Man kann nie wissen. Das sind Kriminelle, das wissen alle.«

»Ja, er. Aber was hältst du von ihr, ist sie eine gute Mutter?«, hake ich nach.

Meine Mutter denkt kurz nach. »Was soll ich sagen. Ihr Sohn ist bei mir im Katechismusunterricht. Er ist absolut überdurchschnittlich. Als wäre es nicht ihr Sohn!«

»Ich weiß, er ist einfach zu süß. Sollte ich jemals einen Sohn haben, sollte er sein wie Kevin«, rutscht es mir heraus, und ich merke sofort, dass ich damit in einen Tunnel einbiege, an dessen Ende kein Licht ist.

»Das wäre auch an der Zeit«, kommentiert sie prompt.

»Der Vater möchte, dass der Kleine bei ihm aufwächst«, erkläre ich schnell, um wieder auf die richtige Spur zu kommen.

»Ich weiß, dass sie die Scheidung eingereicht hat«, gibt meine Mutter immer noch flüsternd zurück, sodass ich sie kaum verstehe.

»Warum redest du so leise? Ich verstehe dich nicht.«

»Man kann nie wissen«, wiederholt sie, »außerdem rede ich immer so. Jedenfalls, halte dich fern von ihr, von denen da, mein Schatz, ich habe dich nicht großgezogen, damit du dich mit solchen Leuten einlässt.«

»Es ist rein beruflich«, sage ich kurz angebunden.

»Sei bloß vorsichtig.«

Ich stehe auf, drücke ihr einen Kuss auf den Kopf und nehme meine Handtasche. Sie folgt mir den Flur entlang.

»Ich glaube, wenn sie keine gute Mutter wäre, könnte sie nicht so einen Sohn haben«, erkläre ich an der Tür.

»Das ist nicht gesagt, manchmal sind die Kinder besser als ihre Eltern«, entgegnet sie spontan.

Und meint ihre Mutter. Ich sehe sie trübselig an. »Sie hat dich zweimal um Entschuldigung gebeten.«

»Es war zu spät«, erwidert sie kryptisch.

Ich stöhne und will gehen, doch kurz vor der Treppe fällt mir noch etwas ein: »Das Schöne an der Kirche ist ja, dass sie Vergebung predigt.«

»Das ist nicht so einfach.«

»Was daran ist schwierig?«, frage ich mit erhobener Stimme und trete wieder in die Wohnung, sodass sie eingeschüchtert vor mir zurückweicht.

»Ich kann einfach nicht vergessen, was sie mir angetan hat!«, sagt sie und macht die Tür noch einmal zu.

»Sie hielt es für das Richtige. Sie war nun mal keine Pädagogin, die Nonna. Und sie ist zu dir gegangen und hat dich um Verzeihung gebeten.«

»Ich bin auch ungebildet, Luce, ich habe auch nicht studiert, immer nur gearbeitet. Ich war allein, aber ich habe nicht eine Sekunde daran gedacht, euer Vertrauen zu missbrauchen.«

»Ich sage nicht, dass du vergessen sollst, sondern verzeihen, wenigstens jetzt, wo sie tot ist.«

Sie sagt nichts und sieht mich lange an. »Hast du denn deinem Vater verziehen?«

»Was hat das damit zu tun?«

»Antworte mir.«

»Klar, schon vor langer Zeit.«

»Ich glaube, dass du ihm noch nicht richtig verziehen hast.«

»Was weißt du denn schon von mir und was ich denke?«

»Gott vergebe mir, auch wenn ich nur auf der Volksschule war und Schneiderin bin, so habe ich doch kapiert, dass man erst dann richtig vergeben kann, wenn es keine Bedeutung mehr hat. Alle anderen Vergebungen sind leider nicht echt und richten eine Menge Schaden an. Meine Mutter hat noch eine Bedeutung für mich, so, wie es für dich Bedeutung hat, dass dein Vater nicht da war.«

Ich starre sie mit offenem Mund an und will schon sagen, dass das nicht stimmt, dass Vergebung ein mutiger Schritt ist, den man vor allem für sich selbst geht und der dabei hilft, ein neues Kapitel aufzuschlagen. Doch die Worte kommen mir plötzlich schal und bedeutungslos vor, und sie scheint das zu merken. Mit einem bitteren Lächeln fügt sie hinzu: »Echte Vergebung gibt es erst, wenn man nicht mehr liebt, Luce, glaub mir. Deshalb verzeihen wir unseren Eltern so gut wie nie.«

VERSEHRTE UMARMUNG

An einem Abend im Dezember erfuhr ich, dass mein Vater gestorben war. Ich war damals elf und hatte gerade meine eisigen Füße in das heiße Wasser des Bidets getaucht, als meine Mutter zu mir kam. In der Regel war ich immer zu dünn angezogen, obwohl unsere Mutter uns fast jeden Winter einen neuen dicken Pulli strickte. Doch ich mochte ihre Kreationen nicht, sie waren so dick und unförmig, dass ich mir albern und alt darin vorkam. Für den Winter war ich daher schlecht gerüstet, trug dünne Übergangspullover von irgendwelchen Verwandten, abgetragene Mäntel und Schuhe, die nicht passten. »Unpassend« ist das Wort, das besser als jedes andere mein damaliges Gefühl trifft. Ich habe mir nie etwas daraus gemacht, dass wir nicht reich waren, und die wenigen dummen Mitschüler, die jeden Tag mit einer neuen Markenklamotte ankamen, waren mir egal. Doch wenn ich beschreiben sollte, was Armut ist – und damit meine ich jetzt nicht, kein Dach über dem Kopf oder nichts auf dem Teller zu haben –, würde ich sagen, sie besteht in etwas ganz Unauffälligem, in einer Gewohnheitshaltung, wenn dir stets etwas fehlt, eine Kleinigkeit, die zwar nicht überlebensnotwendig ist, die aber dazu führt, dass du dich außen vor fühlst. Meine Jugend war ein andauerndes Fehlen von Kleinigkeiten. Was ich auch tat, wie ich mich kleidete, irgendetwas war immer falsch, ob es nun ein unförmiger oder zu dünner n war, ein alter Mantel, wo am Kragen ein Knopf fehlte, in Loch in der Strumpfhose, die dich immer in Habachtstellung zwang, keine abrupten Bewegungen zu machen, oder ungefütterte Schuhe, in denen deine Füße zu Eiszapfen wurden.

Die Füße im heißen Wasser versunken, betrachtete ich versonnen die weißen Fliesen unseres alten Bads, als meine Mutter die Badezimmertür öffnete. Ich wusste sofort, dass etwas geschehen war, denn ihre Augen waren vom Weinen gerötet.

»Was ist los?«

Sie setzte sich auf den Heizkörper, der nur halb funktionierte, senkte den Kopf, wie um Kraft zu finden, und schaute mir dann fest in die Augen: »Ich muss dir etwas Schreckliches erzählen.«

Ich dachte sofort an meine Großmutter. Nie wäre ich auf den Gedanken gekommen, dass meinem Vater etwas zugestoßen sein könnte, der in den zwei Jahren seit seinem Verschwinden rein gar nichts von sich hatte hören lassen. Es hieß, er sei im Ausland, doch für ein kleines Mädchen wie mich, die noch nie aus ihrem Viertel herausgekommen war, war das etwas, das ich mir nicht vorstellen konnte. Genauso gut hätte mein Vater in einem Paralleluniversum leben können. Für mich gab es nichts außer meinem kleinen, mangelbehafteten Leben, nur meine Versuche, dem Schmerz zu trotzen, der ohne mein Wissen in mir tobte, und vor nichts Angst zu haben, wie er es mir beigebracht hatte.

»Dein Vater ...«, murmelte meine Mutter.

Da wusste ich Bescheid, doch komischerweise müssen wir, auch wenn wir längst alles begriffen haben, noch weiterfragen, als erlaubten uns die Worte, Zeit zu gewinnen und den Schmerz noch für kurze Zeit fernzuhalten.

»Was?«, fragte ich daher.

Ich kann diesen Moment nicht in Minuten messen, aus der Distanz der Jahre erscheint er mir endlos, als wäre zwischen der Frage und der Antwort meiner Mutter eine Ewigkeit vergangen, als hätte sich ein zeitlicher Abgrund aufgetan. In diese Zeit aus Schweigen und Stillstand, als selbst unser Atem nicht mehr in die Luft floss, tönte tosend das Tropfen des Wasserhahns, von dem Papa immer gesagt hatte, er würde ihn früher oder später reparieren.

Als daher die Antwort meiner Mutter kam und mit drei Worten mein Hirn durchlöcherte – »Er ist tot« –, dachte ich als Erstes, dass der Wasserhahn repariert werden müsse, die ganze Wohnung konnte eine Renovierung gebrauchen und mein Leben definitiv mehr schöne Dinge, um mich nicht länger als unpassend zu empfinden.

»Warum rufst du nicht jemanden an, der dieses verdammte Waschbecken repariert?«, schoss es aus mir heraus.

Meine Mutter riss die Augen auf und starrte mich atemlos an, um schließlich ängstlich zu fragen: »Hast du verstanden, was ich gerade gesagt habe?«

»Nein, einen Dreck habe ich verstanden, um ehrlich zu sein!«, schrie ich und stieg mit den Füßen aus dem Bidet, packte das Handtuch und trocknete mich mit hektischen Bewegungen ab.

Sie sah mich an und schwieg.

»Mir reicht's mit dieser Wohnung, wo nie etwas funktioniert und es immer kalt ist! Mir reicht es, dass ich nie was Schönes zum Anziehen habe, dass der Wasserhahn immer tropft, das Licht im Flur nicht funktioniert und in meinem Zimmer die Tapete von der Wand hängt, dass die Batterien von der Fernbedienung immer leer sind, die

Steckdosen kaputtgehen, wenn sie einen Stecker nur von Ferne sehen, ich habe die lockeren Fliesen im Flur satt und den feuchten Fleck da an der Decke auch!« Ich sah nach oben. »Ich kann so nicht mehr leben, wir sind eine kaputte Familie in einer kaputten Wohnung!«

Beim Reden war ich aufgestanden, ich merkte gar nicht, wie laut ich schrie, und sah auch nicht meinen Bruder, der schluchzend in der Badezimmertür stand, oder dass meine Mutter mich am Arm gepackt hatte, um mich zu beruhigen. Ich sah nichts, ich hörte nichts und schrie meinen ganzen Ärger hinaus über ein Leben, das ich ungerecht fand und das mir auch die letzten schönen Dinge, die ich hatte, nehmen wollte.

»Luce…«, sagte meine Mutter immer und immer wieder, hielt meinen Arm fest, hörte mein immer sinnloser werdendes Geschrei und fing selbst an zu weinen, flüsterte meinen Namen, doch ich hörte und spürte nichts außer der Faust in meinem Magen, die presste und presste, bis ich keine Luft mehr bekam.

Dann betrat Antonio mit seinem schmerzverzerrten Kindergesicht das Bad, schob meine Mutter mit einer Handbewegung beiseite, sah mir fest in die Augen und umarmte mich mit einer Kraft, die er in seinem Alter noch gar nicht haben konnte. Und da konnte ich wieder sehen, da spürte ich mich wieder, da fiel mir auf, dass Mama mich verängstigt ansah und ich den Spiegel in tausend Scherben zerbrochen hatte. Und über allem hörte ich Antonios keuchenden Atem, der sich auf der Suche nach ein bisschen Wärme an mich klammerte. Ich erstarrte, und plötzlich herrschte wieder Stille in dem kleinen Badezimmer, bis auf den verfluchten Wasserhahn.

Ich weiß nicht, wie lange wir so dastanden, Antonio und ich aneinandergeklammert und Mama auf das

Waschbecken gestützt und das Gesicht in den Händen vergraben. Irgendwann streckte ich den Arm aus und zog sie zu uns heran in eine einzige große Umarmung einer versehrten Familie, die sich liebte.

Als wir uns losließen, riss ich Klopapier ab und schnäuzte mich mehrmals. Dann sah ich sie an und sagte mit einem schwachen Lächeln: »Keine Sorge, den Wasserhahn repariere ich.«

ZERWÜHLTE LAKEN

Ich steige auf meine Vespa und starte mit einem einzigen wütenden Fußtritt. Der kleine Ich-weiß-alles-Vortrag meiner Mutter hat mich aufgebracht. Tag für Tag kämpfe ich mit mir und dem, was aus mir geworden ist, um das Wer-ich-bin und Wer-ich-war, und krieche am Abend unter die zu kurze Bettdecke meiner dürftigen Gewissheiten, und Tag für Tag gibt es jemanden, der mir die Laken zerwühlt. Heute war es meine Mutter, und wenn man es mit seiner Mutter zu tun bekommt, ist das Beseitigen eines Schutthaufens vergleichsweise ein Kinderspiel.

Meinen Vater zu hassen kann überhaupt nichts bringen. Er war wenig da, und wenn, dann nur auf seine Art, aber ich habe keine schlechten Erinnerungen an ihn, die mir helfen könnten, ihn zu hassen oder wenigstens zu vergessen.

Außer einer.

Es war der Sommer mit Kirmes und Zuckerwatte. Ich wollte eigentlich nie darüber sprechen, doch jetzt bin ich so wütend, dass ich Redebedarf habe, trotz der lauen Meeresbrise, die Geruchsschwaden von Pulpo und Teer zu mir heranweht. Es ist genau der Geruch meiner Kindheitssommer, als ich vor dem Haus meiner Großmutter spielen musste, weil meine Mutter arbeitete und natürlich nicht mit uns ans Meer fahren konnte. An den heißesten Tagen kletterte ich mit meinen Freunden auf die Dächer, wo man von ferne ein Stückchen Meer sehen konnte, zu Füßen des Vesuvs. Dort lagen wir stundenlang auf der Dachpappe, die uns Hände und Knie schwärzte, und genossen die Meeresbrise, die dasselbe bittersüße Aroma wie heute mitbrachte. Es stimmt nicht, dass das Meer allen gehört, zumindest nicht in Neapel, hier lässt es sich hofieren, häufig muss man es sich im Schweiße seines Angesichts erobern, muss zu Fuß fünf Stockwerke erklimmen, um von Weitem seinen Anblick zu erhaschen, nur um endlich einmal etwas anderes zu sehen als den immer gleichen Tuffstein, das Straßenpflaster, die Abwasserrohre an den Mauern oder ein verrostetes Rohr, das aus dem Boden ragt.

Diesen Sommer aber musste ich mir das Meer nicht erobern, es war nur drei Schritte entfernt. Mein Vater und ich waren mit dem vollgeladenen, zerbeulten Kleinbus losgefahren, in dem sich neben der Zuckerwatte auch noch unzählige aufblasbare Comicfiguren befanden, wie sie damals modern waren: Spiderman, Gig Robot, Mazinga Z und so weiter. Ich kann mich noch an den Plastikgeruch und die Stöpsel erinnern, mit denen ich das Ventil verschloss und die mir immer aus der Hand flutschten. Eine Luftpumpe hatten wir nicht, also musste er jede Figur mit dem Mund aufblasen, und meine Aufgabe war es, die Öffnung zu verschließen. Wir fuhren in einen Ort im Cilento, dessen Namen ich vergessen habe, wo andere Händler schon ihren Stand errichtet hatten. Der Sommer neigte sich dem Ende zu, deshalb hatte ich meine Schulbücher und Hefte zum Lernen mitgebracht, obwohl es noch unerträglich heiß war und mein Vater sich, kaum auf dem Parkplatz angekommen, das Hemd auszog, mich auf seine Schultern setzte und sagte: »Picceré, jetzt gehen wir erst mal schwimmen!«

Antonio war noch zu klein, um mitzukommen, und ich fühlte mich an diesem Tag einzigartig: die einzige Tochter auf der ganzen Welt, die so einen Vater hatte, immer fröhlich, verrückt und lustig, der niemals tadelte oder ohrfeigte. Darum kümmerte sich meine Mutter, für die körperliche Züchtigung Teil der Erziehung war, vor allem bei Antonio, den sie einmal, als sie von einem Streich in der Schule hörte, mit Schlägen eindeckte.

An jenem Nachmittag jedenfalls hatte ich meinen schönsten Tag am Meer, wir trugen Unterhosen (für Papa alles kein Problem), was mir keinen Moment lang peinlich war. Am Abend saß ich krebsrot, mit zerzausten Haaren, barfuß und mit einem eisverklebten Unterhemd am Leib, das Papa mir nachmittags gekauft hatte, neben ihm am Stand und verkaufte Zuckerwatte, Bonbons und Luftballons an Leute, die mich misstrauisch ansahen. Vielleicht fragten sie sich, wer ich war und warum ich dort saß, doch er war mit allen so leutselig, dass sie es einfach akzeptierten und weitergingen.

Die Erinnerung ist so klar, dass ich seine bunte Gestalt noch genau vor Augen habe: Papa trug das grün-goldene Trikot der brasilianischen Fußballmannschaft, eine rote Kappe, unter der lange Haarsträhnen hervorschauten, eine blaue Unterhose und an den Füßen löchrige Hausschlappen. Wir hatten kaum Geld, und ihm war Kleidung ohnehin egal, so sehr war er mit seinen tausend sinnlosen Projekten beschäftigt, dafür liebte er es, in Gesellschaft zu sein, zu rauchen (und er rauchte viel!), Bier zu trinken und so weiter. Der erste Tag war ein Erfolg, und am Abend war er blendender Laune und voller Pläne. »Deiner Mutter kaufe ich eine schöne Halskette und einen Badeanzug wie für echte Damen!«, sagte er. Wir schliefen auf der Ladefläche des Busses auf einer Matte nebeneinander, übereinander. Zum Einschlafen spielten wir das Spiel, wer lauter rülpsen kann. Er gewann natürlich: Er hatte vorher einen ganzen Kasten Bier geleert!

Als ich morgens erwachte, war ich allein. Ich kletterte aus dem Bus und schaute mich um. Papa war schon am Meer und winkte mich zu sich. Der Rummel würde erst abends um sieben beginnen, deshalb hatten wir tagsüber frei. Ich rannte zu ihm und sah, dass er mit einer Angel hantierte.

»Was machst du?«

»Angeln«, erwiderte er nur.

Ich hatte ihn nie zuvor angeln sehen und wusste auch nichts von dieser Leidenschaft.

»Woher hast du denn die Angel?«

»Die habe ich bei Luigi gekauft, am Stand neben uns. Schau, ich habe sogar ein Höckerchen, Würmer, und schau hier, so viele Angelhaken und ein Netz. Gefällt dir das?«

Papa lächelte wie ein Kind, obwohl er fast das ganze am Vorabend verdiente Geld für eine professionelle Angelausrüstung ausgegeben hatte, die er nur einen halben Tag benutzen würde. Ich zog eine Flunsch, denn ich dachte an Mama und die Halskette, die sie nie bekommen würde, doch er bemerkte es gar nicht, so sehr ging er in seinem neuen Hobby auf. Den ganzen Nachmittag lang angelte er nur eine einzige Meeräsche, die danach in dem Wassereimer schwimmen musste, während er wie ein alter Matrose den Horizont anstarrte. Ich hockte neben dem Eimer, die Knie an die Brust gezogen, und beobachtete den Fisch, der seine Runden drehte und kurz anhielt, um Luft zu schnappen. Mit der Zeit begann er mir leidzutun. Gerade war er noch im Meer geschwommen, in diesem großen, freien und einzigartigen Ding, und kurz darauf landete er in einem Plastikgefängnis, von Menschen gemacht, die sich mit Gefängnissen viel besser auskannten als mit dem Meer und der Freiheit. Und je länger ich die Äsche so ansah, desto überzeugter war ich, dass sie nicht sterben durfte, denn ihr Paradies würde sicher nicht schöner sein als das Meer. Also packte ich Papa am Handgelenk und bat ihn, den Fisch freizulassen.

Er sah mich mitleidig an und sagte: »Aber das ist doch der Einzige, den wir gefangen haben.«

Angesichts meiner enttäuschten Miene kippte er den Eimer ins Meer. »Jetzt zufrieden?«, fragte er. Ich nickte erleichtert.

Als wir zu unserem Bus zurückgingen, um uns auf einen neuen Zuckerwatteabend vorzubereiten, meinte er: »Das mit dem Angeln verstehe ich nicht, wer kann denn schon den ganzen Tag herumsitzen und warten. So was ...«

»Mir tun die Fische leid«, sagte ich.

»Da hast du aber auch recht«, erwiderte er und zwinkerte mir zu. Dann warf er die gesamte Ausrüstung in den Bus und vergaß seine ebenso neue wie kurze Leidenschaft für immer.

Auch an diesem Abend liefen die Geschäfte gut, und wir verkauften massenweise Zuckerwatte. Aber ich begann mich zu langweilen und schaute sehnsüchtig zu den Karussells und den bunten Lichtern hinüber, die wenig entfernt blitzten und blinkten. Irgendwann bemerkte Papa es. »Was ist, Piccerè, bist du müde?«

»Ein bisschen ...«

Er zog fünftausend Lire aus der Tasche seiner Badehose und nickte zu den Karussells hinüber. Ich grinste ihn breit an und rannte davon.

»Aber gib auf dich acht!«, rief er mir hinterher.

Ich blieb über eine Stunde weg, auch wenn mein Geld schon nach zwanzig Minuten ausgegeben war. Ich schaute den anderen dabei zu, wie sie in ihre Raumschiffe ein- und ausstiegen oder auf ihren Pferdchen ritten, und blieb dann noch vor einem Marionettentheater stehen, das ich sehr lustig fand. Als ich zu unserem Stand zurückkam, war schon alles geschlossen und mein Vater weit und breit nicht zu sehen. Also setzte ich mich auf den Hocker hinter dem Stand und wartete. Nach einer Viertelstunde wurde ich müde und wollte mich in den Bus legen; ich würde dort auf ihn warten. Ich öffnete die Hintertür und erblickte die Szene, die meine Kindheit für immer veränderte.

Es gibt im Leben wenige wichtige Momente, die wir häufig gar nicht als solche wahrnehmen. Doch sie verfolgen uns mit einem Meter Abstand, und wenn wir uns umdrehen, ist schon alles geschehen, unabänderlich, im Guten wie im Schlechten.

Papa versteinerte und sah mich benommen an, während ich die Tür zuschlug und zum Strand rannte mit einem Herzen, das nur noch in Sprüngen schlug, und einem Keuchen, das mich fast erstickte. Ich ließ mich in den Sand fallen, wenige Schritte vom Meer entfernt, das müde schnaufte, und blieb dort wer weiß wie lange liegen. Ich beobachtete die Mondstreifen auf dem Meer, bis er kam und mir wortlos eine Hand auf die Schulter legte.

Ich war noch zu klein, um die Bedeutung dessen, was ich gesehen hatte, zu ermessen, zu klein, um zu verstehen, dass mir gerade einer dieser wenigen wichtigen Momente, die einen Menschen für immer verändern, begegnet war.

LIEBER PAPA

Ich liege auf dem Bett, eine Zigarette im Mund und eine leere Bierflasche auf dem Nachttisch, und drehe die Kassette mit der Stimme meines Vaters in den Händen. Auf ihr befinden sich die Antworten zu all meinen Fragen, die mir seit Jahren durch den Kopf geistern, warum er plötzlich verschwunden ist und was diese verfluchte Szene zu bedeuten hat, die ich im Laderaum des Busses gesehen habe.

Er hat sie für uns aufgenommen, als er schon in Südamerika war, und meiner Großmutter geschickt mit der Bitte, sie uns zu geben. Doch Nonna Giuseppina hatte nicht die Kraft, seiner Bitte nachzukommen, und vertraute sie meiner Mutter an, weil sie glaubte, nur sie könne wissen, wann wir reif genug seien, sie anzuhören.

Eines Nachmittags führte mich Nonna stattdessen zu der riesigen Anrichte in ihrem Wohnzimmer und zog ein weißes Blatt Papier aus einer Schublade. Sie gab es mir und sagte: »Nenné, ich habe eine Idee: Warum versuchst du nicht, einen Brief an deinen Vater zu schreiben?«

Verständnislos blickte ich zuerst sie und dann das Blatt Papier an, das unter ihren zittrigen Fingern knitterte.

»Wenn er zurückkommt, freut er sich bestimmt, das zu lesen.«

Die einzige Frage, die mir dazu einfiel, lautete: »Wann kommt er denn zurück?«

Sie lächelte. »Das weiß ich nicht, aber ich weiß, dass Väter Briefe von ihren Kindern gern haben. Versuch, mit ihm zu reden, ihm zu erklären, wie du dich fühlst …«

Ich nahm den Zettel mit spitzen Fingern, als hätte ich Angst, er könnte zerreißen, und starrte die Großmutter an. Sie zwickte mich wie gewohnt ins Kinn und fügte hinzu: »Eines musst du mir versprechen …«

»Was?«

»Auch wenn er nicht zurückkommt, wirfst du es niemals weg.« Dabei blickte sie auf das Blatt Papier.

»Warum?«

»Erinnerungen muss man gut hüten.«

Ich versprach es und steckte das Papier ein. Abends im Bett machte ich einen Versuch, blieb aber schon nach der Anrede stecken: »Lieber Papa«. Was sollte ich sagen? Dass ich ihn lieb hatte? Dass er mir fehlte? Ja, klar, aber dabei fühlte ich in mir eine Empfindung aufsteigen, die ich nicht benennen konnte, nämlich Wut, Frustration und ein tiefes Gefühl von Ungerechtigkeit. Ich lernte gerade, mit Hass umzugehen, der immer flüchtig ist und hauptsächlich dazu dient, den Schlag auszuhalten und schnellstmöglich zu vergessen, wen wir lieben und wer uns Leid verursacht.

Seit jenem Abend sind fünfundzwanzig Jahre vergangen, doch den begonnenen Brief habe ich noch immer, in irgendeiner Schublade vergraben unter anderen nutzlosen Erinnerungen. Ich hatte versprochen, ihn nicht wegzuwerfen, doch an jenem Abend zerknüllte ich ihn und schüttete nach einem zweiten vergeblichen Versuch Cola darüber. Doch ich bin froh, dass er noch da ist, zerknittert und verdreckt, dies sind die einzigen Worte, die ich in all den Jahren an ihn richten konnte, und heute meine ich, dass das so richtig war. Mehr musste nicht geschrieben werden. Was ich beim Gedanken an ihn fühle, alles, was ihm in den Jahren danach passierte, was ich über sein Leben entdeckt habe, hätte ich nicht besser erklären können.

Es steckte und steckt noch immer in diesen zwei schlichten Worten: *Lieber Papa.*

MUSCHELN UND SCHNECKEN

Es klingelt unten, und Alleria springt bellend auf. Ich lege die Kassette neben mich auf den Nachttisch und gehe zur Gegensprechanlage. Eigentlich wollte ich heute Abend meine Ruhe haben.

»Wer ist da?«, frage ich deutlich genervt.

»Luce.«

»Ja?«

»Ciao, weißt du noch, wer ich bin?«

»Sorry, aber woher soll ich das wissen, wenn du es mir nicht sagst?«

»*Je suis Thomàs* ...«

Oh, Mist, der kleine, strahlend schöne Franzose steht vor meiner Haustür, und ich war kurz davor, ihn zu beschimpfen.

»Thomàs, ciao«, sage ich mit blitzschnell zurückgewonnener Haltung.

»Hast du Lust herunterzukommen?«

»Herunterkommen?«

»Wir könnten essen gehen *quelque chose*!«

Ich halte den Hörer von meinem Ohr weg und schließe kurz die Augen. Seit Tagen wasche ich mir nicht die Hände, um seine Nummer nicht zu verwischen, seit Tagen schaffe ich es nicht, ihn anzurufen, und nun ist er hier. »Äh, ja, na klar, essen *quelque* was auch immer ... Warte kurz, fünf Minuten!«

Ich renne ins Bad, putze mir die Zähne, kämme mich und ziehe mir, während Alleria mich von der Schwelle aus erstaunt ansieht, ein Top über die Jeans, oder nein, ich ziehe den BH aus und einen Push-up an, das macht einfach mehr her, vor allem wenn man wie ich statt eines Busens nur zwei Hubbel hat, lege eilig ein bisschen Rouge und Kajal auf, einen Hauch Parfüm, Turnschuhe, und voilà, schon bin ich bereit für mein romantisches Stelldichein mit dem kleinen, aus dem Nichts aufgetauchten Franzosen. Ich verlasse die Wohnung und klingele bei Don Vittorio. Nach einer Weile öffnet er langsam die Tür, mustert mich von Kopf bis Fuß und sagt: »Lieber Himmel, Luce, gut siehst du aus. Was ist, ein galantes Treffen?«

Aus seiner Wohnung ertönt die bekannte, herzzerreißende Melodie, ich wiege unwillkürlich den Kopf im Takt und will schon fragen, ob er mir dieses blöde Lied nicht kurz auf der Trompete vorspielen kann, aber er spielt ja nicht mehr, und außerdem wartet unten Thomàs. Also sage ich: »So etwas in der Art, Don Vittò, aber ich will gar nicht darüber nachdenken, ich bin nämlich schon ewig mit niemandem mehr ausgegangen, und beim Gedanken daran bekomme ich sofort Bauchgrummeln, was der ersten Verabredung nicht gerade zuträglich ist.«

Er lacht, während ich Alleria durchlasse: »Könnten Sie ihn nehmen?«

»Du musst mich ja nicht unbedingt duzen, aber Ihr könntest du doch wenigstens sagen statt Sie«, meint er belustigt. »Alle außer dir reden mich so an, manchmal kapiere ich gar nicht, dass du mit mir sprichst …«

»Ich weiß, ich bin die Einzige mit dieser komischen Angewohnheit. Tja, da muss man wohl Geduld haben.« Ich zwinkere ihm zu.

»Geh schon«, sagt er, »wir schauen uns irgendeine langweilige Fernsehsendung an.«

Ich beuge mich hinunter und streiche kurz über Canis superiores Kopf, dann drücke ich meinem Nachbarn einen Kuss auf die Wange. »Ein Glück, dass ich Sie getroffen habe.«

Er lächelt verlegen und schweigt.

»Wünschen Sie mir denn nicht viel Glück?«, sage ich daraufhin.

»Du brauchst kein Glück, schön, wie du bist!«

»Okay, alles klar, Sie scheinen mich ja wirklich zu mögen! Bis später!«

Ich stürze die Treppe hinunter und stoße fast mit Patrizia zusammen, die rauchend vor ihrer Wohnung steht und irgendein schreckliches Lied vor sich hin summt.

»He, Lulù, Menschenskind, was ist los? Du siehst fantastisch aus!«, ruft sie bei meinem Anblick und fuchtelt wild mit den Armen durch die Luft, um ihrer Begeisterung und ihrer Überraschung Ausdruck zu verleihen.

Ich könnte jetzt beleidigt sein, denn auch an normalen Tagen bin ich ja eine Frau, was aber niemand zu bemerken scheint, doch stattdessen gehe ich lachend auf ihr Spiel ein und lasse mich von ihrer Hand zweimal im Gang auf und ab führen.

»Wie sehe ich aus?«

»Einfach prächtig«, meint sie und stützt ihr Kinn in die Hand. »Nur die Schuhe ...«

»Warum?«, frage ich unschuldig. »Was stimmt nicht mit den Schuhen?«

»Lulù«, sagt sie vorwurfsvoll, »eine Frau muss immer Absätze tragen, das ist Regel Nummer eins.« Sie umfasst meine Taille und dreht mich einmal. »Siehst du? Ohne Absatz hängt der Kofferraum.« Sie packt mit beiden Händen meinen Hintern und schiebt ihn in Richtung Decke. »Mit zwei schönen Hacken stünden die zwei hier« (womit sie eindeutig auf meine Pobacken anspielt) »wie eine Eins!«

»Ich kann auf Absätzen nicht laufen«, wende ich amüsiert ein.

Nicht zum ersten Mal bekomme ich von Patty Unterricht in Mode und Weiblichkeit. Sie selbst ist immer auf Zwölf-Zentimeter-Absätzen unterwegs, allein bei ihrem Anblick wird einem schwindelig. Auch jetzt trägt sie fuchsiafarbene Schuhe, die glänzen, als wären sie aus Latex, mit Hacken so hoch wie der Kelch eines Sektglases, darunter hautenge Jeans. Geschmack ist etwas anderes, aber sei's drum.

»Na gut, so ist es auch okay«, sagt sie und versetzt mir einen Klaps auf den Hintern, »aber das nächste Mal kommst du vorher zu mir.« Mit diesen Worten schiebt sie mich hinaus, wo der wunderbare Thomàs auf mich wartet und bei meinem Anblick die Augen aufreißt, als stünde wer weiß was für ein Weibsbild vor ihm, wie Patty sagen würde.

»Ciao«, sagt er und reicht mir schüchtern die Hand.

»Ciao, Thomàs«, erwidere ich und schüttele sie.

So ganz ohne Farbe tritt erst seine ganze Schönheit zutage, inklusive blonder Ringellöckchen, die sein fröhliches, Vertrauen erweckendes Gesicht einrahmen.

»Hast du Lust zu sehen *la mer*?«

»Wie bitte?«

»Das Meer.«

»Ach so, das Meer, na klar.«

Er lächelt, steckt die Hände in die Hosentaschen und läuft mit gesenktem Blick neben mir her. An seinen Bewegungen erkenne ich, dass er ein schüchterner Charakter ist, vielleicht versteckt er sich deshalb tagsüber unter einer Maske.

»Wie hast du mich gefunden?«, frage ich irgendwann, um das Schweigen zu brechen.

»Ich habe ein bisschen gefragt *autour* …«

»Autour?«

»Herum …«

»Ach so.«

»Ich mag Neapel, die Leute sind so *chaudes*, so warm … menschlich.«

»Das stimmt, manchmal vielleicht zu menschlich …«

Dann erzählt er von seinem Leben in Frankreich, der Arbeit in der Firma des Vaters und wie er eines Tages die Nase voll hatte vom tristen Alltagsgrau und wegging.

»Und was hat dein Vater dazu gesagt?«

»*Mon père* ist ein guter *père*.«

Dann kannst du dich wahrhaft glücklich schätzen, mein lieber Thomàs.

»Und du, was machst du *dans la vie*?«

»Was ich wo mache?«

»Im Leben«, übersetzt er lächelnd.

Wenn mich dieses verflixte Lächeln nicht so faszinieren würde, würde ich ihn zur Hölle schicken, denn wenn Männer zu schnell anfangen, Fragen zu stellen, schreckt mich das ab. So aber antworte ich: »Ach, keine Ahnung, ich bin Anwältin, glaube ich jedenfalls, und Allerias Frauchen, mein Hund, außerdem bin ich die Tochter einer einsamen Mutter und vielleicht auch eine Babysitterin …«

Er sieht mich amüsiert an.

»Ich weiß es nicht, zurzeit habe ich den Eindruck, dass mein Leben auf die falsche Spur geraten ist«, höre ich mich sagen. »Ich bin verunsichert, einerseits würde ich gerne alles ändern, weggehen wie du, aus diesem Zustand der Bewegungslosigkeit fliehen, ein anderes Leben ausprobieren. Wie viele verschiedene Leben können wir leben? Wir werden es nie wissen, wenn wir es nicht ausprobieren.«

Keine Ahnung, warum ich dem kleinen Franzosen gerade Wahrheiten und Zweifel offenbare, die ich bisher vor mir selbst versteckt hielt.

»Dann geh doch weg.«

»Das ist nicht so einfach.«

»*Pourquoi*?« Er sieht mich fest an.

»Warum, darum ... Ich bin nun mal hier geboren und aufgewachsen, hier habe ich meinen Alltag, meine Mutter, einen guten Freund, den ich nicht verlieren möchte ...«

»*Alors*, du hast Angst.«

Ich sehe ihn an. »Ja, kann sein, wäre das so schlimm?«

Plötzlich entdecke ich in seinem Lächeln eine gewisse Selbstsicherheit, die mir nicht gefällt: die Gewissheit, mir erklären zu können, wie die Welt funktioniert. »Weißt du, wie viele *gens comme vous* ich habe getroffen?«

»Was?«

»Leute wie dich ...«

»Was meinst du damit?«, frage ich und verschränke die Arme vor der Brust. Kann sein, dass Thomàs gleich meine nicht so nette Seite kennenlernen wird.

»Ich meine Vögel, die im Käfig geboren sind und niemals fliegen gelernt haben ...«

»Hör mir mal gut zu«, ich strecke ihm meinen Zeigefinger entgegen, »warum lächelst du nicht einfach weiter und sparst dir deine neunmalklugen Reden?«

Er versteht mich nicht oder weiß nicht, ob er lachen oder beleidigt sein soll.

»Mir gehen Leute auf den Sack, die glauben, die Welt begriffen zu haben. Ich weiß nicht, ob ich gehen oder bleiben soll, was für mich besser ist, nur für mich allein. Und ich behaupte ganz sicher nicht, dass der, der bleibt, der jeden Tag darum kämpft, seine Welt ein kleines bisschen zu verändern, weniger mutig ist als der, der alles zum Teufel schickt!«

Thomàs macht eine verwirrte Miene und weicht etwas zurück, und ich merke, dass ich im »Wütender Dackel«-Modus bin, mit gerunzelten Brauen und verzerrtem Unterkiefer (eigentlich eher eine Bulldogge). Ich kläffe den einzigen Mann an, der mir seit einem Jahr gefallen hat. Ganz toll, Luce!

»*Excusez-moi*!«, ruft er aus und hebt die geöffneten Hände in die schwüle Luft der stinkenden Gasse. »Nicht sauer werden, das macht *laid.*«

»Was heißt *laid*?«

»Hässlich«, lacht er.

Ich bin einen Moment lang wie erstarrt. Soll ich darauf reagieren oder meine Rede fortsetzen? Seine Worte gefallen mir ganz und gar nicht, und auch aus seinem Lächeln glaube ich nun einen Funken Arroganz herauszulesen.

»Mein kleiner, nichtsnutziger Franzose, verschone mich bitte mit deinen Wahrheiten«, sage ich und lächele zurück, »denn ich kann beim besten Willen nicht glauben, dass du nur vor dem Alltagsgrau geflohen bist oder dass dein Vater sonderlich erfreut darüber war. Wenn du dein Leben lang herumreisen willst, bitte, aber stelle dich nie wieder mit deinem hübschen Lächeln vor mich und behaupte, dass alle, die das nicht tun, die sich nicht vor der Verantwortung drücken, Blödmänner sind. Und jetzt lass uns endlich zu diesem verfluchten Meer gehen!« Und ich hake mich bei ihm unter.

Auf dem Weg sagt Thomàs kein Wort und starrt auf das Pflaster, obwohl ich mich mehrmals zu ihm wende und seinen Blick suche. Mannomann, warum muss ich bloß immer das letzte Wort haben.

»Entschuldige«, sage ich irgendwann, »ich muss bei so was halt immer an meinen Vater denken.« Ich verstumme.

Er sieht mich an. »Ich muss mich entschuldigen, ich wollte nicht ...«

»Schon gut, lassen wir das, sonst ist gleich der Abend vorbei«, sage ich lachend.

Er fragt: »Hast du Hunger?«

Ich will ihm gerade sagen, dass ich mir gerade ein dickes Nutellabrot einverleibt habe und richtig satt bin, doch Thomàs nimmt meine Hand in seine, und plötzlich vergeht mir die Lust zu reden, denn ich spüre, wie sich etwas in meinem Nacken löst, spüre den frischen Frühlingswind auf meinem Gesicht, der mir wie absichtlich durch meine Haare und Gedanken fährt. Ich versuche, irgendetwas Sinnvolles von mir zu geben, aber er kommt mir zuvor und zieht mich zu einer Bude, die Schmalz-*taralli* mit Pfeffer verkauft. Er sieht mich fragend an, und ich lächele wie eine dumme Gans, die es gerade auf das begehrteste Motorrad der Schule geschafft hat, hinter dem tollsten Typen des Viertels, auf den alle Frauen scharf sind. Ich mag weder Motorräder noch Frauen mit so reduzierten Ambitionen, doch mit meinen Fingern in dieser Hand kann ich mich einfach nicht normal verhalten. Thomàs scheint das nicht zu stören, er kauft eine Tüte *taralli* und zwei Bier und zieht mich zu den Felsen, wo der Wind ungehindert bläst.

Wir setzen uns ans Meer, und ich überlege, seit wann ich das nicht mehr gemacht habe. Eigentlich habe ich noch nie *taralli* essend auf einem Felsen gesessen. Und wenn der kleine Soldat von hier wäre und nicht so ein Engelsgesicht hätte, das mir mit jedem Lächeln trotz seiner Arroganz ein Brizzeln über die Kopfhaut jagt, hätte ich ihn schon längst sonst wohin geschickt, ihn und seine Schmalz-*taralli*. Denn angesichts des Schirokkos, der mir das Salz ins Gesicht bläst, und des Mondes, der gerade eindrucksvoll über dem Vesuv aufgeht, ist mein erster Gedanke, Thomàs werde sich in kürzester Zeit auf mich werfen und mich aussaugen wie eine große, saftige Venusmuschel. Und sich der Liebe hinzugeben ist nicht gerade ideal, wenn man den Mund voll hat mit Schmalz und Pfeffer.

Doch die beschriebene Szene gibt es nur in meiner verlotterten Fantasie, denn der kleine Franzose, der für meinen Geschmack viel zu anständig ist, tut nichts außer Bier trinken, *taralli* essen, über den Hafen schauen, der mit seinen gelben Pontonlichtern den Golf von Neapel in zwei Hälften teilt, und reden. Thomàs redet über Gott und die Welt, erzählt von seinen Reiseerlebnissen, von seiner Leidenschaft fürs Verkleiden, von seinem Leben als Straßenkünstler, von Frankreich und Neapel, von seiner ersten Liebe und sogar von seiner Mutter. Und ich sitze da, kippe Bier in mich hinein und betrachte seinen Mund mit den blonden Härchen drumherum, der auf- und zugeht, und denke, vielleicht sollte ich auch noch etwas aus meinem Leben erzählen, zum Beispiel von meiner Mutter, die mit sechzig nun einen Cavaliere an ihrer Seite hat, der meinetwegen auch ein Knappe sein könnte, Hauptsache, er kümmert sich ein bisschen um sie, weil sie davon viel zu wenig im Leben hatte. Oder von meinem Bruder, den ich lange nicht gesehen habe und der jetzt ein Kind hat, und dass dieses Kind mir plötzlich den Boden unter den Füßen weggezogen und mich alt gemacht hat, sehr alt, denn ich will zum Teufel noch mal auch ein Kind, obwohl ich die Gören anderer Leute kaum ertrage und gegen ihr Geheule am liebsten die Hand heben würde. Ich kann bei ihren Witzen nicht lachen, im Gegensatz zu ihren Eltern, die absurde Laute von sich geben und lächerliche Grimassen schneiden. Ich könnte ihm von Don Vittorio erzählen und davon, dass allein das Wissen, ihn nebenan wohnen zu haben, mir ein Gefühl von Heimat gibt, oder von Kevin, dem lustigen Superkerlchen, das in mein Leben gestürmt ist und es mit Gegenwart erfüllt hat, ja genau, mit Gegenwart, die ja das Einzige ist, was zählt. Carmen hat einmal zu mir gesagt, seit dem Kind habe sie keine Zeit mehr, sich über Kleinigkeiten den Kopf zu zerbrechen. Und das ist, glaube ich, genau das Wunder, das der liebe Gott oder die Natur, wer auch immer, sich ausgedacht hat, dass nämlich irgendwann so ein Zwerg in dein Leben tritt und dich zwingt, dich mit Brei, Bäuerchen und vollen Windeln zu beschäftigen, sodass du überhaupt keine Muße mehr hast, dich um die Vergangenheit und die Zukunft zu sorgen. Der Herr (oder die Natur) weiß genau, dass die Gedanken sich ab einem gewissen Alter ohnehin um nichts anderes als Vergangenheit und Zukunft drehen. Wie Tiere oder eben Neugeborene, ungebunden und glücklich, die sich der Dinge nicht bewusst sind und immer nur den Augenblick leben, bis in alle Ewigkeit. Und das will ich auch, ewig den Moment leben, dann würde ich die ganze Zeit auf diesem Felsen sitzen und Thomàs beim Reden zusehen und auf einen Kuss von ihm warten, und auch wenn er nie käme, wäre ich froh, denn ich wäre immer dort in meiner Gegenwart, in diesem sich ewig wiederholenden Moment, in dem ich immer noch hoffe, dass dieser dumme kleine, wohlerzogene Franzose mich irgendwann küsst.

Es heißt, das Bewusstsein des Menschen sei ein Gottesbeweis. Ich bin nicht so egozentrisch, ich glaube, dass Gott sich in Wirklichkeit im Unterbewusstsein manifestiert. Ich bin wenig gläubig, doch gerade in den kleinen

Lebensformen ohne Bewusstsein meine ich den Widerhall seiner Stimme zu hören, im sanften Blick eines Hundes genauso wie in der grotesken Flugbahn eines Glühwürmchens. Im Gespräch mit einem Menschen hingegen, der viel auf sein Bewusstsein hält, verspüre ich nichts anderes als Langeweile.

Diese Unterhaltung hier ist nicht langweilig, wie sollte sie, trotzdem habe ich das Bedürfnis, sie zu unterbrechen. Vielleicht weil ich schon zu Hause etwas getrunken habe und leicht beschwipst bin, vielleicht weil ich mich nicht jeden Tag in einer solchen Situation befinde, jedenfalls bin ich wesentlich weniger unanständig als der kleine Franzose, und deshalb werfe ich mich auf seinen Mund und sauge mich daran fest wie die Schnecke am Felsen. Er zuckt kurz zurück, um dann zum Angriff überzugehen und mir seine Zunge in den Mund zu schieben, sodass ich fast das Gefühl habe zu ersticken, denn eine so große Zunge habe ich noch nicht erlebt. Ich weiche meinerseits zurück, woraufhin er sich beruhigt und weniger stürmisch und viel sanfter wird. Ein Gefühl breitet sich in mir aus, als hätte ich mir gerade die Haare gefärbt, so sehr brennt meine Kopfhaut, ich spüre, wie sich meine Armhärchen vor Aufregung aufstellen und ... Mist!

Ich öffne die Augen und sehe sein Gesicht eine Handbreit vor mir, seine Augen geschlossen und der Mund geöffnet. Okay, aus dieser Nähe büßt auch der Franzose ein bisschen an Charme ein. Ich sollte eiligst die Lider schließen und den Augenblick genießen, den nicht endenden Moment, doch ich muss immer daran denken, dass der Abend unbedingt anders enden muss, als meine Fantasie mir gerade noch vorgegaukelt hat. Es ist so: Ich habe mir die Zähne geputzt, keinen einzigen *tarallo* geknabbert, ich bin frisiert und parfümiert, ich habe sogar einen Push-up angezogen, um als echte Frau mit Kurven durchzugehen, und dann habe ich eines vergessen: die Beinbehaarung. Ein klassischer Fehler von Faulpelzen, die immer denken: Na ja, später, das geht ja schnell, außerdem sieht mich eh keiner …

Voll versemmelt, liebe Luce, heute hat das Leben dir wieder eine Lektion erteilt, dass nämlich die schönsten Sachen aus heiterem Himmel passieren, an einem beliebigen Dienstagabend ohne telefonische Anmeldung. Du musst also immer stramm stehen, geschniegelt und gestriegelt, geschminkt und elegant, lächelnd statt hadernd, denn nur so kannst du auf Nummer sicher gehen, dass du, wenn das Schöne dann endlich an deine Tür klopft, ihm mit einem Augenzwinkern aufmachst: »Genau auf dich habe ich gewartet.«

Jedenfalls wird dieser Kuss heute Abend das Äußerste an Erotik bleiben, deshalb will ich ihn genießen. Ich schlinge meine Arme um ihn, und er zieht mich an sich, drückt sein Becken gegen mich, Himmel nein, verdammt, ich muss die Gegenwart stoppen und an die Zukunft denken, bestimmt lässt der Franzose gleich seine Hand über meine Schenkel gleiten und trifft auf die verfluchten Härchen. Ich mache mich los und hole tief Luft. Ich bin rot im Gesicht und brauche Luft. Er lächelt mich an, liegt halb neben, halb auf mir. Mit dem Zeigefinger zeichnet er meine Lippen nach, als hätte er einen Stift in der Hand. Auf seinem Gesicht schimmert das Kobaltblau des Mondes, in seinen vom Südwind verwehten Locken das sanfte Gelb des Hafens. Lieber Himmel, wie schön er ist! Ich lächele ihn an und halte seinen Finger mit den Zähnen fest.

»*Tu es très belle*!«, stößt er aus.

Schönheit ist also überall gleich, lerne ich, ob in Frankreich oder in Neapel.

»Du hast zu viel getrunken, glaub mir«, sage ich, woraufhin er wieder lacht.

»Dieses Kind gestern ...«, er sieht mich an, »*c'est à toi*?«

Ich schaue verständnislos zurück, bis er übersetzt: »Ist das deines?«

Das hast du schon mal gefragt, denke ich und verneine schnell.

»Schade.«

»Warum schade?«

»Weil es ein *beau bébé* ist!«

»So? Wenn es meines wäre, gäbe es auch einen Vater dazu, glaubst du nicht?«

»Ach, nicht immer. Gibt es bei dir jemanden, Vater oder nicht?«

Ich bewundere seine vollen Lippen und sage: »Nein, niemanden.«

Seine Augen leuchten auf, vielleicht trügt mich aber auch nur der Mondschein. Wir richten uns auf, und Thomàs zieht einen Joint aus der Tasche. Er zündet ihn an und reicht ihn mir, dann fängt er wieder an zu reden und erzählt mir von Bilbao, wo ihm mal ein kleiner Junge ins Gesicht gespuckt hat, woraufhin er ihm den Farbeimer über den Kopf stülpte. Wir rauchen und genießen den Augenblick, die kleine Intimität, die seit unserem Kuss zwischen uns herrscht und uns immer wieder kindisch kichern lässt. Wir rauchen und reden, also er redet, vielleicht ein klein wenig zu viel, mein wunderbarer kleiner Franzose, aber das mag auch am Joint liegen. Letztlich ist es egal, soll er doch sein Leben lang reden, während ich bewundernd neben ihm sitze und mich frage, warum ein solcher Prachtkerl, der, unter uns gesagt, weder dumm ist noch stinkt, noch ein Serienmörder zu sein scheint, ausgerechnet hinter mir her ist, die ich mit gut fünfunddreißig

Jahren immer noch auf der Suche bin nach etwas, das mir das Gefühl gibt, schön und unwiderstehlich zu sein, wenn ich vor dem Spiegel stehe und mein Blick mir keine Gnade gönnt. Doch dann hört sogar Thomàs auf zu reden, weil ich ihm offensichtlich nicht mehr zuhöre, sondern etwas auf der Bank ein paar Meter entfernt anstarre.

»Was ist?«, fragt er.

»Da, beim Kiosk.« Ich flüstere.

Er dreht sich suchend um.

»Das Kind«, füge ich hinzu.

»Was?«

»Das ist Kevin.«

»Das Kind, das gestern bei dir war?«

Ich komme nicht dazu zu antworten, ich muss zu ihm laufen, zum kleinen Kevin, der sich warum auch immer nachts alleine auf der Via Partenope herumtreibt.

»Entschuldige«, murmele ich und gehe mit langen Schritten auf Kevin zu, der in Gedanken versunken um sich blickt.

Was ich in diesem Moment fühle, muss etwas mit Mutterliebe zu tun haben, dieser Krampf im Bauch beim Anblick des kleinen, verlorenen Gesichts. Ich spüre eine atavistische, natürliche Energie, die ich bisher nicht an mir kannte und die in mir einen Beschützerinstinkt diesem Wesen gegenüber auslöst, eine angeborene Kraft, die uns angesichts eines Säuglings komische Laute und Grimassen hervorbringen lässt, als würden wir seit jeher die Sprache kennen, die das Kind braucht, um uns wahrnehmen zu können. Der Instinkt leitet uns, eine Mischung aus Überlebenskampf und Mutation.

Während ich also mit offenen Armen auf meinen Kevin zulaufe, tue ich nicht anderes, als der Energie nachzugeben, die mich stark macht, mir ein Lächeln ins Gesicht zaubert und meine Schritte verlängert. Auch ich trage auf meine eigene kleine Weise zum Erhalt der Spezies Mensch bei. Zumindest gefällt mir der Gedanke. Etwas weniger romantisch betrachtet, bin ich nur eine Mutter, die ihren Sohn beschützen will. Oder, um den Tatsachen ins Auge zu sehen, bin ich nur eine Frau, die sich ein bisschen krankhaft an das Kind einer anderen gehängt hat, um so ihren eigenen, gerade aufkeimenden Mutterschaftstrieb zu befriedigen. Ein Kind auf die Welt zu setzen ist kein Liebesakt, sondern die Befriedigung eines Bedürfnisses, das tief aus der Vergangenheit kommt und uns dominiert. Von wegen Erhalt der Spezies, der Wunsch nach einem Kind ist im Wesen egoistischer Natur. Bei allem Respekt für meine Mutter und ihre bigotten Freundinnen.

Jedenfalls hüpfe ich immer weiter auf Kevin zu, gleich rufe ich nach ihm, er dreht sich um, erkennt mich, lächelt, läuft in meine Arme, ich überschütte ihn mit Küssen, und wir kehren zu Thomàs auf den Felsen zurück, der uns entgegensieht, und heute Nacht könnte er vielleicht bei mir schlafen, ich frage einfach Carmen und dann … und dann erstarre ich und trete den Rückweg an, im Krebsgang, ohne mich umzudrehen.

Neben ihm ist ein Mann aufgetaucht mit einem höhnischen Gesicht, aber halbwegs ordentlichen Umgangsformen. Er lächelt und hockt sich vor Kevin hin, um ihm ein Eis zu geben, während zu seiner Rechten eine erschreckend dünne Blondine mit Bob und geliftetem Gesicht erscheint. Der Mann trägt eine Caprihose unter dem taillierten weißen Hemd, aus dem runde Bizeps und Tribu-Tattoos herausschauen, sie hat Jeans und lila Plateauschuhe an. Ich höre, wie sie lachen, verstehe aber kein Wort, doch Kevin scheint es lustig zu finden, und seine verstörte Miene ist verschwunden, auch weil der

Mann ihn jetzt liebevoll tätschelt und zwickt, während er sein Eis schleckt. Dann lädt der Riese sich Kevin plötzlich wie ein Leichtgewicht auf die Schultern und dreht sich mit ihm im Kreis, und Kevin windet sich unter Geschrei und Gelächter. Und auch ich, von meinem Zuschauerplatz aus, ertappe mich bei einem Lächeln, denn wenn ein wohlerzogenes Kind und ein volltätowierter Affe zusammen spielen, ist das irgendwie irreal, doch ich meine auch zu sehen, dass die beiden sich mögen und eine starke Bindung haben.

Vater und Sohn.

Völlig unterschiedlich, aber doch Vater und Sohn.

Ich schleiche weiter zurück, während die drei auf ein schweres Motorrad steigen, das wenig entfernt parkt. Der Höhnische startet die Maschine und lässt mehrfach den Motor aufheulen, damit die Welt (die sich in seinem kleinen Gehirn auf sein Viertel und die Uferstraße beschränkt) die Größe und Kraft seines Motorrads und vor allem seines Geschlechts erkennen möge (denn diese beiden Dinge liegen bei dieser Kategorie von Mann eng beieinander). Wenige Sekunden später verschwinden das Paar und Kevin mit quietschenden Reifen und röhrendem Motor, sodass selbst das bisher schläfrige Meer ein paar Extrawellen zu schlagen scheint.

»Sturzhelm …«, höre ich es von meinen Lippen kommen, als das Monster schon weg ist.

Thomàs wartet auf dem Felsen auf mich. Na gut, dann kehre ich doch lieber zu meinem Poseidon zurück, gegen diese unangenehme Enge in meiner Brust kann ich ohnehin nichts ausrichten, eine Mischung aus Eifersucht und Neid auf diese zwei schnöseligen Möchtegerneltern, die einen solchen Sohn einfach nicht verdient haben. So gehe ich zu meinem kleinen Franzosen, der mir sogar ein

Lächeln entlockt, auch wenn er nichts gegen dieses Gefühl der Ungerechtigkeit ausrichten kann. Als ob irgendjemand etwas dafür könnte, dass Kevin nicht mein Sohn ist, dass ich mit fünfunddreißig immer noch kiffend auf einem Felsen hänge, dass Menschen wie ich, denen ihre blöde Kindheit in den Knochen sitzt, immer als Letzte loslaufen, wenn der Startschuss längst verhallt ist und die übrige Welt schon die erste Kurve nimmt.

Niemand kann etwas dafür.

Und deshalb bin ich sauer auf alle.

IN THAILAND IST ES ZU HEISS

Vor ein paar Tagen habe ich Thomàs gefragt, seit wann er in Neapel ist und wie lange er noch bleiben möchte. Er hat gelächelt und gesagt: »*Je ne sais pas*, vielleicht wenn du genug von mir hast!«

Ich habe zurückgelächelt, aber mir war klar, dass er log. Ich bilde mir nicht ein, dass ein Mensch wie Thomàs sein ungewöhnliches Leben als Abenteurer für mich und diese Stadt aufgibt. Im Übrigen weiß ich ja selbst nicht, ob ich mein Leben hier verbringen möchte, und sei es mit diesem kleinen Franzosen, der mir den Kopf verdreht hat. Deshalb sagte ich nichts. Mir ist ohnehin klar, dass er mir eines Tages, morgen oder in sechs Monaten, eröffnen wird, dass er weiterziehen muss. Weil ich weiß, dass die schönen Dinge vorübergehend sind und genau in dem Moment enden, wo sie schon fast zur Gewohnheit werden.

Seit einer Woche war ich nicht mehr in der Kanzlei, trotz einiger Anrufe vom Avvocato, von Manuel und Hundertgramm, und vermisse sie kein Stück. Keine Ahnung, wie es mit meinem Leben weitergeht und was ich mit dieser komischen Sehnsucht anfangen soll, die mich hin und wieder packt, sodass ich weggehen möchte, weit weg. Im Moment habe ich eine eigenartige Balance gefunden und bin zufrieden. Ich bin nun Kevins Vollzeitbabysitterin.

Wie die junge Frau vor mir verbringe ich den Nachmittag mit ihm, helfe ihm bei den Hausaufgaben, mache ihm einen Imbiss, fahre ihn zu seinen Freunden, male oder lese mit ihm oder erzähle ihm Geschichten. Carmen bringt ihn mir jeden Nachmittag und holt ihn abends wieder ab, manchmal erst nach dem Abendessen. Ich weiß ehrlich gesagt nicht, was sie immer zu tun hat, aber mir ist es recht so. Meine Mutter erklärt mich für verrückt, ob ich mich denn durchs Studium gequält hätte, um dann auf ein Kind aufzupassen? Ich sei doch auch nicht mehr jung, ich solle lieber an eigenen Nachwuchs denken als an den anderer Leute.

Thomàs sehe ich jeden Tag. Entweder gehen wir, und damit meine ich mich, Kevin und Alleria, bei ihm vorbei und schauen ihm beim Arbeiten zu (was Kevin immer noch großen Spaß macht), oder er kommt danach zu uns. Gestern rief mich Carmen an und sagte, sie komme spät, da hat Don Vittorio uns alle drei zum Essen eingeladen und uns Vorträge über Agatas Nudelgericht mit Erbsen gehalten, das beste in ganz Süditalien (was er aber von all ihren Gerichten behauptet), sodass wir nicht ablehnen konnten. Also saßen wir alle um eine Tafel wie eine richtige, wenngleich sehr komische Familie, da das Wort »Bindung« uns allen nicht besonders vertraut ist. Aber wir fanden es schön, wir haben viel gelacht und uns gegenseitig aus dem Leben erzählt. Thomàs hatte tausend Reiseanekdoten auf Lager, Don Vittorio mischte sich immer wieder ein, und ein neugieriges Kind saß unter uns, das gute Laune verbreitete – und irgendwann betrachtete ich wie verzaubert die Szene einen Moment lang von außen: die Plastiktischdecke mit Rautenmuster, darauf die Gläser mit Rotwein und die geleerten Teller, die Kuckucksuhr hinter Don Vittorio, der mit erloschener Pfeife belustigt Thomàs' absurden Geschichten lauschte, der seinerseits zwischendurch Alleria kraulte und dann wieder mit Kevin lachte und witzelte. Und natürlich der Junge, dieses Wunderkind, der jegliches Gespräch mit einer seiner Fragen unterbrach und der Antwort lauschte, während er ganz mit Canis superior oder Primavera beschäftigt war, unserer Schwalbe, die jeden Tag größer wird und von Möbel zu Möbel flattert.

All das sah ich mir an wie eine Filmszene aus meinen Lieblingsfilmen, die ich immer wieder ansehen kann, um kein Detail, kein Mienenspiel und keine Einstellung zu verpassen. Und dann kam Carmen. Kevin bat sie hochzukommen, wir hätten es gerade so lustig, also setzte sie sich zu uns und trank (was sie leider oft tut) und lachte auf ihre hemmungslose Art, wurde an unpassenden Stellen laut, fiel den anderen ins Wort und redete weiter, auch wenn niemand mehr zuhörte. Doch am Ende hob sie ihr Glas und wollte auf diese wunderbare Familie anstoßen, die Gott ihr und ihrem Sohn geschickt hatte.

Beinahe hätte ich eingeworfen, dass das in dieser Küche nichts mit Familie zu tun habe, doch dann schwieg ich lächelnd und dachte, dass ich eigentlich gar nicht weiß, was eine Familie zusammenhält, jedenfalls ist es nicht das Blut, und es sind auch nicht irgendwelche Probleme. Man sagt ja manchmal, wenn es eng wird, bleibt einem nur die Familie. Das mag stimmen, aber ich frage mich trotzdem, warum in den Momenten purer Freude auf den eigenen Kopfbildern immer jemand neben dir steht, der mit der Familie wenig oder nichts zu tun hat.

Alleria hebt den Kopf und bellt. Ich nehme den Hörer von der Gegensprechanlage, durch den eine vertraute Stimme an mein Ohr dringt. Eine Stimme aus der Vergangenheit, die ich für immer vergangen glaubte.

»Lù, ich bin's …«

Ich halte den Hörer vom Kopf weg und starre benommen auf die Wand, während ich Allerias neugierigen Blick auf mir spüre.

»Lù …«, wiederholt die Stimme.

Nach einer Ewigkeit finde ich die Kraft zu antworten.

»Was willst du?«

Er schweigt einen Moment lang verwirrt. Dann hustet er und setzt erneut an: »Lù, hör zu, ich möchte mit dir reden. Kann ich kurz heraufkommen?«

»Mal ganz davon abgesehen, dass ich Luce heiße und nicht Lù und mich nur die Leute Lù nennen dürfen, die den Alltag mit mir teilen – was willst du hier? Was haben wir uns noch zu sagen?«

Er lässt nicht locker. »Nur eine Minute.«

»Was ist los?«, schiebe ich nach. »Ist es zu heiß in Thailand? Zu schwül?«

»Komm schon, Luce, spiel nicht die freche Göre!«

Am liebsten würde ich ihn anschreien, aber dann würde Alleria wie ein Verrückter zu bellen anfangen.

»Warte unten«, gebe ich zurück und lege auf.

Ich nehme den Schlüssel von der Anrichte und ziehe die Tür hinter mir zu. Auf der Treppe überlege ich, was ich sagen und mit welcher Haltung ich auftreten soll. Wie kann ich den Mistkerl am besten treffen? »Freche Göre« hat er mich genannt, ich fasse es nicht! Obwohl der Vergleich eigentlich ziemlich passend ist. Ich bin eine Göre, die freche Antworten gibt und anderen die Zunge rausstreckt, ja und? Gefühle zu verbergen ist etwas für Erwachsene. Ich kann das nicht, wenn ich jemanden liebe, muss ich ihm das ins Gesicht schreien, und wenn ich jemanden hasse und verletzt bin, fange ich an zu quengeln und zu bocken. Ich mag Leute nicht, die immer und unbedingt die Fassung bewahren, die lieben, ohne es zu sagen, die vögeln, ohne sich hinzugeben, die trotz hochroten Kopfes nicht vor Wut brüllen, die eine Umarmung mit einem Schlag auf die Schulter erwidern. Erwachsen muss man sein, wenn es um Mut geht, um Verantwortung, um Erziehung und den Job. Doch bei Gefühlen verhält man sich, glaube ich, besser wie ein Kind.

Ich ziehe das Haustor auf und stehe ihm gegenüber. Er sieht noch genauso aus wie vor einem Jahr, als ich ihn das letzte Mal gesehen habe, mit etwas längeren Haaren vielleicht. Lächelnd kommt er mir entgegen und hält mir die Wange hin. Er trägt eine für die Jahreszeit viel zu warme Lederjacke, eine Baskenmütze auf dem Kopf und dazu um den Hals einen grauen Seidenschal. Ich bleibe auf der Schwelle stehen mit einem Fuß in der Tür, damit er kapiert, dass ich keine Zeit habe, und reiche ihm die Hand, die der Mistkerl leicht pikiert ergreift. »Immer noch sauer?«

Er wirkt sehr selbstsicher, er gefällt sich.

»Sollte ich nicht?«

»Man sagt ja, die Zeit heilt alle Wunden …«

»Die Narben wollen nicht richtig heilen!«

Er schweigt, deshalb frage ich: »Also, was willst du?«

»Nichts, nur … Ich hatte Lust, dich zu sehen, ich wollte wissen, wie es dir geht.«

»Sehr gut, danke«, erwidere ich mit eisiger Stimme.

Seine Selbstsicherheit scheint verflogen. »Na ja, wie läuft es bei dir, was machst du so?«, fragt er weiter.

»Nichts, was dich interessieren müsste.«

»Ach Luce, komm schon, wir haben uns ein Jahr lang nicht gesehen, und da fällt dir nichts anderes ein? Ich habe dich nicht wegen einer anderen verlassen.«

Ich verschränke die Arme. »Eben, umso schlimmer.

Wenn du für eine andere den Kopf verloren hättest, hätte ich wenigstens etwas Konkretes gehabt, aber so musste ich mühsam begreifen, dass du eine zweijährige Beziehung in den Müll wirfst, um mal in Ruhe mit Freunden zu kiffen.«

»Hör auf«, sagt er und lacht, »deshalb bin ich doch nicht gegangen …«

»Was zum Teufel gibt es da zu lachen?«, frage ich und trete bedrohlich näher.

Er weicht zurück und stottert: »Ich weiß auch nicht, was ich mir dabei gedacht habe, ich fühlte mich plötzlich so eingeengt, gefangen in einem Leben, das ich mir nicht ausgesucht hatte. Es war, als hätte ein anderer längst über mein Leben entschieden. Da wollte ich weg.«

»Klingt toll.«

»Ich schwöre es, Luce. Ich war feige, ich dachte, du fragst jeden Augenblick, ob wir heiraten und ein Kind bekommen, ich hatte einfach Angst. Ich war irgendwie noch nicht bereit dafür und …«

»Super, alles klar. Und was willst du jetzt?«

Er senkt den Kopf und starrt mit herabhängenden Armen auf das Pflaster. Über uns hat Alleria den Kopf zwischen die Stäbe des Balkongeländers gesteckt und bellt.

»Hör zu«, sage ich und ziehe meine Nase kraus, »ich hatte dich sehr gern, und eine Weile habe ich geglaubt, mit dir mein Leben verbringen zu wollen, doch dein Verhalten hat mir gezeigt, dass alles falsch war, dass ich meine Zukunft nicht im Klo herunterspülen darf. Denn darauf liefe es mit dir hinaus. Aber ich verstehe, was du sagen willst, wirklich, ich kann es verstehen. Du bist noch nicht reif, um deinem Leben eine neue Richtung zu geben, du bist ein großes Kind, so sagt man doch, oder? Aber weißt du, was das Neueste ist?«

Er hebt den Blick und schaut mich hoffnungsvoll an.

»Dein Schritt hat mich nachdenklich gemacht. Du hattest recht, wir waren nicht bereit für dieses Leben, wir wollten es letztlich beide nicht. Vielleicht, weil wir uns eigentlich gar nicht liebten ...«

»Doch«, fällt er mir ins Wort, »ich habe dich geliebt, ich liebe dich immer noch!«

Ich breche in lautes Gelächter aus, und er guckt gekränkt. Als ich mich wieder einkriege, sage ich: »Du weißt doch gar nicht, was Liebe ist. Da kommst du von deiner hübschen Reise zurück, hast deine Erfahrungen gemacht, von morgens bis abends gekifft, vielleicht mit ein paar kleinen Thailänderinnen gevögelt, und jetzt fühlst du dich einsam. Du bist und bleibst ein Feigling, der es nicht einmal schafft zu gehen.«

Er hat nicht die Kraft, etwas einzuwenden, deshalb nähere ich mich seinem Ohr und flüstere: »Das ist nur die Angst vor dem Alleinsein, das Gefühl kennen viele. Deshalb sagen sie so häufig dieses inhaltsleere ›Ich liebe dich‹. Das geht vorbei, du musst nur durchhalten oder eine andere finden. Aber wenn ich dir vergeben würde und wir wieder zusammenkämen, wäre es eine Katastrophe, das kannst du mir glauben. Unsere Beziehung ist vorbei, Vergangenheit, Makulatur.«

»Du kannst wirklich ätzend sein.« Er blickt zu Canis superior hinauf, der stumm die Szene beobachtet.

»Ist er eifersüchtig? Hast du dir eine neue Familie angeschafft?«, fragt er dann ironisch.

Ohne aufzusehen, sage ich: »Der ist jedenfalls mehr Familie, als du es jemals warst.«

Das scheint den Mistkerl zu treffen.

»Weißt du«, fahre ich fort, »ich habe an unser Märchen geglaubt, an das Märchen von zwei Leuten, die da oben etwas Gutes zusammen aufbauen können, in dem, was ich für unser Liebesnest hielt. Aber dann bist du plötzlich gegangen, und ich habe begriffen, dass es da nichts aufzubauen gab und das Nest nur eine muffige Wohnung hier im Viertel war, alles andere als märchenhaft, vielmehr genauso stinkig und hart wie die Realität.«

»Ich habe auch an unser Märchen geglaubt«, geht er dazwischen.

»Das stimmt nicht, du hast nie daran geglaubt. Märchen haben eine Moral und gehen immer gut aus. Du bist ein Märchen ohne Happy End.«

»Ohne Happy End?«

»Ja, du hast richtig gehört, ohne Happy End.«

Der Nachbar aus dem fünften Stock, der mit dem Schnauzbart und mit Dorothy an der Leine, kommt aus dem Haustor und bleibt eine Sekunde lang neugierig stehen. Ich glaube, er hatte sich daran gewöhnt, dass der Mistkerl nicht mehr da ist, und jetzt kapiert er gar nichts mehr.

»Keine Sorge«, beruhige ich ihn, »wir sind nicht wieder zusammen. Er hat einfach nicht die Eier, eine Entscheidung durchzuziehen. Ihr Männer seid alles andere als ein Musterbild an Mut, finden Sie nicht?«

Der Mann sieht mich dümmlich grinsend an und bleibt wie eine Wachsfigur zwischen uns stehen, unsicher, wie er hier unbeschadet rauskommt.

»Dagegen ist es ein Witz, die Stürme des Lebens zu überstehen«, fahre ich fort, »das können wir alle, da muss man nur mit dem Strom schwimmen. Schwierig wird's, wenn das Unwetter vorbei ist und du auf dem ruhigen Meer schipperst. Da muss man es schaffen, sich so wenig wie möglich zu bewegen.«

»Was redest du da?«, fragt der Mistkerl verärgert.

Der arme Nachbar nutzt mein Atemholen, um sich zu

verziehen, während Alleria von oben die üblichen Liebeswerbungen für die Klassebracke herabbellt.

»Ich erkläre dir, dass du unfähig bist, den Alltag zu bestehen, weil der viel hinterlistiger ist als die Krise und du ihn nicht alleine erleben willst, weil er dich wahrscheinlich zu Tode langweilen würde. Du gehörst zu denen, die nur halb gehen, das sind die Schlimmsten.«

»Du spinnst ja.«

»Ich will dir einen Tipp geben.«

Er sieht mich an, als hätte ich vollständig den Verstand verloren.

»Religion.«

»Was?«

»Die Religion. Verschreibe dich Gott, werde ein fleißiger Katholik, in der Kirche findest du viele Menschen, die den eigenen Alltag hassen. Das ist ein guter Zufluchtsort, glaub mir.« Ich lächele ihn an.

Ich bin zufrieden mit mir, weil ich die richtige Prise Ironie finde und er sich trotzdem mies fühlt. Er kommt näher und nimmt meine Hand.

»Lass das«, knurre ich ihn an.

»Du hast mich abgeschrieben. Du hast einen anderen, stimmt's?«

Jetzt könnte ich ihm von meinem wundervollen Franzosen erzählen, wie ich jedes Mal rot anlaufe, wenn er mich ansieht oder küsst. Oder ich könnte ihm berichten, wie es mich aufwühlt, wenn er mir über den Hals streicht oder ich mich umdrehe und seinen Blick auf mir sehe. Ich könnte ihm sogar von dem absurd schönen Gefühl erzählen, das eine zusammengewürfelte Familie auslöst, in der niemand an seinem eigentlichen Platz ist und in der vor allem niemand für immer bleiben wird. Stattdessen sage ich: »Das geht dich nichts an!«

»Du konntest schon immer eine dumme Kuh sein!«

Er kann sich wirklich glücklich schätzen, keine Frage, weil er es immer schafft, halbwegs unbeschadet davonzukommen. Ich wollte ihm gerade ins Gesicht spucken, ungeachtet des schnauzbärtigen Nachbarn, der uns noch von ferne beobachtet, und ungeachtet der Signora aus dem ersten Stock, die nicht von ihrem Balkon weicht. Doch dann fängt plötzlich in meiner linken Hand das Handy an zu klingeln, auf dem Display erscheint Manuels Name. Ich will ihn schon wegdrücken, da kommt mir eine Idee. Ich gehe ran.

»Hallo, mein Schatz.«

Stille.

»Schatz, bist du dran?«

»Luce, hier ist Manuel …«

»Ciao, wie geht es dir?«, erwidere ich mit süßer Stimme.

Stille.

»Klar doch, warum nicht«, fahre ich fort, »heute Abend. Sehr schön, ich freu mich!«

»Bist du noch ganz richtig im Kopf?«

»Ja, ja, keine Sorge, ich mache mich hübsch für dich.«

Der Mistkerl starrt mich mit offenem Mund an, während Manuel sagt: »Ich weiß nicht, wer da neben dir steht, und ich will es auch nicht wissen, aber es ist gar nicht schlecht, so freundlich von dir behandelt zu werden. Ich hätte fast Lust, mich auch ein bisschen zu amüsieren, was meinst du, Schätzchen?«

»Kommt gar nicht infrage.«

»Ich weiß eh, dass du mich liebst …«

»Du bist ja bekloppt«, rutscht es mir heraus, bevor ich mich wieder fassen kann. »Na gut, mein Schatz, ich muss jetzt Schluss machen, dann bis heute Abend, ja?«

»Warte, Schätzchen«, gibt er zurück, »leg nicht auf.

Ich wollte dir sagen, dass der Avvocato dringend mit dir reden möchte.«

»Was will er denn?«

»Das hat er mir nicht gesagt, aber ich glaube, er möchte über den Fall Bonavita sprechen. Wir haben offiziell beschlossen, dass die Voraussetzungen zur Einleitung eines juristischen Verfahrens gegen die Signora nicht gegeben sind. Ich vermute, dass er dir das sagen will.«

»Wirklich?«, frage ich ungläubig und muss unwillkürlich lächeln.

»Ja, Avvocato Geronimo hat mir gesagt, dass er das Mandat zurückgeben wird. Die Schwierigkeit wird sein, es dem Mandanten zu erklären, aber das soll nicht unser Problem sein.«

»Das freut mich.«

»Siehst du, wie dein Manuel es versteht, dich glücklich zu machen?«, witzelt er und fügt schnell hinzu: »Wie wäre es, das bei einem romantischen Abendessen zu feiern?«

»Ciao, mein Schatz, bis später.« Ich lege auf.

Der Mistkerl steht immer noch wartend da und sagt kein Wort.

»Also gut, ich muss jetzt wieder hoch.«

»Rufst du mich an?«

»Wann denn?«

»Wann immer du willst.«

»Also nie ...«

Seine Augen werden ganz klein wie bei einem Hamster, und im nächsten Moment drückt er mich wie ein Besessener in den Toreingang gegen die Mauer, hält meinen Arm gewaltsam fest und versucht, mich zu küssen. Ich presse die Lippen aufeinander und spüre seine Zunge an Kinn und Hals. Da geschieht das, von dem ich hoffte, dass es nicht geschieht: Ich flippe aus.

Er ist so damit zugange, sich an mich zu pressen und mir seine Zunge in den Mund zu schieben, dass er zunächst gar nicht merkt, wie sich meine Hand um seinen Hodensack legt. Und dann ist es zu spät, und seine Eier ruhen wehrlos in meiner Handfläche, die wie eine Rohrzange zukneift. Wie bestellt kommt im selben Moment Patrizia aus ihrem Apartment, aufgetakelt und in einem Paillettenkleid, in dem sie aussieht wie eine Discokugel. Was mir trotz ihres Mandolinenhinterns, ihrer Netzstrümpfe und ihres engen Kleids als Erstes ins Auge springt, ist ihre Adlernase, die sie sich früher oder später machen lassen will, wie sie mir schon anvertraut hat. Meine Nachbarin bleibt stumm vor unserer Szenerie stehen.

»Ich rate dir, nicht zu schreien, einen Schritt zurückzutreten und für immer aus diesem Haus und meinem Leben zu verschwinden. Ansonsten reiße ich dir die Eier ab und serviere sie meinem Hund zum Abendessen«, fahre ich fort, ohne sie zu beachten.

Der Mistkerl will noch antworten, doch der Schmerz ist zu heftig. Außerdem könnte er vor Scham im Boden versinken, wie es aussieht. Er rückt von mir ab, und sein Blick ist ein Flehen, ihn gehen zu lassen. Ich löse die Hand und stoße ihn fort. Er sieht mich einen Moment hasserfüllt an und will noch etwas sagen, doch ich bin schneller: »Mach nicht so ein Gesicht, ich weiß, dass du kein böser Mensch bist. Du bist viel zu sehr mit dir selbst beschäftigt, um jemandem etwas Böses zu wünschen.«

Er blickt kurz zu Patrizia hinüber, stöhnt auf und wendet sich zum Gehen. Auf der Schwelle hält er noch einmal inne: »Und ich dachte, du seist ein braves Mädchen.«

Ich lache und sage spontan: »Da hinkst du wohl ein

bisschen hinterher, brave Mädchen gibt es nur noch in Romanen aus dem neunzehnten Jahrhundert.«

Der Mistkerl verschwindet in der dunklen Gasse, und in der darauffolgenden Stille spüre ich mein Herz bis in die Schläfen klopfen, höre meinen keuchenden Atem und das Grummeln meines aufgewühlten Magens.

»Lulù«, sagt Patty nun und kommt näher, »alles klar bei dir?«

Ich nicke.

»Kann ich etwas für dich tun?« Sie streichelt mir über die Wange, was mich überrascht. Der Duft ihres Parfüms steigt mir in die Nase, was meinen Magen in Unruhe versetzt.

Sie sieht mich kurz an, ihr Blick ist voller Mitleid und Solidarität. Dann senkt sie den Arm und sagt: »Keine Ahnung, was er dir angetan hat, aber das hast du gut gemacht. Männer ohne Eier erkenne ich drei Meilen gegen den Wind, und der gehörte eindeutig dazu! Wenn du mich brauchst, du weißt, wo du mich findest.« Sie gibt mir einen Kuss auf die Wange, wobei sie ein Kilo Lippenstift hinterlässt. Dann verschwindet sie.

Als ich mir eine Zigarette anzünde, merke ich, wie ich zittere. Ich lehne mich an die Hauswand und hoffe, dass jetzt niemand kommt und sich auch noch über die Zigarette beschwert, wie es Patrizia jeden Tag passiert.

Ich bin so erschöpft, dass mir fast die Augen zufallen.

Ist das der Preis, den man bezahlt, wenn man versucht, Mut zu zeigen?

BESONDERE MENSCHEN

Ich lehne immer noch am Haus, als auf meinem Display eine SMS von Carmen aufblinkt. »Bitte komm schnell«, steht da. Was ist denn nun schon wieder los? Ich laufe hoch und stürme mit Canis superior wieder die Treppen hinab. Himmel, was für ein Abend!

Vor dem Haustor empfängt mich diesmal eine Kakerlake, die schnell von einer Straßenseite zur anderen krabbelt und vielleicht die Feuchtigkeit der Nachtluft genießt, die aus dem Straßenpflaster aufsteigt. Wenige Minuten später stehe ich vor Carmens Haus, wo Kevin im Eingang lehnt und auf sein Smartphone starrt.

»Hallo.« Ich gehe auf ihn zu.

»Luce«, sagt er und umarmt mich.

Ich sehe mich um, von Carmen weit und breit keine Spur.

»Was machst du denn hier?«

»Mama und Papa sind oben.«

»Papa?«

»Ja, sie streiten schon seit einer Stunde. Papa brüllt herum und hat eine Vase kaputtgeschlagen. Da hat Mama mir zehn Euro gegeben und gesagt, ich soll runtergehen, du kommst gleich.«

Instinktiv sehe ich zu dem erleuchteten Fenster der Wohnung hinauf, aber ich kann nichts erkennen oder hören.

»Was will denn dein Vater hier?«, frage ich ihn.

»Keine Ahnung, der kommt manchmal vorbei, dann streiten sie, und dann geht er wieder«, sagt er gleichmütig, während er auf das Videospiel im Handy eintippt.

»Macht er das immer so?«

Kevin sieht kurz zu mir auf. »Ich glaube, Papa will, dass ich bei ihm wohne. Einmal hat er mich das auch gefragt.«

»Und was hast du geantwortet?«

»Dass ich Mama lieb habe.«

»Gut gemacht«, meine ich.

»Aber Papa habe ich auch lieb, auch wenn er manchmal komisch ist und ich ihn oft nicht verstehe und er mich nicht versteht. Ich weiß nämlich, dass er mich auch komisch findet, allerdings anders als er, er hätte mich gerne mehr ... Keine Ahnung, ich bin nun mal so. Aber Papa ist nicht böse, er macht mir immer viele Geschenke, und manchmal darf ich auf seinem Motorrad fahren. Und er ist mit mir ins Stadion gegangen, obwohl ich Fußball eigentlich nicht so gerne mag.«

»Dann ist er ein guter Vater«, wage ich zu sagen.

Kevin scheint darüber nachzudenken, dann nickt er. »Nur mit Mama ist er nicht nett, dann ist er ganz anders und fängt an herumzuschreien. Aber wenn Mama nicht da ist, ist er nett, auch wenn er mich dauernd in Verlegenheit bringt, weil er so ... na ja, ihm sind andere Leute halt egal.«

»Ich verstehe, was du meinst«, sage ich. »Bist du dir denn sicher, dass deine Mutter zurechtkommt? Oder sollen wir jemanden holen?«

Kevin sieht mich an. »Wen denn holen?«

Ich wische mir die verschwitzten Hände an der Jeans ab und sage: »Na gut, und was machen wir jetzt?«

»Hm, ich habe ein bisschen Hunger ...«

Es ist zehn Uhr abends, um diese Zeit sollte ein Kind

im Bett liegen, aber Kevin hat noch nicht zu Abend gegessen. Ich hole tief Luft und nehme sein Handy. »Okay, jetzt mal Schluss damit, davon wirst du ja ganz wirr. Wir gehen jetzt was essen. Vielleicht hat Sasà noch eine Focaccia, sonst müssen wir zur Via Toledo herunter.«

Er lässt sich an der Hand nehmen und folgt mir. Nach ein paar Schritten sieht er mich an und meint: »Ich werde jedenfalls niemals heiraten.«

Ich drehe mich zu ihm. »Warum denn nicht?«

»Weil ich Familien nicht mag …«

Da.

»Sag doch so was nicht.«

»Es stimmt aber.«

»Eine Familie ist wichtig, das wirst du noch merken, wenn du die richtige Frau kennenlernst.«

»Nein, wir streiten dann eh nur, und ich mag keinen Streit. Ich hasse diese Schreierei.«

Ich sollte etwas sagen, sollte das Bild der Familie vor diesem Kind verteidigen, aber eigentlich kann ich ihm nichts antworten, außer dass ich Schreierei auch hasse. Am Ende bekomme ich nur heraus: »Es stimmt nicht, dass in Familien dauernd geschrien wird, das liegt nur daran, dass deine Eltern nicht miteinander auskommen. Wenn du dich mal verliebst, musst du genau hingucken, in wen, denn der Großteil der Leute macht den Fehler, sich den Partner auszusuchen, als handelte es sich um eine Klosettschüssel.«

Dann fällt mir auf, dass das kein schöner Vergleich ist, doch als ich mich zu Kevin umdrehe, lacht er.

»Ich könnte ja dich heiraten«, meint er.

Ich muss lächeln, und Kevin fährt fort: »Ich wäre ein toller Mann, weißt du. Ich würde niemals herumschreien und niemals böse werden, ich kann gar nicht böse werden. Und ich würde dir immer viele Geschenke mitbringen und dich zum Essen ausführen und ins Kino. Papa ist nie mit Mama ins Kino gegangen und mit mir auch nicht. Dabei mag ich das Kino, am liebsten würde ich jeden Tag einen Film gucken gehen.«

Ich muss lachen und gehe in die Knie, um ihm ins Gesicht zu sehen. Der Haarhelm fällt ihm über die Augenbrauen, über seinen Herzmund und seine Stupsnase. Er ist so süß, dass ich ihn am liebsten in die Wange beißen würde, auch weil er mich jetzt mit seinen braunen Augen anschaut. »Und wir könnten manchmal auch ins Edenlandia gehen, das finde ich toll und Mama auch. Sie liebt die Achterbahn, und ganz oben lacht und schreit sie wie verrückt. Fährst du auch gerne Achterbahn?«

»Nein«, erwidere ich amüsiert, »ich bin nicht schwindelfrei.«

»Dann lieber nicht, dann gehen wir auf die Wildwasserbahn, und dann kaufe ich dir Popcorn oder schieße ein Kuscheltier für dich. Das kann ich gut, letztes Mal habe ich Mama ein Stofftier geschossen. Oder in den Zoo …«

»Kevin …« Ich versuche, ihn zu bremsen, doch er hört gar nicht mehr auf.

»Manchmal könnten wir auch Mama mitnehmen, meinst du nicht? Ins Kino oder ins Spieleland oder in den Zoo. Ihr seid doch Freundinnen.«

Endlich verstummt er. Doch nur einen Augenblick lang, dann schaut er mich an. »Also, wartest du, bis ich groß bin?«

Ich würde es tun, wenn ich könnte, Kevin, denn du bist ein ganz besonderes Kind, und ich bin mir sicher, dass du ein ganz wunderbarer Mann sein wirst. Genau in deinem Alter entstehen und formen sich die besten Menschen, solche mit einer gewissen Tiefe, die später mal tolle Partner, Ehemänner und Väter werden. Es sind einfache Kinder wie du, denen das Recht genommen wird, an das schönste Märchen der Kindheit zu glauben: dass das Leben fantastisch ist. Man sagt, unter Schmerzen wird man schneller erwachsen, und das stimmt. Nur eines gibt es, das einen noch schneller groß werden lässt: die Enttäuschung. Du, lieber Kevin, wirst als Erwachsener genau wie ich sensibel und ein bisschen unglücklich sein, denn das Leben hat dich leider etwas früher gezwickt als andere.

»Aber natürlich warte ich auf dich!«, sage ich und packe seinen Arm. »Aber ich wette, dann bist du derjenige, der mich nicht mehr will!«

»Das stimmt nicht«, gibt er finster zurück, »ich bin immer für dich da. Und für Alleria!« Er umarmt stürmisch Canis superior, der sich mittlerweile gelangweilt hingelegt hat und die frische Brise genießt, die vom Meer aufsteigt.

Ich gebe ihm einen Kuss auf die Wange. »Wir machen es so: Wenn du in vielen, in richtig vielen Jahren noch nicht die Frau des Lebens gefunden hat, dann heiraten wir zwei, du und ich.«

»Und kriegen wir auch Kinder?«

»Tja, keine Ahnung, magst du denn Kinder?«

Er scheint kurz zu überlegen und sagt dann: »Nicht besonders. Aber ich mag Großeltern!«

»Großeltern?«

»Ja, also nicht alle Großeltern, meine zum Beispiel sind nicht besonders nett, aber Don Vittorio ist ein perfekter Opa!«

Ich muss lachen bei dem Gedanken an Don Vittorio als Opa. »Stimmt, in der Rolle wäre er wirklich nicht schlecht.«

Wer weiß, warum manchmal die Menschen, die keine Kinder haben, die besseren Großeltern und Eltern sind, denke ich, als wir Sasàs Bar erreichen, deren Neonschild das gegenüberliegende Gebäude weiß anleuchtet.

»Eigentlich könnten wir auch alle zusammenziehen, du, ich, Mama, Thomàs, Don Vittorio und Alleria. Wir wären eine schöne Familie!«

»Aber du magst doch keine Familien, hast du gesagt.«

»Egal, wir wären ja auch eine ganz besondere Familie.«

»Ja, bestimmt.«

Kevin schaut mich lachend an, und ich frage ihn: »Magst du Focaccia?«

Seine Augen leuchten.

»Sasà macht ganz leckere Pizzen. Ich liebe die mit Pilzen, und du?«

Er schaut nachdenklich in den schwarzen Himmel, bevor er antwortet: »Ich mag die mit Pommes und Würstchen.«

»Dann soll es die sein!«

»Jaa!«, ruft er und rennt voraus.

Es gibt keine besonderen Familien, Kevin.

Es gibt nur besondere Menschen.

Und mit ein bisschen Glück trifft man manchmal einen.

Und das ist dann schon viel.

VERLASSEN ZU WERDEN

»Quell' autostrada è un muro, pieno di felicità, e io rimango sveglio, cercando qualcuno che vuole fumare a metà ...«

Vor nicht mal einer Stunde bin ich nach Hause gekommen, und es ist schon nach Mitternacht, da klingelt es an der Tür. Ich höre es erst nach einer Weile, weil ich Kopfhörer aufhabe und Pino Danieles »A testa in giù« mitsinge. Schnell mache ich auf. Dieser Abend will wohl niemals enden!

Vor mir steht Carmen. Ich lächele und will sie schon umarmen, weil ich eine gute Nachricht für sie habe, eine richtig gute Nachricht, und morgen sowieso zu ihr wollte, um es ihr zu sagen. Alles will ich ihr erzählen und sie um Entschuldigung bitten. Aber Carmen scheint nicht besonders gut gelaunt zu sein. Wenn ich sie mir so anschaue, sieht sie traurig aus, nein, nicht traurig, sondern stinksauer. Und über ihre beiden Wangen verläuft eine lang gezogene Kajalspur.

»Was ist passiert?«, frage ich alarmiert.

Sie tritt näher und sagt: »Wer bist du, woher kommst du? Und was willst du von mir und meinem Sohn?«

Mit offenem Mund weiche ich zurück, während Pino Danieles Stimme aus den Handykopfhörern hallt und die Szene unterlegt wie in einem Film.

»Mi sconvolgo sempre un po', per gridare qualche nome che ho inventato e non lo so, ma che vvuò ...«

Alleria kommt bellend heran.

»Ich weiß nicht, was du meinst«, presse ich hervor.

»Ach, das weißt du nicht?« Sie betritt die Wohnung. So aggressiv habe ich sie noch nie gesehen, ihre schrille Stimme weckt bestimmt gleich das ganze Haus auf.

»Was suchst du, wer hat dich geschickt, etwa dieser Dreckskerl?«

Mich durchläuft es heiß und kalt.

»Ich weiß nicht, was du meinst«, wiederhole ich.

Dabei weiß ich es nur zu gut, und ich weiß auch, dass sie gleich zuschlägt, also trete ich noch einen Schritt zurück. Carmen folgt mir, die Hände vor das wutverzerrte Gesicht erhoben.

»Bist du Anwältin, Luce?«

Das war's. Ich senke den Kopf, weil ich wenigstens die Musik ausstellen möchte, doch Carmen lässt mich nicht. »Oder heißt du gar nicht Luce?«

Meine Hände zittern so sehr, dass ich den Knopf am Handy nicht finde.

»*Il feeling è sicuro, quello non se ne va, lo butti fuori ogni momento, è tutta la tua vita e sai di essere un nero a metà ...*«

Wenn ich nichts tue, lande ich gleich im Krankenhaus. Denn Signora Bonavita weiß höchstwahrscheinlich ihre Fäuste zu gebrauchen.

»Ich kann dir alles erklären«, sage ich leise.

»Dann los, aber ein bisschen plötzlich, ehe ich mich vergesse!«

»Ja, ich bin Anwältin«, gebe ich zu, »aber, also ... jetzt nicht mehr. Ich habe den Fall abgegeben und in der Kanzlei aufgehört.«

»Das interessiert mich einen Dreck! Ich will wissen, warum du dich bei mir eingeschlichen hast. Was wolltest du? Hat der Dreckskerl dich geschickt?«

Sie schreit so laut, dass ihre Stimme durch den ganzen Innenhof schallt und ich gegenüber die Fensterläden gehen höre, weil irgendein Schlaumeier neugierig die Ohren spitzt.

»Komm rein«, sage ich und schiebe sie in die Wohnung.

Ich lehne mich an die Wand und beobachte sie, die wie besessen auf und ab läuft und sich dabei immer wieder ans Gesicht fasst. Alleria sitzt reglos in seiner Ecke und überwacht die Szene, um hin und wieder ein Knurren auszustoßen, das mir Sicherheit gibt.

»Woher weißt du das?«, frage ich.

»Hast du ernsthaft gedacht, das vor mir verbergen zu können? Hier? Die Leute reden, das solltest du wissen.«

»Mentre il buio se ne va, ti ritrovi a testa in giù …«

Ich schalte endlich die Musik aus. In der Stille höre ich ihr Keuchen.

»Wo ist Kevin?«

Sie dreht sich um und guckt mich böse an. »Was interessiert dich das? Er schläft, keine Sorge, ich kann meinen Sohn sehr gut alleine großziehen, ich brauche niemanden, dich auch nicht!«

Ich sehe ihr in die Augen und suche nach den richtigen Worten. »Morgen früh wollte ich zu dir gehen und dir sagen, wie die Dinge liegen. Der Avvocato hat den Fall zurückgegeben, er wird deinen Mann nicht verteidigen, er sagt, es gebe keine Voraussetzungen für eine Klage auf das alleinige Sorgerecht des Vaters …«

Carmen stemmt die Hände in die Hüften. Sie trägt ein braunes Top, dazu eine helle Jeans und Lederboots. Ihre Schultern sind hübsch gebräunt.

»Ich könnte dich verprügeln für das, was du getan hast!«

»Lass es mich doch erklären …«

»Was willst du erklären, was gibt's da zu erklären? Du bist eine Null!«

Ihr Gesicht ist wenige Zentimeter von meinem entfernt, ich erkenne die Äderchen im Weiß ihrer Augen und weiter unten das rote, verschwitzte Dekolleté. Und plötzlich rollen ihr Tränen über die Wangen, ohne dass sie eine Miene verzogen hätte. Carmen fährt sich mit dem Handrücken über das Gesicht und dreht sich von mir weg.

Ich warte ein paar Sekunden, dann sage ich: »Ich bin bei meiner Mutter und meiner Großmutter aufgewachsen. Mein Vater ist weggegangen, als ich neun war, und zwei Jahre später gestorben. Ich habe ihn niemals wiedergesehen. Von ihm ist mir nur eine Kassette geblieben, sonst nichts. Ich bin eine Frau, die von Frauen erzogen wurde, ich weiß, was es heißt, allein zu sein, ich weiß, wie man da fühlt und wie Kevin sich fühlt.«

»Nimm seinen Namen nicht in den Mund«, erwidert sie, ohne sich umzudrehen. Sie kämpft mit den Tränen.

»Ich war immer auf deiner Seite, von Anfang an. Aber es war mein erster Auftrag, ich hatte kein Gehalt, mein Freund hatte mich verlassen, und ich wollte nicht zu meiner Mutter zurück. Also habe ich zugesagt, dir zu folgen und zu prüfen, ob die Vorwürfe deines Mannes stimmen.«

Endlich dreht sie sich um, das Gesicht vor Zorn und Schmerz verzerrt, und schreit: »Du hast dir mit einer Lüge Zutritt zu meiner Wohnung verschafft. Du hast mich betrogen, und du hast Kevin betrogen, der dich gern hat.«

»Ich habe Kevin auch gern, du weißt nicht, wie sehr ...« Während ich spreche, legt sie ihren Zeigefinger an die Lippen, sodass ich verstumme.

»Wage es nicht, von meinem Kind zu sprechen, nicht einmal erwähnen darfst du es! Und wenn du ihm noch einmal zu nahe kommst, bring ich dich um. Hast du das kapiert?«

Ich verdrehe die Augen und blicke auf Canis superior, der ein erneutes Knurren von sich gibt.

»Ich habe sofort gesehen, dass du eine gute Mutter bist«, versuche ich es weiter, »schon am ersten Abend, und ich schwöre, dass ich dir alles sagen wollte, aber ich wusste nicht, wie, und irgendwann schien es nicht mehr so wichtig. Also bin ich zum Avvocato gegangen und habe den Fall zurückgegeben.«

»Zu spät«, sagt sie und wischt sich schon wieder eine Träne ab.

»Ich habe sie dazu gebracht, deinen Ehemann nicht weiter zu vertreten. Ich habe für dich und deinen Sohn gekämpft, so gut ich konnte.«

»Und ich dachte, ich hätte endlich eine Art Familie gefunden, eine Freundin.« Jetzt ist es nur mehr ein Flüstern.

»Carmen, das musst du mir glauben, die Freundschaft, die zwischen uns entstanden ist, ist aufrichtig wie die Liebe, die ich für ...«

»Ich habe gesagt, du sollst seinen Namen nicht in den Mund nehmen!«

Schweigend lege ich mir die Hände auf die Brust. Carmen geht an der Wand in die Hocke und schaut in den Himmel vor dem Fenster. Nach einer Ewigkeit spricht sie weiter, ohne mich anzusehen. »Es geht nicht um mich, du wärst nicht die Erste, die mich ausnutzt, ich bin nun mal so, ich bin zu gutgläubig und lerne nichts hinzu. Ich bin verrückt, immer wieder denke ich, die Leute seien ehrlich. Wenn es um mich ginge, würde ich dir verzeihen, echt. Da habe ich schon Schlimmeres überstanden. Ich war ja auch so blöd zu glauben, dass mein Mann nur mich liebt, dass er keine außer mir hatte. Als ich ihn kennenlernte, war ich naiv, so was von naiv, wie ein Kind. Als kleines Mädchen habe ich immer geglaubt, dass ich einen besonderen Mann kennenlernen würde, der mich von hier fortbringt und mir die Welt zeigt. Du hast keine Ahnung, wie sehr ich darauf gehofft habe, diesen miesen Ort hinter mir zu lassen.«

Auch mit ihrem tränenüberströmten Gesicht und dem verwischten Make-up ist sie umwerfend. Die blonden Haare fallen über ihre muskulösen Schultern, ihre kantigen Gesichtszüge, die schlanken Beine, die sandfarbene Haut, alles zusammen macht sie zu einer atemberaubenden Schönheit. Sogar die aufgespritzten Lippen und operierten Titten stören das Gesamtbild nicht. Genauso wenig wie das kleine Tattoo, das unter dem Rippshirt hervorschaut: eine Rose, deren dorniger Stiel sich um den Namen des Sohnes rankt. Wenn diese Frau woanders auf die Welt gekommen wäre, wäre ihr Leben anders verlaufen.

»Weißt du, was das Schlimmste ist, das er mir angetan hat?«

Ich antworte nicht, doch Carmen redet ohnehin schon weiter. »Er hat mir die Naivität geraubt. Er sagte immer, ich sei eine Traumtänzerin. Das bin ich jetzt nicht mehr, und ich glaube auch nicht mehr an den Märchenprinzen und dass die Menschen gut sind, nur, mein Leben wird trotzdem nicht besser. Dann bist du gekommen, und ich habe zu mir gesagt: Schau mal einer an, schenkt dir das Leben da doch etwas Schönes?«

Sie dreht sich um und sieht mich an, und ich fühle mich wie ein Stück Dreck. Ich lasse mich auch auf den Boden sinken.

»Carmen, bitte …«

»Wenn es um mich ginge, Luce, würde ich dir verzeihen, denn ich brauche dich, und das nicht nur wegen meines Sohnes. Aber Kevin hättest du in Ruhe lassen müssen. Er ist anders, er ist noch ein Träumer und vertraut dir und den Menschen, und ich will nicht, dass er das verlernt. Deshalb soll er bei mir aufwachsen und nicht bei seinem Vater.«

Dann starrt sie schweigend ins Leere, hin und wieder schniefend. Ich sehe sie an und sage nichts, während Alleria sich endlich hingelegt hat. So verstreichen fünf Minuten, bis sie schließlich sagt: »Ich gehe dann mal, Luce, mach's gut.«

»Carmen, ich war auf deiner Seite, immer«, wiederhole ich, doch sie scheint mich nicht zu hören.

»Was wirst du Kevin sagen?«, frage ich sie und rappele mich auf.

»Keine Ahnung.« Ihr erloschener Blick streift mein Gesicht. »Vielleicht, dass du tot bist.« Sie zieht die Tür hinter sich zu.

Ich sinke zu Boden, neben Canis superior, der mir den Ellbogen leckt, krame eine Zigarette hervor und rauche sie in vier tiefen Zügen. Ein paar Momente später klingelt es erneut. Ich springe auf in der Hoffnung, dass es Carmen ist, die mir sagt, dass sie mir verzeiht und morgen wieder alles gut ist und sie mir am Nachmittag Kevin bringt. Doch es ist Don Vittorio im Rollstuhl, er hat einen schwarzen Schlafanzug mit roten Nadelstreifen an. Ich sehe ihn enttäuscht an. Er mustert mich. »Né, was ist passiert? Ich bin von eurem Geschrei aufgewacht. Was soll ich denn jetzt tun? Ich kann nie und nimmer wieder einschlafen.«

Ich weiß nicht, ob er das ernst meint oder nicht, ist mir auch egal. »Carmen hat alles herausgefunden.«

Vittorio Guanella sieht mich an und kratzt sich den Bart.

»Sie war hier und hat mir gesagt, dass ich ihren Sohn nicht mehr sehen darf.«

Der Alte packt seine Räder und rollt in meine Wohnung. Er krault den schwanzwedelnden Alleria, dreht sich um und schaut mich an. »Und was willst du jetzt tun?«

»Was will ich tun! Was kann ich denn tun?«

»Vielleicht solltest du ein paar Tage abwarten und dann noch einmal mit ihr reden.«

»Nein, mein Leben geht weiter. Vor einem Monat kannte ich sie ja noch nicht einmal. Ich werde mich damit abfinden, und wenn ich Kevin auf der Straße treffe, umarme ich ihn. Ich weiß doch eh, dass das nur ein Zwischenspiel war, so, wie die Geschichte mit Thomàs ein Zwischenspiel sein wird wie alles Schöne, das eben aufgrund seiner Schönheit nur vorübergehend ist. Und in einem Monat oder einem Jahr gehe ich ohnehin weg. Ich will nicht hier verschimmeln wie meine Mutter und meine Großmutter!«

Er schnauft belustigt. »Luce, was redest du da für dummes Zeug? Wie kommst du darauf, dass die Geschichte mit dem Franzosen nur ein Zwischenspiel ist? Ich glaube, der Junge ist ernsthaft verliebt, und die Sache mit dem, was vorübergeht, überzeugt mich nicht. Dann sind auch die schlimmen Sachen nur ein Zwischenspiel, weil auch sie zum Glück vorübergehen. Wenn es eines gibt, das ich im Leben gelernt habe, dann, dass es keine runden oder eckigen Klammern gibt, kein Vorübergehend oder Zwischendurch, die Sachen, egal, ob schön oder schlimm, tauchen plötzlich vor dir auf, wenn du einen Schritt machst. Und vielleicht ist das auch ein Glück, denn wenn du all die Klammern auslassen müsstest, um ein glückliches Leben zu führen, würde der Satz doch ziemlich kurz werden und schnell an sein Ende gelangen.«

Don Vittorio lacht zufrieden, während mir die Tränen kommen.

»Don Vittò«, sage ich schluchzend, »das ist echt nicht der Abend für philosophische Diskurse …«

»Na gut«, meint er, »es ist spät, ich lass dich jetzt schlafen«, und er rollt zum Ausgang.

Ich halte ihm stumm die Tür auf, und er sieht mich an. »Wenn du mich brauchst, du weißt, wo ich bin.«

Als er schon vor seiner Wohnungstür steht, sage ich: »Ich bin es eben nicht gewohnt, dass Menschen dableiben. Beziehungsweise dass sie sich entscheiden zu bleiben und dann auch glücklich damit sind. Ich bin in dem Glauben aufgewachsen, dass die Menschen an meiner Seite jederzeit gehen können.«

»Was du früher erlebt hast, war früher«, sagt er sofort, »die meisten Leute gehen nirgendwohin, Luce, sondern bleiben, wo sie sind. Ich bin zum Beispiel so einer.«

Eine Träne rollt mir über die Wange, während ich mich mit einer Hand im Türrahmen abstütze.

»Manchmal glaube ich, nur das Resultat meiner Erlebnisse zu sein. Ich bin eine Schnittmenge von Momenten, in denen ich verlassen wurde«, flüstere ich dann.

Don Vittorio guckt leicht betreten und kratzt sich erneut den zerzausten Bart. Dann kommentiert er meinen Satz auf seine Art: »Das gehört doch in die Mengenlehre, die zwei Kreise, die sich überschneiden, mit lauter Äpfeln drinnen. Bei dir wären sie voll mit Verlusten, bei mir brechend voll mit Enttäuschungen.«

Diesmal muss ich auch lachen. Ein Nachtfalter stößt immer wieder an die Neonlampe an der Decke.

»Ah, dein Lächeln hast du also noch nicht verloren!«,

stellt er fest und strahlt. »Aber ich muss dir leider widersprechen, ich glaube nämlich nicht, dass wir nur das sind, was wir erlebt haben. Unser Lebensweg prägt uns bis zu einem bestimmten Punkt, doch der Rest bleibt davon unberührt, immer neu, immer bereit, neu loszugehen und andere Wege zu betreten. Das steckt in jedem von uns, auch wenn so mancher nichts davon ahnt, und es wartet darauf, für etwas ganz Besonderes genutzt zu werden.«

»Wie schafft man das nur, die Dinge immer so zu sehen?«

»Wie?«

»So schön.«

»Ich habe eben mehr erlebt als nötig«, sagt er trocken. Er dirigiert seinen Rollstuhl zum Flurfenster und öffnet es. Dann macht er kehrt und fährt ein Stück in seine Wohnung hinein. Er sieht mich an. »Morgen bei Sonnenlicht findet der Falter auch wieder seinen Weg. Geh jetzt schlafen, und warte auf deine Sonne. Und wage nicht, mich noch einmal mit so albernem Zeug zu wecken. Eine Schnittmenge aus Verlusten …«, murmelt er kopfschüttelnd.

Habe ich ein Glück, dass dieser Mann neben mir wohnt. Ich lächele und schicke ihm einen Kuss durch die Luft, bevor ich in meine Wohnung gehe.

»Luce?«

»Ja?« Ich drehe mich um.

»Denk immer daran: Wir kommen auf die Welt, weil wir eine wunderbare Aufgabe zu erfüllen haben. Alle. Du auch.«

FÜR LUCE UND ANTONIO

Nicht die länger werdenden Tage, nicht die Sonne oder die Wärme oder die duftende Meeresbrise sind es, an denen du den Sommer in Neapel erkennst. Nein.

Es ist der Gestank von Frittierfett.

Heute Morgen bin ich aufgewacht, weil die Signora aus dem Nachbarhaus quasi in meinem Bett Auberginenauflauf zubereitet hat. Gestern Abend hatte ich nämlich tatsächlich die Kühnheit, das Fenster einen Spaltbreit aufzulassen, weshalb ich prompt um Viertel nach sieben mit gerunzelter Stirn die Augen aufschlug und wie ein Spürhund dem Geruch in der Luft nachschnüffelte, was Alleria bereits seit einer Viertelstunde tat.

»Canis superior, du sollst schlafen«, sagte ich zu ihm und drehte mich auf den Bauch, während ein Arm locker herabhing. Doch er saß vor mir und starrte mich an. Als ich die Augen schloss, begann er meine Hand abzuschlecken.

»Was ist?«, fragte ich.

Alleria bellte.

»Ja, es wird wieder Sommer, wie jedes Jahr. Schlaf.«

Erneutes Bellen.

»Okay, du hast gewonnen«, erklärte ich nach zehnminütigem Hin und Her, »besser gesagt, der Sommer hat gewonnen. Die Nachbarin hat gewonnen.«

So war es noch keine acht, als wir auf der Straße standen, die Geschäfte geschlossen, in der Luft der leichte Duft nach Seewasser, Croissants und Schmalzkringeln, alles vermischt. Canis superior und ich drehten unsere übliche Runde, das erste Mal Beinheben am Halteverbotsschild, das zweite Mal an einem verrosteten Rollladen, der seit Jahren heruntergelassen ist und wo sich früher eine Autowerkstatt befand, das dritte Mal beim Haus meiner Mutter, genauer gesagt, an der Holztür einer alten ehemaligen Kirche. Auf dem Rückweg gingen wir wie immer durch den Vico Conte di Mola. Und während ich so in Shorts, Boots und einem Mickymaus-T-Shirt mit Alleria an der Leine, müden Augen und im Halbschlaf vor mich hinlief, fiel mein Blick plötzlich auf ein Schild »Zu verkaufen«.

Was an sich nichts Ungewöhnliches ist in Neapel, wo die Mauern mit »Zu verkaufen«- und »Zu vermieten«-Schildern tapeziert sind. Nur dass der fragliche Hinweis an der Tür hing, hinter der früher einmal Nonna Giuseppina gewohnt hat. Ich blieb wie angewurzelt stehen und trat dann näher. Nichts außer einer Telefonnummer, die ich in meinem Handy speicherte.

Als Kind nannte ich diese Wohnung die »Zwergenhütte«, weil sie so klein und in den Tuff gegraben war. Mein Lieblingsspiel war es, mir die Zwergenfamilie unter der Erde vorzustellen und sie zu besuchen. Und ich hatte nicht nur einen Fantasiefreund, sondern gleich eine ganze Familie. Der Vater, der Älteste von ihnen, hatte einen langen weißen Bart, war weniger als einen Meter groß, mit dunkelbrauner Haut und blauen Augen und hieß Geppo. Außerdem gab es seine Frau und zwei Söhne, von denen einer viel zu schön für einen Zwerg war, mit blonden Haaren, Bronzehaut und kobaltblauen Augen. Doch die übrige Familie war selten zu Hause, sie arbeiteten alle in den Tuffsteinhöhlen, und ich verbrachte meine Zeit hauptsächlich mit Geppo (seine Frau mochte ich nicht besonders), dem alten, krummen Zwerg, bei dem ich mich immer totlachte. Manchmal verbiss er sich derart in eine Idee, dass man ihn nicht davon abbringen konnte, dann verlor ich die Geduld und ging zum Spielen nach draußen, wo ich ihn vergaß. Ich weiß nicht mehr, wann genau ich mich von Geppo und seiner Familie verabschiedete. Vielleicht gab es nicht den einen Moment, sondern ein langsames, schmerzfreies Ablösen, zumindest für mich. Ein bisschen wie mit meiner Großmutter, die mir während meiner Jugend aus der Ferne zulächelte und aus ihrem Stuhl heraus einen Handkuss zuwarf, wenn ich mit einer Freundin oder einem Freund an ihrer offenen Haustür vorbeiflanierte.

Nach ihrem Tod lebte jahrelang ein Ausländer in ihrer Wohnung, ein Pakistaner oder so etwas, den man selten sah, der aber sehr freundlich war und immer lächelte. Einmal kam ich bei ihm vorbei, als er gerade den Bürgersteig fegte, wie Nonna es immer getan hatte. Ich ging zu ihm und erklärte, dass ich diese Wohnung seit meiner Kindheit kannte, mein Zwergenhaus. Ich glaube nicht, dass er mich verstand, aber er bat mich herein. Das hätte er besser nicht getan. Denn kaum stand ich drinnen, zerschellte mein Traum vom Zwergenhaus an dem Bild der harten Realität, welche die Kinder so gut ausblenden, weil sie sie mit der schönsten Gabe, die sie besitzen, umformen und anmalen, mit ihrer Fantasie. Hier drinnen waren keinerlei Spuren von einem Zwerg mit langem weißen Bart und auch nicht von Geppos Frau und Kindern. Und auch dieses eigenartige Gefühl von Schutz spürte ich nicht mehr. Alles weg.

Mit meinem Bruder Antonio hatte ich oft im Wohnzimmer unsere eigene Höhle aus Sofakissen gebaut, eine Grotte, die uns Schutz und Rückzug vor der Unbill der Welt bot. Und immer kam unsere Mutter und schimpfte mit uns, ohne zu bedenken, dass wir wie alle Kinder damit ein Schutzbedürfnis befriedigten. Sie war nur zornig, weil sie alle Kissen würde abziehen und mit der Hand waschen müssen. Und genauso fühlte ich mich beim Verlassen der Pakistani-Wohnung: wehrlos den Widrigkeiten der Welt ausgesetzt.

Wir alle müssen uns einen Rest Kindheit bewahren, und sei es nur als Erinnerung, um die Welt in etwas Romantisches, Farbenfrohes zu verwandeln. Manchen gelingt das hin und wieder, andere versuchen es gar nicht erst. Und nur ganz wenige machen ihr Lebensprinzip daraus. Das sind die Träumer, die von den Leuten für verrückt gehalten werden.

Als mein Vater uns verließ, war meine Mutter jünger als ich heute. Mit nicht einmal dreißig war sie plötzlich alleine für zwei Kinder verantwortlich. Es war nur normal, dass ihre Mutter, unsere Großmutter, ihr half, da sie immer noch mehr arbeiten musste. Von meinem Vater kam in den zwei Jahren keine einzige Lira. Meine Mutter verbrachte mehr oder weniger den ganzen Tag an der Nähmaschine, den Blick auf die Naht einer Hose geheftet, im fahlen Licht der Deckenlampe, da kein Sonnenstrahl in die Küche fiel.

Nach der Schule schickte sie mich zu meiner Oma, damit sie sich nur um Antonio kümmern musste. Abends musste ich dann nur einmal über die Straße und war zu Hause. Sie holte mich nie bei der Nonna ab und kam niemals zu Besuch. Im Gegenzug setzte meine Großmutter niemals einen Fuß in unsere Wohnung. Damals dachte ich nicht weiter darüber nach, ich war viel zu sehr mit meinem plötzlich verschwundenen Vater beschäftigt. Im Übrigen empfand ich mein Leben kaum verdrehter als das meiner Klassenkameraden, wobei es manchen Kindern viel schlechter ging als mir. Ich beschwerte mich nicht, sondern versuchte, die Zuneigung zu genießen, die diese beiden Frauen mir auf ihre jeweilige Art geben konnten. Ich fragte mich nicht, warum wir keine Zeit zusammen verbrachten, warum wir nicht Weihnachten gemeinsam feierten oder mal in der Auguststille zusammen eine Limo in der Via Chiaia trinken gingen. Ob ich mich manchmal gewundert habe, weiß ich nicht mehr. Ich weiß nur, dass ich Nonnas Tod abwarten musste, um die Wahrheit zu erfahren, den Grund für meine zerrissene Kindheit, die Nachmittage bei Nonna Giuseppina, die Abende mit meiner Mutter. Wie das Kind getrennter Eltern konnte ich die Liebe der einen nur haben, wenn die andere nicht da war.

Beim Begräbnis meiner Oma traf mich die Wahrheit mitten ins Gesicht. Meine Mutter hatte sich nur durch mein herzzerreißendes Weinen überreden lassen, überhaupt im Leichenzug mitzugehen. Ich war schon dreiundzwanzig und verlangte nach Antworten und Wahrheiten, die während meiner ganzen Kindheit gefehlt hatten. An diesem Nachtmittag, nach der Rückkehr vom Friedhof, erklärte meine Mutter mir zögerlich, was los war, warum sie Nonna nicht verzeihen konnte.

»Ihr kennt ja nicht die Wahrheit«, begann sie.

»Dann erzähl sie uns doch endlich, die verfluchte Wahrheit!«, rief ich.

Antonio stand reglos mit gesenktem Blick hinter mir.

»Euer Vater ist nicht von heute auf morgen abgehauen, am Anfang hat er sich noch bei Nonna verkrochen«, gab sie dann zu, »bei meiner Mutter ...«

Ich erinnere mich genau an die Stille nach diesen Worten. Und ich weiß sogar noch, womit die Stille gefüllt war: mit dem Ticken der Wanduhr, die über der Abzugshaube hing und zu der meine Mutter häufig zwischen zwei Nähten hinaufschaute. Und mit dem Körnerpicken unseres Spatzens, den wir damals hatten, der sein armseliges Leben in einem kleinen Käfig neben dem Küchenfenster fristete, immer auf der Suche nach ein bisschen Sonne. Und mit Antonios Zähneknirschen, der sich angewöhnt hatte, die Kiefer aufeinanderzupressen, wenn er nervös wurde, was oft der Fall war. Wahrscheinlich waren es nur wenige Augenblicke, doch ich kann sie immer noch aufrufen, als wäre die Zeit stehen geblieben an jenem ungemütlichen Regentag Ende Oktober.

»Was meinst du damit?«, presste ich irgendwann hervor.

»Was ich gerade gesagt habe«, gab sie hart zurück. »Nonna hat fast einen Monat lang euren Vater bei sich beherbergt, ohne mir etwas zu sagen.«

»Warum?«, fragte ich sofort. »Und warum habe ich das nicht gemerkt?«

»Er war nur zum Essen und Schlafen dort«, sagte sie, »und nach dem Warum habe ich auch gefragt, viele Jahre lang. Warum hat sie ihn aufgenommen, warum hat sie mir nichts gesagt, warum hat sie ihn nicht überredet, zu uns zurückzugehen?«

Ich zog einen Stuhl unter dem Tisch hervor und ließ mich darauf sinken. Ich hatte das Gefühl, dass meine Beine jeden Moment nachgeben würden.

»Und hast du sie denn nie gefragt?«, meldete sich Antonio zu Wort.

»Doch, natürlich, das habe ich versucht. Eines Tages vertraute mir eine Kundin und damalige Freundin an, sie habe gehört, dass euer Vater abends bei seiner Schwiegermutter unterschlüpfe. Ich konnte es nicht glauben, und am nächsten Morgen brachte ich euch zur Schule und ging sofort zu ihr. Doch er war schon nicht mehr da, seit ein paar Tagen war er für immer weggegangen. Ich fing an zu weinen und zu schreien, meine Mutter versuchte mich zu umarmen und zu beruhigen. Ich fragte, warum sie mir das angetan habe, warum sie nichts gesagt habe, warum sie ihn beschützt und sich auf seine Seite gestellt habe. Doch sie sagte immer nur, dass sie nicht anders gekonnt habe, dass sie die Wahrheit nicht habe sagen dürfen und ich sie aus seinem Mund erfahren würde, dass er mich und euch beschützen wollte. Da gab ich ihr eine Ohrfeige, und sie sah mich erstaunt an, sagte aber nichts. Einen Moment lang schauten wir uns feindselig an, dann rannte ich weg.«

Antonio legte mir eine Hand auf die Schulter, als wollte er mich beschützen. Mit zwanzig hielt er sich für den Mann im Haus und glaubte, er müsse auch meinen Schmerz, meine Verluste und meine Narben auf sich nehmen.

»Dann haben wir nicht mehr miteinander gesprochen, auch wenn wir für euch so taten, als wäre nichts. In den Jahren danach hat sie mehrmals versucht, auf mich zuzugehen, aber ich wollte nicht. Ich konnte ihr nicht verzeihen. Ich hatte nächtelang verzweifelt wach gelegen, allein mit zwei kleinen Kindern, und im selben Moment fütterte sie den Mann durch, der an allem schuld war.«

»Warum?«

Meine Mutter seufzte, zögerte, spielte nervös mit ihren Fingern, starrte lange an die Decke. Schließlich stieß sie die Luft aus und verschwand im Flur. Wir hörten sie in einer Schublade kramen, wo sie ihre Nähsachen aufbewahrte, und Antonio sah mich verwirrt an, als erwarte er eine Antwort von mir. Unsere Mutter kam zurück, ihre Hausschuhe schlurften über die damals blauen Fliesen, die mittlerweile abgenutzt und weiß gefleckt sind. In der Hand hielt sie eine Kassette, auf der mit Kugelschreiber stand: »Für Luce und Antonio«. Sie sah uns lange an, erst meinen Bruder, dann mich, schließlich reichte sie mir die Kassette, die ich zögernd ergriff.

»Die ist von eurem Vater«, sagte sie und sah mir in die Augen, »die hat er ein Jahr nach seinem Weggang aufgenommen.«

Wütend riss ich die Augen auf. »Und die gibst du uns erst jetzt?«

Meine Mutter blieb standhaft, wahrscheinlich hatte sie damit gerechnet. Sie biss die Zähne aufeinander und sagte nur: »Das habe ich für euch getan. Ihr wart noch klein und solltet eine unbeschwerte Kindheit haben. Auf dieser Kassette sind Dinge, von denen Kinder nichts wissen wollen.«

»Wir hatten ein Recht zu erfahren, warum unser Vater uns verlassen hat!«, schrie ich unter Tränen und sprang auf. Sie wich einen Schritt zurück, während Antonio zu mir trat und meinen Arm packte. Ich stand vor unserer Mutter und sah sie voller Verachtung an.

»Auch wenn du mich hasst, ich bin überzeugt, dass ich das Richtige getan habe.«

Ich musste nur kurz meinem Bruder in die Augen sehen, um mich zu beruhigen und zu begreifen, dass es mir überlassen sein würde, die Kassette anzuhören. Er war knallrot im Gesicht und mahlte ohne Unterbrechung mit den Kiefern. Ich wollte ihn umarmen, doch Antonio entwand sich und verließ türenknallend die Wohnung.

Ich starrte immer noch ins Leere, als meine Mutter weitersprach: »Wenn du die Kraft hast, uns beiden zu verzeihen, mir und ihm, umso besser für dich. Ich kann meiner Mutter immer noch nicht verzeihen.«

Dann schlurfte sie ins Wohnzimmer zurück.

Und ich steckte die Kassette in meinen Walkman.

FLICKWERK

Jedenfalls hatte ich gerade die Nummer des Wohnungsverkäufers in meinem Handy gespeichert, als ich einen Anruf bekam. Es war Antonio.

»Hallo ...«

»Ciao, Piccerè.« Er klang fröhlich. »Wie geht's?«

»Ich habe gerade gesehen, dass Nonnas Wohnung verkauft wird.«

Kurzes Schweigen, dann fragte er: »Nonnas Wohnung?«

»Ja. An Nonna erinnerst du dich doch noch, oder?«

»Wie kommst du jetzt darauf?«

»Ich würde sie gerne kaufen. Die Wohnung.«

»Du?«

»Ja.«

»Was willst du denn mit der Wohnung, Luce? Das ist ein Loch.«

»Eine Höhle«, korrigierte ich ihn, »eine Zwergenhöhle.«

Antonio schnaufte. »Mag ja sein, und wie soll das gehen?«

»Die kann nicht viel kosten. Ich könnte einen Kredit aufnehmen.«

»Aber du hast doch eine Wohnung, wenn ich mich nicht irre.«

»Sie gehört mir aber nicht.«

»Und du willst echt in eine Höhle ziehen?«

»Ich würde sie wiederherrichten.«

Stille.

»Du solltest nach vorne schauen, Piccerė, nicht zurück.«

»Das weiß ich, aber wenn du hinter dir eine Tür offen lässt, erwischt dich vielleicht ein fieser Luftzug, und schon hast du einen steifen Hals.«

Antonio lachte und ich auch. Rechts von mir zog eine Signora mittleren Alters mit Dutt auf dem Kopf und Pantoffeln an den Füßen den Rollladen vor ihrem Laden hoch, in dem sie schwarz gehandelte Putzmittel verkauft.

»Wie geht es Arturo?«, fragte ich.

»Gut, nur dass er nachts viel weint.«

»Ja, davon habe ich gehört, das scheinen Babys oft zu tun.«

Er lächelte, wie ich seiner Stimme entnahm, wechselte dann aber das Thema. »Gestern Abend hat mich Mama angerufen.«

Als ich schwieg, fuhr er fort: »Willst du es hören?«

»Was denn?«

»Du wirst es nicht glauben, ich glaube es ja selbst kaum…«

»Was denn?«

»Sie hat sich bei mir entschuldigt.«

»Wie bitte?«

»Ja. Kannst du dir unsere Mutter vorstellen, die sich entschuldigt?«

»Das fällt mir tatsächlich ziemlich schwer.«

»Sie hat gesagt, sie freue sich für mich, und sie freue sich auch, Raffaella kennenzulernen und ihren Enkel zu sehen. Und es tue ihr leid, keine gute Mutter gewesen zu sein.«

»Das hat sie gesagt?«

»Ja. Worüber habt ihr zwei eigentlich geredet? Ich hatte dich gebeten, keinen großen Aufstand zu machen, und schon gar nicht, ihr die Vergangenheit vorzuwerfen.«

»Über gar nichts, worüber sollten wir schon reden? Über dich hauptsächlich und über ihren Enkel. Außerdem war sie gar keine schlechte Mutter.«

Alleria blieb stehen und schnüffelte zwischen zwei Pflastersteinen herum.

»Eben.«

»Außerdem kannst du ja das nächste Mal selbst mit ihr reden, wenn dir nicht passt, was ich sage.«

»Mir passt alles, was du sagst, Piccerè!«

»Du bist ein alter Charmeur, Antò, das wusste ich schon immer.«

Er lachte aus vollem Halse. »Und sie hat mir gebeichtet, dass es einen Mann in ihrem Leben gibt. Eine Viertelstunde musste sie herumdrucksen, bevor sie endlich damit herausrückte.«

»Der Cavaliere …«

»Bonfanti, ja. Ich wusste es eh schon.«

Ich erstarrte.

»Du wusstest es?«

»Schon seit Jahren, eigentlich schon immer. Einmal kam ich vom Fußballtraining nach Hause, und da standen sie in der Küche und umarmten sich. Sie hatten mich nicht gehört. Ich schlich zurück zur Tür und verschwand.«

»Und du hast mir nichts gesagt?«

»Nein.«

»Warum nicht?«

»Du warst ja nie da, immer bei Nonna. Dann bist du größer geworden und warst viel draußen. Ich habe nicht den richtigen Moment gefunden.«

»Na klar, ist ja auch schwer, der richtige Moment in zwanzig Jahren!«

»Irgendwann dachte ich dann, es wäre vorbei. Wer hätte denn ahnen können, dass die Sache so ernst ist?«

Ich wollte gerade etwas erwidern, als ich zehn Meter vor mir Kevin sah, die Hände unter den Schulterriemen des Ranzens geschoben und ein Lächeln im Gesicht. Er wirkte selbstsicher, wie ein Erwachsener. Als er mich sah, riss er die Augen auf, kam mit hüpfendem Ranzen auf mich zugerannt und warf sich auf Alleria.

»He, Moment mal«, rief ich, »er wird abgeknutscht, und ich bekomme nicht mal ein Küsschen?«

Das Kind lächelte und warf sich mir um den Hals.

»Wer ist das?«, hörte ich Antonio fragen.

»Was machst du hier ganz alleine? Wo ist deine Mutter?«

»Ich gehe zur Schule«, sagte er. »Mama geht es nicht so gut, sie hat Kopfweh und wenig geschlafen. Aber ich glaube das nicht. Sie hat geweint. Und vielleicht auch ein bisschen getrunken. Wenn sie trinkt, ist sie traurig.«

»Luce?«

»Warte kurz«, sagte ich zu meinem Bruder und wandte mich dann wieder Kevin zu. »Macht sie das oft? Trinken, meine ich.«

Er neigte ein wenig den Kopf, um nachzudenken, dann wiederholte er: »Nein, nur wenn sie traurig ist.«

»Und wer holt dich nachher ab? Soll ich kommen?«

»Nein danke, Papa holt mich ab. Ich glaube, sie hat ihn heute Nacht angerufen. Das macht sie auch, wenn sie traurig ist. Aber du darfst ihr nicht sagen, dass du es weißt. Wie geht es Primavera?«

»Primavera? Gut.«

»Ihr dürft ihn nicht ohne mich freilassen! Ihr müsst mir Bescheid sagen.«

»Na klar«, lächelte ich.

Dann gab er mir einen Kuss, beugte sich zu Alleria hinunter, schmiegte sich kurz an ihn und war weg.

»Soll ich mit dir gehen?«, rief ich ihm nach.

Ohne sich umzudrehen, hob er die Hand und winkte mit dem Finger ein Nein. Ich stand wie belämmert da, bis er um die Ecke gebogen war, dann fiel mir mein Handy wieder ein.

»Wer ist das Kind?«

»Der Sohn einer Freundin.«

»Okay, also, ich wollte dir eigentlich sagen, dass ich dieses Wochenende in Neapel bin.«

»Dieses Wochenende?«, entfuhr es mir.

»Ja, genau. Ich habe einen günstigen Flug gesehen und zugeschlagen. Dann kannst du Arturo und Raffaella kennenlernen. Und unsere Mutter organisiert ein Mittagessen mit allen, so wie in einer richtigen Familie. Und der tolle Cavaliere wird auch da sein! Sie wollte dich anrufen, aber ich habe ihr gesagt, dass ich dir Bescheid gebe.«

Ich spürte einen Wassertropfen auf der Stirn.

»Ein gemeinsames Sonntagsessen?«

»Genau.«

Stille.

»Sehr begeistert scheinst du ja nicht zu sein …«

Wieder ein Tropfen, diesmal auf die Nase. Ich hob den Blick zum wolkenlosen Himmel und entdeckte die Ursache: Ich stand genau unter einer Wäscheleine, die die beiden Häuser zu meinen Seiten zusammenzuhalten schien. Auf ihr hingen ein paar Sachen zum Trocknen. Ein Trikot vom SSC Neapel mit der Nummer 10 und dem Namen »Ciro« auf dem Rücken wollte anscheinend das überschüssige Wasser loswerden und tropfte mir auf den Kopf, vielleicht auch um mir zu sagen, dass ich unerwünscht sei. Ich setzte mich wieder in Bewegung.

»Nein, entschuldige, ich freue mich sehr, aber ich habe den Kopf so voll …«

»Probleme?«

»Das Übliche«, winkte ich ab. Er hakte nicht weiter nach.

»Na gut, wenn du nicht darüber reden willst. Dann sehen wir uns Samstag.«

»Okay, einen Kuss.«

Es ist ja gar nicht so, dass ich nicht darüber reden will, ich weiß nur nicht, woher ich die Worte nehmen soll, um das Chaos in meinem Kopf zu erklären. Nächsten Sonntag werde ich nach langer Zeit wieder einen Hauch von Familie erleben. Das ist schön und sollte mich glücklich machen. Zugleich hast du mir gerade noch gesagt, ich solle nach vorne schauen und nicht zurück. Das versuche ich, Antonio, aber ehrlich gesagt, sehe ich da nur Flickwerk. Du wirst mit deiner Partnerin und deinem Sohn kommen, unsere Mutter mit einem Mann, den sie vielleicht schon lange oder schon immer liebt. Und ich, mit wem komme ich? Weißt du noch, als wir klein waren und Mama uns, wenn sie stricken musste, zur Beschäftigung die Wollknäuel in die Hand drückte und sagte, wir sollten sie langsam abrollen, damit sie nicht verhedderten? Du hattest sofort keine Lust mehr dazu, ich aber blieb stundenlang sitzen und entrollte und entwirrte Wollfäden. Das habe ich so verinnerlicht, dass ich auch als Erwachsene mein Leben zu entwirren begann, Tag für Tag. Aber irgendwann habe ich wohl nicht mehr aufgepasst, denn es entstand ein komisches Knäuel, das ich nicht mehr auflösen kann.

Und jetzt sage mir bitte, Antò, wie ich dir das hätte erklären sollen.

Als ich vielleicht achtzehn war, drehte ich eines Samstagabends mit meinem damaligen Freund eine Runde durch die besseren Wohnviertel. Wir aßen ein Eis auf dem Posillipo und hielten in der berühmten Kurve mit Meerblick, wo ich mich auf den Sattel seines Motorrads setzen sollte. Dann zog er einen mittelmäßigen Ring hervor, den er mir überreichte, zusammen mit einer mittelmäßigen Art von Liebeserklärung – denn, um ehrlich zu sein, er war weder ein besonders romantischer noch besonders tiefsinniger Typ. Dennoch war ich so gerührt, dass ich krebsrot wurde und mir atemlos zitternd den Ring überstreifen ließ. Zwei Monate später erfuhr ich, dass mein mittelmäßiger Freund sich mit einer anderen traf, irgendeiner Schlampe, die bei mir in der Nähe wohnte, und dass der Ring nicht echt war, genau wie die Liebesgeschichte, die er mir erzählt hatte.

Also klingelte ich an seiner Haustür, bat ihn herunter und ging in Position. Als er mit seinem üblichen Idiotenlächeln auf die Straße trat, versetzte ich ihm einen Tritt in den Hintern, streifte den Ring ab und warf ihn in den Rinnstein. So endete unsere mittelmäßige Beziehung. Doch an jenem Abend auf dem Posillipo schien alles perfekt zu sein, die Welt war sanft, weich und in zarte Farben getaucht. Bei seiner Liebeserklärung, im Hintergrund der Vesuv, dessen glitzernde Lichtpünktchen ins Meer zu gleiten schienen, war ich einen Moment lang glücklich oder fühlte mich zumindest einmal zur richtigen Zeit am richtigen Ort.

Damals auf dem Rückweg fasste ich ihn um die Hüften und leckte ihm, während er seine Fahrkünste präsentierte, mit der Zunge über den Hals, was ihn ziemlich anzutörnen schien, sodass er fragte, ob wir im Parco Virgiliano einen Halt einlegen sollten, wo sich Pärchen auf der

Suche nach Zweisamkeit treffen. Nur dass wir im Gegensatz zu ihnen nicht im Auto, sondern auf dem Motorrad unterwegs waren, es schon spät war und meine Mutter nie einschlief, bevor ich zu Hause war. Sie würde mir tagelang Vorwürfe machen. Zum Glück ließ er sich überzeugen, mich nach Hause zu fahren. Es war nach Mitternacht, die Gassen im Spanischen Viertel waren dunkel und menschenleer. Deshalb sprangen uns die Umrisse meines Bruders Antonio mit seiner phosphoreszierenden Baseballkappe wie ein Katzenauge entgegen. Der Bursche lehnte an einem Auto und hatte die Hände in den Jackentaschen vergraben.

An jedem anderen Ort würde man angesichts eines jungen Mannes, der alleine an einem Auto lehnt, keinen Verdacht schöpfen, doch in tiefster Nacht im Herzen des Spanischen Viertels kann so eine Szene nur eines bedeuten: Der Typ verkauft Marihuana.

Ich bedeutete meinem Freund anzuhalten und stieg ab. Antonio war von dem Motorradscheinwerfer so geblendet, dass er meine Hand nicht bemerkte, die ausholte und ihm einen gezielten Schlag auf den Hinterkopf versetzte. Das Geräusch war so laut, dass es wie eine Flipperkugel zwischen den Häuserwänden hin und her sprang und auf dem kleinen Platz am Ende der Gasse verhallte. Als Antonio begriff, was los war, murmelte er etwas wie: »Was willst du? Was willst du?« In Endlosschleife.

Ich war leider nicht daran gewöhnt, Ringe zu tragen, deshalb schwoll meine Hand nach dem Schlag sofort an, während ein dicker Frosch in meinem Hals vor Wut krächzte (sofern Frösche krächzen können). Ich war so nervös und aufgebracht, dass ich mir die Antwort ersparte und ihm einen Tritt versetzte, dann noch eine Ohrfeige, die ihn taumelnd zurückweichen ließ. Am Ende stoppte mich mein mittelmäßiger Freund, indem er sich schützend vor Antonio stellte und mich anschrie, ich solle mich beruhigen. Da erst bekam ich wieder Luft und konnte langsam meinen Zorn abkühlen.

Mein Bruder rieb sich den Schädel und sah mich mit feuchten Augen an, doch ich ließ mich nicht beirren, ging zu ihm und wühlte in seinen Taschen, wo ich tatsächlich ein nicht angebrochenes Stück Haschisch fand. Ich wusste, von wem er es hatte, ich kannte seine Freunde, eine ungute Gesellschaft, mit der er sich seit Neuestem bekiffte, deshalb steckte ich in einer zornigen Aufwallung den Stoff ein und stieg auf das Motorrad.

»Was machst du?«, fragte die mittelmäßige Liebe meines Lebens.

Ohne etwas zu erwidern, legte ich den ersten Gang ein. Einige Jahren zuvor hatte ich Motorradfahren gelernt, also gab ich rennfahrermäßig Gas und war eine Minute später an dem Platz, wo die vier Kleinkriminellen, die mit meinem Bruder herumhingen, sich immer trafen. Als sie mich mit Vollgas heranrasen sahen, sprangen sie auf und gingen mir nervös entgegen. Erst als sie mich erkannten, beruhigten sie sich. Ich rief den Ältesten von ihnen zu mir, Ciro, auch er noch nicht volljährig, und legte ihm den Klumpen in die Hand. Dann sagte ich: »Jetzt hör mir gut zu, Cirù! Antonio ist ein guter Junge, zieh ihn nie wieder in solche Dinge hinein. Du lebst dein Leben und wir unseres, und alle sind zufrieden!«

Er musterte mich mit arrogantem Blick von oben bis unten, sagte aber keinen Ton.

»Haben wir uns verstanden?«

Ciro zögerte einen Moment lang, dann nickte er und wandte sich verächtlich von mir ab. Ich legte den Gang ein und fuhr weg. In derselben Nacht trat ich an Antonios Bett und flüsterte in die Dunkelheit: »Du weißt, dass du ein anständiger Junge bist, deshalb musst du ehrlich leben und ehrlich sterben. Wie unsere Mutter. Und Papa. Wenn ich dich noch einmal mit diesen Typen sehe, bringe ich dich um, das schwöre ich dir. Zuerst dich und dann mich. Du weißt, dass ich das kann.«

Er sagte nichts, aber ich wusste, er hörte mir zu. Einige Tage lang mied er meinen Blick, und nach ein paar Wochen war alles wie früher. Er traf sich nicht mehr mit Ciro und den anderen Kumpels. Als er zum Militärdienst musste, atmete ich erleichtert auf. Nun würde ihn der Wehrdienst von der schiefen Bahn abhalten.

Als er zurückkam, war er ein anderer. Ich hatte ihn wieder einmal gerettet.

Was den guten Ciro betrifft, grüßt er mich seit jenem Tag mit Ehrerbietung, ich glaube, er hält mich für eine richtige Frau. Wenn man unter einer richtigen Frau jemanden versteht, die sich nicht auf dem Kopf herumtanzen lässt und für sich und ihre Nächsten kämpft, dann bin ich wohl tatsächlich eine.

GEHEN ODER BLEIBEN

Still fällt ein feiner Regen, als wollte er nicht stören. Es ist vier Uhr an einem Frühsommernachmittag, doch der bleigraue Himmel grummelt gewittrig vor sich hin, sodass Canis superior, der neben mir liegt, in regelmäßigen Abständen ein Jaulen ausstößt, wie um der Natur zu sagen, sie solle aufhören zu nerven. Seine Mittagsruhe ist ihm heilig, vor allem wenn die Wohnung so wie jetzt in angenehme Stille gehüllt ist. Wir sind bei Don Vittorio, genauer gesagt, in der Küche meines alten Nachbarn. Er sitzt in seinem Rollstuhl am Fenster, ich am Tisch, Arme und Kopf auf die Platte gelegt. Auf der Abzugshaube hockt Primavera, der das Köpfchen nach rechts und nach links dreht, um dem Gewitter vor dem Fenster zuzusehen und sich dann wieder unter den Flügeln zu putzen.

»Sprühregen«, bricht Don Vittorio das Schweigen.

Ich hebe den Kopf und schaue hinaus, wo ein Sonnenstrahl sich seinen Weg in die Küche gebahnt hat, bis zu Vittorios Füßen. Im Gegenlicht sieht man den leichten Regenschleier.

»Ja.«

»Sieht schön aus, der Regen im Sonnenlicht«, fährt er fort. »Wusstest du, dass dieses Phänomen in verschiedenen Gegenden der Welt auf unterschiedliche Art beschrieben wird? In Russland nennt man es ›Pilzregen‹, weil die Pilze sich unter diesen Bedingungen besonders gut entwickeln. In Katalonien wiederum sagt man, die Hexen waschen sich die Haare.«

»Woher wissen Sie bloß immer all diese Dinge?«, frage ich, und mein Kopf sinkt wieder auf den Tisch.

»Ich bin halt viel herumgekommen, Nenné, das ist alles.«

»Sie Glücklicher«, sage ich mit belegter Stimme, »ich war immer nur hier.«

Er dreht sich zu mir um und sieht mich an. »Dann solltest du damit anfangen, mit dem Reisen, meine ich.«

»Alleine?«

»Na ja, alleine reisen macht dich stärker. Du könntest aber auch deinen Franzosen durch die Welt begleiten.«

»Das ist vielleicht gar keine schlechte Idee.«

Einmal mehr in meinem Leben befinde ich mich an einer Weggabelung. Arbeitslos (was Avvocato Geronimo allerdings noch nicht weiß) und ohne das Kind, das in mir den Wunsch nach einem eigenen Kind geweckt hat, dafür mit einem Neffen, der mich garantiert bedauern lassen wird, noch kein Kind bekommen zu haben, und mit einem Mann an meiner Seite, den ich auf keinen Fall fragen kann, ob er ein Kind mit mir will.

»Vielleicht sollte ich wirklich weggehen. Ich könnte mich auch in eine lebende Statue verwandeln und mit Thomàs durch Europa reisen, heute hier, morgen dort. Canis superior könnte ich bei Ihnen lassen, oder ich nehme ihn einfach mit, Straßenkünstler mit Hund kommen besser an beim Publikum. Oder ich könnte abwarten, wie die Dinge sich entwickeln, bis der Franzose in Neapel die Anker lichtet, in die Kanzlei Geronimo zurückkehren, mir die Nase zuhalten und mich weiter den Versicherungsbetrügereien widmen, vielleicht sogar Manuels Annäherungsversuchen nachgeben, mit ihm ins Bett gehen und auf jemanden warten, der dem Ganzen einen Sinn gibt. Ich komme mir vor wie beim Topfschlagen, man sucht nach etwas, und der andere sagt ›heiß‹ oder ›kalt‹, je nachdem, wie nahe man der Sache gekommen ist. Ich bin nur einen Schritt von der Wahrheit entfernt, das merke ich, als würde jemand ›warm‹ sagen, was bedeutet, dass ich das Rätsel noch nicht gelöst habe, das Ding noch nicht gefunden habe, aber nahe dran bin. Ich habe das Gefühl, vor einer Wende zu stehen, aber ich weiß noch nicht, worin sie besteht, was ich dafür tun muss. Und ich habe Angst, mich zu irren und die Stimme zu hören, die wieder ›kalt‹ sagt.«

Don Vittorio sieht mich mit leuchtenden Augen an, auf seinen Lippen ein fast unmerkliches Lächeln. Doch er schweigt.

»Dieses Wochenende lerne ich meinen Neffen kennen«, fahre ich daher fort, »und den Cavaliere, den Lebensgefährten meiner Mutter.«

»Gut«, sagt er endlich. »Freust du dich?«

»Ja, klar, obwohl ich dachte, ich würde mich mehr freuen.«

Stille. Primavera flattert von der Abzugshaube auf die Kommode.

»Ich würde gerne die ehemalige Wohnung meiner Großmutter kaufen. Sie steht zum Verkauf. Nur dass ich keine Arbeit mehr habe.«

Jetzt dreht Don Vittorio sich um. »Dann willst du also hierbleiben.«

»Ehrlich gesagt, weiß ich es nicht …«

»Gute Idee jedenfalls. Ich habe auch noch einmal über die Sache mit dem Job nachgedacht, und da fiel mir ein, dass ich einen Freund habe, der Anwalt ist. Ich könnte ihn anrufen und fragen, ob er eine fähige Mitarbeiterin braucht.«

»Echt?«

»Na ja, ohne Garantie, aber versuchen kann ich es.«

»Lauwarm«, sage ich nach kurzem Zögern, und er sieht mich lächelnd an. Um nach einer Weile hinzuzufügen: »Es sei denn, du möchtest wirklich weggehen.« Er sieht mich immer noch an.

Ich überlege kurz und ziehe dann eine Grimasse. »Mmh, keine Ahnung. Ich habe das Gefühl, überhaupt nicht mehr zu wissen, was ich wirklich will.«

Er zündet sich seine Pfeife an und öffnet das Fenster. Der Geruch von nasser Straße strömt in die Küche. Schweigend beobachten wir die Regentropfen, die die Sonne begleiten und den vorher unhörbaren Lärm der Stadt erst zu voller Entfaltung bringen. Ich kann sogar das Gezwitscher der Schwalben hören, genau wie Primavera, der jäh das Köpfchen dreht und zu erforschen sucht, woher die vertrauten Laute rühren. Dann folgt das Gurren einer Turteltaube, die unter irgendeinem Fensterbrett Schutz gefunden hat, und von noch weiter her ein Brummen, bei dem ich mir gerne ein Insekt vorstelle, das den Frauen rät, trotz des Regens die Fenster aufzureißen, der Sommer ist da – obwohl es sich wahrscheinlich nur um das metallische Brummen eines dieser widerwärtigen Ungetüme handelt, mit denen wir unsere Häuser zuhängen: eine Klimaanlage. Bald können wir mit unserem Telefon am Handgelenk herumlaufen, aber für ein bisschen Kühlung müssen wir uns immer noch ganze Panzer an die Balkone hängen.

»Ich mag das Geniesel nicht besonders«, sage ich, nachdem ich den Gedanken wieder aufgenommen habe, »und noch weniger, wenn dazu die Sonne scheint. Ich denke dann immer an diese halben Sachen, die kein Ende finden, die ungelöst bleiben. Wie mein Leben. Warm …« Ich lächele.

Don Vittorio schaut lange in den Himmel. Wenn er das tut, kommt er am Ende immer mit einem seiner Merksprüche um die Ecke.

»Dabei vergisst du etwas Grundlegendes«, sagt er schließlich, ohne sich umzudrehen. »Wenn es regnet und die Sonne scheint, ist am Ende fast immer ein Regenbogen zu sehen.«

Genau.

»Heute habe ich Geburtstag«, sagt Don Vittorio nach einem erneuten Schweigen.

Ich richte mich auf, wie Alleria es immer tut, und sehe ihn an.

»Ja, und? Auch ich habe eben manchmal Geburtstag, den man feiern muss, weißt du…«

»Und das sagen Sie mir erst jetzt?«

»Wann hätte ich es denn sonst sagen sollen?«

»Zum Beispiel gestern? Ich hätte meine Mutter bitten können, einen Kuchen zu backen, oder ich hätte einen Babà beim Bäcker gekauft und ein paar Kerzen draufgesteckt. Ein Geburtstag ohne Kerzen ist doch wirklich traurig.«

»Oh, Luce, wenn du wüsstest, wie viele Geburtstage ich ohne Kerzen gefeiert habe. Und das Wort ›auspusten‹ mag ich ohnehin nicht, das klingt so nach plötzlicher Unterbrechung«, sagt er.

»Gut, aber ich hätte wenigstens ein Geschenk besorgen können.«

Schweigend starrt er wieder aus dem Fenster.

»Wollen wir nicht hinausgehen? Oder möchten Sie an Ihrem Geburtstag zu Hause sitzen, wie sonst auch immer?«

Endlich dreht Don Vittorio sich um. »Und wohin sollen wir gehen?«

»Tja, einen Spaziergang machen«, Canis superior erhebt sich auf seine Vorderpfoten, »ein Eis essen oder Thomàs treffen!«

»Wie wär's mit dem Meer?«

»Ans Meer fahren?«

»Ja, ans Meer. Diese Luft weht mir den Geruch des Meers in die Nase.«

»Aber es regnet«, erwidere ich schwach.

»Es nieselt«, präzisiert er.

Nach kurzem Überlegen beuge ich mich zu Alleria: »Was hältst du von einem Spaziergang?«

Canis superior springt auf und beginnt wie verrückt zu bellen, weshalb wir eilig aufbrechen, bevor sich jemand am Fenster zeigt und uns wegen Störung der Mittagsruhe verflucht. Kurze Zeit später stehen wir unten auf der Straße, der dichte Nieselregen macht das Pflaster glitschig und zwingt mich mit dem Rollstuhl zu einem Zickzackkurs zwischen den Pfützen hindurch. Wir sind in zwei tarnfarbengrüne Wachsjacken gehüllt, die ich auf Don Vittorios Geheiß aus einem nach Mottenpulver riechenden Schrank gezogen habe. Die Kapuze rutscht mir alle zwei, drei Schritte über die Augen, und ich kann beim Überqueren der Gassen kaum nach rechts und links schauen, wo wie immer Mofas und Autos vorbeirasen. Daher führt der Alte mich, er sagt mir, wo ich abbiegen oder anhalten soll, um zwei Angebern auf einer Tuareg oder einer keifenden Alten den Vortritt zu lassen, die ihren Einkaufswagen hinter sich herzieht und auf den Wind schimpft.

Mittlerweile ist auch der letzte Rest Sonne vor den dicken Wolkenmassen zurückgewichen, die sich um die Häuser legen. »Don Vittò«, rufe ich, »da haben Sie sich wirklich den richtigen Tag für einen Ausflug ans Meer ausgesucht!«

Ich glaube, er lacht. Er sagt nichts, und ich kann sein Gesicht nicht sehen. Bald erreichen wir die Via Toledo, wo die Afrikaner die Sonnenbrillen auf ihren Verkaufstischen abdecken, während uns ein Inder mit einem Bündel Regenschirmen am Zeigefinger entgegenkommt, die man nach harten Verhandlungen für drei Euro das Stück ersteht mit dem guten Gefühl, dass man sich nicht über den Tisch hat ziehen lassen. Dann aber bäumt sich beim ersten festeren Windstoß dein Drei-Euro-Regenschirm auf und verwandelt sich in einen dieser dicken Mistkäfer, die rücklings hilflos auf dem Boden tanzen, und du versuchst, das schöne Stück zu reparieren, während dir das Wasser um die Ohren spritzt, bis dann der Stoff reißt und du nur noch den Stock in der Hand hältst, sodass du das tote Insekt, das für kurze Zeit ein Gegenstand war, in den erstbesten Mülleimer wirfst und unter wilden Flüchen auf Inder, Chinesen, Neapolitaner und alle anderen, die dich lächelnd über den Tisch ziehen, weggehst.

Als wir die Strandpromenade erreichten, betrachtete Don Vittorio einen Moment lang den Horizont, dann drehte er sich zu mir um. »Nenné, ich weiß, dass du mich für einen alten Nervtöter halten wirst, aber ich wollte ans Meer, also ans Wasser, und nicht nur dorthin, wo man es sehen kann. Wir sind noch zu weit weg.«

»Zu weit weg? Da ist das Meer, es ist nur zehn Meter entfernt!«

»Aber dazwischen sind die Felsen.«

Ich sah noch einmal in den dunklen Himmel. »Don Vittò, hätten Sie sich zum Geburtstag nicht einen schönen Schlips wünschen können? Das Wetter wird immer fieser …«

»Wenn ich der Typ wäre, der sich einen Schlips zum

Geburtstag wünscht, wärst du nicht hier. Wir zwei wären dann nicht befreundet.«

Damit mochte er recht haben. Ich zündete mir eine Zigarette an.

»Gibt es hier denn nirgendwo einen Strand?« Er sah sich um.

Nein, kein Strand, nur diese elenden, schmutzig weißen Flutbrecher, die die Stadt vor dem Meer schützen sollen und nur den Ratten gefallen, die hier Unterschlupf finden.

»Im neunzehnten Jahrhundert hatte Neapel einen herrlichen Strand mit vielen kleinen Segelbooten, die im Morgengrauen in See stachen, während die Fischer schon ihre frisch gefangene Ware am Strand verkauften. Mit kleinen Jungs, die Fangen spielten, und ein paar jungen Damen, die am Strand promenierten und einem zuzwinkerten«, sagte Don Vittorio nachdenklich.

»Die jungen Damen gibt es immer noch«, antwortete ich scherzend, ich dachte an Patty, während ich den Rollstuhl weiterschob. Alleria folgte uns stumm mit nassem Fell. Don Vittorio zog gedankenversunken seine Pfeife unter der Wachsjacke hervor und brauchte mehrere Anläufe, um sie anzuzünden. Er stieß ein paar Rauchwolken aus, dann verkündete er: »Wie wäre es, wenn wir nach Bagnoli fahren? Dort gibt es Strand.«

»Ja, dort gibt es Strand, aber der Sand ist vermischt mit Teer und Asbest. Wenn das egal ist?«

Don Vittorio lächelte zuerst und sagte dann: »Das ist egal, Nenné. Wer Gold finden will, darf vor Dreck keine Angst haben.«

Einen Meter vor dem Wasser halte ich an, die Räder des Rollstuhls versinken im schwarzen Sand. Bei trockenem Sand hätten wir es nie so weit geschafft.

»Weiter.«

»Noch weiter? Wollen Sie etwa ins Wasser?«, frage ich verblüfft.

»Nein, ich will nur mal meine Füße baden.«

Ich antworte nicht sofort, sodass er eine Erklärung nachschiebt: »Ja, ja, ich mag ja wie ein verkalkter Opa wirken, der alle mit seinen Erinnerungen von früher nervt. Aber du hast von einem Geschenk gesprochen, und nun sind wir hier.« Er dreht sich um und zwinkert mir zu. Ich lächele zurück, während ich aus den Augenwinkeln Alleria beobachte, der hinter uns zwischen den Reifenspuren, die der Regen und dieser komische dünne Nebel schon verwischen, ein Loch in den Sand buddelt. Dann schiebe ich meinen Freund noch zwei Meter weiter und helfe ihm, seine Socken auszuziehen. Das graue Meer schlägt machtvoll an unsere Füße, und ich meine, im Wasser rote Striche schwimmen zu sehen, vielleicht Algen oder eine Spiegelung der Italsider, dieses alten, rostigen Gebildes hinter uns, das kurz vor dem Einsturz steht. Das traurige Überbleibsel einer stolzen Stahlfabrik, die dem ganzen Ort jahrzehntelang Arbeit gab und gleichzeitig ihre giftigen Dämpfe und den Staub ins Meer und auf die Balkone der Arbeiter pumpte.

Ich nehme ein Bein des Alten und stelle es in den Sand, der gleich wieder von einer Welle überspült wird. Das schwarze Wasser von Nisida leckt nach unseren Gliedern, und ich ziehe in aller Eile die Hand zurück. »Puh, ist das eisig«, entfährt es mir, doch Don Vittorio hört nicht hin. Er betrachtet seinen von Wasser und Sand umspülten Fuß.

Als er bemerkt, dass ich ihn neugierig beobachte, sagt er: »Ich spüre das nicht, aber das ist auch nicht nötig.«

Wir schweigen, während der Wind uns die Augen zusammenkneifen lässt und Alleria zwei Möwen nachjagt.

»Ich erinnere mich noch genau an das Gefühl, das reicht«, fährt er fort. Als er wieder auf seinen Fuß schaut, merke ich, wie er zittert.

»Wir sollten vielleicht lieber wieder zurückgehen.«

»Nein, nein.«

»Was ist denn damals passiert?«, frage ich.

Er dreht sich ruckartig um und sieht mich lange an. »Eines Morgens vor elf Jahren stand ich auf der Brücke mit meinem Freund Carmine, einem neapolitanischen Seemann, zusammen mit anderen aus dem Norden, wir unterhielten uns, während sie ein Beiboot aus seiner Halterung lösten. Irgendwie machte ich eine falsche Bewegung, und rums ... das Boot rasselte auf uns und brach mir Rücken und Beine. Aber ich beklage mich nicht, es hätte schlimmer kommen können. Dem armen Carminiello hat es den Kopf in zwei Teile geschlagen.«

Ich spüre, wie ich zu zittern anfange, und schlinge die Arme um mich. »Es ist ziemlich windig, das Wasser ist eisig, und Sie zittern ...«

Don Vittorio lächelt und sagt rätselhaft: »Warst du nicht diejenige, die den Geruch des Meeres und das Geräusch des Winters mochte? Jedenfalls macht das nichts, normalerweise ist es ein Zittern, das unsere ganze kleine Existenz auslöscht, liebe Luce.« Er blickt erneut auf seinen Fuß, der im Wasser steht.

Ja, vielleicht stimmt das. Vielleicht ist es ein einziger Augenblick eines reinen Gefühls, der allem einen Sinn verleiht.

Und im nächsten Moment bist du bereit, von vorn anzufangen.

Wenn du dir bis dahin keine Lungenentzündung geholt hast.

WIND UND MEER

Jetzt stehen wir hier auf dem windgepeitschten Kai, der das Meer und den Golf von Pozzuoli in zwei Teile teilt, Nisida zu unserer Linken und Capo Miseno rechts von uns, und betrachten das graue, wütende Meer und die Möwen, die kreischend über uns kreisen. Der ganze Steg, wo die einst mit Eisen und Kohle beladenen Kähne festmachten, ist menschenleer. Da sind nur ich, Don Vittorio und Alleria, der auf dem Boden liegt und mit wehenden Ohren zur Insel Procida hinübersieht.

»Ich bin noch nie den ganzen Landungssteg bis zum Ende gelaufen«, sage ich nach einer Weile.

Don Vittorio sieht sich um. »Ich auch nicht. Das ist bestimmt ein Kilometer …«

»Ich kann mich gar nicht erinnern, dass es ihn früher schon gab.«

Der Alte versucht, sich seine Pfeife anzuzünden, aber der Wind ist zu stark. »Die schönsten Erlebnisse hatte ich in meinem Leben auf dem Meer«, verkündet er dann, den Blick auf Monte Epomeo gerichtet, den Vulkan auf Ischia, der langsam in der Schwärze des Meers und der aufziehenden Dunkelheit verschwindet.

»Die junge Frau von dem Foto über der Dunstabzugshaube …«

Ich schaue ihn an.

»Sie war Spanierin und hieß Gisela. Ich lernte sie vor

über vierzig Jahren kennen. Damals arbeitete ich noch nicht lange auf See, wenn ich mich richtig erinnere, war es meine zweite Kreuzfahrt. Jedenfalls machten wir in Valencia fest, und da ging sie an Bord. Sie war noch keine zwanzig und reiste mit ihren Eltern und dem jüngeren Bruder. Sie kam zu mir, am ersten Abend nach dem Ablegen, als ich fertig gespielt hatte, und gratulierte mir. Sie sprach sehr schnell, ich konnte ihr kaum folgen, jedenfalls sagte sie, dass es ihr gut gefallen habe und sie Jazz möge und selbst Klavier spiele. Eine Woche lang blieb sie an Bord, und nach zwei Tagen hatten wir uns ineinander verliebt. Wir trafen uns auf den einsamsten Fluren des Schiffes, aus Angst, ihre Eltern könnten uns entdecken, wir erzählten uns nachts auf der Brücke gegenseitig von unserem Leben und unseren Träumen, während das Meer gegen den Kiel klatschte und der Mondschein ihre helle Haut erleuchtete. Sie studierte Architektur, aber ihre Leidenschaft galt der Musik, dem Klavier. Am letzten Morgen, kurz vor dem Anlegen, konnten wir uns allein in den Tanzsaal schleichen, ganz allein in dem großen Raum mit hellem Holzboden und einem schönen Flügel in einer Ecke der roten Bühne. Durch die Bullaugen sah man schon das Land, das langsam auf uns zukam, und ohne zu zögern, setzte sie sich ans Klavier und spielte ein Stück, das seitdem Teil meines Lebens ist. Es ist das, was du immer bei mir zu Hause hörst.«

»Wow«, entfährt es mir, während mein Blick wie verzaubert auf seinem von Erinnerungen zerfurchten Gesicht liegt.

»In diesen fünf Tagen sagten wir uns alles, was es zu sagen gab, sprachen von unserem Leben, unseren Träumen und Plänen, aber wir tauschten nicht einmal einen Kuss.«

»Keinen einzigen Kuss?«, unterbreche ich ihn und ziehe Alleria an mich, der ganz offensichtlich von Meer und Wind genug hat.

»Vielleicht kannst du das nicht verstehen. Wir hatten keine Zeit, wir mussten uns alles erzählen und es in dem kleinen Gefäß dieser fünf Tage verschließen. Als die Kreuzfahrt endete, wollte ich mit ihr von Bord gehen, doch Gisela sagte, dass sie mir bald schreiben würde.«

Don Vittorio verstummt und versucht erneut, sich die Pfeife anzuzünden. Ohne Erfolg.

»Und hat sie geschrieben?«

»Oft, aber wir haben uns nie mehr wiedergesehen.«

»Nie mehr? Warum nicht?«

»Tja, warum ... Ich weiß nicht, warum, vielleicht weil sich das Leben mit aller Kraft auf dich stürzt, wenn du noch nicht erwachsen bist und manche Sachen noch nicht verstehen kannst. Wir schrieben uns über ein Jahr lang, Gisela aus Valencia, wo sie studierte, ich von meinen Fahrten auf den verschiedenen Schiffen. Wir erzählten von unseren Erlebnissen, leisteten uns mit unseren Briefen Gesellschaft, sie beschrieb mir ihr Zimmer, ihre Studienfreunde, sprach von ihren Prüfungen, den Problemen zu Hause, von ihrem Vater, der nie da war, und ich erzählte von meinen Reisen an immer neue Orte, die, durch das Bullauge gesehen, am Ende doch alle gleich waren, und vor allem von der Musik. Wir tauschten uns aus, was wir gut fanden und was schlecht, ich empfahl ihr ein Stück, das sie unbedingt hören müsse, worauf sie mir im nächsten Brief von einem Album erzählte, das sie toll fand.«

»Eine wunderschöne Geschichte.«

»Ja, auch wenn sie bei mir einen komischen Nachgeschmack hinterlässt. Zündest du mir eine Zigarette an?«

»Rauchen Sie Zigaretten?«

»Nein, aber diese dumme Pfeife will heute einfach nicht angehen.«

Er ist nervös, so habe ich ihn noch nie gesehen. Ich reiche ihm eine brennende Zigarette.

»Dann war ich eines Tages wieder in Valencia. Seit über drei Monaten hatte ich nichts von Gisela gehört, aber ich kannte ihre Adresse. Ich musste drei Busse nehmen, und am frühen Abend stand ich vor ihrem Haus. Ich weiß noch, wie mir das Herz klopfte, als ich ihren Namen auf dem Klingelschild las, und wie meine Hände zitterten, als ich klingelte. Ihre Mutter ging an die Gegensprechanlage und sagte, nachdem sie nichts von meinem Gerede verstanden hatte, dass Gisela nach Madrid gezogen sei, um dort ihr Studium zu beenden.«

»Nein!«

»Doch. Ich war verloren, das hatte ich nicht gewusst. Ich hatte keine Ahnung, wie ich mit ihr reden konnte. Ich bestieg mein Schiff und redete tagelang mit niemandem ein Wort. Bei meiner Rückkehr von der langen Reise fand ich ihren Brief vor, den sie eine Woche vor meiner Ankunft in Valencia abgeschickt hatte, in dem sie erklärte, dass sie in die Hauptstadt gehe, um dort bei einem bedeutenden Architekten zu arbeiten, dass sie glücklich sei, sofort neue Freunde gefunden habe und sich einen Wohnung mit einem Kommilitonen teile. Die Musik erwähnte sie mit keinem Wort. Ich glaubte, verrückt zu werden. Ich spürte, dass die Frau, die ich seit fast zwei Jahren liebte und fast genauso lange nicht gesehen hatte, ja, die ich nicht einmal geküsst hatte, sich von mir entfernte. Also nahm ich Stift und Papier und beging die größte Dummheit meines Lebens.«

»Nämlich?«, frage ich besorgt. »Sie haben doch nicht etwa Schluss gemacht?«

Die Inseln Nisida, Ischia, Procida um uns herum sind nur noch dunkle Flecken im Meer, auf denen nach und nach kleine Lichter aufblinken.

»Wir sollten lieber nach Hause gehen«, sagt er, »es wird schon dunkel.«

»Erzählen Sie erst die Geschichte zu Ende«, fordere ich entschieden.

Er seufzt. »Ja, doch, ich schrieb ihr, es sei zu Ende, die Beziehung habe keine Zukunft, ich könne nicht akzeptieren, dass sie so fern von mir mit einem anderen Mann die Wohnung teile. Dass sich die Sache allmählich ins Lächerliche verwandeln würde.«

»Lächerlich? Was ist denn lächerlich an zwei Menschen, die sich lieben?«

»In Wahrheit habe ich mein ganzes Leben gebraucht, um loszulassen zu lernen. Als junger Mensch konnte ich es noch nicht. Gisela litt sehr und schrieb mir noch drei Briefe, auf die ich nicht mehr antwortete.«

Er schweigt und saugt an dem letzten Rest Zigarette. »Ich werde nie begreifen, wie man so einen Dreck rauchen kann«, kommentiert er schließlich.

»Und ihr habt euch nie wiedergesehen?«, frage ich und kraule Canis superior, der mich flehentlich ansieht, doch endlich in unsere warme muffige Wohnung zurückzukehren.

»Vor dreizehn Jahren ... Eines Tages klingelt eine junge, sehr hübsche Frau um die zwanzig an meiner Tür, neben ihr ein etwas größerer Mann mit kaum noch Haaren auf dem Kopf und einem Spitzbart. Sie waren Spanier und kamen sofort auf den Punkt: Ob ich Vittorio Guanella sei? Als ich erstaunt nickte, fiel sie mir um den Hals. Es war Giselas Tochter, stell dir vor! Und der Mann neben ihr war ihr Freund. Sie sagte, als die Mutter erfahren habe, dass sie nach Neapel kommen würden, habe sie ihr die Geschichte von ihrer großen fünftägigen Liebe zu einem neapolitanischen Jungen erzählt, der Trompete spielte.«

»Aber wie haben sie Sie gefunden?«

»Gisela hatte meine alte Adresse aufbewahrt. Dann genügten ein paar Fragen an die Nachbarn, die sie zu mir schickten. Die Leute im Viertel kennen mich ja.«

»Unglaublich«, höre ich mich sagen.

»Sie brachten mir das alte, vergilbte Foto mit, das über meinem Herd steht. Es ist in jenen Tagen auf dem Kreuzfahrtschiff entstanden, und Gisela hat es all die Jahre aufbewahrt.«

Der Wind scheint sich dem Abend zu ergeben, er verliert an Stärke.

»Sie riefen sie von meiner Wohnung aus an, und während die Tochter die Nummer wählte, dachte ich, wie oft ich mir gewünscht hatte, mit meiner Gisela reden zu können. Sie schwieg zuerst, ich glaube, sie weinte. Es war äußerst bewegend, obwohl wir nur kurz telefonierten. Seitdem ist der Kontakt nie mehr abgebrochen.«

»Ist sie denn verheiratet?«

»Ihr Mann ist vergangenes Jahr gestorben.«

Ich sehe ihn an, wie um zu sagen: Und, sollten Sie nicht zu ihr fahren oder sie herkommen lassen? Sollten Sie sie nicht endlich treffen?

Er lächelt. »Vor einigen Jahren bekam ich eines Nachmittags einen Anruf von ihr. Sie sagte, sie sei am Bahnhof von Neapel, würde aber gleich abfahren. Sie habe nicht den Mut gehabt, mich früher anzurufen, um mich zu treffen. Sie meinte, ihr Mann wisse nichts, aber das sei ihr egal, sie wolle mich noch einmal sehen, mich noch einmal in den Arm nehmen, einen letzten Tanz mit mir machen.

Sie sagte: ›Komm und tanze mit mir wie an jenem Abend meiner Jugend, Vittorio.‹«

Ich merke, wie sich meine Augen mit Tränen füllen, und fahre mir mit der Hand übers Gesicht.

»Was hätte ich tun sollen? Ich sagte, sie solle auf mich warten und auf keinen Fall in den Zug steigen. Ich würde kommen, und wir würden tanzen wie früher. Aber ich saß schon in diesem Ding hier«, er schlug mit der Faust auf die Armlehne des Rollstuhls, »und ich brauchte eine Ewigkeit, um dorthin zu kommen. Nach über einer Stunde stand ich am Bahnhof, und sie war nicht mehr da. Der Zug war abgefahren.«

»Nein«, murmelte ich.

»Wir haben uns nie wiedergesehen. All die Jahre haben wir uns über die Entfernung hinweg geliebt, ohne uns jemals zu küssen. Sie weiß nicht einmal von meinem Unfall, ich hatte nicht den Mut, es ihr zu sagen. Mir ist es lieber, Gisela stellt sich vor, wie wir eines Tages noch einmal tanzen werden.«

Nun kann ich mich nicht länger zusammenreißen und lasse den Tränen freien Lauf. Alleria beginnt zu jaulen, wie immer, wenn er mich weinen sieht, und springt mich an, um mir über das Gesicht zu lecken.

»Siehst du, dass ich die Geschichte besser für mich behalten hätte?«, sagt er. »Wenn sie einen alten Haudegen wie mich schon rührt, wie dann erst eine Romantikerin wie dich.«

»Das Romantische hatte ich bisher nicht zu meinen Eigenschaften gezählt, Don Vittò.«

»Das bist du aber, Luce, wie alle Menschen, die noch Träume und Hoffnungen haben.«

Während wir den Landungssteg zurückgehen, mit Blick auf das verrostete Skelett der alten Fabrik vor uns und die im Dornröschenschlaf liegenden Strände auf der linken Seite, denke ich über Don Vittorios große Liebe nach, die nie ausgelebt werden konnte, und überlege, ob es wirklich immer besser ist, für unsere Träume zu kämpfen. Ist es manchmal nicht viel »romantischer«, einfach in aller Geduld abzuwarten, wie Nonna Giuseppina immer sagte? Ist es nicht besser, voller Hoffnungen zu sein und dann zu sehen, was kommt?

»Nenné, jetzt kennst du die Geschichte, aber nun wollen wir nicht mehr darüber reden, weil ich dann immer einen dicken Kloß im Hals bekomme, den ich nicht hinunterschlucken kann. Einverstanden?«

Ich nicke und schiebe schweigend den Rollstuhl. Die Frage, die mir noch auf der Zunge liegt, behalte ich für mich. Schade, ich hätte zu gern gewusst, wohin seiner Meinung nach all die Leben gehen, die aus unserer nicht gelebten Liebe hätten entstehen können. Ob es vielleicht irgendwo einen Zauberort gibt, der aus nie Gestalt gewordenen Geschichten besteht.

LEBEN UND KEINE ZEIT VERLIEREN

Ich muss mit Alleria noch kurz zur Hundewäsche, obwohl das Wetter sich kaum beruhigt hat und weitere Unwetter drohen. Aber nach dem Regenausflug von gestern ähnelt sein Fell den alten Sofakissen von Nonna, in denen sich die Wolle zu dichten Filzknäueln verknautscht hat.

Als ich das Treppenhaus betrete, riecht der Aufzug nach Puder und dem Duftspray, das sie dem armen Hund auf den Rücken gesprüht haben. Ich schließe die Aufzugtür und drehe mich um, und ein Gähnen erstirbt mir auf den Lippen – vor mir steht eine in Tränen aufgelöste Carmen Bonavita. Bevor ich noch etwas sagen kann, macht sie einen Schritt nach vorn, wie um auf mich loszugehen. Zurückweichend balle ich unwillkürlich die Hände vor meinem Gesicht zusammen, im Prügeln war ich noch nie besonders gut, obwohl ich als Kind mal an zwei Karatestunden der Gemeinde teilgenommen habe bei einem Lehrer namens Alessio, einem ziemlich kleinen, kahlköpfigen Typen, der mit seiner zornigen *cazzimma*-Miene immer so wirkte, als gehe man ihm besser aus dem Weg. Ich versuche, mich an seine Anweisungen zu erinnern, und stelle ein Bein nach vorne und warte auf den nächsten Schritt des Gegners, denn wie sagte Alessio der Zornige immer: Karate benutzt man zur Verteidigung, nicht zum Angriff.

Doch Carmens Angriff verläuft ganz anders als erwartet. Mit ausgebreiteten Armen stürzt sie sich auf mich und hängt sich an meinen Brustkorb. Dann drückt sie zu. Fest. Ich brauche eine Sekunde, um zu begreifen, dass dies eine Umarmung ist und meine Karatehaltung nicht mehr notwendig. Sie lässt nicht ab, sie drückt und weint immer weiter. Also schicke ich Alessio und die Karatestunden zum Teufel und ergebe mich der Umarmung, auch wenn ich mich auf diesem Gebiet nicht viel besser auskenne. Alessio hätte uns ruhig beibringen können, wie man sich gegen Umarmungen wehrt, aber sei's drum.

»Was ist passiert?«, bekomme ich irgendwann heraus.

Carmen vergräbt schluchzend ihr Gesicht an meiner Schulter und speichelt mir mein ganzes T-Shirt ein, als sie zu antworten versucht.

»Carmen, was ist passiert?«

Sie riecht nach Alkohol, und vom Weinen ist ihr Gesicht aufgedunsen wie das einer Putte, ihre Haare sind zerzaust. Zwischen Schluchzen und Stammeln glaube ich irgendwann, einen Namen herauszuhören: »Kevin…« Mir sträuben sich die Haare, und ein Adrenalinstoß fährt mir durch den Rücken. »Was ist mit ihm, Carmen, sag schon!«, schreie ich.

Obwohl Don Vittorio eigentlich ein wenig taub ist, springt wie auf Befehl seine Wohnungstür auf.

Carmen verstummt schlagartig, fährt sich mit der Hand über die nassen Augen und sagt dann: »Tut mir leid.«

»Was tut dir leid?«, frage ich. »Jetzt sag endlich, was passiert ist!«

Sie hustet, atmet tief durch, sieht sie zuerst Don Vittorio und dann mich an. »Sie haben ihn mir weggenommen.«

»Und dann hat er ihn von der Schule abgeholt und nicht nach Hause gebracht. Also rufe ich ihn an, und da sagt er, dass ich keine gute Mutter bin und unser Sohn ab jetzt bei ihm lebt …«

Carmen verstummt und versucht, ihrer Tränen Herr zu werden.

»Wir müssen die Carabinieri verständigen«, meint Don Vittorio mit Primavera auf der Schulter. Wir sitzen alle drei in seiner Küche.

»Er hat gesagt, wenn das Recht nicht durchgesetzt wird, sorgt er eben selbst für Gerechtigkeit.«

»Absurd, wenn dein Mann von Recht und Gerechtigkeit spricht«, wende ich ein.

»Hat er dich mit deinem Sohn reden lassen?«, will Don Vittorio wissen.

»Nein, er meinte, er wäre am Spielen.«

»Wir müssen die Carabinieri verständigen«, wiederholt der Alte.

»Er wird ihm nichts tun, er liebt den Jungen ja, auf seine spezielle Art liebt er ihn.«

»Schon, aber das ist Kindesentführung!«

»Hilf mir, ihn zurückzuholen«, bittet mich Carmen.

Ich habe einen Kloß in der Kehle, und mein Herz klopft mir bis zum Hals. Beim Gedanken an das arme Kind, das in den Scharmützeln der Erwachsenen hin und her geworfen wird, wird mir speiübel.

»Vielleicht sollten wir wirklich zu den Carabinieri gehen«, sage ich vorsichtig.

»Wir müssen ihn irgendwie zur Vernunft bringen …«

»Aber wie?«

Carmen putzt sich die Nase. »Hör zu, Luce. Ich bin zu dir gekommen, weil du Anwältin bist. Das bist du doch, oder? Kannst du nicht mit ihm reden, damit er es sich anders überlegt? Am besten sagst du ihm, wenn er uns Kevin nicht zurückgibt, gehst du zur Polizei!«

Dann steckt sie sich eine Zigarette an, und auch ich lasse mir eine von ihr geben. »Ich bin nicht die Anwältin deines Mannes, Carmen, ich bin ein Niemand, das habe ich dir ja zu sagen versucht. Ich bin nur eine Mitarbeiterin, eine Angestellte in einer Rechtanwaltskanzlei, Mädchen für alles sozusa…«

Sie lässt mich nicht ausreden. »Ist mir doch egal, was du da machst, Luce. Wenn du Kevin gern hast, und du hast ihn gern, das weiß ich, dann musst du mir helfen.«

Ich schaue auf die Uhr: vier Uhr nachmittags. Ich drücke die halb gerauchte Zigarette aus und stehe auf.

»Was machst du?«, fragt sie.

»Was machst du?«, echot Don Vittorio.

»Das, worum du mich gebeten hast. Ich kümmere mich um Kevin.«

Alleria springt mit mir auf. »Nein, Canis superior, du bleibst hier und bewachst meine Freunde«, sage ich und nehme seine Schnauze zwischen die Hände. »Ich bin bald zurück.«

»Wo gehst du hin?«, fragt Don Vittorio erneut.

»Ich werde mit Avvocato Geronimo reden. Er hat mir die ganze Sache eingebrockt, dann soll er mich gefälligst auch wieder da herausholen. Er soll mit seinem ›Mandanten‹ reden und ihm erklären, was passiert, wenn er nicht nachgibt. Immerhin handelt es sich hier um die Entführung eines Minderjährigen.«

»Und dein Avvocato hat den Mumm, ein solches Gespräch mit meinem Mann zu führen?«

»Avvocato Geronimo ist ein Geier und tut nur das, was ihm nützt. Wahrscheinlich werde ich ein bisschen lauter werden müssen, aber am Ende wird er tun, was er tun muss.« Ich gehe in Richtung Wohnungstür.

»Ich komme mit«, ruft Carmen und läuft mir nach.

»Nein, du wartest hier, in diesem Zustand sollte dich besser niemand sehen. Man riecht, dass du getrunken hast. Wir wollen den Idioten nicht noch mehr Anlass geben, an dir zu zweifeln.«

Sie schaut mir in die Augen. »Ich bin keine Alkoholikerin, wie mein Mann immer behauptet. Ich trinke nur, wenn's mir schlecht geht, und nie vor meinem Sohn. Und ich lasse es ihm an nichts fehlen. Und ich liebe ihn über alles!«

»Ich weiß«, sage ich nach kurzem Zögern.

»Luce, mach bloß keine Dummheiten!«, meint Don Vittorio mit erhobener Stimme.

Ich nehme meine Handtasche von der Garderobe und trete in den Hausflur. Carmen kommt mir nach und hält mich am Arm fest. »Luce«, sie sieht mir fest in die Augen, »ich wollte dir sagen ... also ... Es tut mir leid wegen neulich, vielleicht war ich ein bisschen zu heftig ...«

»Es war mein Fehler«, unterbreche ich sie.

»Ja, aber du hast dich entschuldigt, und ich bin nicht an Entschuldigungen gewöhnt. Ich habe zu Hause darüber nachgedacht, und ich glaube nicht, dass du es böse gemeint hast. Ich wollte dich anrufen, aber dann hat mich der blöde Stolz daran gehindert. Jedenfalls hast du uns gefehlt, und Kevin hat nach dir gefragt. Und als das dann heute passiert ist, musste ich sofort an dich denken, weil ich keine Freundin habe, die so mutig ist wie du, eine, die studiert hat und Anwältin ist. Und deshalb wäre ich froh, wenn du mir mit Kevin wieder helfen würdest, wenn er zurück ist. Tja, das wollte ich dir sagen.«

Ich nicke. »Das mache ich gern.«

Carmen umarmt mich und küsst mich auf die Wange.

»Aber vorher musst du mir noch eine Frage beantworten.« Ich entwinde mich ihrer Umarmung.

Sie sieht mich erstaunt an.

»Warum in aller Welt hast du ihn Kevin genannt?«

Carmen überwindet sich zu einem Lächeln. »Nach Kevin Costner, dem Schauspieler, weißt du? Der Blonde mit den blauen Augen. Der gefiel mir früher so gut. Mittlerweile habe ich gelernt, dass auch den Blonden nicht zu trauen ist...«

Ich lächele, um nicht zu weinen, und gehe die Treppe hinunter. Keine Ahnung, wohin mich diese merkwürdige Freundschaft mit Carmen führen wird und ob ich mich wirklich um Kevin kümmern möchte oder vielleicht doch mehr von meinem Leben will. Keine Ahnung, ob diese Sehnsucht wegzugehen wirklich der Wunsch nach einem neuen Leben ist oder nur die Angst zu bleiben. Ich glaube, dass ich einfach Zeit brauche und in Ruhe abwarten muss, was geschieht. Ich spüre das Bedürfnis, meinem Bauchgefühl zu folgen und mich den kleinen Dingen zu widmen, die mir in letzter Zeit gutgetan haben. Ich fühle, dass früher oder später etwas in Bewegung kommen und mir zeigen wird, welchen Weg ich einschlagen soll. Es ist nicht mehr weit bis zur nächsten Kreuzung.

Lauwarm.

Und dann regnet es schon wieder, um diesen blöden Tag perfekt zu machen. Ich befinde mich auf der Via Marina, sitze fest im Sattel meiner berühmten orangefarbenen Vespa Baujahr 1982 und warte darauf, dass die im unauflösbaren Stau stehenden Autoschlangen sich ein wenig nach links verschieben, um mich vorbeizulassen. Der massige Typ vor mir auf seiner TMAX hupt wie verrückt und lässt seinen Motor aufheulen, als würden die Autos dadurch die Bahn freigeben, damit wir armen Zweiradfahrer einen Schutz vor dem Regen suchen können.

Ich schaue von meinem Kotflügel auf und begegne seinem alles andere als versöhnlichen Blick.

»Fahr schon, worauf wartest du?«, ruft er.

Ich rolle beiseite, so gut es geht, und harre auf neue Anweisungen, doch er zieht durch, ohne mich eines weiteren Blickes zu würdigen, als hätte er die Straße für sich. Sein riesiger Reifen streift um Haaresbreite meinen zerbeulten Kotflügel, und sein Rückspiegel schrammt knapp an meinem Auge vorbei. Ich würde ihm gerne was sagen, aber der Typ ist viel schneller als ich und im nächsten Moment schon über alle Berge. Ich wäge kurz ab, mich zwischen einem übervollen Bus mit glotzenden Leuten und einem weißen Fiat Punto durchzuquetschen, dessen wohlsituierter Fahrer gerade mit dem kleinen Finger sein rechtes Nasenloch erkundet, begreife aber schnell meine aussichtslose Situation. Würde irgendein Superhirn meinen Intelligenzquotienten mit dem des Mafiaprototypen auf der TMAX vergleichen, wäre der chancenlos. Dabei halte ich mich nur für durchschnittlich intelligent. Würde aber dasselbe Superhirn uns beide als Versuchskaninchen für eine Testreihe über das Anpassungsverhalten von Menschen an ihre Umwelt nehmen, ginge der Typ auf der TMAX als klarer Sieger vom Feld.

»Himmelherrgott, Luce, was hast du denn gemacht?«, fragt mich Giovanna Forino, als ich zur Tür hereinkomme.

Ich bin komplett nass, meine Haare kleben mir am Kopf und tropfen mir in die Augen, unter der Bluse zeichnen sich – wie ich jetzt erst bemerke – deutlich meine steifen Brustwarzen ab, als hätte ich eine wilde Sexnacht mit dem kleinen Franzosen hinter mir, die Superga an meinen Füßen quatschen bei jedem Schritt, in der Hand halte ich den Sturzhelm und überlege, ihn der Forino zur Antwort einfach auf den Tisch zu knallen.

Sie besticht mal wieder mit geballter Weiblichkeit: tailliertes Kleid mit einem Dekolleté, das, um ehrlich zu sein, selbst mir einen bewundernden (um nicht zu sagen: neidvollen) Blick abringt, Stöckelschuhe, hochgesteckte Haare, Vamp-Make-up und eine Brille Typ perverse Sekretärin. So gesehen, eine echte Wuchtbrumme, doch nach dem Urteil meiner verehrten Kollegen ein Anblick, der nur aus der Ferne zu genießen ist. Von Nahem betrachtet, hat sie einen platten, der Schwerkraft nachgebenden Hintern, überproportioniert im Vergleich zum Rest des Körpers, dazu die Fußknöchel eines Rugbyspielers, stark behaarte Arme und Hautpartien, die an entscheidenden Stellen zum Hängen neigen. Dennoch fühle ich mich ihr gegenüber wie ein hässliches Entlein. Verflucht sei meine Mutter, die mir ihr Leben lang gute Manieren, Moral und Bildung beigebracht hat und dabei vergaß, dass das alles ohne ein gesundes Selbstbewusstsein wenig Wert hat.

Ich erinnere mich an einen wilden Streit zwischen uns, bei dem ich irgendwann den für mich weitsichtigen Satz sagte: »Hör auf, mir von Gewissen und Moral zu predigen, Mama, ich will einfach leben und keine Zeit verlieren – und da kommst du mir mit Moral!«

Damals sah sie mich an wie den Teufel in Person, sog einen Liter Luft in ihre Lungen, schlug sich die Hand auf den Mund und entfloh. Wenn ich daran zurückdenke, muss ich unwillkürlich lächeln, was gerade überhaupt nicht zur Situation passt, und Giovanna sieht mich erstaunt an, um sich dann wieder ihrer Arbeit zu widmen.

Ich betrete das, was früher einmal mein Büro war, hänge den Sturzhelm an den Kleiderständer und wende mich meinem Schreibtisch zu. Dahinter sitzt zu meiner Überraschung ein etwa fünfundzwanzigjähriger Jüngling, hoch aufgerichtet, als hätte er einen Stock verschluckt, in blauem Anzug, hellblauem Schlips, weißem Hemd mit den Initialen F. S. und modischer Riesenbrille.

»Wer bist du denn, der Bahnhofsvorsteher?«, rutscht es mir heraus.

Er scheint den Witz nicht zu verstehen, springt auf und reicht mir die Hand. »Guten Tag, Signora, ich heiße Fabrizio Schirri und bin der neue Mitarbeiter von Avvocato Geronimo.«

Wenn ich nicht tropfen würde wie eine alte Pinie in der Augusthitze, nicht schon wegen Geronimo in Kampfeslaune wäre, wenn Kevin nicht von seinem Vater entführt worden wäre und das Jüngelchen mich nicht mit Signora angeredet hätte, hätte ich vielleicht eine andere Erwiderung gefunden als diese: »Hör zu, Bürschlein, Signora kannst du zu deiner lieben Mutter sagen. Auch wenn du noch jung und wahnsinnig hip bist, hat dir keiner erlaubt, so privat mit mir zu werden.«

Er läuft rot an und stammelt: »Aber ich …«

»Schon gut, vergiss es. Sag mir lieber mal, mein guter F. S., was du hier zu suchen hast?«

Er sieht sich benommen um.

»Ich meine, warum lungerst du auf dem Stuhl herum, der früher mal meiner war?«

Schirri starrt mich mit aufgerissenen Augen an.

»Keine Sorge«, fahre ich fort, »mir ist das egal, du kannst ihn behalten. Und setz dich hin, sonst fühle ich mich wie ein altes Mütterchen, das gerade den Bus bestiegen hat.«

In diesem Moment taucht Pasquale Acanfora in der Tür auf, unter dem Arm eine Akte.

»Hallo, Hundertgramm«, sage ich.

»Luce«, begrüßt er mich mit einem schwachen Lächeln, »was machst du denn hier? Ich dachte, du kommst nicht mehr.«

»Ich wollte mich verabschieden.«

Pasquale legt die Akte ab und baut sich vor mir auf. Er trägt wieder eines seiner hellblauen, kurzärmeligen Hemden.

»Hör zu, Hundertgramm, es könnte mir egal sein, weil wir uns eh nicht wiedersehen, aber ich fühle mich dir freundschaftlich verbunden.«

Er sieht mich neugierig an.

»Kurz, ich will dir helfen. Pasquà, hör auf, diese Hemden anzuziehen, du siehst aus wie ein Fahrkartenkontrolleur! Wenn ich dich sehe, fange ich unwillkürlich an, nach meinem Ticket zu suchen.«

Der Junge hinter mir fängt an zu lachen.

»Nein, so geht das nicht. Du kannst Hundertgramm nicht auslachen, du musst die Rollenverteilung beachten. Du fängst hier gerade erst an und bist Mädchen für alles, du musst dich unterordnen und den Mund halten. In einem Jahr vielleicht kannst du anfangen, dich über Pasquale lustig zu machen, wenn er bis dahin seine Hemden nicht in den Müll geworfen hat.«

»Schau dir F. S. an«, fahre ich wieder an Hundertgramm gewandt fort, »sieh nur, wie schick er aussieht in seinem bestickten Hemd. Wenn man auch nicht kapiert, wofür die Initialen gut sein sollen. Meine Mutter hat unzählige solcher Hemden genäht, und eines Tages habe ich sie gefragt, warum die Leute sich denn ihren Namen auf die Brust sticken ließen. Und wisst ihr, was sie geantwortet hat?« Ich sehe beide an. »Sie meinte, dass die Leute offensichtlich so viel zu tun hätten, dass sie manchmal ihren eigenen Namen vergessen.«

Pasquale lacht, woraufhin auch F.S. sich ein Lächeln erlaubt.

»Hör nicht auf sie«, sagt Pasquale dann, »Luce macht gern mal einen Witz. Das hält jung!«

»Allerdings«, gebe ich zurück. »Ist Geronimo da?«

»Wo soll er schon sein? Du weißt, dass er kein Privatleben hat.«

»Eben.«

»Willst du dich verabschieden?«

»Sozusagen.«

Ich bin schon fast durch die Tür, als Acanfora mich zurückruft.

»Was ist?«, frage ich.

»Ich habe die Wohnung gemietet«, erklärt er zufrieden.

»Ich weiß.«

»Sie ist hübsch, wenn auch klein und alt. Aber wenn ich ein bisschen renoviere und dies und das erneuere, könnte sie echt schön werden.«

»Sehr gut, Hundertgramm, der erste Schritt zum Erwachsenwerden«, zwinkere ich ihm zu.

Ich passiere zügig den Forino-Schreibtisch, ohne sie zu Wort kommen zu lassen, klopfe an Arminios Tür und trete ein. Der Avvocato telefoniert, die Füße auf dem Schreibtisch und den Finger im Nasenloch. Als er mich erblickt, reißt er die Geieräuglein auf, zieht den Finger aus der Nase und stellt die Füße auf den Boden. Dann hebt er grüßend die Hand, lächelt und bedeutet mir mit seinen dicklichen Fingern zu warten. Auch heute trotzen die zwei weißen Haarsträhnen, die ihm seitlich am Kopf wachsen, der Schwerkraft und stehen steil in die Höhe.

Giovanna stürzt mit ihren Drei-Kilo-Titten ins Zimmer. »Avvocato, ich habe versucht, ihr zu sagen, dass Sie beschäftigt sind, aber Sie kennen Luce ja, wir kennen sie beide.«

Und sieht mich an. Ich schenke ihr ein Idiotenlächeln, ein Augenzwinkern und einen sinnlichen Luftkuss. Sie weicht entsetzt zurück und schließt die Tür.

Nach zwei Minuten bedeute ich dem Avvocato, dass ich nicht ewig Zeit habe und mit ihm reden muss. Er nickt und zündet sich eine Zigarre an. Ich kann mich an keinen Arminio Geronimo ohne Zigarre zwischen Mittel- und Zeigefinger erinnern. Er braucht sie, um sich wichtig zu fühlen, wie ein amerikanischer Mafiaboss, also Al Capone, oder dieser Typ aus Dallas, dessen Name mir gerade nicht einfällt, der Schwarm von Nonna. Nach weiteren zwei Minuten beendet der Anwalt endlich sein Gespräch, steht auf (was an seiner Höhe nicht viel ändert) und kommt auf mich zu, um mich zu küssen. Da ich ihn kenne, verstecke ich meine Hände schnell hinter dem Rücken, was dazu führt, dass er seine brünstigen Finger auf meine Arme legt.

»Hallo, Luce, wie schön, dich zu sehen! Hast du dich endlich entschieden? Bleibst du bei uns? Wenn ja, verfrachte ich den kleinen Schönling ohne Umwege in den Flur, und du bekommst deinen Schreibtisch wieder.«

»Nein, Avvocato, ich komme nicht zurück.«

Er geht in die Defensive. »Aha«, sagt er und lässt sich mir gegenüber in den Sessel vor dem Schreibtisch sinken. »Also, was gibt's? Und jetzt komm mir nicht mit Geldforderungen, das ist nicht der Tag dafür.«

»Also, eigentlich ...«

»Nein, Luce, ich mag dich, sehr sogar, aber jetzt geh mir nicht mit diesem Kram auf die Nerven, von wegen Abfindung und so, dann werde ich echt stinkig!«

»Was für eine Abfindung denn, Avvocato? Ich bin hier wegen des Falls Bonavita.«

»Aha«, wiederholt er schon wesentlich entspannter. »Was ist denn los? Wir haben das Mandat abgegeben, hat Manuel dir das nicht gesagt?«

»Doch, hat er. Aber es hat Komplikationen gegeben.«

Die Ratte sieht mich halb neugierig, halb gelangweilt an.

»Der Vater des Kindes, Ihr Mandant, hat seinen Sohn entführt.«

Arminio Geronimo sieht mich gut zwanzig Sekunden lang schweigend an, dann sagt er: »Was hast du gemacht? Du kommst mir irgendwie anders vor.«

»Ich bin in den Regen geraten«, erwidere ich und spüre, wie mir ein Tropfen zwischen den Schulterblättern hinabrinnt.

»Nein, das meine ich nicht. Du siehst anders aus, irgendwie fröhlicher, und deine Augen, die leuchten geradezu.«

Ich versuche, meine Verlegenheit zu überspielen. Arminio Geronimo mag ja ein Mistkerl sein, aber mit Menschen kennt er sich aus. Das ist sein Beruf. Der Geier schiebt seinen kleinen Kopf an mich heran und lächelt versonnen. »Hat meine Picceré sich etwa verliebt?«

Das trifft meinen Stolz und weckt meine Gegenwehr. »Avvocato, zunächst einmal durfte mich nur mein Vater Picceré nennen, und Sie sind zum Glück nicht mein Vater, und zweitens will ich einfach nicht begreifen, was Sie mein Privatleben angeht.«

»Nichts, rein gar nichts natürlich, ich bin doch nur glücklich, wenn du glücklich bist.«

»Zu freundlich von Ihnen«, kommentiere ich trocken. »Wir sprachen über den Fall Bonavita.«

Er wird ernst. »Ach, Luce, du hast gekündigt und spielst

hier weiterhin die Nervensäge. Der Herr ist nicht mehr mein Mandant, warum soll ich mich weiterhin um ihn kümmern? Was kann ich schon tun, wenn Mann und Frau sich abschlachten, das sind doch eh Tiere!«

Gut, jetzt sind wir an dem Punkt, an dem es kein Zurück mehr gibt und wo ich eigentlich nicht landen wollte: Ich muss mit Arminio Geronimo abrechnen. Ich springe auf und halte ihm meinen Zeigefinger ins Gesicht. Er zwinkert zwei-, dreimal mit den Äuglein und zieht erschrocken den Kopf zurück.

»Avvocato, jetzt platzt mir aber gleich der Kragen, und das ist nie gut, denn ich versuche, immer nett und freundlich zu meinen Mitmenschen zu sein, auch wenn der Mitmensch eine Hyäne ist wie Sie.«

Arminio Geronimo läuft rot an und will etwas erwidern, doch ich lasse ihm keine Zeit. »Erstens ist es ein Witz, dass Sie andere Leute als Tiere bezeichnen. Zweitens: Haben Sie jemals überlegt, dass zwischen den beiden Eltern, die sich abschlachten, ein Kind steht? Ist Ihnen das auch egal? Und nervt es Sie übermäßig, wenn ich darauf bestehe, dass der Sohn dieses Paars ein leichteres Leben haben soll?«

In die darauffolgende Stille platzt Giovanna Forino, die sich zwischen uns stellt und angesichts meines erhobenen Fingers und meiner Zornesmiene, als wollte ich ihn gleich verprügeln, besorgt fragt: »Ist alles in Ordnung, Avvocato?«

»Alles in Ordnung«, sagt er, »und mach die verdammte Tür zu. Niemand hat dich hereingebeten.«

Giovanna zieht sich mit einer kleinen Verbeugung und kleinen Schrittchen wie eine Japanerin zurück, indigniert über die flegelhafte Antwort. Ich setze mich wieder und fixiere mein Gegenüber.

»Du bist zu anständig, und das ruiniert dein Leben!«,

meint der Avvocato, nachdem wir uns eine Weile gemustert haben. Dann steht er auf und kehrt an seinen Schreibtisch zurück, um den Kalender in die Hand zu nehmen. »Andererseits, wenn du weniger anständig wärst, befänden wir beide uns jetzt in einer anderen Lage, meinst du nicht?« Er blättert in seinen Adressen.

»Du musst jedenfalls härter werden, so laufen die Dinge nun mal. Das Leben ist voller Ungerechtigkeiten, Leid und Tragödien, klar, aber wir können auch nicht dauernd die Probleme der anderen ausbaden. Dieser Junge muss für sich selbst sorgen, so wie wir alle. Jeder muss an sich denken, das ist alles, Luce, anders kannst du nicht überleben. Glaub mir. Die Welt ist voll mit schlimmen Geschichten, bei denen du stolpern kannst. Was willst du, dir etwa alle paar Meter die Nase blutig schlagen? Du musst durchkommen, lass es dir gesagt sein.«

Er greift nach dem Telefon und wählt eine Nummer, was mich davon abhält, ihm sofort ins Gesicht zu schlagen.

»Wir hätten ein schönes Paar sein können, du und ich, hier drinnen wie auch draußen«, fährt er fort, »wir hätten sogar Partner werden können, denn du hast Mumm, was hier sonst niemand hat, auch Manuel nicht. Aber du bist zu anständig, zu ernst, zu integer, das macht das Leben unerträglich. Ich brauche Leute, die auf sich achten, die wissen, wie man überlebt!«

Dann schaut er mir in die Augen und stellt eine abschließende Frage: »Weißt du, wie du durchkommst, Luce?«

Wenn er nicht gerade diesen blöden Anruf bei Carmens Ehemann machen würde, nähme ich den Hörer und würde ihn ihm um die Ohren knallen. Ja, ich bin anständig, ernst und integer, und vor allem verkaufe ich mich nicht an einen alten Brünstling wie dich, um in dieser miesen

Kanzlei Karriere zu machen. Das würde ich ihm sagen, wenn nicht in diesem Moment eine männliche Stimme in der Leitung ertönte. Geronimo schlüpft sofort in die Rolle des Anwalts von Welt und erklärt dem Gegenüber wortreich, dass er eine große Dummheit begehe, dass sein Verhalten strafbar sei und man die Sache anders regeln müsse. Dann sagt er: »Denk an deinen Sohn, der seine Mutter braucht!« Ein Satz, der mir aus Geronimos Mund einen erstaunten Blick abringt.

Erst nach ein paar Minuten verstummt der Avvocato und heftet seinen Blick auf meine steifen Nippel, die sich unter der Bluse abzeichnen. Ich sollte etwas dagegen tun, doch das Telefongespräch hält mich so gefangen, dass ich nichts mache. Am Ende verabschiedet er sich ehrerbietig (wie bei allen Leuten »von Rang«), legt auf, verschränkt die Hände ineinander und sieht mich an.

»Und?«, frage ich und kann meine Sorge und Neugier nicht verbergen.

Er wirkt nun selbstsicherer als vorher, lässt sich im Sessel zurückfallen, steckt sich die erloschene Zigarre in den Mund und knurrt: »Luce, ich habe getan, was du wolltest, jetzt musst du mir einen Gefallen tun.«

»Welchen?«

»Du darfst dich hier nicht mehr blicken lassen. Ich habe genug um die Ohren und muss zur Ruhe kommen, und du bewirkst bei mir in letzter Zeit eher das Gegenteil!«

»Was hat Kevins Vater gesagt? Hat er eingelenkt?«

»Da gab es nichts einzulenken ...«

»Was soll das heißen?«

Arminio Geronimo zündet sich seine Zigarre wieder an und bläst mir einige Male Rauch ins Gesicht. »Dass meine schöne Ansprache rein gar nichts bewirkt hat. Weil das Kind nicht mehr bei ihm ist.«

MY FUNNY VALENTINE

Den Blick aufs Handy geheftet, verlasse ich das Haus und merke zu spät, dass jemand hereinwill. Als ich aufschaue, stoßen wir schon zusammen. Sofort bemerke ich den angenehmen Duft nach Vanille oder Mandarine, vielleicht Minze, keine Ahnung, jedenfalls ein Frauenduft. Dummerweise handelt es sich angesichts des heftigen Aufpralls garantiert um einen Mann.

»Luce, immer mit den Gedanken woanders, was?«

Manuel Pozzi.

Daher also der weibliche Duft. Manuel ist sehr auf seine Körperpflege bedacht und umgibt sich manchmal mit Düften wie eine Nutte.

»Ciao, Manuel.«

»Was machst du für ein Gesicht? Mal wieder mit Arminio gestritten?«

»Eigentlich nicht …«

Ich sollte ihm von der unschönen Entwicklung berichten, die der Exfall Bonavita genommen hat, aber das würde mich zu viel Zeit kosten.

»Hast du es dir etwa anders überlegt? Kommst du zu uns zurück? Oder bist du meinetwegen hier? Sag schnell, dann sage ich augenblicklich das Abendessen heute ab.«

Er schaut mich an und lächelt. Wie gut er aussieht, dieser Manuel Pozzi. Wenn es keinen Thomàs in meinem Leben gäbe, wäre dies vielleicht genau der richtige Tag, um sich von dem parfümierten Mannequin flachlegen zu lassen. Also erwidere ich ausnahmsweise sein Lächeln. Er mag ja irgendwie ein Mistkerl sein, und er hat mich wahrscheinlich auch nie ernsthaft als Bettgenossin in Erwägung gezogen, weil er mit jedem Wesen flirtet, das Titten und keinen Bartwuchs hat, doch er hat die Gabe, dass er gute Laune verbreitet und dich kurz vergessen lässt, dass es im Leben eigentlich nicht viel zu lachen gibt. Er lacht, lächelt, ist amüsant und hat Spaß.

»Sag bloß nichts ab«, gebe ich zurück, »mit mir gingest du leer aus, während deine kleine Freundin dir vielleicht eine leidenschaftliche Nacht schenkt. Ich wette«, füge ich mit Blick auf die Uhr hinzu, »dass sie in diesem Moment überlegt, welches sexy Dessous sie heute Abend anziehen soll.«

Manuel lacht. »Kann sein. Aber ich fände es auch ganz schön aufregend, dich in einem halterlosen BH und einem engen Kleid zu sehen. Ich glaube, das stünde dir wirklich gut!«

Ich lächele ihn zum zweiten Mal an (was echt selten vorkommt). »Wie ich dich um deine albernen Gedanken beneide!«

Er nimmt es nicht persönlich (das tut er nie), sieht mich nur an und fragt: »Hast du dich entschieden, gehst du weg?«

Ich nicke.

»Dann kann ich dir ja sagen, was ich davon halte: Du tust das Richtige. Du hast hier keine Zukunft. Du bist für anderes geschaffen, ich weiß nicht einmal, ob der Anwaltsberuf das Richtige für dich ist.«

»Ja, vielleicht nicht«, erwidere ich spontan.

Manuel knufft mich in die Wange. »Ich muss los, ich bin spät dran und habe keine Lust auf Arminios übliche

Vorträge über die Bedeutung von Pünktlichkeit und so weiter.«

Dann legt er mir die Hand um den Nacken und küsst mich auf die Wange. Ich zucke innerlich ein wenig zusammen, denn auch ich bin nur eine Frau, und wenn ein strahlend schöner Mann mir seine warme Hand um den Hals legt und einen unschuldsgleichen Kuss auf die Wange haucht, denke auch ich an weniger unschuldsgleiche Dinge. Deshalb ziehe ich den Kopf schnell zurück. »Mach's gut, Manuel, bleib, wie du bist, halt den Ball flach, und bewahr dir deine Oberflächlichkeit, denn wenn man sich zu bessern versucht, geht einem oft alles Besondere verloren.«

»Oberflächlich und stolz darauf«, wiederholt er, lässt mich in seine erhobene Hand einschlagen und zwinkert mir zu. Dann dreht er sich um und verschwindet mit seinem selbstsicheren Watschelgang im Hausflur.

Ich sehe ihm nach und denke, dass Leute wie er meist ihr Ziel erreichen, Leute, die kein Gewicht haben, die nie untergehen oder schnell wie ein Korken direkt wieder an die Oberfläche kommen.

Ich hingegen habe von einem Korken leider nur die Statur.

Als ich den Schlüssel ins Haustor stecke, höre ich Trompetenklänge durch den Hof schallen. Ich spitze die Ohren. Kann das sein? Ich gehe näher und versuche herauszufinden, ob die Musik von dort kommt, wie ich es glaube. Da erscheint Patrizia in ihrer Wohnungstür und lächelt mich auf ihre Art an. Sie trägt ein weit ausgeschnittenes Top, pinkfarbene Leggings und Hausschuhe, in der Hand das übliche Päckchen Zigaretten. Sie schaut nach oben: »Der Alte spielt wieder …«

Ich verdrehe die Augen und will die Treppe hochgehen, drehe mich aber noch einmal um. »Alles in Ordnung?«, frage ich. Denn Patrizia hat nicht nur Hausschuhe an, sie ist auch völlig ungeschminkt, was bei ihr bisher undenkbar war.

»Alles in Ordnung, Lulù«, sagt sie mit krampfhaftem Lachen, »manchmal hat man ja so Abende ...«

»Was für Abende?«, frage ich, obwohl ich mit den Gedanken ganz bei Don Vittorios Musik bin.

»Nichts, nichts, mach dir keine Sorgen. Man kann ja nicht immer fröhlich sein, selbst Patty wird manchmal von hässlichen Gedanken gequält ... Vielleicht liegt's am Wetter.«

»Das geht vorüber, du musst nur Geduld haben und abwarten«, sage ich und rufe den Fahrstuhl.

»Ich weiß, ich weiß, Lulù, nur ein bisschen Geduld haben. Morgen ist Patty wieder ganz die Alte.« Sie zwinkert mir zu.

»Das hoffe ich, morgen will ich wenigstens wieder Hacken an dir sehen, hm?« Ich erwidere ihr Augenzwinkern und betrete den Aufzug.

Auf meinem Stockwerk angekommen, drücke ich mein Ohr an Don Vittorios Tür. Kein Zweifel, die Musik kommt aus seiner Wohnung und eindeutig nicht von einer CD. Ich schließe die Tür auf, und der klangvolle, mitreißende Trompetenklang bittet mich einzutreten, Schritt für Schritt dem Flur zu folgen, während um mich herum alles erstarrt scheint und ich mir plötzlich wie in einem amerikanischen Spielfilm vorkomme, in irgendeiner Schnulze aus den Fünfzigern.

Das Stück ist dasselbe, das Don Vittorio immer hört, die Hintergrundmusik zu dieser Wohnung und meinem Leben der letzten Monate. Einmal habe ich ihn gefragt, wer denn da Trompete spiele, und er sah mich an, als hätte ich eine ganz dumme Frage gestellt. »Chet Baker«, hauchte er leise, »›My Funny Valentine‹.«

Der himmlische Klang kommt aus der Küche, und dorthin tragen mich meine Füße, wenn auch zögerlich, als hätten sie Sorge, was sie hinter der nächsten Ecke erwartet. Doch alles ist wie immer, die schwarz-weißen, an den Kanten verschmutzten Kacheln, die überdimensionierte Anrichte, so groß, dass die Tür nicht zugeht, dieselbe Küche, in der ich seit Monaten zu Mittag esse, mal entspannt schweigend, mal angeregt diskutierend, zwischen Lachen und Weinen. Die alte, leicht schmuddelige Küche versetzt mich zurück in unsere Küche früher, wo meine Mutter immer saß und nähte. Einen Moment lang, einen kurzen, flüchtigen Moment lang spüre ich die unglaubliche Wärme eines vertrauten, angenehmen Gefühls, das nichts anderes ist als das unzerstörbare Vertrauen ins Leben – wenn draußen die Welt unterginge, zu Hause gibt es immer noch meine Küche, die nach Suppe riecht, und meine Mutter mit gesenktem Kopf und der Nähnadel in der Hand.

Hier ist keine Mutter, doch hier ist Don Vittorio, der die Trompete bläst und mich mit seinen Augen anlächelt. Schüchtern trete ich ein und sehe, dass Carmen am Tisch sitzt, das Gesicht auf die Hände gestützt. Sie dreht sich um und bedeutet mir, neben ihr Platz zu nehmen. Rechter Hand entdecke ich Kevin, der mit offenem Mund neben dem Kühlschrank steht, Primavera auf seiner Schulter, der versunken dem spontanen Konzert zuhört.

Ich stelle die Tasche auf den Tisch und ziehe mir lautlos einen Stuhl heran. Dann setze ich mich und lausche den langsamen, ergreifenden Tönen, die durch den Raum schweben und friedvolle Ruhe verströmen. Carmen legt eine Hand auf meinen Arm, ohne Don Vittorio aus den

Augen zu lassen, der jetzt mit geschlossenen Lidern spielt, in Gedanken vielleicht auf seinem alten Kreuzfahrtschiff, tanzend mit Gisela. Kevin kommt und setzt sich hinter mich, während Primavera mit einem Sprung auf den Kopf seines alten Herrchens fliegt.

Ich schließe die Augen und tauche in die Musik ein, die niemals endet und dir zu verstehen gibt, dass dies der eine Moment ist, in dem alles stimmt, wo alles an seinem Platz ist. Der Moment, auf den du immer gewartet hast. Da umarmt mich Kevin von hinten und kuschelt seinen Kopf an meinen Nacken. Ich könnte mich umdrehen, stattdessen nehme ich seine Hand, die um meine Hüfte liegt, und wiege mit geschlossenen Augen den Kopf zu der sanften Melodie, die aus Don Vittorios Innerem entsteigt, der ausgerechnet heute zur Trompete gegriffen hat.

In der hellgelben Küche verbreitet sich der erstickte Ton seiner alten Stimme, die sich einer angelaufenen Trompete bedient, um uns zu erklären, dass ein Moment, der intensiv und voller Liebe war, im Dunkel der geschlossenen Lider ewig währen kann.

Und so tanze ich diesen Tanz mit dir, alter Freund, tanze mit dieser zusammengewürfelten Familie, tanze auch mit dem Leben, das sich manchmal gibt wie eine vornehme Dame und geduldig wartet, bis du aufhörst, hinter irgendetwas herzulaufen, um dich dann einzuladen, mit ihr zu tanzen.

EIN STÜCKCHEN BLAUER HIMMEL UND SONNE

Primavera klammert sich an das Geländer und dreht sein Köpfchen misstrauisch von einer Seite zur anderen. Neben ihm sitzt Don Vittorio und wiederholt mit gequältem Lächeln: »Wir tun das Richtige, das Leben darf man nicht in einen Käfig sperren.« Es ist die Antwort auf Kevins unausgesprochene Frage, er würde die Schwalbe lieber behalten. Ein Sonntag, und wir sind in der Wohnung des Alten: ich, Carmen und Kevin, Thomàs, meine Mutter mit ihrem Cavaliere und mein Bruder Antonio mit Arturo und Raffaella. Raffaellas ältere Tochter ist bei ihrem Vater im Norden geblieben.

Als Vittorio von dem Mittagessen meiner Familie erfahren hatte, hatte er nach kurzem Überlegen gesagt: »Warum lädst du nicht alle zu mir ein? Ich bitte Agata, uns einen Nudelauflauf zu machen, Agata ist die Meisterin des Nudelauflaufs!« Also habe ich alle zu diesem alten Mann nach Hause eingeladen, der beschlossen hat, mir teils Freund, teils Beichtvater und auch ein bisschen Großvater zu sein. Agata hat ihren Nudelauflauf zubereitet und meine Mutter einen Hackbraten mit Kartoffeln und ein Dutzend *crocchè,* die zwar nicht so knusprig sind wie die von Nonna damals, aber trotzdem gut. Thomàs hat sich um den Nachtisch gekümmert. Ich hatte anfangs überlegt, ob ich ihn überhaupt einladen soll, um ihn nicht unter Druck zu setzen, doch er hatte mit einem breiten Lächeln reagiert: »*Je suis hereux* kennenzulernen deine *famille*!« Also packte ich sein Kinn und küsste ihn wie wild, um ihn ein bisschen von meinem freudigen Herzklopfen spüren zu lassen.

Da sitzen wir nun in der Wohnung von Vittorio Guanella, diesem einsamen und lebenslänglich verliebten Mann, an einem sonnigen Frühsommersonntag, durch die Fenster strömt der gewohnte Essensgeruch, auf dem Plattenspieler läuft die gewohnte Jazzscheibe, und die Geräusche der umliegenden Wohnungen vermischen sich mit unseren Stimmen. Als ich mich umschaue, fange ich fast an zu lachen, denn so etwas kenne ich nicht: Einen solchen sonnendurchfluteten Ort, an dem alle zusammen essen, groß und klein, Geschwister, Schwägerinnen und Schwiegermütter, habe ich noch nie erlebt. Bisher waren meine Sonntage ganz normale Tage, abgesehen vielleicht von Mamas *crocchè,* die sie morgens um neun zu frittieren anfing.

Die Wahrheit ist, dass mir kein Familiensinn beigebracht wurde und ich wenig Respekt vor der Familie empfand, denn Familien schließen ihre Wohnungstür häufig zweimal ab und behalten ihre Liebe in den eigenen vier Wänden. Ich aber brauche keinen Zufluchtsort und habe auch keine Absicht, gegen Windmühlen zu kämpfen, ich möchte nur diesen merkwürdigen Familiensonntag genießen, den mir die Sommerbrise beschert hat.

Gestern Abend habe ich mit Antonio und seiner Familie bei meiner Mutter zu Abend gegessen. Um zehn Uhr verzog Raffaella sich mit Arturo in unser altes Kinderzimmer, um ihn ins Bett zu bringen. Ich, Mama und Antonio blieben allein in der Küche sitzen, schauten uns in die Augen, während der Geruch nach Pilzen sich mit dem des Dampfbügeleisens mischte, und unsere Worte wechselten sich mit dem Ticken der Küchenuhr über der Abzugshaube ab.

»Ich bin froh, hier zu sein«, begann Antonio, was mir ein Lächeln entlockte.

»Ich bin auch froh, dass du hier bist«, sagte unsere Mutter, während sie mit gesenktem Kopf auf ihren Zeigefinger starrte, der mit einem Brotkrümel spielte.

Ich schenkte mir Bier nach. »Arturo ist der Knaller!«

»Ja«, lächelte mein Bruder fast ein bisschen verlegen.

Dann herrschte wieder einen Moment Stille im Raum. Und in diesem Moment war mir klar, dass die Zeit alles verschlingt, auch die Familien, und wenn du weggehst oder zurückkehrst, ist es keineswegs sicher, dass alles noch so ist wie früher, man muss sich vorbereiten auf das Schweigen, das sich plötzlich zwischen dir und deiner Vergangenheit auftut, zwischen dir und den Menschen, die dir einmal wichtig waren.

»Also«, versuchte es Antonio, »wie fühlt man sich denn so als Großmutter?« Er sah unsere Mutter an.

»Alt«, gab sie verlegen zurück.

»Mama«, griff ich sofort ein, »ich weiß, dass du nicht in der Lage bist, jemandem zu sagen, dass du ihn magst, aber das hier scheint mir der richtige Moment zu sein, jetzt kannst du dich nicht länger drücken«, und ich nahm einen tiefen Schluck warmes Bier. Dann stand ich auf, ging zum Kühlschrank und holte mir ein neues Peroni. Während ich es öffnete, sagte sie: »Nun sei doch nicht so ... Das war eben ganz schön viel für mich, diese ganzen Neuigkeiten, ich bin verwirrt und glücklich ...«

»Wie in dem Lied«, meinte Antonio, nahm ihre Hand und sah sie an.

»Welches Lied?«

»Nichts, egal ...«

Während sie sprachen, trank ich mein Bier. Antonio sah so gut aus, dass ich irgendwann nicht anders konnte, als zu sagen: »Antò, wann hast du dich nur zu so einem schönen Mann entwickelt!«

»Piccerè«, antwortete er, ohne die Hand meiner Mutter loszulassen, »das war ich schon immer!«

»Red keinen Unsinn, als Jugendlicher warst du voller Pickel, hattest abstehende Haare und einen finsteren Blick.«

»Den Blick haben wir alle in der Familie.«

»Ja, kann sein«, gab ich zu.

»Er war immer ein hübscher Junge«, stimmte meine Mutter zu, »ihr beide wart immer schon bildhübsch. Wie euer Vater.«

Ich riss die Augen auf und schluckte ein Aufstoßen hinunter. Seit dreißig Jahren hatte ich von ihr kein gutes Wort über unseren Vater gehört. Auch Antonio war wie versteinert. »Wie kommst du denn jetzt darauf?«, fragte er. Mama sah zuerst ihn und dann mich an. »Na ja, ich habe immer gesagt, dass er ein Nichtsnutz war, aber hässlich war er nicht. Im Gegenteil, du entwickelst gerade gewisse Ähnlichkeiten mit ihm.« Sie legte sich die linke Hand auf die Brust, als wüsste sie nicht, wohin damit.

Deshalb also kam er mir immer schon schön vor, dachte ich nicht ohne leichte Gewissensbisse, weil er meinem Vater ähnelt. Diese Erkenntnis zwang mich, noch ein Glas Bier hinunterzukippen.

»So, Nennè«, meinte meine Mutter, »und ich bin die, die sich scheut, Dinge auszusprechen? Du bist so nervös, dass du innerhalb von fünf Minuten fast zwei Flaschen Bier leerst. Reicht es nicht langsam?«

Sie hatte recht. Mithilfe des Alkohols kann ich meine Gefühle übergehen, ich fühle mich dann überlegen.

»Mach das nie wieder mit mir«, sagte sie, an Antonio gewandt.

»Mama…«, versuchte ich, die Diskussion im Keim zu ersticken, denn dies war einer der wenigen Momente, in denen Reden nicht weiterhilft.

»Keine Sorge«, fuhr sie schon fort, »ich will nur meinem Sohn sagen, dass er vor mir keine Angst haben muss, nichts vor mir verbergen muss. Weil, na ja… ich bin alt, vielleicht auch starrköpfig, stolz, klar, und ich verstehe nicht immer, was ihr sagt, wie ihr entscheidet, aber am Ende bin ich immer auf eurer Seite, das könnt ihr euch in den Schädel hämmern!« Sie sah mich an. »Wenn eine Mutter vielleicht auch nicht alles verstehen kann, ist sie doch immer aufseiten ihrer Kinder. Immer.«

»Das kannst du uns ruhig öfter mal zeigen«, gab ich im scherzhaften Tonfall zurück.

Antonio brach in Gelächter aus und streckte seine Hand nach mir aus. Er ließ sie auf dem Tisch liegen, auf der guten handbestickten Decke, die unsere Mutter extra aufgelegt hatte. Und bei dieser Geste wurde mir klar, dass ich so viel Bier trinken konnte, wie ich wollte: Wenn es um die Vergangenheit geht, also die echte, eigene Vergangenheit, als man ein bedeutungsloses Kind war und sich verloren vorkam, und dich dann noch ein solcher Blick in die Gefühlswelt von damals zurückversetzt, bleibt dir keine Wahl, als endlich zuzugeben, dass es wehtut. Da kannst du noch so viel Bier trinken, dich wegdrehen, kiffen und alles weglachen. Also streckte ich meinen Arm aus und nahm seine Hand, die er fest drückte, mit einem Lächeln und einem Augenzwinkern. Dann wandte er sich zu unserer Mutter und nickte ihr zu, sodass sie ebenfalls meine rechte Hand ergriff.

So blieben wir sitzen, vereint miteinander, während

unsere Finger sich erst vorsichtig, dann immer kräftiger umfassten, bis die Haut weiß wurde und Mama sich endlich gehen lassen und die Tränen laufen lassen konnte. Da dachte ich: »Was soll's, alles egal«, und ließ mich ebenfalls gehen wie schon lange nicht mehr, wobei ich zwischen den beiden hin- und herschaute und meine Mutter genauso. Antonio weinte nicht und sah uns nicht an, er saß nur da und drückte unsere Hände, als wollte er uns an sich ziehen, den Blick auf unsere Arme gerichtet, während er mit leiser Stimme einen einzigen Satz wiederholte, einem Mantra gleich: »Ich bin wieder zu Hause.«

»Warum fliegt er denn nicht los?«, fragt Kevin.

Ja, warum wagt Primavera nicht endlich den Absprung? Vielleicht war er zu lange bei uns, vielleicht hätten wir ihn früher freilassen sollen. Vielleicht ist er zum Menschen geworden. Oder vielleicht ist es so, wie mein Vater immer sagte: Das Fliegen ist eine schöne Sache, und schöne Sachen machen Angst, sonst wären sie nicht schön.

Auf dem kleinen Balkon sitzen Carmen, Thomàs, Alleria und der Cavaliere in zweiter Reihe und verfolgen gespannt den Ausgang der Unternehmung. Der Rest der Familie ist mit Arturo beschäftigt, der seit zwanzig Minuten herzzerreißend weint. Ich stehe an seiner Wiege und betrachte benommen das kleine Geschöpf, das so gut riecht und gerade noch mit weit ausgebreiteten Ärmchen selig geschlafen hat. Dann ist er aufgewacht und hat angefangen zu schreien, bis Raffaella kam und ihre prall gefüllten Brüste in Stellung brachte.

»Du hast keine Ahnung, wie stark der saugt, das tut vielleicht weh«, kommentiert sie mit ihrem norditalienischen Akzent.

»Ein gutes Zeichen«, sage ich, »dann hat er das Blut

der Süditaliener, wir hängen uns hier alle an die wenigen Sachen, die wir haben …«

Sie lächelt, und wir kommen auf Antonio zu sprechen, diesen tollen Mann, der ihr jeden Tag Kraft gibt und ein unverbesserlicher Optimist ist. Für ihn ist das Glas immer halb voll. Dann sieht sie mich so komisch an, dass ich schließlich nicht anders kann, als zu fragen, ob es ein Problem gibt.

»Nein, ich hatte mir dich nur anders vorgestellt«, meint sie.

»Wie ›anders‹?«

»Tja, dein Bruder hat dich immer als Vulkan beschrieben, der ständig ausbricht, er meint, du stündest immer unter Strom. Aber auf mich machst du einen anderen Eindruck.«

»Ach ja?«

»Ja, du wirkst eigentlich ganz gelassen auf mich.«

»Heute ist Sonntag, Raffaella, auch der Herrgott hat einen Tag in der Woche geruht«, gebe ich zurück und bringe sie zum Lachen.

Antonio kommt herein und nickt zufrieden. Er betrachtet seinen trinkenden Sohn und sagt: »Ich verstehe immer noch nicht, wie er das macht. Als ich es versucht habe, kam nichts raus.«

»Du hast es versucht?«

»Ja, aber es kam nichts.«

»Du spinnst.« Raffaella nickt belustigt, bevor sie den Kleinen von der Brust nimmt und mir wie ein Geschenk hinhält. Auf meinen verwirrten Blick hin sagt sie: »Er muss ein Bäuerchen machen. Möchtest du deinen Neffen so lange halten?«

Ich drehe mich zu Antonio um, dem ein merkwürdiger Ausdruck auf dem Gesicht liegt, und nehme den Kleinen. Nur dass ich überhaupt nicht weiß, wie man ein Neugeborenes hält, und irgendetwas falsch mache, denn er fängt sofort wieder an zu jammern. Da kommt unsere Mutter herein, nimmt mir wortlos das Baby ab und beginnt, mit ihm auf und ab zu gehen, dabei singt sie eine merkwürdige, sanfte Melodie. Antonio beugt sich zu mir und flüstert: »Ich weiß, sie hält uns für lebensunfähig, aber das ist ihre Art, sich gebraucht zu fühlen, lass sie ruhig …«

Ich will sagen, dass ich es in dreißig Jahren nicht gelernt habe, sie sein zu lassen, aber da kommt Thomàs und umarmt mich von hinten, während meine ganze Familie zusieht, und das dumpfe ärgerliche Stechen in meinem Bauch verschwindet wieder. Die Wahrheit ist, dass ich mich in diesen dummen kleinen Franzosen verliebt habe, ohne es zu merken. Irgendwann stellte ich fest, dass ich seinem Blick nicht standhielt und nicht wusste, wo ich hingucken sollte, auf seinen Mund, seine Nase oder direkt in seine Augen. Und dieses merkwürdige Gefühl, das wir manchmal als unangenehm empfinden, ist häufig nichts anderes als das erste Aufblinken des einzigen Zaubers, über den der Mensch verfügt: die Liebe.

»Komm schon, Primavera, flieg los!«, versucht es Don Vittorio erneut. »Du bist frei, flieg zu deinesgleichen zurück!« Doch der Vogel sieht ihn an und bewegt sich keinen Millimeter. Er umklammert mit den Krallen fest das Balkongeländer.

Kevin geht ein Stück auf die Schwalbe zu, streichelt ihr über das Köpfchen und sagt: »Du willst nicht weg, stimmt's? Du willst bei uns bleiben, oder?«

Carmen mischt sich ein: »Kevin, das ist ein Vogel, er ist frei geboren und braucht seine Freiheit!«

Nur dass Primavera uns verwirrt ansieht und wir uns, solange er sich nicht in die Lüfte erhebt, nicht an den

Tisch setzen können, weil heute doch der große Tag ist, an dem wir ihn freilassen wollen, und nichts und niemand uns davon abbringen kann, auch nicht die Stimme meiner Mutter, die alle drei Minuten zum Essen ruft.

Zum Glück geschieht dann das Unerwartete in Person von Cavaliere Bonfanti, der in schwarzem Anzug und glänzenden schwarzen Schuhen zum Essen erschienen ist, als handelte es sich um ein Galadiner. Mit einem höflichen »Darf ich« tritt er zwischen Carmen und Alleria (der die Schnauze zwischen die eisernen Geländerstäbe gesteckt hat), nimmt die Schwalbe, setzt sie sich auf die geöffnete Handfläche, wirft uns einen sicheren, beruhigenden Blick zu und wirft das Vögelchen ins Leere. Kevin entfährt ein Schrei, Carmen jault ängstlich auf, und auch ich schließe instinktiv die Augen, weil ich mir Primaveras unheilvolles Ende vorstelle, der geboren war, um zwitschernd durch die Wolken zu fliegen, und nun tragisch zerschmettert auf den Pflastersteinen des Spanischen Viertels endet, um gleich darauf unter den Reifen eines vorbeirasenden Mofas endgültig zerquetscht zu werden.

Doch als ich die Augen öffne, fliegt die Schwalbe, steigt in kleinen Kreisen in den Himmel auf, immer kräftiger und schneller, fängt an zu singen, als sei es eine Liebesserenade für uns; und Carmen, die bekanntermaßen keine Zurückhaltung kennt, applaudiert und hüpft wie eine Verrückte auf und ab, während der Cavaliere sie tadelnd anschaut und Kevin dem Tierchen »ciao, ciao, ciao« hinterherruft. Nun lässt sich auch Canis superior von der Begeisterung anstecken und beginnt wie wild zu bellen, da ihm Klatschen schlicht und ergreifend unmöglich ist.

Nach wenigen Augenblicken dreht Primavera sich ein letztes Mal um sich selbst und verschwindet hinter dem Balkon des Nachbarhauses. Einen Moment lang herrscht

Stille, wir alle starren auf einen bestimmten Punkt am Himmel, ein Stückchen Blau hinter dem Grau des Simses – gleich wird die Schwalbe zurückkommen, wie ein Kolibri in der Luft stehen bleiben und uns mit einer Flügelbewegung zuwinken. Doch Primavera kommt nicht zurück, denn er ist ein Vogel, und wir armen Menschen sind ihm ganz und gar gleichgültig, die wir seinem großen Sprung in die Freiheit von einem elenden Minibalkon aus beiwohnen müssen, auf dem wir uns aneinanderdrängen, tief in der Gasse vergraben, wo die Sonne nur unter Verrenkungen hereinscheint und man kaum einen Blick auf den Himmel erhascht.

»Er kommt nicht zurück«, stellt Don Vittorio irgendwann fest und fährt Kevin durch die Haare, der sich ans Geländer klammert und hoffnungsvoll nach oben starrt.

Bonfanti geht als Erster in die Wohnung zurück und schiebt den Vorhang zur Seite: »Für große Taten braucht es keinen Mut, sondern reinen Instinkt.«

Don Vittorio schenkt mir ein kleines Lächeln, das ich kommentarlos erwidere. Tatsächlich ist der Cavaliere ein komischer, irgendwie dünkelhafter Typ, wie aus dem neunzehnten Jahrhundert, fast ein bisschen zu herrisch, wie ich finde; aber was war schon zu erwarten von einem, der es schafft, so lange mit meiner Mutter zusammen zu sein.

Nach und nach finden wir uns alle im Esszimmer ein, auch der untröstliche Kevin, und nur Canis superior bleibt auf dem Balkon zurück, der eine Taube auf dem Dachsims anstarrt und sich herzlich wenig um Primavera zu scheren scheint. Zuletzt kommt Carmen und sagt mit einem tiefen Seufzer: »Also, wenigstens einen Pieps hätte der dumme Vogel uns zum Abschied gönnen können!«

Kevin hat selbst dafür gesorgt, nach Hause zu kommen. Zuerst hat er seinem Vater gesagt, dass er keine Lust mehr habe und seine Mama vermisse, dann, dass er nicht bleiben könne, weil er sich um den Hund einer Freundin kümmern müsse, einen gewissen Alleria, und um einen Vogel, der nicht fliegen könne.

»Und wie hat sein Vater reagiert?«, fragte ich Carmen mit meinem breitesten Lächeln.

»Kevin meint, zuerst habe er ihn angeschaut, als wolle er gleich losbrüllen, deshalb hat er schnell gesagt: ›Warum kommst du nicht mit nach Hause? Ich verspreche auch, dass ich nie mehr in euer Bett komme und euch störe.‹ Da hat sein Vater gelacht und gemeint: ›Du bist wirklich ein raffiniertes Kerlchen, man merkt, dass du mein Sohn bist!‹ Dann hat er ihn mit dem Motorrad nach Hause gefahren.«

»Aber du warst ja bei Don Vittorio …«

»Und plötzlich klingelte es an der Haustür, ich mache auf, und da steht der Junge vor mir und strahlt mich an. Ich habe ihn umarmt und gar nicht mehr losgelassen! Zehn Minuten später kam eine SMS von meinem Mann: ›Ich hab die Nase voll von Krieg.‹«

»Hmm … dann habt ihr also Waffenstillstand geschlossen?«

»Er ist der Vater meines Sohnes, Kevin braucht ihn. Und diese Leute wie mein Mann können Krieg führen, aber sie verstehen es auch, Frieden zu schließen. In Friedenszeiten laufen die Geschäfte besser.«

Der Glückliche, dachte ich. Ich bin unfähig zu beidem. Wie meine Mutter.

Aber wo kämen wir hin, wenn wir uns mit unseren Schwächen an der Camorra messen würden.

PETITE BELLE FEMME DU SUD

Als wir endlich alle am Tisch sitzen, stellt meine Mutter die Auflaufform in die Mitte. Ich sitze zwischen Thomàs und Don Vittorio, meine Familie auf der anderen Seite der Tafel. Zu meinen Füßen nagt Canis superior an einem Knochen, und am Tischende liegt Arturo in seiner Babywiege.

Der Hausherr lässt sich die Weinflasche reichen und entkorkt sie mit geübten Handgriffen, während ihm der Cavaliere die Gläser hinhält. Ich spüre, dass mein Bruder Antonio mich ansieht, also zwinkere ich ihm zu. Dann reicht Carmen mir das Weinglas.

»Ich möchte auf diesen sehr schönen Tag anstoßen«, ergreift Vittorio Guanella das Wort und hebt sein Glas, »und auf alle, die den Mut zum Absprung in ihre wahre Welt gefunden haben. Und auf uns alle, groß und klein, dass auch wir den Mut finden, unseren Sehnsüchten zu folgen!« Carmen fängt begeistert an zu klatschen (fast zu viel, ehrlich gesagt), und der Rest der Tafel fällt in den Applaus ein. Ich führe mein Glas zum Mund und sehe durch den Wein, wie sich die Hand des Cavaliere um die Finger meiner Mutter legt. Dann sehe ich aus den Augenwinkeln, wie Antonios Arm Raffaellas Schulter umfasst, die ihrerseits den kleinen Arturo schaukelt. Und zum ersten Mal in meinem Leben habe ich das Gefühl, dass alles Sinn ergibt.

»Ruhe!«, ruft Thomàs auf einmal, *»je dois aussi porter un* Prosit!«

Don Vittorio hält mit seinem Glas auf halber Strecke inne, Carmen sieht mich verständnislos an, und meine Mutter guckt neugierig. Die Luft erstarrt, und Chet Bakers Musik übernimmt erneut die Regie.

»Auch ich wollte auf diesen besonderen Tag anstoßen, und auf *vous tous qui me ont accueilli avec beaucoup de gentillesse,* und dann wollte ich auf die *deux* Kinder hier anstoßen, dass ihr Leben voll mit *belles choses* sein soll! Und erlaubt mir, auf diese *spéciale* Frau an meiner Seite anzustoßen«, er dreht sich zu mir um, »mit viel Sonne in den Augen, viel Meer in ihrem Mund und dem Schirokko in ihrem Haar. Auf dich.« Er nähert sich meinen Wimpern auf einen Zentimeter. »Auf die *petite belle femme du sud,* ich sage *merci,* dass du meinen Weg gekreuzt hast.«

Keiner redet, und als wäre es abgesprochen, bricht auch »My Funny Valentine« ab. In dem unwirklichen Schweigen höre ich, wie Allerias nagende Schneidezähne ihren persönlichen Kampf mit dem Knochen fortsetzen, ohne dass er ahnt, dass ich gerade den romantischsten Satz meines Lebens gehört habe. Mein Gesicht nimmt die Farbe der Tischdecke an (die üblichen rot-weißen Karos), und mich überkommt eine unbändige Lust auf diesen Mann aus dem Norden, und weil das im Moment nicht möglich ist, verliert sich mein Blick, wohin soll ich nur schauen, auf seinen lächelnden Mund, auf seine mich musternden Augen, auf seine Nase oder auf die blonden Locken, die ihm auf die Schultern fallen. Dann drehe ich mich um und begegne dem Blick meiner Mutter, die sich eine Hand an die Wange gelegt hat wie immer, wenn ein Satz es geschafft hat, sie zu berühren (was selten genug vorkommt), und ich sehe auch, dass mein Bruder etwas zu mir sagen möchte. Doch Carmen Bonavita kommt ihm zuvor, denn Menschen wie Carmen kommen fast immer allen zuvor, und fast immer sagen sie etwas, das nichts zur Sache tut und die Stimmung des Moments zerstört. Diesmal ist es der Satz: »Oh, Madonna, war das schön! Das rührt mich so sehr«, und sie wischt sich mit der Papierserviette über die Augen, »ihr seid wirklich ein schönes Paar!« Dann drückt sie mir einen schmatzenden Kuss auf die Wange, der mich immerhin aus dem Traumzustand weckt, in den mich Thomàs' süße Worte wie Dornröschens Spindel versetzt haben. Dank der Worte meiner neuen Freundin richte ich mich auf und erhebe mein Glas. Don Vittorios Hand mit dem Weinglas hält wieder auf halber Strecke inne, und aus seinem bärtigen Gesicht spricht ein Anflug von Ärger, denn wie sagt er gerne: »Manchmal muss man auch den Mund halten können und den Wein sprechen lassen!«, Teufel noch mal.

Doch ich kann nicht still sein, denn wenn ich jetzt nicht sage, was ich zu sagen habe, tue ich es nie, und ich will diese Worte nicht für mich behalten, damit sie sich nicht abnutzen, verrosten, von der Zeit überrollt werden, die immer gewinnt. Gerade will ich also loslegen, da kommt Kevin mir zuvor und sagt: »Ich mag keinen Wein, ich bin ja auch noch ein Kind, deshalb stoße ich mit Cola an, das ist dasselbe. Ich wollte nämlich sagen, dass ich froh bin, dass Claudia, meine alte Babysitterin, eine Arbeit gefunden hat, weil ich dadurch Luce kennengelernt habe«, und er dreht sich zu mir, »die liebste und beste Frau auf der Welt, und ich verstehe immer noch nicht, warum sie kein Kind hat. Und ich habe Don Vittorio kennengelernt, vor dem ich am Anfang ein bisschen Angst hatte, aber der der netteste Opa auf der Welt ist, und ich habe Alleria getroffen, den schönsten Hund der Welt, und auch Primavera, der mir jetzt schon fehlt und der die glücklichste Schwalbe der Welt war, weil er eine Weile in dieser Wohnung leben durfte. Weil, also, ich mag mein Zuhause«, und er blickt zu seiner Mutter, »aber hier, wie soll ich sagen, hier gibt es alles, was ich mir wünsche. So wie diese Wohnung sollten alle Wohnungen aller Familien auf der Welt sein!«

Als Kevin verstummt, liegt ein verlegenes Schweigen über der Runde, und in den Gesichtern steht Rührung. Carmen weint hemmungslos, und Don Vittorio zieht ein Taschentuch aus der Jacke, um sich zu schnäuzen.

»Nun gut«, sagt schließlich der Alte, »am Ende habt ihr es doch geschafft, mich zu rühren. Dummerweise hasse ich alte, greinende Leute, deshalb seid jetzt still und lasst uns essen, sonst wird die Pasta kalt.« Dann fügt er mit einem Blick auf Kevin hinzu: »Und du, kleiner Gauner, musst noch lernen, auf deinem Platz zu bleiben und Kind zu sein, das Leben wird noch schwierig genug!«

Alle lachen, auch Kevin, dem Vittorio zuzwinkert. Der goldene Moment ist nun vorbei, und mir ist auch die Lust zu reden vergangen, der Mut, das zu sagen, was ich sagen wollte. Ich schaue mich um, alle sehen glücklich aus, alles scheint perfekt. Diesen Zauber will ich nicht stören und gehe daher im Geiste meine Worte an diese Menschen durch, die schon immer oder erst seit Kurzem Teil meines Lebens sind und die sich jetzt Agatas Pasta schmecken lassen.

Don Vittò, Ihnen gilt mein erstes Dankeschön, und ich beobachte, wie er seine Gabel in ein Fleischbällchen sticht, denn Sie verstehen es, das Leben anderer Menschen mit Leichtigkeit zu begleiten, wie Ihre Musik, die ich immer mehr zu schätzen weiß. Dann wollte ich mit dir anstoßen, und ich drehe mich zu Kevin, der seinen linken Arm unter dem Tisch hat und mit offenem Mund kaut, mein kleiner, mutiger Bursche, der mein Leben komplett auf den Kopf gestellt hat. Und mit dir, Carmen, denn du kennst die Bedeutung des Worts »Vertrauen«. Ich sehe mich um, und mein Blick bleibt an Antonio hängen. Auf dich, kleiner Bruder, der mich zur Tante gemacht hat, und auf die wunderbare Familie, die du aufgebaut hast. Ich bewundere euch. Und dann bist da du, Mama. Dir könnte ich so viel sagen, aber ich sage nur eines: Danke, dass du mich gelehrt hast, mit offenem Blick durchs Leben zu gehen. Und dann bist da du, ich drehe mich zu Thomàs, der sofort aufschaut und meinen Blick erwidert. Auf dich, weil du diesen unglaublich romantischen Satz zu mir gesagt hast, auf dich, auch wenn du manchmal zu viel redest und ich dich nicht verstehe, auch wenn du das R nicht rollst und ziemlich helle Haut hast, auch wenn du ein bisschen arrogant bist und glaubst, das Leben verstanden zu haben, du gefällst mir, und an deiner Seite werde ich immer ganz befangen, ich weiß dann nicht, wohin mit dem Blick. Auch wenn du eines Tages fortgehst …

Er öffnet den Mund, doch ich lege ihm einen Finger auf die Lippen und setze mein stummes Anstoßen fort. Nein, sag nichts. Ich will es nicht wissen, unterbrich mich nicht, sonst kann ich nicht mehr reden. Ich sagte gerade, auch wenn du eines Tages fortgehst, werde ich trotzdem froh sein, denn wo steht geschrieben, dass etwas ewig halten muss, das passiert nur im Märchen, und an Märchen habe ich schon als Kind nicht geglaubt. Hier halten die Sachen so lange, wie sie halten, der Schmetterling lebt ein paar Tage, die Orchidee verwelkt nach drei Monaten, ein Hund stirbt mit fünfzehn Jahren. So ist es, und niemand kann das ändern. Mir genügt daher das, was möglich ist, doch in das, was möglich ist, werde ich mich mit allem, was ich bin, hineingeben, da kannst du sicher sein.

Ich lächele meinen kleinen Franzosen an und tue dann so, als ob ich mich aufs Essen konzentrierte, damit er weiterisst. Aber ich bin noch nicht fertig mit meinen Trinksprüchen. Auf dich, Nonna, denn du beobachtest mich von da oben aus, weil du mir beigebracht hast, meinen Träumen zu folgen und nicht meiner Wut! Und das letzte Dankeschön kann nur an einen gehen, an dich, Alleria, ich luge unter den Tisch, wo du immer noch an deinem Knochen nagst. An dich, Canis superior, und ich ergreife mein Glas, denn du musst jeden Tag mit dieser kleinen, aufbrausenden Frau des Südens zusammenleben. Auf dich, denn du bist wie ich, wie wir, und ich schaue zu Don Vittorio, du bist einer, der bleibt!

Ich nehme einen tiefen Schluck und wende mich endlich meinem Teller zu, während das Besteckklappern durch den Raum und bis hinunter auf die Straße tönt und sich dort mit den tausend anderen Geräuschen aus den Nachbarhäusern vermischt, mit dem Geschrei der Möwen, mit dem fernen Ploppen eines Flaschenkorkens, mit der Kommentatorenstimme eines Fußballspiels im Fernsehen, mit einem neapolitanischen Popsong aus Pattys Wohnung, mit dem Gurren der üblichen Taube auf dem Fenstersims und mit dem Geruch nach frittierten *crocchè,* alles wird zu einem einzigen Kunstwerk, einer Art Symphonie, die nach Leben klingt, nach Familie, nach Meer und nach Süden.

Es ist Don Vittorio, der den kleinen Zauber bricht, als hätte er meine Rede gehört. Er beugt sich zu mir und flüstert: »Nenné, jetzt sag mir mal eines … Diese Idee wegzugehen, ist die aufgehoben oder nur aufgeschoben?«

Ich antworte mit vollem Mund: »Keine Ahnung, Don Vittò, keine Ahnung, mal sehen.« Ich überlege kurz, dann zwinkere ich ihm zu: »Morgen bleibe ich vielleicht …«

PLAY

Meine Lieben,
ich bin's, ich rede zu euch durch einen Kassettenrekorder, weil ich schreiben nicht gelernt habe, ich war nie gut in der Schule, anders als ihr, denn ihr seid intelligent, und darauf bin ich sehr stolz.

Stille. Rauschen. Dann ein tiefer Atemzug.

Leider bin ich im Reden auch nicht so gut, vor allem wenn es um ernste Dinge geht. Ich habe immer gedacht, das Ernste bringt doch nichts, das Leben ist schon kompliziert genug, und zu lachen macht es leichter. Aber jetzt muss ich euch etwas erklären, vor allem dir, Luce, denn du hast bestimmt eine Menge Fragen.
Dabei weiß ich gar nicht so genau, wo ich anfangen soll. Vielleicht bei dem Tag mit dem Kleinbus, was meinst du, Piccerė?

Stille.

Das neben mir war ein Mann.

Stille.

Das weißt du sowieso schon, stimmt's? Aber du weißt nicht, dass ich gleich danach zum Strand gerannt bin, um dir alles zu erklären, aber dann hast du dich nicht umgedreht, und da dachte ich, dass du es vielleicht nicht gesehen hast, also habe ich nichts gesagt. Das war falsch. Jedenfalls gibt's da nicht viel zu erklären, wo die Liebe hinfällt, sage ich nur, Piccerè, da kann man nichts machen.

Ein jähes Rauschen, dann ein Bellen. Immer dasselbe. Immer an derselben Stelle.

Ich habe mich nie geschämt für die Dinge, die ich im Leben getan habe, und das ist, glaube ich, das Einzige, was zählt. Aber ich schäme mich für das, was ich nicht getan habe: was ich für euch nicht getan habe. Als ich verstanden habe, dass mein Platz nicht mehr an der Seite eurer Mutter war, bin ich gegangen. An dem Morgen habe ich ihr gesagt, dass ich nachdenken müsse, dass ich nicht mehr genau wisse, was ich fühle, aber sie fing an, alles zu zerschlagen. Also wollte ich ein, zwei Tage weg, nur um meine Gedanken zu ordnen. Aus ein, zwei Tagen wurden drei, dann vier, und am Ende der Woche hatte ich nicht mehr den Mut zurückzugehen. Und ich wusste auch nicht, was ich hätte sagen sollen, wie ich euch alles erklären sollte. Das war egoistisch und oberflächlich, ihr habt recht, aber ihr wisst ja, dass ich nicht der Klügste bin, und vielleicht habe ich euch zwei Kinder gar nicht verdient.

Ein keuchendes Luftholen. Im Hintergrund quietscht ein Fensterladen, als würde er vom Wind leicht bewegt.

Ich weiß, dass ihr glaubt, ich sei ein unverantwortlicher Nichtsnutz, wie eure Mutter sagt, und ich weiß, dass ihr das hier wahrscheinlich niemals hören werdet, aber ich muss euch etwas sagen, etwas Wichtiges, sonst kann ich nicht ruhig leben. Ich weiß nicht, wann ich zurückkomme und … na ja, jedenfalls will ich euch sagen, dass ihr mutig sein müsst, denn das Leben ist gemein, und wenn du nicht stark bist, nimmt es dir alles Schöne weg. Ihr müsst einen starken Rücken haben und den Schwierigkeiten mutig entgegentreten. Kämpft für euch, rennt nicht vor Problemen weg, sie kommen euch hinterher, macht es nicht wie ich, der weggelaufen ist und der Wahrheit nicht ins Gesicht gesehen hat und dafür auf euch verzichtet hat, auf das Schönste, was mir je passiert ist.

Wieder ein tiefer Atemzug.

Luce, weißt du noch, was ich dir am Abend vor unserer Reise mit dem blöden Lieferwagen gesagt habe? Du hast nach mir gerufen, weil du niedergeschlagen warst, und ich meinte, das ist normal und dass man sich nicht von der Angst überwältigen lassen darf, sonst schafft man nichts im Leben. Und heute sage ich dir, sage ich euch: Geht nicht weg, nur weil ihr fliehen wollt, bleibt aber auch nicht nur deshalb da, weil euch der Mut fehlt, neue Wege zu gehen. Bleibt offen für Veränderungen, sucht euch ein Ziel, und geht darauf los. Denkt immer daran, Scheitern gehört dazu, niemand ist vollkommen. Und hört niemals auf, neugierig zu sein, denn die Neugier ist auch eine Art Mut.

Langes Schweigen, dann klingt die Stimme plötzlich tiefer, als wäre der Mund nun näher am Mikrofon.

Und wenn ihr könnt, verzeiht mir, denn es wird nicht besser, wenn ihr mich hasst. Ich war ein schlechter Vater, das stimmt, aber ich habe getan, was ich konnte, damit ihr ohne Angst aufwachst, als freie und fröhliche Menschen.

Das wünsche ich euch, seid frei und fröhlich.

Wie euer Vater.

Rauschen.

Stopp.